卢余群 卢志学 著

# 草出石板缝
## ——一位中国农民的八十年

浙江科学技术出版社

版权所有　侵权必究

**图书在版编目（CIP）数据**

草出石板缝：一位中国农民的八十年/卢余群，卢志学著.—杭州：浙江科学技术出版社，2023.11
ISBN 978-7-5739-0902-2

Ⅰ.①草… Ⅱ.①卢…②卢… Ⅲ.①报告文学－中国－当代 Ⅳ.①I25

中国国家版本馆 CIP 数据核字（2023）第 209728 号

| | | |
|---|---|---|
| 书　　名 | 草出石板缝——一位中国农民的八十年 | |
| 著　　者 | 卢余群　卢志学 | |
| 出版发行 | 浙江科学技术出版社 | |
| | 杭州市体育场路347号　邮政编码：310006 | |
| | 办公室电话：0571-85176593 | |
| | 销售部电话：0571-85062597 | |
| | E-mail：zkpress@zkpress.com | |
| 排　　版 | 杭州万方图书有限公司 | |
| 印　　刷 | 浙江新华数码印务有限公司 | |
| 开　　本 | 710mm×1000mm　1/16 | 印　张　20.5 |
| 字　　数 | 252 000 | |
| 版　　次 | 2023年11月第1版 | 印　次　2023年11月第1次印刷 |
| 书　　号 | ISBN 978-7-5739-0902-2 | 定　价　68.00元 |

策划编辑　莫亚元　　　责任编辑　苏亚娟
责任校对　张　宁　　　责任美编　金　晖
责任印务　田　文　　　插　　画　褚定华

# 目录

## 第一章　洋渡是个好地方　　　1

父亲离家去台湾　　　1
地主家庭　　　3
洋渡是个好地方　　　8
免学费上小学　　　11
娘儿仨另灶单过　　　15
小鬼当家　　　17
去东塍上街外婆家　　　19
父亲还活着　　　24

## 第二章　参加村越剧团　　　26

放牛　　　26
13岁上山斫柴　　　37
吃不饱　　　40
抲鱼、抲蟹、偷南瓜　　　42
饱餐了一顿牛肉　　　45
想学手艺　　　46
祖父去世　　　48
屋漏偏逢连夜雨　　　57
参加村越剧团　　　62

## 第三章　柴株刺穿了脚板背　　　66

小岭水库义务劳动　　　66
借缝纫机　　　70
吃"麦虫"、借番薯干　　　72

| | |
|---|---|
| 西楼裁缝：开局顺利 | 75 |
| 父亲的第二封信 | 79 |
| 柴株刺穿了脚板背 | 83 |
| 1964年的农业不能再有闪失 | 89 |
| 灌溉稳定了水稻产量 | 99 |
| 在北山的日子 | 108 |
| 做砖、做红糖 | 119 |
| 三迁祖坟 | 122 |
| "地主婆" | 131 |
| 老支书李仁兴 | 144 |
| 祖母走了 | 148 |
| 给女儿取名 | 154 |
| 兄弟分家 | 165 |
| 窗口下的猪圈 | 169 |

## 第四章　草出石板缝　　171

| | |
|---|---|
| 我去三门"讨生活" | 171 |
| 二表哥 | 173 |
| 获准外出做裁缝 | 178 |
| 海下探作场 | 182 |
| 初战告捷 | 189 |
| 抲泥鳅 | 197 |
| 漫漫回家路（抲泥鳅续） | 206 |
| 添了老二、老三 | 220 |
| 三门，第二故乡 | 225 |
| 草出石板缝 | 235 |
| 被怀疑放火 | 238 |
| 希望政策13年不变 | 240 |

父亲、弟弟来探亲　　　　　　　　　242
　　带徒弟、办培训班、开服装店　　　245
　　养兔、做兔毛生意　　　　　　　　252

## 第五章　有了自己的工厂　　258

　　我家有了大学生　　　　　　　　　258
　　办加工场　　　　　　　　　　　　262
　　大田造房子　　　　　　　　　　　273
　　合股办企业　　　　　　　　　　　280
　　我有了自己的工厂——华旅伞业　　286

## 第六章　不一样的人生　　302

　　泪别母亲　　　　　　　　　　　　302
　　严苛的家庭教育　　　　　　　　　305
　　送外孙女出国留学　　　　　　　　309
　　退休生活，不一样的人生　　　　　311

## 尾　声　　316

## 参考文献　　318

# 第一章 洋渡是个好地方

## 父亲离家去台湾

那一年我5岁,母亲牵着我的手跟父亲面对面站着,都流着眼泪,轻轻地说着话,生怕别人听见,我只记得一句,母亲说:"你走了,我没事,家里儿子怎么办?"

那是1950年。关于父亲离家出走的其他事都是后来听说的。

母亲把父亲准备去台湾的事情告诉了二姑,二姑想劝说几句,父亲不予理睬拔腿就走。母亲没有送他,也不敢送他。二姑不知怎么办,就在后面跟着,离父亲越来越远。

一直追出村口上坎头到了去东塍的公路,眼看就要追不上了,二姑就在后面高声喊着:"卢锡宗,你就这样走了,囝、老婆都不要了?!老娘老爸不管啊,你撂下担子给谁挑啊?!"父亲不回应,飞一样地走了。二姑追不上只能回来了。

　　二姑一直追出村口上坎头到了去东塍的公路,眼看就要追不上了,二姑就在后面高声喊着:"卢锡宗,你就这样走了,囝、老婆都不要了?!老娘老爸不管啊,你撂下担子给谁挑啊?!"父亲不回应,飞一样地走了。

二姑告诉母亲，她大喊大叫有两个目的：一是让父亲良心发现，或者怕了，留下来不走了；二是让别人听见了去报告民兵把父亲抓回来，这样也能把他留下来。母亲没有流泪，轻轻地说："口袋里没有钱怎么走路？碰上民兵怎么得了呢？"

过了几天，剿匪部队攻打上岭村国民党韦邦残部，六房村有一个民兵参加了战斗，回来说看到父亲被打死了。我们都相信了，因为父亲的姑妈家在上岭，韦邦是父亲的姑表兄，父亲是在打上岭的3天前离家出走的，大家猜测：父亲因没有盘缠先去了他姑妈家，正好碰上这场战斗。但是，在认尸过程中，没有发现父亲。

就这样，我5岁没有了父亲，弟弟还在母亲肚子里。

## 地主家庭

1945年农历十月初二，我出生在一个人口众多、社会关系错综复杂的家庭。父亲兄弟姐妹共5人，三男二女，父亲排行第四。在我出生时，父亲的兄妹们都已成家，我的堂表兄姐已有8人，在我出生之后的几年里又增加了4人。我家里有楼房3间半，土地7亩多，没有其他产业。

祖父耳背，一生老老实实做人，重忠孝节义，是个好人。他与世无争，心善，气量大，能包容一切，从不欺负别人，他有很多朋友。祖父常教育我们："不能偷、不能骗、不能赌，要以勤为本。"

曾经，这一大家子其乐融融，深受他人敬重。在我懂事后，我常常听到祖父跟别人夸他的子女"龙像龙、凤像凤，个个能干、聪明，有活力"。祖父有个不解的谜，他亲生的三儿二女，对他的称呼全都是"阿丈"（村里人叫姑夫或姨夫为"阿丈"）而不是"爸爸"，祖父曾非常开心地对我说："为这个，我还专门问过算命先生，算命先生说这也是我们家的一道风水。"新中国成立前,有隔壁邻居羡慕我们家庭兴旺,学着我家这一奇特现象,让他的子女也称呼他为"阿丈",凑巧的是他也生了三儿二女,也是其乐融融,他高兴地跟羡慕他的人说:"隔壁有样,否用上账(隔壁有榜样,照搬照抄就是了)。"

母亲有一个好听的名字——周韵梅,她出生在东塍上街石龙门里周姓望族,排行最小,被父母和兄姐疼爱,用舅父和姨母的话说"值钿死了(很宝贝)",族里人称呼母亲为"小姑",还有人称呼"美姑""美""阿美",取"梅"音,也因为她长得美。村上的人都称她为"大人美"。

母亲祖上书香门第,因为外公酷爱梅花,所以母亲和她的6个哥哥姐姐的名字都带着"梅",非常有诗意,外公是想用各种方式赞赏梅花。母亲的3个哥哥,两个军校毕业,一个当了军医,后来回到家乡,一个跟着周至柔①在航空总公司上班,后来去了台湾;还有一个哥哥曾跟随屈文六②。

母亲在1944年经人介绍认识父亲,两人同岁,壬戌年生,属狗。当年结婚,第二年就有了我,郎才女貌,又有了儿子,家里虽穷,生活还算甜美。父亲婚前在上海工作,婚后为了照顾家庭,回到家乡找了一份小职员工作,母亲说他们在一起的时间屈指可数,应了算命先生的说法"命中注定两狗不共巢"。

1950年,农村划分阶级成分③,我家被划为地主,但在次年土地财产

---

① 周至柔:原名周百福,国民党高级将领,曾任黄埔军校教官,在台湾任"陆军"一级上将参谋总长兼"空军"总司令。
② 屈文六:又名屈映光,民国时期临海重要人物,是台州辛亥革命第一人,曾任国民山东政府省长,北洋政府内务部长。新中国成立前去台湾,晚年潜心向佛,热心慈善。临海带有"济生"二字的拱桥都是屈文六募捐建造,洋渡就有一座。
③ 农村划分阶级成分:根据中央人民政府《关于划分农村阶级成分的决定》精神,从1950年6月30日开始,我国开始了全国范围的农村阶级成分划分。根据当时中国的土改现状和需要,将农村阶级成分划分为"地主、富农、中农、贫农、工人"。

重新分配时，没有被分走财产，反而增加了土地。当时，伯父在上海工作，他的一家人都不在六房村。叔父在国民党部队当兵去了台湾。大姑、二姑已出嫁。我们这个大家庭参加土改分田的只有祖父、祖母、母亲、我、弟弟及婶婶和她的儿子，共计7人，按照洋渡乡平均每人1亩4分标准来计算，我家应该拥有土地9亩8分，所以我家还新分了2亩半土地。

土改时，二姑租住在六房村，她念过几年书，帮助村里搞土改工作，比较熟悉当时的政策。太公（祖父的父亲）和太叔公（太公的弟弟）原来共有7间房屋，两兄弟对分每人3间半，那时太叔公的一家子都在临海城里生活，没有参加六房村土改，我二姑就将太叔公名下的房子要了去。但没过多久，她带着她的那一家人也去临海城里生活了。

后来听说，这个地主成分的划分跟叔伯亲戚有关，跟祖父耳背有关，跟二姑也有关系。

祖父的社会关系非常复杂。祖父的堂叔父是村长，整个六房村乃至整个洋渡乡，都是他堂叔父说了算。祖父有个外甥在上岭村，是国民党指挥官。祖父的大女婿是庙西村人，曾在国民党部队任连长。家里的7亩多土地在土改前都是大女婿带着人来收种，祖父在一旁指挥，这被定性为"不劳动"，成分的划分与这有直接的关系。

二姑长得很漂亮，新中国成立前在宁波当警察，自行车骑得特别好，能在我家的双台（连在一起的两个四合院）的天井台阶上骑上骑下，姑丈是广东人，上过大学，在国民党财税部门当官，他们有两个儿子，小家庭经济条件很好。祖父就帮二姑把余钱出借给村民，按照当时民间利息收取，这就是放高利贷，是一种剥削行为。所以，这顶地主帽子可能与我二姑也有关系。

耳背的祖父听不清楚人家说什么，看着人家嘴在动，他都笑笑，他都不知道可能是他自己笑着戴上了"地主"这顶帽子。

后来，在二姑的努力活动下，土改工作队对我家阶级成分做了改判，但只是由村长在村民会上宣布："卢继周（祖父名字）家不算地主，二老三少，没有多余的房屋和土地。"不算地主那算什么呢？结果没有定性。实际上还是维持原样，送信、搬凳子、打扫卫生、整理会场等"四类分子"①需承担的义务劳动仍然被分派来做。只要还被分派义务劳动，在大家眼里就还是地主。那时候，祖父66岁，耳背，手脚不利索，祖母是小脚，走路也不利索，这些义务劳动当然就由我母亲和婶婶来做。后来婶婶回娘家了，祖父那顶地主成分帽子就落到了我母亲头上，我自然也成了地主儿子。

祖父对地主成分自有理解："整个六房村，家产最多的那一户在土改前就把家产全拿出来分了，是个开明地主。势力最大的那一个无儿无女，因为有功于共产党，新中国成立后被接到上海去了。所以让我们这些不上不下的人充当镇压和批斗的对象。"他对我说："我请帮工也是不得已而为之，那时候儿子们都不在家，祖母是'细脚娥'（小脚女人），干不了重活，我自己身体又不好。"

"地主"这顶帽子无比沉重，就像古代犯人脸上被刺了字，永无翻身之日。户口本上有一栏目必须填写"家庭成分"，孩子成长的履历表中有一项必须填写"家庭出身"，参军、上学、入党、提干、找对象结婚都受到限制。每到需要填表的时候，孩子们都要与我商量可否不填"地主"，我脑子里清晰记着大女儿欢呼雀跃的那一刻，就是因为老师对她说："你可以在'家庭出身'一栏填写'农民'。"

"地主"这顶帽子不但影响了祖父一辈及父亲一辈，也改变了我这一辈的命运，还影响了我的子女辈。几辈人的心里都留下了阴影。农村小孩

---

① "四类分子"：指1940—1970年间，对地主分子、富农分子、反革命分子和坏分子这四类人的统称。

子吵架,最恶毒的就是骂人的话语中带上"地主"两个字,我家的孩子经常被骂"小学(我的小名)菊英(我妻子名)地主婆……"我对大女儿唯一的一次棍棒相加就是因为她在外面跟邻居家小孩吵架,家长上门指着我鼻子骂:"呒个地主囝(你这个地主儿)……"我这一生最怕听到的就是这几个词:"阶级斗争""阶级立场""家庭成分""地主""四类分子"。

父亲怎么都想不到这么贫穷、这么简单的家庭会被定为地主成分。他始终接受不了这个事实。有一次在和同村一个同龄伙伴玩滚铜钱(一种小游戏),玩着玩着就吵起架来,对方骂父亲:"地主鬼!"父亲心里彻底崩溃,于是就下了决心离家出走了。

父亲出走时身上没有钱,他去了大姑家,大姑给他一条烟,这是大姑后来告诉我的。我在三门的一位表姐告诉我:"你爸去台湾时路过我家,向我借钱,那时候我手头也很紧,只给他5块大洋。"这应该就是父亲离开家时的所有盘缠。

我母亲是卢家的大恩人,她不但承担着一切地主成分应该承担的义务劳动,还要侍奉公婆、抚养两个儿子、学着种农作物。农忙抢收抢种只能请短工帮忙,但又付不起工资,就拖欠着。我清晰记得债主上门要账的场景:来人进门坐下并翘起二郎腿,母亲在一旁好言请求延迟付款日期。

镇压反革命运动期间,祖父被拉去"陪枪毙",陪完后还要被拘留在乡政府。晚上7点钟,民兵上门通知母亲给祖父送被子。洋渡乡政府设在绚珠村,去乡政府必经过执行枪毙的地点——松树庙坦,想想就很恐怖,母亲没有犹豫就带着我出发了。在这件事情上我非常感恩叔公卢德铎,他在我们出门时悄悄对我说:"别怕,我跟在你俩后面。"我知道叔公不能公开陪着我们一起去,因为被人看见会给叔公扣上"勾结地主"的帽子。叔公暗中跟在后面,我们也就没有那么害怕了。

但是,懂事后想起这件事我还是会后怕:祖父虽然耳背,但不全聋也不瞎,看到身边的人在震耳欲聋的枪声后,躺倒在自己身边,鲜血横流,该是怎样的恐惧呀。他从来没跟我们说过,我们也没敢问。

回来后,祖母含着眼泪似笑非笑地说道:"一个是书香门第的千金,一个是乳臭未干的孩子,这地方本来就是冷冷清清的坟坦(坟场),何况下午在这里活生生地枪毙了几个人……我有三儿二女,为何落到这种地步,让你俩受苦。"但是,在祖母面前,我觉得很自豪,像一个小伙子完成了一件光荣的任务。

## 洋渡是个好地方

我有幸出生在洋渡——这个名字美、风景美、先人智慧、土地肥沃的地方。洋渡分为六房和大房两个村。我出生时洋渡是乡,包括相邻着的洋渡六房村、洋渡大房村、绚珠村等,与东塍乡同属于临海县的东塍区,现时属临海市的东塍镇。我家所在的洋渡六房村早已改名为勤勇村,也许是怀旧情结,我们还是一直称自己是洋渡六房人(本书中也是用"洋渡六房村"或"六房村")。

洋渡是个好地方,山水环抱。北有日山、狗山做屏障,在冬季起到了挡风御寒的作用。东有人山、球山。南有狮子山、山殿山、螺蛳山。西有上沙溪,这是台州独有的风水宝地——"百廿里"倒流水源头之一。来自东塍镇、汇溪镇两镇几十个山脉形成的两条支流,一条自东而来,一条自北而来,在六房的西北角并流为上沙溪,向南汇入大田洋,六房的村西和村北被溪流美美地环绕着。

洋渡,顾名思义,是因地理位置而得名。传说几千年前,这里是海洋的一角,现在周边的浴桶岩头、日出栋头、下沙山头,原来是一个个小小的岛礁。从南端的暇几门渡口,到北侧的狗头垮渡口,中间的一大片水域就是洋渡洋，洋渡因此得名。斗转星移，地壳运动，洋渡洋慢慢变成了丘陵地带。20世纪60年代兴修水利时，暇几门挖塘蓄水用于灌溉，民工们挖出了很多船板、桅杆、陶瓷碎片，有的桅杆甚至有十几米长。

关于洋渡的传说有不少，有一个我印象最深刻。有个看风水的先生看出洞桥这个地方要出一个皇帝，别有用心的人听说后要去谋杀这个未来的皇帝。于是各路兵马就前往洞桥去保护这个未来的皇帝。这一日恰逢是八月十六子时，潮水特别大，兵马无法过海，等潮水退去时天也亮了，保皇行动没有成功，将士们非常伤心，久久不肯离去，都停留在这里，慢慢化为一座座山，成了洋渡洋的东南屏障。现在看去这组山脉象形逼真，像人、球、狮子，故取名叫人山、球山、狮子山，狮子山就在我们六房村，据说这头狮子当时是旗牌兵，所以称为旗牌狮子。

卢姓是洋渡的大姓，台州民间流传着这样一句话："西乡石鼓胡，东乡洋渡卢。"说明洋渡卢姓是大族、旺族。

洋渡卢是怎样兴起的？相传，100多年前，卢氏老祖宗是三门县亭旁区上卢村人，以农业为生，以养猪娘（种母猪）培养奶猪（猪崽）为副业，老祖宗勤劳善良，子女众多，算不上富余，但日子过得还不错，常来大田卖奶猪，并采购生活用品。

那时的大田拥有西洋行大码头，水陆交通比较发达，因此生活物资充沛，价廉物美，吸引着周边居民前来乐市（赶集），加上当时的临海是台州府所在地，因此有"上府落县"的说法。这条上府之路，比较宽敞，从三门县开始，经东塍、大田直达台州府，光是路廊（供路人途中休息的凉亭或小房子）就不少于50个。这条路上，有坐轿的、骑马的、走路的，有商队和乐市的人们，熙熙攘攘，特别是逢一逢六（每月的初一、初六、十一、十六、二十一、二十六）大田集市日，这条路更是热闹。

那天老祖宗的奶猪很抢手，不到10点就卖光，吃饱饭后他就匆匆赶路回家。晚秋季节，天气大热，有一个月没下雨了，老祖宗来到一个名叫塔泥殿的路廊，歇脚、喝茶、抽烟，因烟瘾有点大，接连抽了好几杆，此时突然狂风大作，烟斗里的烟火被风吹到田里引燃了晒枯的禾苗，火焰直窜附近的稻田，烧了上百亩的干枯稻苗。这些土地属当地姚氏、胡氏两姓，老祖宗被姚、胡族人扭送至官府，要求赔钱。官府说："天旱苗枯，本来就没有收成，怎么赔？"姚、胡族人说："大老爷明察秋毫，你说咋赔就咋赔。"官老爷说："十赔九不足，每亩以50斤稻谷折算银两赔偿。"姚、胡族人千恩万谢。官老爷说："先别谢，还有一条，若天下大雨，田里长出新苗，收成归卢姓所有。"姚、胡族人认定不可能长出新苗，因此很爽快地答应了。官老爷叫双方画押，老祖宗回家拿了银两赔钱了事。

不料，天公作美，当天晚上就下起大雨，田里不但长出新苗，而且长势很好，竟然有每亩300多斤的好收成。

老祖宗觉得这是上天的安排，认为卢氏应该在此地发展，就在洋渡安了家，并把两个儿子也从三门叫过来，在洋渡置办两处住房，大儿子住的叫大房，第六个儿子住的叫六房，这就是后来的洋渡大房村和洋渡六房村。由于卢家以勤劳为本，勇于创业，慢慢地兴旺发达起来。

卢姓说起来是靠卖奶猪起家，而隔壁的屈家村是文人家族，又出了屈文六等名人，所以笑我卢氏是"卖猪卢"，我不生气，因为这是一个关于老祖宗勤劳善良的美丽故事。

## 免学费上小学

8岁那年，我想读书，母亲含着眼泪说："尬夷（哪里）有钞票读书呀！"祖母拿出了3角钱，大舅拿了5角钱，书费就差不多了，学费要1元2角，可以先欠着的，就这样母亲把我送到洋渡小学，我如愿上了学。后来，学校向我催缴了几次学费，但实在缴不出，再后来，老师对我说："你家实在太困难，学费已经免掉了。"一直到小学毕业，我都没有缴过学费。

上学的第一天，班主任倪老师问了我好多问题，还问起我父亲的情况，我如实回答。聊完后她夸我聪明、懂事，把我放在二年级。一直到四年级倪老师都是我的班主任，对我很照顾，经常表扬我，说我不仅成绩好，而且对老师、同学很有礼貌。我知道读书不易，所以学习很认真，成绩大都是4分、5分（5分制学分）。

我儿时有一件很漂亮的衣服，很多小朋友都没有穿过这样的衣服。是母亲用父亲的白色旧衬衣改做的小衬衣，领子上冒出两个小尖角，还有过肩（一种衬衫款式，比较挺括），衬衫袖口用纽扣扣着。第一次穿它是在一个新学期开学的第一天，要参加大扫除，我的任务是拿着镰刀去割草。我小心翼翼地生怕弄脏衬衣，倪老师看到了，走到我身边，帮我把袖子挽到了肘上，又看了看，说："双辑线，是手缝的。是你妈做的吧？太厉害了，正面看上去，与洋车（缝纫机）缝的没有什么不同。你妈的手艺太好了！"

倪老师知道我家的详细情况,觉得我母亲很不容易,好几次对我说:"你妈妈很伟大""你妈妈是个好妈妈。"她一直想去我家看我母亲,但是不知为什么直到我毕业都没有来过我家。

她还问我:"你想不想参加少先队?"我点了点头。她说:"我帮你介绍,到时候我送你红领巾,并亲手帮你戴上。这白色小衬衫配上红领巾,那多帅呀!"可是,因为成分不好,我一直都没能戴上红领巾。

母亲对我管教很严,常常叮嘱我:要尊敬老师,要跟同学相亲相爱,别人的东西不能要,捡到东西要交给老师。在家时常督促我学习,要求我背诵诗词,要求我握笔有力,并很认真地教学、示范,有时候她会在我写字时悄悄从背后抽我的笔,检查握笔姿势是否正确。

儿时我最喜欢玩滚铁环,只要不下雨,上学来回都是滚着铁环走,如果冬天地上湿,有时会用"挡挡"走路。"挡挡"既是玩具,也是用具,像木屐、高跷,10厘米左右高的两个圆竹筒,左右两边穿上绳子,脚踩在竹筒上,手提着绳子。有时也会和小伙伴们玩滚弹珠、刷花纸、打壳等游戏,记忆最深刻的是打壳,一定要用花蛤的壳来玩。有一个星期日,我们4个小伙伴去大田西洋行村捡花蛤壳,这里有几家生产石灰的蛎灰厂,有大量贝壳。我们捡了好多花蛤壳,奇形怪状,非常漂亮,我们脱了长裤把裤脚扎起来装花蛤壳,装了满满两只裤腿。回到家里,4个小伙伴都受到家长责骂甚至体罚,贝壳也都被扔到天井里。我母亲打了我两下,语重心长地对我说:"你没有爸,你是我们家的男子汉,你要懂事一点,除了读书,还要照顾好弟弟。这些游戏有输赢,会相磨(吵架),你爸就是玩滚铜钱与人家吵架走了,现在生死不明。"

母亲虽然打得很轻,但说的话让我感到非常沉重。从此,我决心把自己当作大人。放学回家,除了做作业就跟在母亲身边,她做什么我跟着做什么,有空就陪弟弟玩。小时候我不长个子,看起来很小,抱着弟弟时,人家就笑我"七斤猫狸五斤鸡"①。没有父亲,就没有童年。

1955年9月,我上高小五年级了,班主任换成了尤老师,那时候小学一共6年,一至四年级是初小,五至六年级是高小。尤老师是个男老师,个子很小,我班有很多同学都比他个子高。尤老师特别威严,课也上得特别好,在他面前,全班同学都特别听话,有时有同学上课开小差,他用粉笔在讲台上轻轻敲两下,教室里一下就安静了。他讲课的声音特别好听,让人觉得娓娓道来、和蔼可亲。

我记忆最深的一次课是他给我们讲高速公路,他说:"国家发达一点就会先修路,今后我们国家也会普及高速公路,那个时候我们到杭州只需一两个小时。"我当时认为,"速"应该是关于汽车动力的,关键还得靠车的改良,马力增大了,汽车的速度就快了,所以,高速公路只跟"速"有关系,跟路没有关系,道路只是配套设施,我把想法在课堂上说了出来。尤老师说:"你说得好,但如果是车的改良,就不叫高速公路,叫高速车了,真正要让汽车速度快起来,必须改造道路。看看我们现在的石子马路,有摇摇晃晃的自行车,有费力苦拉的人力车,各行其道,汽车来了,人们都躲躲闪闪地让路,汽车过后,路面上扬起了泥沙,看不清路况,几分钟后才能恢复正常。你们到家身上都有一层泥沙,拍也拍不干净,对吧。这种公路,多好的车都快不起来。高速公路的特点,来回双向车道是分开的,中间有隔离带,车道上还分若干条车道,有快车道、货运车道、超车道,还有靠边的停车道,各自按规定的速度在规定的车道上行车。"那时候乡村马路都很少,我们听得是云里雾里的,但他很有信心,认为国家肯定会发展的。

---

① 七斤猫狸五斤鸡:指猫狸和鸡差不多重量,猫狸偷了鸡以后,拖起来很吃力。这里指哥哥抱着体重跟自己差不多的弟弟,非常辛苦。

多好的课！我听了热血沸腾，对未来充满了希望，也暗暗下决心要对社会的发展做出贡献，学习也更加努力了。我还记得我五年级第一学期的学习成绩：算术5分，唱歌3分，语文、历史、地理、体育都是4分。尤老师给的评语是："该生成绩优良，自学能力比较强，能尊敬教师、团结同学，希望能再接再厉，争取下学期有更好的成绩。"但是尤老师很肯定地告诉我："按照现在的形势，你是没有机会读初中的。"

1957年的夏天，我以优异成绩毕业于洋渡小学，并收到了上沙农业中学的录取通知书。去中学报到要凭村委会的证明，我去找我们村的党支部书记李仁兴开证明。李仁兴语重心长地说："你家很穷，你妈很辛苦，你还是给生产队放牛比较合适，一年有900分劳动工分，参加分红，基本能解决你自己的生活问题，这样能减轻你妈的负担。"我回家把李仁兴的话告诉母亲，母亲说："他说得对，我再也没有钱给你读书，我还想着给你弟弟读上两年书，让他起码会写自己的名字。"我觉得母亲说得有道理。

李仁兴和我家住得很近，但一生我和他只谈过三次话，这是第一次。如果当时他实话实说也是完全可以的："现在政策有规定，成分差的，初中都不收。"但他没有这样说，当时我就体会到了他的好心，感觉共产党的干部是好样的，有善心。

后来慢慢知道，尽管国家那个时候很需要人才，但国穷家穷，社会动荡不稳定，不只是我，我的同龄人都不同程度地遭遇接受教育受阻。我们一帮小伙伴，也就只有3个人能继续去上学，最高也就读完高中，一个去读了3年初中回家务农；一个读完高中，当了代课老师，后来转正；一个初中毕业后在村里当会计。

就这样，我当上了放牛娃，年仅13岁，这是我这一生中的第一个职业，13岁的我开始养活我自己。

## 娘儿仨另灶单过

婶婶是河北唐山人，大小姐出身，嫁给叔叔后，一直在洋渡生活，听不懂临海话，语言沟通困难，被划定地主成分后开始要外出去做义务劳动，她更难适应了，没过多久，她坚持不下去了。她把土改后家里的一切写信告诉娘家人，包括我父亲离家出走不知死活、上岭战斗中姑婆家的伤亡、大姑丈被镇压等等。婶婶的娘家人知情后非常心疼和着急，马上寄来路费让婶婶回娘家。但婶婶还在犹豫，婶婶和叔叔是自由恋爱，她不想离开洋渡，她还想等着叔叔回来。她把娘家寄来接她回家的路费拿出来贴补家用。

可是，日子一天比一天难过，她真的熬不下去了，她的娘家人第二次寄来路费，婶婶终于下了决心！1952年5月，她带着我的堂弟回唐山了。我好心痛，少了一个相依为命的小兄弟！

后来，婶婶寄来一封信说自己改嫁了，叫我们不要联系她，还说，儿子长大后，由儿子自己决定跟父亲还是跟母亲，没有留下回信地址。

家里的日子越来越困难了，祖母把自己结婚时置办的倒挂眠床①也卖掉了，自己困（睡）在遗弃已久的破旧床坤（木床）上；母亲也把可以卖的东西都卖了，把父亲的一双皮鞋卖给了一个小学老师，还把不值几个钱的绣了梅花的腰带给了货郎托他转卖。除了这些，我们家真的没有什么可以变卖的了。母亲本来想把父亲的皮鞋留给我穿的，但实在是太大了，我穿上试试，母亲笑说："苍蝇汰绿豆壳（小脚穿在大鞋里，极不相称），它等不到你长大了。"记忆中，儿时的我没有穿过一双雨鞋。刚开始几年冬天下

---

① 倒挂眠床：古时的架子床，床的前沿是花架。如果在此基础上再加一个花架和踏步，就叫半间床。半间床的踏步四角立柱，镶以木栏，放置梳妆台、便桶等。花架和踏步越多，说明家里越有钱。

雨时穿的是草鞋，后来用旧的汽车轮胎做了皮草鞋穿。

就在这个时候，城里的伯父托人带钱来了。伯父是经商的，那时候提倡要与阶级敌人划清界限，所以伯父也不能回来看望祖父祖母，但他从那个时候开始就定期给祖父祖母寄生活费，从不间断，从开始的每月3元，逐渐增加到每月10元，一直到祖父祖母过世。伯父家的儿女长大后，伯父让大儿子在上海从邮局寄生活费过来，以传承孝义。

那个年代儿子批斗父亲，女婿批斗老丈人，这样的事经常发生，所以伯父能这么做是非常有孝心的。村里就有儿子批斗父亲的例子：一卢姓富农种了荸荠，当时乡里禁止种经济作物，有人向农会报告。农会就给他在小学教书的儿子施加压力，要儿子批斗父亲，儿子怕丢了饭碗就在批斗会上上了台，义正词严："富农卢××，水稻不种种荸荠，很不老实！……"这段话相传几十年，至今还有人学着这段话跟他的孙子讲蛮（开玩笑）。

伯父第一次托人带钱给祖父祖母时，同时带来一句话："供养爸妈是应尽职责，供养子侄没有义务。"这意思我们很清楚，也在情理之中，于是，在1953年百草青①时，母亲带着我和弟弟另灶单过。分家的事简简单单，就是我们仨和祖父祖母分开吃饭，我们在大灶边上的那个小火炉上烧。还记得分家那天，我放学回来，母亲看我走向大灶台前盛饭，急忙说："我们的饭在夫炉（小火炉）里。"后来母亲担心我们兄弟俩嘴馋吃祖父祖母的东西，特地去买了一口缸灶（一种小灶），放在楼上睡觉房间的门口烧，母亲再三嘱咐我们要小心火烛。

母亲除了在生产队里种田，还帮人做衣裳赚点钱补贴家用。妇女在生产队种田不是全劳力，每天只有6分工分。母亲年少时就学会了给自己

---

① 百草青：是指二三月份百草泛青时节，有生长力的寓意，一般分家都选在农历二月初八，是风俗。

做衣裳，婚后家里拮据时，就去给别人家做，做的是大襟衣服，手缝的，一天可以做一件，收5角钱工钱。那个时候只要有人需要做衣服，母亲就不用去生产队参加劳动了，跟队长打个招呼就可以了："哑洋的开（走亲戚）。"就是以走亲戚的借口去做裁缝，那时候是被允许的，就是不计工分。母亲除了在自己村里做，也去她的娘家地东塍做，后来邻村也有人慕名请母亲去做。

懂事后的我一直觉得父亲没有担当，缺少男子汉气概。我二姑和我父亲虽然同宗，做出的事情却有天壤之别。二姑回到娘家地协助土改工作队工作，并在娘家地分到房屋和土地，成分是中农。父亲，没有当过官，也没有干过坏事，虽然祖父被划分为地主成分，但是父亲作为一个劳动者，有父母、妻子和孩子，为什么就不能选择在家当儿子、当丈夫、当父亲，你甚至可以同祖父划清界限、自立门户，可你偏偏选择离家出走，狠心抛下父母妻儿！

## 小鬼当家

1954年，临海大生织布厂招工，母亲被录用为临时工，母亲带着弟弟去临海城里上班。那时候，祖父祖母都住在城里二姑家。于是，家里就剩下9岁的我一个人。我要自己做饭、自己洗衣，还要自觉地完成作业。独自一人时，我觉得自己又长大了不少，看到玩具就心烦，除了滚铁环、玩挡挡、弹珠、花纸、贝壳、打否死（陀螺）等全被我扔了。刚开始时晚上睡觉害怕，母亲让在下沙屠中学读书的表哥过来陪我，后来慢慢地习惯了，我就一个人睡。

有一个星期天，我有个叔伯家的姐姐去城里，我跟着她一起去看母亲。去的时候，我穿着一双破了的鞋，把一双好一点的鞋放在袋子里，快到城里时洗脚换上。母子团聚，可高兴了。母亲买来番薯粉糕南（一种点心）让我吃，真的好吃。我从来没有吃过零食，这次母亲破例，可能是领到工资有钱了吧。

临海县城很大，到处都是电灯，很亮，电灯不用油，不用火柴点，线一拉就会亮，我回家告诉小伙伴，他们都不信。

母亲与兰姨同租一间房屋居住，兰姨也是织布厂的临时工，与我母亲本来就认识，她的丈夫去了台湾，她带着一个比我弟弟大一岁的小孩。那天晚上我们母子3人睡一张床，同兰姨只隔着一层布帘，两个大人谈了很久，有些我能听懂，有些我听不懂，隐隐约约得知：母亲和兰姨都很勤劳，深受领导赏识。

第二天吃早饭的时候，母亲告诉我她有可能转为正式工，但要拿到父亲确实在上岭被打死的证明。她让我回到家马上找民兵班长要证明。

民兵班长就是当年参加上岭战斗说我父亲已被打死的那一位，他把当时的情况又跟我说了一遍，他说："在歼敌过程中，有人看到你爸，但在认尸过程中，没有你爸。所以，有可能你爸没有去上岭，是人家看错了。也有可能你姑婆知道很危险，叫你爸提早离开，可能你爸已去了台湾。我是一个共产党员，不能给你出具没有把握的证明。"

我没能拿到证明，母亲只能在试用期满后回到家里。

如果能证明父亲已死，母亲的临时工就能转正，生死不明反而不行，这让当时的我很不理解。跟母亲同住的兰姨改嫁了，改嫁能改变一切，她顺利地转为正式工，她的儿子后来也有了更好的发展。而母亲始终没有动过改嫁的念头，即便这个家担子沉重，即便复杂的社会关系使她遭受许多磨难，她都没想过脱身离开。

母亲回家后，用试用期挣的工资买来了一台脚踩手拉的木结构织布机，去厂里领棉纱拿回家加工，家庭贫困的生活有了一点点改善。弟弟做了一回城里人，回家后能干多了，可是4岁的他还不会讲话。母子3人在一起，觉得很幸福。只要母亲在，就有家的感觉。

我总觉得弟弟有点不对劲，他看到你笑他也笑，但你叫他，他不搭理你，也不会讲话，这让母亲和我都很着急，担心他是个喔佬（哑巴）。母亲回忆说，弟弟未满周岁时，有一次躺在书桌上，不小心掉在地上，可能鼓膜震破导致耳聋，听不见所以就不会说话。我天天教他叫妈喊妈，有一天，他看着我的嘴唇，小嘴唇抖了两下："姆妈！"真的会叫妈了，这时他已经5岁了。我和母亲可高兴了，就这样天天大声地教他说话，慢慢地，他什么话都会说了，但语调始终跟常人不一样，是听觉欠佳造成的。弟弟在我小学毕业那年开始上学，虽然听力欠佳，但老师都夸他聪明。弟弟仅上了两年初小就休学参加了农业劳动。

我一个人独自生活的这3个月让我懂得更多。一句"地主鬼"，能把一个七尺男儿逼得离家出走；阶级的划分，能使儿子上台去批斗父亲；八九十口人的卢家大家族，飞三走四的，祖居地上曾经只剩下我一个人；父亲的下落不明让母亲失去了一个多么好的工作机会。

## 去东塍上街外婆家

我的外婆家在东塍上街头（镇驻地），与六房村同属东塍镇（以前是乡、公社）。我有一个好朋友卢立訇比我小1岁，跟我同住双台里，他的外婆家在东塍中街，两个外婆家住得很近，9岁那年暑假，在母亲的同意下，我们两人相约一起去外婆家。

去东塍是出村右转向东行，我俩走的是乐市大路。从六房开始走的是碎石路，这是一条从大田到东塍的乡村公路，从六房村穿过。到了绚珠村西口我们便拐到古道上，沿着这条古道一直走到东塍。这条古道是一条石板路，石板路的中心是4尺宽的石板一块接着一块，路面经几百年的磨砺变得柔润有光泽，石板两边铺的是溪滩石，每一边约有2尺，溪滩石外边有1尺左右宽的泥土路，长着青草，石板路总共约1丈宽，来往两个方向的行人挑着担让路也很轻松。这条路原来是官衢大道，从大田一直到东朦都是这么宽的路面。跟这条大路相伴的是大大小小的路廊供过路客歇息，我家往东朦方向有7个路廊，半数以上路廊内有免费茶水供应，有行善之人住进路廊，常年义务为路人烧茶。

我俩要经过的第一个路廊是坝头路廊，距离它不远便是绚珠路廊。坝头路廊比较简单，紧邻洋渡小学。绚珠路廊和当地的将军殿连在一起，中间还有戏台，就在绚珠村老街的西入口处。老街贯穿整个绚珠村，是古道的一部分，街的两边都是两层楼房，整整齐齐，左边有座祠堂，右边有个卫生所。从绚珠村穿出，大路的左边是寺头胡村，对面是庙西村，我大姑家就在路边。走过村庄，就是庙西路廊，这是一个较大的路廊，3间房子连在一起，一边是路廊一边住着一户人家。过了庙西路廊，不远就到了小

山殿路廊。小山殿路廊很小，屋柱与屋柱之间连着几把凳子，可以坐坐，后壁墙上有个神像，神像前有个灯山（插蜡烛用），冷冷清清，很少有路人会在这里坐着歇息。过了小山殿路廊，前面是文昌阁，当地人求神拜佛的地方，站在文昌阁朝溪东方向望去，不远处有个方塔，里面是空的，有4个窗口，传说这是放小孩子遗体用的，里面住着很大的蛇，专吃尸体，听起来让人毛骨悚然。走过文昌阁就进入东塍老街了，老街从西至东分下街、中街、上街。

过了文昌阁，是东塍下街石板殿，这是东塍集市最热闹的地方。

石板殿雄伟、高大，南边是路廊，北边是大殿，大殿当时被供销社存放物资所用，东边墙外放着两只供人方便的便桶，桶边没耳朵（提环）。一般的便桶都是有耳朵的，所以这只没耳朵的便桶便成了一个奇特的现象，也成了游子抹不去的乡愁标识。听母亲说，老街上曾流传着这么一首民谣："天下走遍，不如东塍石板殿；走遍天下，只有石板殿下两只便桶没耳朵。"（方言"下"和"朵"押韵）

关于便桶值得一说，因为现在的年轻人都没见过这东西。便桶的功能相当于现代的抽水马桶，用木板箍成，两边装着提环方便抬走或挑走，每户人家都有，一般人家结婚时的嫁妆里都少不了它。那个时代没有公共厕所，一般在马路和街巷的角落处，还有农村演戏或者放映电影场地的偏僻处，都会排放着几只便桶，一方面是方便路人小便，另一方面是用来积肥。大田街有条小巷横穿老街，放着近十只便桶，因此而得名"拉尿巷口"。

石板殿往右走是一条横街，走到底是东塍下街的戏台，卢立旬的外婆家在戏台的右边，是全台屋（四合院），大门朝南，从大门进去左手边至堂前，都是他外婆家的。他的叔公、叔婆和外婆在家，我们的到来让他们很开心，他的外婆和叔婆马上一起去做饭，叔公带着我们去菜园玩，从后门出去好大的一个菜园，种着板栗、金杏、红娘、橙子、枣，叔公摘了很多枣子放进我们的口袋，让我们在路上吃。

吃了饭辞别3位老人，我们返回石板殿继续沿街上行去我外婆家。

路边有好几家打铁店，我们站在门口看了一会儿。师徒两个打铁，徒弟用的铁锤大，每一下都打在铁上，那个师傅拿着小锤很少打在铁上，老是在铁墩的耳朵上敲得叮叮当当，我俩猜师傅是用这个声音来鼓励徒弟使劲。来到东塍中街路廊，这个路廊的名字可多了，有人叫小路廊，有人称大路张路廊，走进路廊，那个火烧饼的香气真诱人呀，口水都流出来了，不愧是百年老店，我拉起立訇的手快速地跑开了："我们走吧，受不了了。"

跑了几步就到了一个镬炉店（做铁锅的店），我的大娘舅是这家店管账，月工资8元。见到我们，大娘舅笑得很开心："自己都能来东塍嬉（玩）了，好能干！走，屋里开（回家去），叫娘舅姆（舅母）泡茶触（吃）"。我去外婆家就是来看舅父舅母的，我的外公外婆在我母亲很小时就过世了。我的3个娘舅3个家住在9间门面一排的房子里，正面有两个大门，后面有两个后门，西边灶头间还有一对门，两个正大门很高大，用很大的石条建成，在东塍上街，是比较有名的石龙门。在这门里有我的表兄弟姐妹十几个，我排行第八。二娘舅二舅妈新中国成立前都去了台湾，家里留下一大帮子人，表姐周月月和我关系最好，她比我大两岁，把我妈当亲妈。

表姐看到我到来，开心得不行，找来两个闺蜜带上我俩一起到东塍小学玩。东塍小学是正规建筑的小学，我上的洋渡小学是卢氏宗祠改建的，边上还留存着关帝庙，看起来真的大不一样，教室、操场都很漂亮。

从小学出来后，我们5个一起沿街一直向东走，路过外公兄弟的家，大门口的设计与我娘舅家一模一样。路过一个花戏棚，又到了一间路廊，叫上街路廊。过路廊左转，是一个很大的院子，起码有40多亩土地，是屈文六的家，这个地方有一个专门的名字，叫凉棚。

终于走到了东塍街的尽头，这条东塍街好长啊，两旁有50多间房子，有"三里长街，六邑（指老台州六县）通衢"的说法。街上店铺林立，老字号众多，除了上面提到的，还有箍桶、钉秤、裁缝、算命看相等，据说东塍老街是南宋时期临海7个乡市之一。

回到舅舅家，表哥周在凡正忙着为我们准备晚饭和住宿。我俩表示一定要回家，两位妈妈要挂念的。表哥不强留，给了我3角钱，让我在小路廊买点好吃的，我收下了。这位表哥像个大人，平时常给我买学习用品。

路过镬炉店跟大娘舅道别，店里正准备倒铁水，风箱不拉了，炉子已经倾斜，有个老师头（师傅）在挥手要我们退后两步，他们把炉子的出口对准模具倒满，再接着倒第二只、第三只，一次能铸三口镬（锅），这让我俩又大开了眼界。大娘舅也想挽留我们住下来，看我们坚持回家，就从口袋里摸出5角钱递给我，也说："到小路廊买点好吃的。"我不要："在凡表哥已经给我钱了。"老人家表扬了表哥，也夸我懂事。每次见面大娘舅都夸我，都会说："我眼光很准，你将来会很有出息的。"看来，母亲虽然对我严厉，但常在背后表扬我。

离开大娘舅，我们早已有了下一个目标，飞一样地来到小路廊，买了6个火烧饼，我俩各吃了2个，我带2个回家，分别给了弟弟和母亲。就这样快步前进，到家时日头还没有下山，两位母亲见了我们笑得有点得意。

我把东塍见闻跟我的小伙伴分享：打铁老师头自己打铁是不用力的，镬是怎么做的，屈文六家有多大，火烧饼闻起来很香、吃起来不怎么样，还有东塍街很长很长。

## 父亲还活着

1955年10月的某一天，有个小朋友告诉我："我爸在村办公室听到一个消息，说是你爸来信了，从日本寄来的，就在村办公室放着。"我飞快地跑了过去。大家都知道我的来意，但没有人和我说话。当时在场的有一个叔公，我跟他比较熟，我就走向他问："叔公，有人讲有我爸的信，您晓得放解夷喂（知道放哪吗）？"他环视了一下，说："呣茫着（没看见）。"

我觉得奇怪，本来寄给村民的信都是放在供销社店棚头（柜台上）各自去认领的，为什么我家的信会在村办公室？为什么叔公说没看见呢？当时拿不到信很纳闷、很着急，但又没有办法。我猜，可能政府有规定，国外来信必须通过村委会，给不给由村委会决定。大家知道我很着急，但还是没有人愿意跟我说些什么。我只能悻悻离开。

走出门我就又开心起来了，相比较知道爸爸没死，拿不拿得到信是小事。我飞快跑起来，要赶快回家把这个消息告诉母亲。母亲却只是微微一笑，说："老实（真的）还在夹搭（那里，这里指还活着），谢天谢地！"我问母亲："拿不到信怎么办？"母亲说："算数（算了）。"我们已经很习惯有理不争、顺其自然了。

我把这件事情告诉二姑，因为二姑和在村办公室碰到的叔公是同龄人，一起共事过，关系比较好。后来二姑告诉我："你爸的信里面只说，自己很好，请家人不要担心，下次有机会会取得联系的。没有其他内容。信上的邮戳是日本的，没有寄信的地址。信你们就别拿了，其中原因我也不清楚。"

这个消息很快传到学校了，但没有人跟我聊这件事，只有倪老师、尤老师、方老师跟平时不一样，多跟我说了几句话，但也跟这件事无关，虽然表情很严肃，但看得出来他们为我高兴。

现在很用力地回忆还是想不起告诉我消息的小朋友是谁，如果没有他，那来信的事我就不会知道。感谢他！

就这样，我知道了，我还有爸！

# 第二章 参加村越剧团

## 放牛

当地人把"放牛"叫"看牛",叫放牛娃为"看牛细佬"。我觉得用"看"比用"放"要贴切好多,第一天的经历就让我深刻体会到了这一点,看牛细佬就是要把牛看住,不让它吃庄稼,要让牛好好吃草吃饱肚子。

放牛是我不得已的谋生手段,而且是在我该上学的年龄。但是5年的放牛生涯给了我很多欢乐,让我学到好多东西,我不仅目睹了产小牛的全过程,还学会了骑牛、与牛沟通,并且和牛产生了感情。

### 看 牛

1957年的农历八月十六日,临海人的中秋节[①],太阳还没有上山,家里就来了一位阿公,大家都叫他"梧皮公",

---

① 临海人的中秋节:当地习俗是农历八月十六过中秋节。

他受队长指派来教我怎样放牛。我开始赚钱了，工分开始是按谷计算，一年800斤谷，后来按照一天3分工分计算，一年900分左右。

阿公带我来到生产队牛栏间，比画着教我怎样给牛系上牛绳，怎样打开牛栏索，怎样铡稻草，怎样给牛喂晚餐，怎样放牛。并特别关照，牛在田野吃草时，人要在牛的前面认真看住，不要让它吃了农作物。说完就走了。

看着阿公离开，我转身看着牛，牛没理我。那时的我个子没有牛背高，我觉得牛没把我放在眼里，很害怕。

回到家吃完早饭，母亲送我去牛栏间，我够不着牛栏栅的倒榫（门闩），是母亲帮我打开的。我壮着胆子，拉住牛鼻子系好牛绳，一手紧紧地攥着牛绳，一手小心翼翼地拿掉牛栏索。牛一下就冲了出来，径直往外走，果真没把我放在眼里，也没把我母亲放在眼里。我被它拉着往外跑，母亲跟在后面喊着："拉紧牛绳，拉紧牛绳。"牛终于放慢了脚步，但没过一会就又跑了起来。母亲也没接触过牛，跟着也没用，我让她回去，她很不放心，又跟了一段路后无奈地回家了。

这是头水牛，雄性，尾巴断了一截，长得很丑，皮肤很粗糙，眼睛又红又大，看起来很凶、很任性。这头牛的性格是出了名的暴躁，可能是因为尾巴长不到5寸，无法赶走叮在身上的牛虻、蚊子、苍蝇，使它很烦躁。路上碰到的人都说："你放这头牛呀，肯定会流不少眼泪。"听了这话，我更害怕了。

一路上，我基本控制不了它，被它拉着一路小跑。它把我拉到八亩垟，在一条长满青草的田埂上终于慢下脚步吃着青草，像是很饿的样子。我想起阿公交代过的话，走到牛的前面看着，以防它吃农作物。它昂着头，用那双大眼睛盯着我，眼睛一眨不眨，好像是在告诉我："伺候我的这帮人，算你最小，他们都不能拿我怎么样，你更加奈何不了我。"一会儿，它就开始吃田里的稻苗了,我怎么拉它都没用,又不敢靠近它,牛绳有多长,我距离它就有多远,拼命喊着:"不能吃!不能吃!"可是它根本不理睬我,变本加厉地大口大口地吃着。我鼓起勇气,扬起看牛的竹梢轻轻地抽了一下,它马上把头往下一沉,打起了花角(头摇几下,攻击之前的发威),向我冲来,我见状拔腿就跑,它边追边发出愤怒的叫声,我边跑边大声哭叫。

在田里干活的叔叔、伯父、阿公一帮人,看到牛在追我,都赶了过来,用很大的声音震慑住了它,一位阿公冲了过来,抓住了牛绳,狠狠地攥了两下,牛一下温顺了好多,眨了几下眼睛,眼睛变小了。我被吓傻了,其中有个阿公认识我,说:"葛该人(这个人)是'大人美'的囝。"他们商量了一下决定送我回家。

两个阿公送我到牛栏间,先把牛关好,再一起去找我母亲,对母亲说:"葛小猢狲还小猛(这孩子还太小),要否得做葛生活(干不了这个活)。"又说了几句同情母亲的话,还骂了我父亲"老实太否像话"。母亲十分感谢地送走阿公,心疼地流着眼泪。

有了上午这一教训,我心有余悸,吃好了中饭,我和母亲四目相对,我很想对她说:"妈妈,我不想去放牛了。"母亲也知道我想说什么,我们都不开口,等待着对方先说。母亲终于说话了:"囝啊,吼老实还小猛(你真的太小了),牛都欺负吼,吼老实要否得呀。"她不知道再怎么往下说了,我们就这样坐着,一筹莫展。

这时,门口进来一个人,此人名叫卢辛飞,也是个放牛娃,我俩不是很熟,只是认识而已。他进来就说:"听说牛抄(用角顶)你了,我过来帮你,你相信我,听我的,我8岁拔(就)开始看牛了。"母亲叫他坐下来,他不肯,站在那里滔滔不绝地讲述着看牛的基本要领。他说:"你第一次看牛,心里有恐慌感,小心翼翼的,对吧?牛绳放得很长,对吧?它偷吃庄稼，你用竹梢打它不敢用力，对吧？……"全给他猜中了，我连着点头。"这就对了，牛很聪明的，看你这样就知道你是个新手，胆子很小，它就会欺负你。走，我帮你整整它，让它认识到自己的错误。"

说着就拉起我去牛栏间。他把牛绳穿上，把绳子甩过牛栏的最高一根木头，往下拉，把牛头拉得很高，把绳系紧在牛栏上，然后叫我拿起牛栏栅使劲打牛，还要我边打边问："下次还敢不敢再抄我？"我照做了。他看我打得没用劲，从我手中夺过牛栏栅，狠狠地打，边打边问："下次敢不敢再欺负人！"连打十几下，直到那牛流出了眼泪他才停下来，气呼呼地说："下午不去看牛，不给它吃，让它好好想想。"

卢辛飞要回去放他自己的牛了，转身看到饲料桶里没有稻草，也没有青草，说了一句："看来我还不能走。"问我稻秆亭在哪里，我说："不知道。"他想了一下，肯定地说："你们十三队的稻秆亭在羊角山。"他和我一起走到羊角山，从稻秆亭里拔出20多束稻秆，分成两捆，我们一人一捆背到牛栏间。他拿出一束稻秆放在铡刀上，边演示边教我怎样铡稻秆，铡完稻秆，又教我晚上怎样喂牛。牛每天在牛栏里的食量是二十几束稻秆，四十几斤青草，稻秆用铡刀切成3寸长左右，与青草拌匀，分两三次喂牛。

辛飞让我回家拿上草篮和镰刀，和他一起去看牛，他要教我怎样割青草。我们真的就把我的牛留在牛栏里饿了一个下午，让它好好"反思"。

母亲早已给我买了一个大篮子，叫芋头篮，能装30斤芋头得名，这是放牛娃的必备用具。往芋头篮里装草很有技巧，一种是草一把一把平放，放了一层换个方向放，这样放满一篮子称为一构篮，装满大概不到30斤。另一种是就着草的根部一把一把紧密地挨着放，一层一层往上叠，叠到篮筐上面时，草的尾部铺在篮子的外面形成一个圆形，这称为一筛篮，装满大概40多斤。割牛草，必须割满一筛篮。刚开始时，背一筛篮的草对我是很大的挑战，在辛飞的帮忙下才能背上肩，中间还要放下来休息好几次。

比我小两岁的卢辛飞好像大哥哥一样，一桩一件地示范教我，在他的帮助下，这放牛的第一天顺利地度过了，也使我有了往下走的信心，母亲紧锁的眉头也展开了。

卢辛飞是何许人？他出生在富农家庭，他的祖辈勤劳治家，父辈除了他父亲都是读书人，有当医生的，有教书的。听说他们家的这个富农成分是他的祖父和太公勤俭节约"得"来的。从他的老太公说起，老太公名叫希川，村上流传着一句顺口溜："希川，希川。芋头壳反转。"意思是他把芋头皮翻过来吃得干干净净，还舍不得把芋头皮丢掉，我想吃芋头皮是不可能的，村民只是想说明他做人家（勤俭节约）。关于他的祖父也有个传说，他家尬橱（厨房用的柜子）里总是放着一块熟的猪肥膘，他出门时都要拿猪肥膘在嘴巴上擦一下，让人看着嘴巴油亮亮的，以表示家里猪肉不断，家庭富有。我见过这位祖父，他很在意自己的形象，胡子刮得光光的，看上去干净利落。

他的父亲不愿意读书，操持着他家的几十亩土地和十几间房子，家里不用长工，农具应有尽有。他父亲是种田的好手，在合作社、生产队都得到重用，是生产队里不是队长的队长，所以虽然是富农家庭，却从来没有挨过批斗，连批评也没有过。

卢辛飞在家排行第三，亲妈在他出生不久就亡故了，跟着父亲长大。没进过校门，除了看牛，有时还帮生产队耙田，能得到4分工分。

从此以后，我俩天天在一起。这个卢辛飞，"身上臭烘烘、心里红火火"，把我的事情当作他自己的事情，和他在一起，什么问题都能迎刃而解。

有一次他把他父亲请出来帮我，原因是铡稻秆的铡刀钝了，我本来就人小力气小，铡稻秆很吃力，这下更成了难题，母亲也没有办法帮我。铡刀是农民必备的工具，用于稻草还田、铡猪牛草等，也是放牛娃不可缺少的工具。因此，辛飞请他父亲帮我磨铡刀。我把铡刀放在肩上扛到他家。那时候没有砂轮，要在磨刀石上磨，他父亲花了两个多小时才把刀磨出了锋芒。

试刀时，辛飞的父亲把我叫到他的身边，说着铡稻秆的要领："能做到以下两点就轻松了。第一点，要把稻草握紧。怎样才会紧呢？分出五六根稻草，不用拉出来，用长度的一半绕整把稻草一圈再缠在大拇指上。第二点，右手把铡刀张开提到最高处，左手把稻草放到刀槽上往前推到底，压紧，确定安全后右手往下压，并借用部分体重。"他父亲示范后并手把手地教我，又让我自己试了一下，果然很轻松，辛飞的父亲夸我聪明，学得快。他还千叮咛万嘱咐："这铡刀很危险，一定要小心，上下方羊（这一带）手铡伤的不少见。"又告诉我："包公铡陈世美，就是用这种铡刀，这刀也是一种刑具。"我用心听着、学着、记着。

## 骑　牛

看我慢慢地得心应手了，辛飞开始教我骑牛。他说："看牛进出在路上时，一定要坐在牛背上，这样，人也轻松，又有慑服力，骑牛熟练后，可用竹梢打它，让它奔跑，这种感觉更美妙。"可是我这头牛很脏，我不想骑上去，而且我这么矮，也爬不上去。辛飞笑话我："看牛细佬还怕脏，笑都笑死了。爬不上去不是个子的问题，看我的。"他站在牛的左边，用左脚踩在牛角和脑门的连接处，喊了一声"送角"，好神奇，这牛抬起了头，很容易就把他驮到了牛背上。他下来让我试试，我也把左脚踩在牛角上，喊了一声"送角"，可是牛一动不动。卢辛飞看出了端倪，说："你喊'送角'的时候，必须拉一下手中的牛绳，这样它才会听话，再试试。"我根据卢辛飞的说法重新做了一遍，成功了。我爬到牛背上，有点怕，卢辛飞鼓励我："脚夹紧一点，坐稳，慢慢地会习惯的。"

骑在牛背上时方向用牛绳控制，手势和口令跟犁地时是一样的。要往左，拉一下，同时说"牵"；要往右，抖几下牛绳，同时说"失"；想要让它停下来，说"和"；要让它快走，说"蟹取"。

真的好奇怪，操纵牵着牛鼻子的牛绳就可以让牛乖乖听话，所以，用来耕田的牛都是要穿牛鼻子的。穿牛鼻子有点残忍，要在牛鼻子的中隔穿孔并套上牛鼻圈。牵牛鼻子据说也是让牛感到疼痛来驯服牛，因此有些国家出于对动物的保护禁止穿牛鼻子。

除了牵住牛鼻子，竹梢也是驯服牛的工具，放牛娃和用牛耕地的人们都有一根竹梢拿在手上，你做个要打它的假动作它就怕了，犁地的人是真打的，耕一季田要打断好几根竹梢。

骑了几天牛背以后，我试着用竹梢抽它，让它跑起来，真的很爽。这头丑牛慢慢地听话了。

## 放　牛

放牛和看牛不一样。看牛是牵着牛绳，一般都是在田垟头，即便你割个草或开个小差，你还是得把注意力放在牛身上。放牛不一样，放牛是在一个可以让牛任意走着吃着的开阔地，并且是把牛绳解下来。放牛的时候，牛吃牛的草，娃玩娃的游戏。

放牛的地点有两个，一个是下洋山，另一个是上沙溪。下洋山面积大，想要回家时找牛比较吃力，而且上岙、中蚕坦、荷花心都停放着很多棺木，挺吓人的。

因此，我们都喜欢去上沙溪，从上沙桥到隔水胡，近千米长，溪宽二三十米，溪滩的一边是长流溪水，一边是防洪堤。溪滩绿草衍生、灌木丛丛，它们沿着溪流改变着模样、姿势，溪滩上还有很多小沙丘，黄沙被溪水洗涤得干干净净，在太阳的照射下发出很好看的光亮。这里的溪滩是放牛的好地方。

有时候，十几个放牛娃骑着牛来到这里。我们到了上沙桥下，解掉牛绳，牛自由地进入溪滩，放牛娃也自由了。在温度适宜的时候，割完草后我们会选择合适的沙丘，一人、二人或多人在那里翻滚、看书、下棋，或者天南地北、海阔天空地聊天。

到了要回家的时间，会有几个小伙伴去下游的隔水胡把所有的牛都赶回来，因为我放牛常常带着书去看，伙伴们照顾我，都不让我去赶牛。《三国演义》《水浒传》《施公案》《包公案》，还有几本武侠小说都是在那个时候看的。

1958年后粮食供应困难，填不饱肚子，我们这些放牛娃办法可多了，有人从家里拿了锅在溪滩上搭起了灶，捡柴的捡柴，找食物的找食物，不同时节有不同的美味，溪里的鱼、螺蛳，边上田里的泥鳅、黄鳝，溪滩上的螃蟹、野菜，都曾经是我们的美味佳肴。不管什么食材，虽然没有油、盐，但都是挺香的，每次都是你推我让，最后吃得精光。

## 接　牛

牛的工作就是耕田，主要是犁田、耙田。犁田是把田里的泥翻过来，干这个活人和牛都很累。耙田相对轻松些，是把犁田后翻起的大块泥巴用耙划成小块，并搞平整。

耕田是在播种之前，所以牛的劳动时间不是很长，它不像人那样一年到头天天在地里干活。

牛劳动的时候，上午、下午各有一次休息的时间，约一个小时，放牛娃在这个时候要送青草给它吃，数量约15~20斤。每天上、下午收工时，放牛娃必须去田里把牛接回来，再好好地喂食。

## 护 牛

牛真是挺幸福的,每一头牛都有一个人专门伺候它。我伺候的这头牛,开始时欺负我,慢慢地跟我成为朋友了。

因为这头牛尾巴断了一截,短尾巴发挥不了驱赶苍蝇、牛虻的作用,所以苍蝇、牛虻总是叮牢它不放,它走到树旁、墙边的时候,都要用身体去鐾几下(来回摩擦),目的是搔痒。放牛娃有祖传的一招,用棕榈的叶子编成一个苍蝇拍,跟在牛的身旁拍苍蝇,我也学着编了一个,拍打它身上的苍蝇和牛虻。

水牛喜欢划水(游泳),我经常带它到岩头潭一起去游泳。那时,岩头潭的水碧清(很清)。拴好了牛,马上拿掉汗巾、脱掉衣裤,光着屁股玩水,稍大一点的伙伴很热情地过来教我游泳,一两次就学会了,也学会了潜水,会潜水后胆子就大了,开始横渡岩头潭,蛙泳、仰泳,在逆流中游泳,随心所欲,好开心。

牛很懂礼貌,我对它好,它也懂得感激。用低头、抬头、尾巴摆动、眼睛半开半闭等动作跟你互动,我给它起了个名字,叫"断米巴"(断尾巴)。在放牛准备回家时,我喊几声"断米巴",它听到后会很快地向我跑过来,我系好牛绳,骑上牛背,唱着半生不熟的红歌走在回家的路上。记忆犹新的是"人民公社好,人民公社好……朝着共产主义目标齐跑"。

牛的幸福还因为它有一个专属的节日,就是每年的农历四月八日。这一天,不管田里有多忙,牛都放假一天,同时,还有加餐,一般是给它喝现磨的豆浆,有时给它喝鸡子老酒(鸡蛋烧黄酒)。

## 换 牛

十三队的叔叔、伯爷、阿公他们都不喜欢断米巴,因为它干活时慢吞吞的,他们用竹梢打它,它也不会走得更快,犁田的人生气了,狠狠地抽打它,它索性停下来一步不走,表示抗议。我至今不清楚是因为它年纪大了干不动了，还是它太聪明，知道这样可以躲避干活。后来犁田的人怨声载道，商量决定卖掉它。

知道要卖掉它，我很心痛，我和它打交道已一年多，已经像朋友一样了。可是换牛是大人的事情，我干涉不了，在一个大田集市日，他们以90元的价格把断米巴卖掉了，并用280元钱买回一头小母牛。

那天我没有一起去。当地有一个习惯，卖牛的时候让放这头牛的娃跟着去，谈妥价钱后，让放牛娃牵着牛绳不放，意思是放牛娃跟牛天天在一起有感情舍不得卖，一般情况下对方会因此加一些钱，请卖牛的一干人吃碗面条，这个钱专门有个名称叫"牛绳钱"。那时候能在集市上吃一碗面条是一件很幸福的事。还好卖牛的时候他们没有叫我一起去，我很难想象分别的时候会怎样，可能会有生离死别的感觉，肯定不好受。

新买来的小母牛年轻力壮，干活爽气，犁田不用抽它，好像它认识到这活就是它应该做的，而且也犁得很好。十三队的伯爷、阿公他们都很喜欢它。

我们俩很快熟悉了，比起断米巴，它乖多了，食量比较大，不挑食。看牛时它吃草很文静，不偷吃农作物，坐在牛背上也很舒服，和同伴也很友好，我给它起了个名字，叫"翠翠"。放牛时我喊一声"翠翠"就给它一把好草，没多少时间，它就知道了"翠翠"是它的名字，不管在哪里放牛，要回家时，喊一声"翠翠"，它会走到我身边，翘着鼻子，让我把牛绳穿上。

有一天，我骑着牛回家，来到后门山抽水机沟旁边，翠翠看到水沟流淌着清清的水，就把两条前腿伸进水沟喝起水来，喝着喝着，突然，我的两条腿感觉到翠翠的肚子动了几下，我骑翠翠已有半年多了，从来没有这种感觉，我很好奇，回家后把这件事告诉了母亲。母亲说："翠翠怀孕了，要生小牛了。"她叫我以后不要骑在牛背上，每天多割些青草给翠翠加餐。

还让我告诉梧皮公，让十三队的社员都知道，都来关心翠翠，减少翠翠犁田、耙田的时间。

从那时候起，我再也不骑牛了，我那双脚板进一步磨炼成夏天能赤脚在滚烫的沙石公路上奔跑，冬天能赤脚在霜雪地里玩耍。放牛娃是不能穿鞋子的，刚开始的时候我们不知道，母亲因为我要去放牛，特地给我买了平生的第一双套鞋（雨鞋），让我穿着去看牛。遇见年长村民，正板实腔地跟我说："哐自己茫茫看（看看），解夷（哪里）有看牛细佬穿着套鞋开（去）看牛，水仗摘生（怎么）打打？农田摘生下下？"我仔细一留意，确实，这帮看牛的小伙伴，没有人是穿着鞋去放牛的。

## 产 牛

那一年的正月初，未过上八①，具体哪一天记不清楚了，我吃了早饭去放牛，进了牛栏间，发现昨天晚上喂的草料一口也没吃，牛栏里垫的稻草没有一根是干净的，牛栏里出现了一个圈子，像碾子的辙，看起来翠翠昨天晚上一宿未睡。我马上意识到翠翠要生小牛了，我很快地做了两件事：一是告诉梧皮公；二是背一捆干稻草回来，放进牛栏里。

我回来铺好稻草，这牛看着我，有很不安的感觉。没过多久，我就看到了牛屁股上有一团东西。这时候生产队来了好多人，还有前后邻居看热闹，挤满了牛栏间。这牛栏间有3个牛栏，关着3头牛，另外的两头牛也焦躁不安。我忙前忙后，听梧皮公指挥着。小牛前腿露出来了，挣扎着要跑出来，翠翠很痛苦的样子，它突然把后腿用力往下一蹲，一使劲，把小牛生下来了。我松了一口气。小牛身上有一层薄薄的胎衣，小牛使劲往外窜，翠翠用嘴巴慢慢地撕开胎衣，边撕边吃，用舌头前前后后舔着小牛。

---

① 上八：正月初八，是春节里比较重要的一天，台州人要在这一天"闹上八"，小孩放爆竹庆贺，商家放鞭炮开门营业。闹完上八，意味着年就过完了，农民也开始下田了。民间有"耙耙挖挖，嬉到上八"的说法。

小牛想学它妈妈一样站起来，可是晃了两下就倒下了，又站起来，又倒下了。梧皮公说："这叫小牛十八跤，站起来又倒下，需要十八次，它才能站稳。"翠翠继续舔着小牛皮毛，小牛继续跌倒又爬起。好长一段时间后，小牛能站起来了，身上皮毛也干燥了，比刚刚生下来时高大了好多。一直站在边上看的人们都疑惑："为嘎姆（为什么）长得铁快（那么快）？还没吃一口奶呢，有点像变魔术。"梧皮公说："小牛是见风大。"小牛要吃奶了，牛妈妈站在那里很稳的样子，小牛用脑门撞击妈妈的肚皮，边撞边吸吮妈妈的奶。

整个上午观察产牛过程，脑子里就一个词："舐犊情深"。

生产队搞来了十几斤麦皮，用开水泡好给翠翠吃，有点像人坐月子的待遇，但它没有产假，生完小牛的第二天就下田干活了。

这只小水牛是雌性的，我给它起了个名字叫"小花"。它很快适应了这个名字，一般它离它妈妈不会很远，如果在50米开外，我喊"小花"，它就会跑过来，有时候也故意装作没听见，不理你，这时它的妈妈会很生气，发出沉闷的声音："哞！哞！"它马上就跑过来了。六个月后，大人们给它穿了牛鼻子，把它跟它母亲分开了，小花的童年就这样结束了。

五年的放牛生涯，感谢断米巴、翠翠、小花三位朋友，还有一群可爱又有爱的放牛娃。

# 13岁上山斫柴

放牛的第一年冬季，牛关冬了，什么叫关冬？就是牛不用去田里干活了，在家里关着。这时，放牛的人就比较轻松，只要给牛喂些稻草和水，有太阳的时候把它拴到太阳底下晒晒太阳。

有一位叔伯婶婶，比我母亲小几岁，她常对我母亲说："大人美，你不算穷,你家里还有两个活宝(指我和弟弟),穷不了。"见我闲着,就来找我母亲:"老大闲着无事,把他交给我,我带他到山上斫柴(砍柴),这样你就不用花钱买柴了。"母亲说:"不行啊,他只有13岁,太小了!""可以的,交给我你还不放心啊,开始的时候不用带柴刀,我给他砍好、捆好,让他在边上先学着点,挑点回来就是了。"母亲说:"这样可麻烦你了,砍柴本来就很辛苦,你要带一个什么都不会的小孩,更辛苦了。""啊呀,别说了,我就是看你人好想帮你,何况我们又是叔伯亲戚,都是双台里人,我们不说两家话,你把绳子和扁担准备好,刚开始不用柴担。"柴担是砍柴人专用的扁担,不同于一般的扁担,叫"荡荡担"。

真的上山了!山名叫亚麻屠,从胡岙再往里一点,这座山是卢氏族上的,离家约5公里路,第一次斫柴就挺顺利的,挑回家称了一下,不到30斤,母亲可高兴了。可是第二天去不了了,小腿很痛很痛。

晚上,母亲帮我捏着小腿,我跟她汇报了整个过程。到了山上,婶婶很快砍了两堆柴,捆好让我担,一上肩,两头拖在地上,没法走路,她自言自语地说:"真的太小了!"还说了一句:"你爸不是人。"她重新捆了一下,挑起了担子把我送到山下大路上,问我:"你认识路吗?""我知道。""好,那你先走,路上挑不动了就歇一歇,我还要回去砍我的柴。到了下丁殿(屈家路廊),喝点茶,这茶有樟树的香味,多喝无害处,你就在那里等我。"结果,我还没到下丁殿,她就赶上我了,她先到下丁殿,放下柴,再跑回来接我。到了下丁殿舀了一竹管茶让我先喝,真的挺香的。

"带一个小孩上山砍柴真的不易啊。"我妈抚摸着我的小腿流着眼泪,我不知道是心痛我呢,还是感激婶婶,应该两者都有。

后来就接二连三地跟着婶婶上山砍柴。西楼亲戚帮我做了一根柴担,两根柴绳,母亲去买了一把柴刀,我自己做了一双草鞋,砍柴的装备齐全了,技术也慢慢地跟上了,婶婶就没有以前那么辛苦了。在婶婶的帮助之下，后来家里就不用买柴了，我的初级砍柴学习就这样结业了。但是，真正的砍柴必须上太坤山，太坤山山高路远，没有伙伴同行是不行的，卢林森就是那个领着我上太坤山，像大人一样的小伙伴。林森属羊，比我大两岁，也是同一个双台里人。他们家是贫农，因为跟我走得近，人家说他阶级立场不坚定，他说："搭呣木事眼否懂（我不懂这些）。"确实，他不懂，我也不懂。林森把自己放在老大哥的位置处处照顾我，不管人家说什么，他的立场永远不变。

西楼亲戚是我大娘姨一家，大娘姨只生了我表姐一个女儿，我表姐夫（我叫他新哥哥）是招进舍（入赘）女婿，他们有4个儿子、2个女儿。新哥哥很能干，农作物种得很好，他家虽然并不富裕，但能解决温饱。大娘姨原来在私塾教书，新中国成立后在家做家务。大娘姨和母亲在7个兄弟姐妹中，年龄相差最大，差了29岁，外祖母外祖父离开人世时母亲还很小，是大娘姨把母亲养大成人，教母亲文化和做人道理。姐妹俩都写得一手好字。母亲的事，包括我家的所有事情，大娘姨都很挂在心上。

## 吃不饱

村里要办大食堂，地址就选在我们家住的双台里。由村里统一安排，双台里的十几户人家都搬到别处居住，我家被分配到泽霖叔公家，爷爷睡在吊床上。奶奶继续住在临海二姑家，因为二姑家表兄上初中，二姑和二姑丈上班，所以奶奶还要在二姑家帮忙。

双台开始拆修，所有的板壁都被拆掉了，筑好地灶后，全村每户人家在双台里放一张桌子，村委会派卢肖峦当食堂领导。台门外的照墙①上写着："人人吃饭不要钱，千年理想已实现。"并画着一幅一农民怀抱一大捆沉甸甸的稻穗的宣传画。当时还有口号是"多快好省，鼓足干劲，力争上游"。村委会还派人把村里每户人家的粮食都集中到食堂，但是由于管理措施不到位，有的人把所有的粮食都交到食堂，有的人偷偷地把粮食藏了一些。

我当了放牛娃，又赶上了供给制，放开肚皮吃饱饭，感觉真到了共产主义社会了。

没过几个月大食堂就揭不开锅了，村上换了一种方式：发饭票，按定量分配。这也没维持多久。大食堂停办后，改成以生产队为单位的小食堂。再后来，小食堂改为三稀供应，我们家每餐分来6斤粥，每人2斤，母亲经常会让一些给我和弟弟。母亲和村里的很多人一样，得了浮肿病。以前穷的时候有条路子，就是借米下锅，1958年的时候借都没地方借。再后来，三餐稀饭都没有办法正常供应了。肚子饿得实在难熬，我只能背着锄头，拿着镰刀和篮子，到山上采秧草花，挖树根、野草充饥。几个月后，小食堂停办了。听说吃食堂的目的是解放全国妇女劳动力问题，其实物质

---

① 照墙：也叫照壁，是与台门相对的短墙，作为遮蔽、装饰用。

基础没有奠定好，人民的觉悟没有跟上，多漂亮的口号随风而过，什么都没有留下。

总路线、"大跃进"、人民公社，前面称"三个法宝"，后来称"三面红旗"，场面壮观，口号响亮。"人有多大胆，地有多大产""亩产超万斤""力争亩产13000斤""亩产18000斤""亩产24000斤"，我很纳闷，只要有点常识的人，都不会放这种卫星口号的。更可笑的是那几个自作聪明的干部，整天在田头转来转去想出了自以为是的办法，把快抽穗的水稻3亩田并成1亩田，造成颗粒无收。那么辛苦种下的水稻，真的拔了、合并，眼看着枯萎了。我心里奇怪的是当干部的怎么会那么做？农民怎么会那么听话？有几个干部稍稍聪明一点，在成熟收割时大做文章，把多丘的水稻用稻架担，合并到一丘田上，等上一级领导来了，开始脱粒过秤，算一丘田的产量上报。拔稻并丘，掩耳盗铃，真的很难理解。

农业这样搞了，工人是老大哥也不落后，鼓足干劲，力争上游，筑起了小型炼钢炉，大炼钢铁，砍伐森林找煤找矿，把民用铁锅、民房铁窗全部炼成钢。六房村小至儿童，老至能走的老头老太，都被集中到洋渡小学操场选矿石，中学生还要到鲍家水点挑矿石。这给秋收工作带来极大的影响，真的是顾此失彼。

短短不到一年的时间里，放开肚皮吃饱饭，我吃过，我能吃4斤米饭，吃得太饱了，很不舒服。吃不饱，饿得头昏眼花，四肢无力，我也领受了。

村民们实在饿得发慌，村委会宣布可在前后山、下洋山脚开荒扩种粮食，谁开的荒归谁种。种上洋芋头（土豆），很快就有收成，努力一下就能填饱肚子，开荒时还有柴可砍，真是一举两得。老百姓都希望通过开荒扩种先把肚子填饱，同时，认真管理好农田的三熟制，抓牢农时，快收快种，多收粮食。

开荒扩种的确能缓解老百姓挨饿，但开荒扩种不平均，有的人种得很多，有的人种得很少，还有的人没有种，没有种的人大部分是村干部，后来上面定论开荒扩种是资本主义倾向，开荒的土地应该归集体所有，这样，就没有人敢拓荒了。

同时，拔稻并丘的领导还在位，瞎指挥的余风还在。有些粮食品种生产周期稍长一点，如果没有做好早稻、早熟品种的搭配工作，延误了秧龄期，就会造成颗粒无收。部分社员由于吃不饱肚子、救济粮分配不公等劳动积极性不高，也会造成秧龄期延误，影响产量。

糯米①是过年的时候用来做馍糍（麻糍）的，有一年整个生产队只收了100多斤糯米，每个人才分到7两，所以，那一年，我们家就没有做馍糍。林森送给我一小块馍糍，我分给我弟弟一小半，兄弟俩吃得可高兴了，这是我记忆中最香的馍糍。糯稻欠收只是一个例子，类似的情况很多。

## 抲鱼、抲蟹、偷南瓜

林森是我生命中的恩人，和他在一起我肯定饿不死。

林森排行老四，有一哥两姐一弟弟，父亲早逝，家里很穷，经常揭不开锅，一家人靠着她母亲和全家的努力艰难维持。林森原名卢德森，可能命中缺木，缺得太多，单一个森字还不行，还要加林字，因此改名卢林森。他是德字辈，比我大两辈，我理应叫他公，我俩只差两岁，他喜欢我叫他名字。他求生的本领特别强，比我强好多，他会爬树，他知道什么东西好吃，成熟期是什么时候，生长在哪些地方，毛渣、毛不、藤梨（猕猴桃）、榛子、野柿、雉鸡头、野栗、茅草根、粟米秆……还有我记不住、搞不清

---

① 糯米：民间视为珍品，除裹粽子外，还可做麻糍、蒸炊饭、晒冻米、做糖板等。另外，还可磨粉以备过节之用，如做元宵汤圆、汤圆子（丸子）、冬至圆、清明粿等。过年时，家家用糯米、粳米捣制麻糍、水浸糕，以多为荣。

的。找到好吃的，他会在它们成熟前经常去巡查，怕人家下手比他早。

林森还会抲（抓，方言音kō）田蟹、抲鱼，他有许多自己做的捕捉小工具。他还会木工活，木工用的小家生（工具）也是他自己做的。

我们俩一人一边沿着水沟走，低头看着水沟边，发现有田蟹洞就停下来，俯身认真看一下，用手摸一下，分析一下，如果确定里面有田蟹住着，我们有三种方法可以把它抓住：一是直接用手伸进去抓；如果手不够长，用第二种方法，用蟹钩把它钩出来；如果蟹洞是弯的，采用第三种方法，拔一把草把洞堵死，再用泥封上，不让空气流通，田蟹一般都会因里面缺氧而爬到洞口，过10～15分钟，先去掉泥巴，然后一只手拿着堵洞的草团，另一只手做好准备，把草团拉出，迅速抓住田蟹，那时候田蟹多半已经半死了。

捕鱼要简单得多，下大雨时，先用一块木板，在长度与沟宽相等的地方闸断水流，使溪沟水有落差，放上吊床，吊床是用竹丝和尼龙网做成的，前低后略高，使沟水通过吊床流走，这样，鱼游到落差处进入吊床，伸手捉来就是了。不管扦插吊床时我有没有参加，捉了鱼都少不了我的那一份。

困难时期，我也经常和辛飞一起去找吃的。有一顿大餐让我记忆深刻。有一次我们抓回来2条黄鳝、4条泥鳅、十几粒田螺，还有一把红花草。他后妈帮我们烧好，看着我们吃，她自己一点都不吃，说是我们辛苦抓来，又正是长身体的时候，叮嘱我们尽量不要饿着。

吃完后我们跑去凉台上发呆。辛飞的家住在村南，二楼有个凉台可以供夏天乘凉睡觉之用，凉台有栏杆挡住，非常安全。坐在凉台上，可以看到半个村庄的农田，村庄前面的八亩垟、丫叉凌、西岙山垮、荷花心、下岙、香头村等也尽收眼底。远眺球山，让我想起了山脚下的那只成熟了的南瓜，自从见到它，它一直在我脑子里挥之不去。

第二天，我和辛飞背着篮子一起去割草，来到球山脚下，那里的草长得很茂盛，一下子就割满了一篮。往回走的时候路过那个村民开垦的南瓜地，那个南瓜已经很成熟了，又大又漂亮，肯定很好吃，看得我口水都流出来了。我忍不住了，征求辛飞意见，说："我妈、我弟、我爷爷喝着薄粥汤，饿着肚子，我想把这个南瓜带回家。"辛飞说："路那么远，能背到家吗？""能，我都16岁了，太坤山砍柴能挑70多斤回家呢。""那好吧。"辛飞帮忙把南瓜装到我的篮子里，周围用草堵好，上面用草盖上，辛飞帮我提到肩上。背了一半路，辛飞拦住我，他要帮我背一段路，我拗不过他，让他背。"好重呀"，背了200米左右他就背不动了，接回来我自己背到家。

那时候，我们还暂住在泽霖叔公家，等到傍晚时，我才把篮子里的南瓜拿出来给母亲，母亲一下子就把脸沉了下来，又不好大声说，怕被泽霖叔公一家人听到，气得脸都促墨黑（很黑）了。母亲把此事告诉了祖父。祖父把我叫到小楼，声音压得很低很低："这是我们家的家规，饿死都不能拿人家的东西。"此时母亲也进来了，说："晚头（晚上）给送回去。"我说："路好远，在球山脚下。"母亲心疼了，说："我陪你一起去。"我想了想，央求说："天酿（明天）天一亮送行不？那时候田垾还没有人，我回来可以割一篮猪草回来，再去放牛。"母亲同意了。因为发生了这件事情，所以我祖父临死的时候，还叮嘱我："饿死也不能拿人家的东西！"

第二天天蒙蒙亮我就出门了，把南瓜放回原地。

纸包不住火，泽霖叔公看到我大清早开门出去，就问母亲："呒团铁早（那么早）出门装解姆（干什么）？"母亲没把泽霖叔公当外人，把情况跟他说了，泽霖叔公说："二嫂你做得对，儿子不可以不教养，否则变坏了一发而不可收拾。"泽霖叔公也是出自书香门第，虽然家里很穷，但子女都很有出息。

## 饱餐了一顿牛肉

困难时期的某一天,生产队里有头牛饿死了,大家把它放在李书记家掏牛肉,秦平、我和几个小伙伴一起到书记家看掏牛肉。秦平初中毕业还是回家种田,肚子同样饿扁了。

为什么要去看掏牛肉呢?没有理由去的呀,这么多大人一层一层围着,想喝一口汤、舔一下牛肉都是不可能的。明知道一点希望都没有的,但我们就是在那里不走,闻一闻香味也好。

时间飞快过去,晚上12点了,大人们挺守规矩的,都挺住没开始吃,锅里放着一个铁制的东西,名叫"赖来啄",是在锅里翻牛肉用的,我和小伙伴经常跑过去拿这个东西在锅里翻来翻去。那个晚上就是神奇,这个"赖来啄"小孩子拿着是有点危险的,灶里烧着火,锅里是沸腾着的,在平时的话大人们肯定是要阻止的,可是那天晚上他们就是由着我们翻着。我们都不知道大家在那里等什么,一堆人就地坐在地灶前,不时有人上去拿起"赖来啄"翻几下牛肉。我靠着烟囱睡着了。

突然感觉有个东西掉在我身边把我惊醒了,一摸很烫,是牛肉,我身上穿着一件旧棉大衣,是表哥送给我的,不知是哪里来的胆量,我两只手插在大衣袋里,用衣服兜起牛肉就往外走,秦平和一帮小伙伴马上也跟着出来了。

到了我家,他们看到我捧着牛肉,那个高兴劲呀无法形容。秦平认为是哪一个小伙伴偷的,他们都说没有,我当时想,肯定是秦平干的,所以他才会说是其他小伙伴偷的,但是秦平也不是那种会偷牛肉的人。

那时候我们还住在泽霖叔公家,听到动静,叔公的小儿子过来了,我母亲也下来了。这回母亲也很神奇,她没有骂我,也没有问我是怎么得到的,反而把我弟弟也叫来一起吃。母亲把牛肉一片一片切得很薄,拿了两碟盐，几个小伙伴吃得津津有味，但是她自己一片都不吃，就笑着看我们吃。这让我想起卢辛飞的后娘帮我们烧好东西，也是自己不吃，就笑着看着我们吃。这就是当妈的风度。还是秦平懂事，拿了一只碟子装上几片牛肉硬塞给我妈。不到半小时，六七斤重的一大块牛肉全吃光了，小伙伴摸摸肚子，心满意足！

这时我母亲说话了："这牛肉不是你们偷的，也不是你们抢的，是有人送的。"

我们听呆了，都说："哪有那么好的人！"

"他们那么多人，能让你偷走吗，牛肉那么香，你们抱着牛肉，蜂拥地跑出书记家，他们会不知道吗？"经过我母亲一分析，觉得很有道理。没有一个小伙伴承认是自己用"赖来啄"从大锅里面把牛肉啄出来的，真的让你去啄六七斤重的牛肉也是比较困难的，我们连走带跑匆匆离开，他们都不来追我们，的确有点奇怪。

母亲还说："送牛肉的那个人，心肯定很善良，看到你们这帮小鬼垂涎三尺，没有希望地傻等着，就送块牛肉给你们解解馋。"

我佩服母亲，把问题分析得那么透彻。

母亲又叹了口气说："你们来得真不是时候，你们是接受教育的黄金年龄，可是你们不但没有书读，连饭都吃不饱。"

## 想学手艺

我17岁那年，小伙伴立筠和志轰去学做篾匠，学会了做箅[1]、米簸（圆

---

[1] 箅：竹篾编的晒粮食用的竹席，大小不一，大的3米×5米，不用时可卷成筒状存放。台州地区方言的叫法。

状晒具)、脚箩(竹箩)、畚斗(簸箕)等，立筠刚学会一点手艺就做了一个刷帚①送给我们。他们的作坊(手工业者干活的场所)在生产队，每个生产队都可以做上几个月。我挺羡慕的。农村的小孩都想去学做手艺的，有手艺的家庭日子过得比纯农业的要好得多。

我想我也该静下来好好想一想接下来要做点什么了。最讨厌的就是那顶看不见、摸不着的"地主"帽子。懂得咒语的，嘴唇一动，我就有头痛的感觉。父亲怕它，我也怕它。父亲怕它，可以一走了之，我怕它，只能硬顶住。

有手艺肯定好，古话说："良田千顷，不如三分薄艺在身。"我母亲也有三分薄艺，邻村常有人来家请母亲缝衣，除了每天5角的工资，还招待三餐。食堂解散后，粮食奇缺，这三餐不易啊，母亲有了这三餐，浮肿病也好了，精神状态也好多了。这薄艺多好！

我学什么手艺好呢？我认为自己胆子小，学木匠和泥水匠不行，这两个手艺都要爬上爬下的，我看着有点害怕。而且，我估计没有哪个师傅敢不顾阶级成分收我做徒弟，我得自学。比较了一下，我决定跟母亲一样，学做衣裳(裁缝)。跟在母亲身边耳濡目染，虽然没有跟着她学，但脑子里有一些概念，自学起来会容易些。不过，我想学的是踏缝纫机做衣裳，跟母亲的手工制作又有很大的区别。母亲的手工缝制速度慢，基本上就只能做便衣(老式的大襟衣服)，而穿便衣的人越来越少了，裁缝师傅要会做中山装、衬衫、列宁装(双排扣女装，跟西装差不多)以及各种不同款式的裤子，这些必须要用缝纫机来做。

同村的裁缝师傅老周背后笑话我："小学也想学做衣服，他又不认得

---

① 刷帚：长20厘米、直径5厘米左右的竹筒，除了底部外其他劈成细丝，当刷子用，主要用来刷锅。

多少字，肯定不行。"这个我不在乎，我知道：只要我下决心学，就肯定能学好。但是另一件事难倒我了，就是买缝纫机。

那个时候想买缝纫机，对我们来说真的是天方夜谭！为什么？我用数字说明一下：缝纫机价格是119元，放牛的劳动工分是每年900分，每10分按3角计算，一年的收入是27元，放4年牛都买不来一台缝纫机，这4年还要不吃不喝呢！母亲赚的钱能供我们吃饭就算不错了，这笔钱也不可能从天上掉下来，只能算了。学手艺的想法暂且埋在心底。

但是，从那一刻起，脑子里就种下了学裁缝这颗种子。这颗种子随后不断生根发芽，只要看到人，不管是男的女的老的小的，我都会注意他们穿的服装，优点和缺点都在我脑子里过滤着，特别是缺点，我会分析原因，并想出改进的方法。这给我后来的走做裁缝之路打下了基础。现在想来，我是有做裁缝的天赋的。

## 祖父去世

祖父喜欢钓鱼，也常带我去钓鱼，边钓鱼边教我一些做人的道理："不能偷、不能骗、不能赌，要以勤为本。"这些话会反复交代。有时候钓了一条鱼，他自己舍不得吃，要让给我们兄弟俩，但母亲不让我们吃，她坚持要让祖父补补身子。

大食堂解散的时候，祖父就很瘦，后来是越来越瘦，好像要被风吹倒的样子，很可怜，好久没有去钓鱼了，也很少出去走走，常常躺在床上，饭都是母亲做好送去给他吃的。

祖父有个很要好的朋友叫卢立原，与我父亲同辈，年纪比我祖父小5岁，我叫他"伯爷"。他们俩无话不说，说话声很大，没有秘密。那一天中午，立原伯爷回家吃饭，我把母亲做的一碗麦虾（面疙瘩）给祖父送去，他一下子就吃完，还说了一句："吃饱了。"立原伯爷很快就回来了，我给他俩泡了一壶茶，就去田垟割草了。回来后他们还在说着话，好像是"讲否完，摘不断"（有很多话要说），两个人眼角都有泪花，有一种生离死别的样子。我感觉不妙，可能祖父的病很重。果然，立原伯爷同我母亲说："把奶奶叫转来（回来），顺便告诉二姑，再商量一下是否需要告诉大伯父。"我想一定要赶快告诉我伯父，虽然是划清界限了，但毕竟他还是祖父的长子，还有我大姑，人多办法多。接下来的几天，立原伯爷除了吃饭，其他时间都陪着我祖父，真的是知己，有说不完的话、抹不干的眼泪。

这一天吃过晚饭后，我跟祖父说，我想把绚珠诊所的李医师请过来给他看病，祖父说："我们哪里有钱看病，再说出诊费很贵的。"我说："那怎么办呢？有病就要看医生啊。"他想了一下说："你去大房村，请卢韩多来，我们是远房亲戚，他不会收我出诊费的，让他开几服药抓来吃吃，说不定会好一点。"他还交代说："见到卢韩多要有礼貌，要叫丈公。"

第二天一早，我没有吃早饭就跑到大房村，问了好几个村民找到了卢韩多家。他家廊柱廊檐都是雕花的，古色古香，估计也是地主成分。我介绍自己并说明来意。"你就是卢锡宗的儿子啊，"他说，"听人家说你爸还在，可能在台湾？走什么走，苦了你们母子，你妈也真是的，为什么不改嫁！"他整理好药箱说："我要到隔壁请示一下。"让我等一会儿。

一路上丈公跟我说了很多话，中心意思是："你爷爷啊，活着还是死了好，看和不看差不多，活着没啥意思。"走到家门口，他问："这是卢泽霖家吧？""丈公来了？"母亲听到我俩说话声音走出来说："对啊，双台里办食堂，住叔公家，食堂不办了，快要住回去了，正在修理。"祖父和丈公见面后，寒暄了几句，丈公开始搭脉，边搭脉边说："脉微弱，说话中气不足，要吃得好一点。"开了一张药方叫我到绚珠抓药，说："先捉（抓）3帖试试，3天后我再来看。"母亲要泡茶，丈公婉言谢绝："这年头，不用客气了。"他小声嘱咐母亲："这几天要多留心一点,可能时间不长了!"说完就走了,真的一分钱都没收。

我去抓药和丈公同走了一段路,基本没说什么,到了岔路口,我说了一声:"丈公慢走。"他说了一声:"挺能干的。"到绚珠抓了3帖药没花几角钱,顺道去庙西把爷爷的状况告诉大姑。

大姑立马和我一起来看祖父。到了床边,立原伯爷在,母亲也在。母亲招呼了一下大姑,就接过药去煎药。

大姑和祖父两人见面,半晌说不出话来,热泪盈眶,大姑家发生的事情没有人专门告诉爷爷,爷爷慢慢地已经都知道了,近十年来父女之间基本上未曾好好聊过,大姑来看祖父祖母时,都是匆匆来匆匆去,大家都怕提起那些伤心的事情。这次也一样,大姑安慰了爷爷几句,说要烧晚饭就匆匆离开了。母亲送大姑到门口时,四目相对,泪流满面,大姑说:"美,辛苦你了。"扭头就走,挥手示意别送了。

晚上,祖父支走了立原伯爷,对我说:"我有话对你说,你要先让我说完,别答话,否则我会说不清楚的。""我唯一对得起你们的,就是我清白,没做亏心事。对不起的是害你妈辛辛苦苦替我做义务工;对不起的是害你上不了初中;更对不起的是我生了这么一个不负责任的儿子,你爸竟然可以丢弃你们离家出走!你要好好孝敬你妈,你妈是我们家的大恩人。"停了一会儿又接着说:"我死了以后不要停柩①,如果停柩了,那每年都要去盖棺(把稻草盖在棺材上),你人小够不到,你妈是女人胆子小,我们不用那么讲究,我死后卷个草席筒,叫几个人帮忙埋掉,入土为安就好了。要听我的,按照我说的去做。""爷爷你不会死的,我18岁了,我已经

---

① 停柩:死者入棺后,灵柩停放待葬。各地风俗不同,有些停房子里,有些停在露天;有些停的时间长,有些停的时间短。

长大了，我会供养你的。"他笑了笑，母亲也过来说："阿丈你别担心，我们家慢慢地会好起来的，你孙子长大了，锡宗还在，他迟早要回家的。双台里快修好了，我们很快就可以回家了。你不能死，老话说'大树脚下好乘凉'呢，有你在，我们就有靠山。"

第二天上午，他又跟我说："我很清白，没有做亏心事，我对得起你们，在你们身上会有善报的。"我上前说："让我为爷爷点烟，孙儿为爷爷点烟，爷爷会高兴一辈子。"我点燃了烟，爷爷挺认真地吸了一口，笑了，笑得很甜。立原伯爷在一旁说："孙子点的烟，味道不一样吧！"祖父点了点头："我家就这么点希望，全靠他了。"

祖父也算是苦中有甜、闷中有乐，病床前还有那么孝顺的媳妇和孙子伺候着，还有那么多讲义气的朋友陪伴着。

中午的时候，立原伯爷准备回家吃饭，站起来跟祖父告别，立原伯爷发出多大声音祖父都没有反应，看到他放在肚子上的手滑到床上，祖父停止了呼吸。立原伯爷高声叫道："二嫂，继周叔要走路了。"母亲立即上楼，我也跟着跑了上去。跑到祖父房间门口，母亲挡住我的路，不让我进去，弟弟也被堵在门口。母亲进去没有大声哭喊，流着眼泪说了一声"阿丈走好！"我也学着母亲，说了一句"爷爷走好！"我忍不住哭出声音，母亲扭过头对我说："儿子别哭，让爷爷好好地走吧！"母亲处事不乱，叫立原伯爷去请德铎公、又寿公、立恩叔来家商量后事。

中饭后他们都来了，一致要求先去看看祖父，我也跟进去看，爷爷像活着的时候一样慈祥可亲。我想摸摸祖父的胡子，他们不让，说："不能摸，爷爷会生气的。"立原伯爷向我们讲述着祖父死的过程。母亲把祖父昨天晚上说的话说给他们听。他们4个一致认为这样不可以，当时爷爷说的"草席筒"我不是很明白，听他们商量着我搞清楚了：祖父认为家穷买不起棺木，要母亲用一张草席把他一卷埋了，这样省钱、省事，免得下一代麻烦。祖父临死还在为我们考虑！当然，我们都不会同意这样做的。

母亲请他们把祖父的脸洗了一下，把衣服鞋子都换上。这些东西母亲早就准备好了，长衫是旧的，袜子是新的，鞋子也是新的，鞋底绣着荷花。他们把祖父从床上抬到门板上，盖好被子。德铎公去庙西通知大姑，并让大表兄小希去临海通知奶奶、二姑及大伯父一家。

又寿公和立恩叔去找村干部娄书记商量要几块木板做棺材。当时食堂停办，双台里在还修，村民自砍自锯的木板很多。娄书记倒是很爽快地答应了，但负责还修的干部有点为难，他担心有人提意见："地主成分家死了人，用公家的木板，说到哪里都是理亏，站不住脚。"娄书记说："他们家庭的确困难，小学娘是多么好的人，大家都知道，村头上的人都同情的。"那干部看书记坚持，就说："你们先拿着用，有人追问就说借的，没有人问就过去了。"我记住了他俩的好，记住了共产党干部的好。

当时六房村的木工老师（师傅）都在双台里做还修工作，又寿公把做棺材的事委托给了卢立尼（六房最好的木工老师），木板也请他挑，并叮嘱他要抓紧时间，明天下午就要上山。卢立尼老师说："没问题，早饭免了，作场就放在双台里他自家门口。"

又寿公回家跟母亲商量抬棺材的人的事情，棺材头（专门负责下棺入葬的人）是一定要叫的，一般还要叫3个抬棺材的人，这样要花好多钱，如果棺材头能同意那3个人由我们自己安排就好了。又寿公马上去找同村的棺材头商量，对方很爽快，说："明天就我一个人，我带头，其余3个本家安排好，让继周叔好好上山就是了。"我们村里什么能人都有，各行各业都能请到。

当天基本上就把一切安排妥当了，我不明白为什么要那么急，母亲告诉我："人死了，第二天就出殡，不用挑日子，不用忌什么。但如果第二天出不了殡，就要挑日子了，还要忌这忌那。"

我祖父就这样走了。明天出殡上山，起码有30多人要招待，那个年代，尽管艰难，招待的菜蔬（菜肴）还是有讲究的，条件差一点的人家一桌用6碗，条件好一点的人家要用9碗。咋办呢，猪肉很紧张无法买到，其他吃的东西也都很难搞到。

晚饭后，叔伯邻居的女客人（女眷）们纷纷送来东西，并商量明天帮忙干活的事情。又寿婆送来一包米面，德铎婆也送来了一包米面，立原姆娘、立恩婶送来3刮升①豆。母亲很感动，说："你们那么客气送东西来，可我拿什么东西还你们呀！""谁要你还，谁家都会碰到事情的呀。""你们明天早点来，帮我一起做豆腐。"

她们走后，母亲到卖猪肉的贾兴伯爷那里，去商量明天能否买几斤猪肉。我陪母亲一起去。一进门，他就知道我们的来意，说："真的好难过啊，继周叔就这样走了。别担心，明天早上，我把猪肉给你们送过去，尽最大努力。但是肯定满足不了你们的要求，只能应付一下。你们先回去忙吧。"

我们回到家的第一件事，先把黄豆浸下，给祖父换了一炷香，检查一下油灯及安全问题。这时，又想起了祖父是在泽霖叔公家去世的，一定要请道士先生来，做小收、做祭、安地盘等一系列活动不能少，这是礼貌。母亲让我和又寿公一起去道士先生家，请他明天过来做活动，又寿公坚持一个人去，让我陪着母亲。

在农村，家里死了人都会哭得很伤心、很大声，像唱歌，像有固定的曲谱，最奇怪的是媳妇哭公婆，都哭叫着"生身娘、生身爸"。母亲挺特

---

① 刮升：即升，是旧制粮食计量容器，一般为木制。粮食计量容器从大到小有担（石）、构（斛）、斗、升，1担（石）=2构（斛），1构（斛）=5斗，1斗=10升。配套的还有一根制作精良的竹棒，用于抹平量具口沿的粮食，叫"概尺"，以升为例，抹平的叫"平升"，装满了再往上加的叫"满升"，老百姓家也常用手指或筷子来抹平。

别的，她有条不紊地安排着，歇下来时就坐在祖父身边，流着眼泪，安安静静的。

第二天，天亮不久，最早来到家的人客（客人）是新哥哥，送来了出殡要用的东西：猪头一个，公鸡一只，豆面一捆，白酒番薯烧十几斤，还有大米30多斤。很厚重的一份礼，真的是雪中送炭啊，我的大娘姨始终把我家的事当成自己家的事。接着，我大姑、大表兄也来了。陆陆续续地该来的亲戚差不多都来了。祖母也跟着二姑一家来了。

木工那边5点钟不到就动工了，工作比较顺利，棺材做得很漂亮，1.8米长，镶上框，看起来像用5厘米厚的木板做成。然后，用稻草把当漆刷，漆上"江西红"油漆。大表兄跑到供销社买了一瓶黄色洋漆，在棺材横头板上写了一个"寿"字。这下感觉就不一样了，看起来像有钱人家的高档次的寿场。

9点多一点，道士先生开始做小收、请庚饭，接着把祖父放进棺材里，这时候我母亲又说了声"阿丈走好"。大姑哭的声音有点大："阿丈你这一生太辛苦了，死得也苦。"二姑没有流泪，也说了声："阿丈走好。"祖母好像很平静。

再接下来是做祭，大姑二姑一堂，我大娘姨一堂，我母亲那一堂叫本家祭。大伯父一家还没有人来，道士先生发话了："继周叔儿子不在身边，就由在场年长孙子代替。"一下子把我拉上跪在最中间。我腰系稻草绳、脚穿蒲鞋①，手拿青竹棒，头顶顶着传过来的桶盘（油漆木盘子），每个桶盘里面放一种不同的食品。每个桶盘传到我这里的时候，道士都会说："传接孝孙卢志学。"这么一跪跪了两个多小时。就这样，我把祖父的一切都传接了下来，"地主"这顶帽子也实实在在地戴在我的头上了。

---

① 蒲鞋：草鞋的一种，用蒲草编织，送殡时用。

接下来是盖棺上山。盖棺时，棺材头大声地说了好多好话："留丁留财，丁财两旺……"很熟练地把露在棺盖上面的那一截钉子敲好。把棺材抬起来时说了一句："我们都小气薄力（力气小），继周叔，你要自己走哇！"就上路了。按习俗，女儿媳妇在盖棺时都要大声哭唱，但她们姑嫂3人都没有声音，都在心里哭。上路时，姑嫂3人异口同声地说："阿丈您一路走好。"都用手帕擦着眼泪。送殡队伍中有2个背幡的、2个敲锣的、4个抬棺材的，后面是祖父的亲朋好友，共28人，应该是农村里人最少的一支送殡队伍。抬棺材除了棺材头，还有又寿公、德铎公、小希。

我祖父人瘦加上棺材板薄，4个人抬很轻松。第一梢（一程）就走了一半的路。稍作停留，一是抬棺材的人需要休息一下，另一个原因是等等走得慢的送殡人。在路上棺材是不可以落地的，所以抬棺材的4个人每人都拿着一根短柱（跟人肩膀差不多高的棍子），抬的时候用它来把力分散到另一个肩膀，休息的时候拿它当柱子，拄在抬棺材的杠下面，让棺材悬空。等后面的人都赶上来了又开始走，第二梢就到山边，又停了一下，就上山了。

山不高，一下子就到了，棺木停放在两个已经准备好的石礅上面。停放稳定后，又寿公教我盖稻草，并让我记住要领，以后都要由我自己一个人来盖了。

棺材停放地点叫山黄岗，我有时候放牛会路过这里，风向对上会很臭，六房村死的人半数以上的棺材都会停放在这里，三五年后再入土。

盖好稻草就宣布回家了，母亲给全体送殡的人每人分一小段红毛线，约20厘米，大家都挂在自己衣服纽扣上，下山了。

部分女眷送到百步开外就回去做饭了，当地的风俗叫百步送。所以，我们回到家时，一切都已准备好了。我们凑齐了6个菜，一共摆了4桌，泽霖叔公一家人坐屋灶头桌，其他3张桌子放在中堂。这6个菜中豆腐吃完后还能补充供应，饭的数量也很充足。

母亲说："今天大家辛苦了，慢慢吃，多吃点。"新哥哥把番薯烧拿出来，让我把它打开，会喝酒的人都倒上半碗。好香，是好酒。那个时候，酒很难喝得上，供销社卖的是定量的，西楼这个地方地多番薯多，每户人家基本上都会自己酿酒，我的新哥哥是酿酒的一把好手，每年都会给我们送上一大瓶，我和母亲包括我的弟弟都会喝上一两口。我举着酒杯向大家敬酒："大家辛苦了，多喝一点。"我特别关照了又寿公、两个木工师傅，还有棺材头、道士先生，我给他们都加了酒。但母亲不让我多喝。晚上喝番薯烧，可比世上琼浆，大家都忘了喝的是丧酒，喝得很开心，都说我祖父是个好人，也夸我母亲。

母亲跟泽霖叔公叔婆商量除灵的事情，有钱人家除灵要做7次七①，泽霖叔公说："那个道士今天做得很周到，你家有困难，就做一次好了。"他还说："我们是真正的一家人，未出五服（五代）呢，别见外。"征求道士先生的意见，他说："现在基本上是一次解决的，到时候我自己来，你们就不要跑来跑去，钱下次一起算。"按习俗办丧事是要收双工钱的，但他们都表示只要收一天的工钱。母亲用红纸包了3包分别给道士、木工和棺材头，每包5角，并表示感谢。

女眷都留下来帮着把所有东西收拾干净，寒暄几句后回家了，远道而来的新哥哥要回家，二姑、大姑、表兄也要回家，丧事不留宿。祖母也跟着二姑回城里了。泽霖叔婆特地过来叮嘱母亲："二嫂啊，你这几天辛苦了，晚上早点睡吧。"

丧事办得妥妥的，这是祖父他老人家积的德。但是，祖父他引以为傲

---

① 除灵、做七：旧时丧葬风俗。人死后，第一个七天设灵座，每隔7天做一次佛事，做7次后除去灵座，即除灵。

的3个儿子在他临终时一个都不在身边，也没有来送别，这应该是祖父最大的遗憾。

## 屋漏偏逢连夜雨

祖母回来时，我们刚搬回双台里。祖母是裹了小脚的，她的脚太小了，三寸金莲，真的不会超出三寸，脚趾全在脚底之下，所以她没有干过重活，但做饭洗碗很利索。现在老了，站不起来了，肺也不好。祖母的床坤放在原来的位置，她回来后在这张破床坤上断断续续躺了6年之久，一日三餐都是我和弟弟送的，母亲帮她洗澡、换衣、换痰罐。

祖母从那时候起成为我家正式成员之一，我们一家有说有笑，热闹了好多。她常说："只要人聪明，吃是吃不穷的。"她常夸我聪明："你以后也不会穷的。"祖母有文化，是个才女，懂得很多东西。她是临海城里张家人，有一次一高兴说了一个小秘密："我结婚时，有一个班的洋枪队送我到六房村。"每天晚上她都会给我们兄弟俩讲不同的故事和谜语，我还记着很多呢，比如：一个字有十一笔，无横又无直；虫入凤中飞去鸟；七人头上一把草；大雨落在横山上；朋友半边不见了。

祖母回来不久的一天夜里，老房子的廊檐突然倒塌，还好玻璃窗没有被敲破，天公不作美，当夜下起了倾盆大雨。应了那句古话："屋漏偏逢连夜雨。"真叫人痛心，这下不仅仅是吃不饱，住也成了问题。

雨过天晴后，祖母说："廊檐倒了也好，房间亮了许多。"我们听了以后感觉祖母很乐观。然而，祖母认为，母亲一介女流，我虽然有18岁了，但个子不到1.5米，还是一个放牛娃，人家都把我当小孩看待，她感到人生无望。不过，我的母亲很厉害，当时就对我说："儿子，我们去找娄书记，批一株树，把新哥哥请来帮我们砍树，请木工老师帮我们修房子，工资暂欠一下。再过两年,你个子长高了,能顶天立地,我们就什么都不怕了。"

说干就干,找到娄书记,把廊檐倒了的事情说了,娄书记又一次很爽快地答应了我们的请求,说:"为了双台里的还修,下洋山的树差不多都被砍了,这树你们要去太坤山砍,如果没有手拉车可以到我这里拉。"好人啊,娄书记真的很大方,手拉车是他的私人财产,买一辆手拉车要100多元。更何况他当然知道,他这样帮我们人家会说他阶级不分。

回到家后,沿阶头(屋檐下的台阶)站着很多人议论着修廊檐的事情,其中有一人名叫陈冬梅,外来户,土改时分到了双台里的屋,就在我们家隔壁,他也很关心我们。看到我就说:"你去批一棵树,找一个人,我帮你,我们把廊檐修回去。"母亲把刚才找娄书记的事说了一遍。"要到太坤山啊,山高路又远,很不方便。"陈冬梅说:"正好,我这几天在太坤山烧炭,你把新哥哥叫来,你们来找我。批一棵树不容易,我帮你好好挑一挑。"

过了一天,我和新哥哥一起来到了太坤山大丘田这个地方,找到陈冬梅。就在他住的茅草屋旁边,有一棵笔直的松树,他们俩都看中了这棵树。新哥哥建议:"反正要等树干一点才能修廊檐,我们把树砍下锯好,放在这里过两个月再来拿,那时候拿起来也轻松一点。"陈冬梅这里木斗、板锯、软锯这些工具都有,就这样,他们两个人就开始动工了,陈冬梅有一个烧炭的帮手也过来帮忙。中午的时候我烧水烧饭炒青菜,青菜是陈冬梅自己在山上种的。这棵树,小口口径有30多厘米,先锯4米长,再把下面这一截锯成对开。搞到下午3点完工了。这一天新哥哥已经很累了,陈冬梅叫他别带柴直接回家,早点休息,叫我带一点树枝回家。路上新哥哥帮着我背树枝,到分路时,我一个人背回家。新哥哥为什么要直接回家呢?因为这样能提早到家,而且就是去我家也没什么好吃的,到他自己家,他就享福了,我大姨妈对这个女婿照顾得挺周到的。

两个月很快过去了,母亲请来了又寿公、德铎公、小希、新哥哥。我

去娄书记家借手拉车,娄书记把手拉车检查了一遍,确认没有问题才让我拉走。4米长的那段圆木很重,他们中两个人先把那段圆木抬到一半山路,放在与肩差不多高的山坎上,再回到大丘田抬对开的那一半。另外两个人先送对开的另一半木料到大坤口,再回来扛那段圆木,这样4个人同时出发同时到山脚下。我觉得很惭愧,18岁了,他们就让我背一根小树枝。装车很简单,装好后小希说:"我试试看。"就拉起车子走了。因为有很长一段路是下坡路,他拉得很快,我们都跟不上,他一个人先拉到家了。母亲请他们吃中饭,当然只是粗茶淡饭。

接下来就是我的工作了。我仔细检查了一下房子,发现木椽基本上都还是好的,两根檩条坏了,瓦片碎了好多。我到东塍树行买来檩条,到下洋山砖瓦窑买了瓦片。准备工作全部做好后,请来了木工师傅,两个人只花了一天时间就把廊檐给修好了。瓦片我就自己盖了,第一次不知道怎么弄,斜坡屋顶盖瓦片是要从下面开始盖到上面的,我理所当然地从上面开始,干了一半被懂行的人看见纠正,白干了,又重新开始,成功了。母亲开心地说,长大了吧!没错,天不生无禄之人!

修好廊檐，灶头间（一排房子的第一间或最后一间）的房顶又破了个洞，估计是瓦片移位了，下雨漏得很厉害。为了节省开支，我想尝试一下自己翻屋捉漏（上房顶修补移位或破损的瓦片）。爬上去揭开瓦片一看，吓了一大跳，哪里是瓦漏，是堂梁断了，弄不好房子都要倒塌了。我赶紧把瓦片盖了回去，下来报告母亲。

母亲叫我别紧张，先找木工老师商量一下。木工老师来看了一下，说："凭我的经验，暂时不会倒塌，赶紧买木料修补。"

我到东塍树行买了一根堂梁，是枫树，古上有称："千年阁上枫，万年水底松。"堂梁风吹日晒要用枫树。

灶头间屋顶下有屏旗（篾做的，像席子，用来装饰、挡灰、隔热），修屋顶得先拆屏旗。拆屏旗是篾匠行当，我把这活交给了我那两个篾匠小伙伴，拆下来并钉回去，他们全包了。

我用挺柱把坏了的堂梁顶上排除危险，然后爬到上面，把上面的瓦片移开，瓦片太多了，要放到楼板上，我弟弟也帮上忙了，我从上面递下来由他放到楼板上，他放得整整齐齐的。

做好一切准备工作后，木工师傅再一次如约来到我家。"小鬼，你这准备工作做得太好了，思路缜密，安全措施也到位，谁帮你一起搞的？"我说："两个做篾匠的小兄弟，还有一个亲弟弟。"他说："很厉害！"

我总算做了一件大人该做的事情，受到老师头夸奖，心情特别舒畅，我用手整理了一下头发，对自己说："我长大了！"

换一根堂梁，两个木工一天就完工了。吃晚饭的时候，卢立尼建议："要请翻屋①老师来把瓦片盖回去，有两个原因：一是天气有变化，时间

---

① 翻屋：也称捉漏。旧时木结构瓦房房顶的瓦片时间长了会因为日晒雨淋、猫和老鼠行走等原因移位破损造成雨天漏水，所以要定时请专门的人上房顶翻瓦片检查修补。

紧；二是有4条夹浚（瓦房顶排水沟）很难搞。"多难搞我都不怕，我想自己试试，刚刚被夸奖更有信心了。可是母亲心疼我，还是把翻屋老师"小否行"（村民根据他的名字谐音取的外号）请来了，他在上面搞了5天才完成。

这个"小否行"很有意思，他专门给人翻屋捉漏，村里人老老少少都认识他，他工作时一定在房顶上，日晒雨淋的，又加上老房子的瓦背上都是黑乎乎的灰，他的手上和脸上都是黑漆漆的。他总是一边工作一边唱歌，有时不小心还会摔倒，有时还会扭个秧歌，所以村里人用《秧歌舞》的调子编了唱词，他走在路上时，常有小孩子跟在他后面唱：

"$\underline{5.6}$ $\underline{5.6}$ | $\underline{\dot{1}.6}$ $\dot{1}$ | $\underline{5.\dot{1}}$ $\underline{6.5}$ | $\underline{3.2}$ 3 |

so la so la do la do，小否行礅倒（摔倒）仰丫丫。"

多一个朋友多一条路，那个屏旗，两位小伙伴搞了好几天，又脏又累，而且自家吃饭过来干活。钉回去以后，母亲非常满意，说："你两个兄弟，技术到家，活干得那么好，非常平直。"原来的屏旗，中间起码有20多厘米耷落来（垂下来），现在是一个平面了，多高的人都不会碰到头，房间高大许多。"母亲叫我付工钱，我说："妈，您可以自己试试，看他们收不收。"母亲很认真地要付工资给他俩，他俩说："这是我们兄弟之间的事，您别插手了。下次我们有什么事要做，也要请小学帮忙的。"从此母亲对我的朋友都特别好。我深切体会到朋友多力量大，什么事都难不倒。

通过这一次修房子的事后，我想我已经长大，不能再当放牛娃了。我去找生产队长说了想法。生产队长卢毅之问了我的年龄，说："按照年龄，真的不合适再放牛了。"还说："18岁都可以结婚了。"他同意我不用放牛可以开始从事农业工作了。

那时候的小朋友都不想放牛，为什么？收入太低呀。一般家庭最好的选择是把儿子送去当兵，其次是送去学手艺，最后的选择是做农业。农业的底分是每天4分，比看牛高。砍柴收入也比看牛高，一天砍一担柴，按青柴计算，每百斤青硬柴有1.2元，一担柴的价值相当于4天农业工资。但是砍柴全靠力气，非常辛苦，那时候粮食太紧张，家里一般都是熬粥吃，每天喝粥去田垟干活可以，每天喝粥上山砍柴身体撑不住。

就这样，我结束了5年的放牛倌生活。

## 参加村越剧团

大概在我17岁那年，洋渡业余越剧团招收学徒，有人来我家动员我参加。我想：不可以，我已立志学裁缝，一心不能二用。这事让母亲知道了，她老人家却另有想法，她认为戏中的才子佳人、忠孝节义是一种良好的教育，只要自己立场端正就能学到好东西，还能结识更多的朋友。她很支持："去吧，儿子。"就这样我进了越剧团。

我第一次去参加活动是在一个晚饭后，还没进门就听到里面有说有笑还有唱，很热闹。他们看到来了新成员，就上来跟我打招呼，很关心，很礼貌。负责带我的是卢礼仁，他比我大5岁。剧团里旧的行头（演出时用的服装和道具）都是卢礼仁家的，他的父亲在新中国成立前办过戏班，早逝，这些都是父亲留给他的。还有部分新的行头是剧团成员演戏赚钱置办的。卢礼仁是同村人，本来就认识，现在就更加亲密了，他把我当弟弟看。没过几天，我就跟剧团里的人混得很熟了。

自加入剧团第一天开始，我基本上每个晚上都去剧团，刚开始的学习任务是舞枪弄棒、翻筋斗、倒立、倒走，后来学一些台步、动作、唱腔，真的很有意思，我很喜欢。剧团成员的关心让我感到了温暖，很开心的一段时光。母亲真的与众不同，见解独特。但我时刻提醒自己：不能放弃学裁缝。

转眼到了春节，剧团准备在村里上演几个节目，让村民过个愉快年。团里缺少人手，在外村聘请了三个角色：贾裳（旦）、秦森（老生）、石春（小生）。我在第一天演的戏里演一个小角色。

　　农历十二月廿九，村民在半耕半读石门里①空地上搭起戏台。戏台后面挂着幕布，"洋渡越剧团"几个字很醒目。左右两边有两个门帘，左边的写着"出将"，右边的写着"入相"。戏台中间放着一张长方形桌子，桌子上挂着一幅布幔，上面有"金玉满堂"4个字。桌子两边各有一把披着绣花椅衣的椅子。门口贴着节目单，用毛笔写在红纸上，字写得很漂亮，有《茶花女》《碧玉簪》《薛刚反唐》《打金枝》《辕门斩子》等，节目一直排到了年初二。

　　来到这戏台前面一看，真的好激动呀，从来没有这么激动过，我一下就紧张起来，问自己能行吗？等会儿上台说话结巴咋办呢？团员卢志希在边上问："你不会临阵脱逃吧？"我说："不会的。"卢礼仁来找我了，催我去化妆。

　　走进化妆间，贾裳说："小弟弟到我这里来，我帮你化妆。"没用多长时间就化好妆了，她递过一面镜子，让我照一照。我一看，漂亮！脸蛋白里透红，特别是这一对眉毛，真神了，像个男子汉，好帅啊！一下子投过来许多赞赏的眼光。"好小子！"贾裳欣赏着她的"作品"，伸出手说："来，让我抱一下。"还说："叫姐姐。"我说："谢谢姐姐！"她很高兴地应了"哎！"从此以后我有了一个漂亮的姐姐，这个姐姐跟我的表姐周月月关系很好，她俩无话不说。

　　演出就要开始了。报幕人"士"字辈，是本村辈分最高的。"各位观众及全村男女老少们，大家好！本团为了让村民们过个愉快的春节，特地排

---

① 石门里：用石头做台门的大院子。

练了5本戏,连演4天,希望大家能喜欢,今天晚上是《茶花女》。如果演得不好请大家原谅,接下来演出马上开始。"报幕简单利落,没有多余的废话。

我的戏很简单。拎着篮子上台,先坐下来报个名:"王老二、王老二就是阿啦,只因家道贫穷,养了一群鸡鸭,今天要去街坊卖鸡蛋,卖完鸡蛋,买些下饭回家。"然后起身在台上转两圈,不幸被茶花女碰撞了一下,鸡蛋全拷破了。我抓住茶花女不放,要她赔钱给我。茶花女向我倾诉她的苦情,她是一人逃生在外,后面追兵喊声震天动地。我一时善念,放走了茶花女,在三岔路口等待追兵追至,给追兵指点相反方向,使茶花女安全脱险,我的戏就圆了(演完了)。导演夸我"表演恰如其分,不错,有前途"。漂亮姐姐也说我演得不错。

好日子过得快,愉快的春节一晃而过。

越剧团有时会到外村演出,我有5角钱一个晚上的收入,出去一次一般在10天左右,大概有5元钱。每次我回来一进门就把钱交给母亲,母亲很高兴,说:"我是想叫你去玩玩的,想不到还有钱挣。"

我进越剧团两年多一点时间,国家就有政策规定不能演古装戏,越剧团就解散了。但戏剧确实是老百姓的精神食粮,记得恢复戏剧表演后,临海电影院首先放映的是《王老虎抢亲》和《红楼梦》,场场爆满,后来电影队来农村巡映,也是每个场次都人山人海。

不能演古装戏后，洋渡越剧团的大部分人加入了村俱乐部①，参加革命样板戏《红灯记》的排演，我认为自己演唱能力不错，可是因为地主成分，我没有资格加入村俱乐部。我是多么想加入俱乐部啊，我的朋友卢志鲁、卢立筠等都加入俱乐部了，朋友们来我家玩时也经常说起，李玉和如果由你来演该有多好。好在我有这么多兴趣爱好一致的小伙伴，他们常常来我家自娱自乐，让我过一把演戏瘾。

---

① 村俱乐部：洋渡六房村在1953年就办起了临海县第一个农村俱乐部，配合各级政府做好以宣传农业合作化为主要内容的群众文化宣传工作。

# 第三章 柴株刺穿了脚板背

## 小岭水库义务劳动

1962年,放牛毕业后,我就参加生产队劳动,刚好是成年的岁数。开始是农业学徒,底分是4分,有了底分,就有各种义务劳动。当时正好临海水利重点工程小岭水库在建,队长通知我:"明天上小岭水库,带担钩、被子、米、咸菜及日常生活用品,时间大概5天,没有特殊情况不能请假。"

因为我长得瘦小,母亲把18岁的我还当作小孩子看,像是送我去远征,为我准备好了一切,还帮我找了伙伴,嘱咐他尽心关照,叮嘱我:"安全第一,不能吵架,不要管闲事。"还教我蒸饭时放多少米多少水。

第二天,吃了早饭,背起行李,就到茧场集合,集合完毕的一群人浩浩荡荡地向小岭水库进军了。这支队伍约有50多人,他们都是老民工了,只有我是第一次去。

卢林森也一起去，他是经常去的，是"老小岭"。他就是母亲所托之人，有他在一起，我很开心。

"这是暇几门，这村名叫上石牛，正面村叫高头，前面村叫山根，这些村庄原来都是捕鱼的。"卢林森一路上很认真地向我介绍着路过的村庄名称和特别的民间传说。这三个村我以前来过，是祖母带着我来的，来看她的老朋友，我曾看到山根祠堂里收藏着大量的捕鱼工具。过了山根，前面就是竹岙，这里的发电站也在动工了。过了竹岙开始上山，走上小山坡，地名叫年坳堂，有个路廊，这个路廊也有茶水供应，来往人流量很大，是水库民工换班的必经之路，来来往往的人，好热闹。接着走过500米左右的山路，就是小岭水库的副坝位置。

爬到副坝上面，哇！好大的场面，实在壮观，起码有几万民工做着不同的工作，有挑土的，有扛石块的，有拌水泥的，有打夯的，唯一能看到的机械就是拖拉机头拖着那个大碾子来回地跑着。这是我第一次看到那么壮观的场面。

"赶快走吧，"卢林森催促着，"要赶到住宿的地方蒸中午饭。"住宿的

地方村名叫寒近坑，下大坝还要走300米路。一到住宿地，卢林森就给我抢到一个靠窗边的好床位，还教我把饭甑（专门用来蒸饭的泥制盛物器具）放得离锅远一点，他说："如果放得太近，厨房师傅放饭甑进锅时，就会把你的放在最下面。放在下面蒸的饭不好吃。"这些饭甑有2斤装、3斤装的不同规格，高矮不一，很难凑平，饭甑没有盖子，蒸饭的师傅很辛苦，还时常有人因饭甑被打翻而没有饭吃。没过多久就改进了，大家统一用铝制的饭盒，高度统一，容易叠放。而且饭盒有盖，蒸的饭都一样，不会有上下好吃难吃之区分了。

吃了中饭后就去工地干活，我们挑的是大坝中心的土，叫心场土，装到筐里比较容易，但是挑的路要远一点。15担算一方。卢林森给我传授经验，告诉我说："第一天，担数不能多，如果一开始就累趴下了，后面几天很难继续，应该注意策略，保持体力。"卢林森说得很有道理，我听他的，"时间掌握在两个小时；每担土的重量是不能少的，重量少了不发卡，就不计数了；速度不能太快，太快了，晚上睡觉腿要抽筋。"我都照着他说的做了。

第一个晚上睡得很香，第二天起来精神很好。我计划着一天工作6个小时，速度不去控制，跟上快的人就可以了。我还要多观察那壮观的场面，给自己长长见识。

挑心场土的人来往都要经过岩仓，那里有两个十七八岁的姑娘十分引人注目，两人都留着一根乌黑辫子，两个人一般高矮，连那4条小腿都一样粗细，两双眼睛都比较大，看起来很讨人喜欢。你猜她俩做什么的，是干重活的——扛石块，从磅秤那边传出的消息，重的都是她俩扛的，比一般男子每一杠都要超出50~100斤，真的出名了。在这茫茫人海当中出现那么一对姑娘，这真是万绿丛中一点红，引来了无数注视的目光，还有人打听她俩是哪个村的，有没有婆家。

那时候粮食欠缺，填不饱肚子是很平常的事，但整个水库的劳动气氛十分高涨，没有人磨洋工，没有人因饿肚子走不动。老百姓很听话，给他们的任务都完成得很出色，如果自己有病、有事忙，都会找人替代完成。

这就是目标明确、任务明确的一种管理方式。目标明确：造水库是为了发电、灌溉，提高生活质量，造福子孙，这是每一个老百姓想要达到的目标。任务明确：不同的工种，以不同的立方数来换算，不管你用什么方式，不管你用多少时间，10天、5天、3天都可以，只要你完成任务就可以。

困难时期，家里人宁可自己把裤带勒紧一点，穷家富路，决不让出门在外的亲人没吃饱去干那么粗重的活。所以去做水库的人每人每日带2斤米，如果家里没有米，一定会想办法去借。这次母亲让我带了10斤米，一大碗咸菜，三四两炒豆。干重体力活实在吃力，有的确实用尽了力气，我听到有人整晚说梦话，还看到有人偷偷地哭。

这次我只用了3天时间就轻松地完成了任务。第四天，我和林森一起完成了林森的任务，下午一起回家，到家天还没黑。

任务陆陆续续地分配下来，上小岭水库劳动的次数很频繁，农闲时节，每个月要上去2次，每次都是5天左右。尽管肚子还没有填饱，却要来填大坝，但是为了发展，为了造福下一代，这些工作都是应该做的。尽管很辛苦，除了有希望，还有乐趣，工地上有慰问演出，有新人新事、好人好事、政治宣传等活动。

我当时想，如果能把造小岭水库的那种管理模式应用在管理农业和企业生产上，再加上效益明确和报酬明确，老百姓还会饿肚子吗？目标明确、任务明确、效益明确、报酬明确这四个明确放在哪里都管用。

## 借缝纫机

　　脑子里那颗做裁缝的种子不断发芽成长，人们身上穿的服装的优缺点一眼就能看得清清楚楚，是什么原因造成的不足也明明白白，想要一台缝纫机的念头挥之不去。我遗传了母亲的裁缝基因，天生就是一个服装行业老师头。我对做裁缝的兴趣越来越浓，目标也越来越坚定。机会来了，听说二表哥家的缝纫机闲置在那里，我冒出了借缝纫机的念头。

　　我进城去二表哥家，家里只有大表哥和祖母在，我向大表哥说明来意，他说要考虑一下，就进了房间。我等了好久。祖母出来转达了大表哥的意思：借缝纫机可以，但有个条件，就是要由我负责祖母的口粮钱。祖母的定量是每年380斤粮食，折合人民币30多元。就是说这台缝纫机租给我每年三十几元钱，是一台新缝纫机1/3的价钱。这可不是一个小数目，那一年我刚参加农业劳动只拿到底分4分，一年收入一共38元。就是说我要用我一年的农业收入来支付一年的缝纫机租金，有点心疼。当时我不敢答应，说回家去跟母亲商量一下。

　　母亲知道我的心思，她支持我，说："奶奶又不是外人，给奶奶付口粮钱是应该的。你如果这样想的话，这缝纫机不就等于白用了吗？"我敬爱的母亲真的厉害！我很兴奋，决定第二天就去临海把缝纫机挑回来，当即把卢立訇叫过来商量，请他明天跟我一起去，帮我挑缝纫机，他同意了。

　　但是，晚上躺在床上我又开始纠结了。如果我是熟练工，缝纫机天天使用，这三十几元钱也不多，但我现在是刚开始学用缝纫机，而且要从事农业劳动，缝纫机停在那里的时间比较多，这不划算。我跟母亲说："要不还是算了。"母亲不这么想，说："有了缝纫机，你就可以开始自学了，就走上服装行业这条路了，越早越有利。你只有自学这条路，要是你去做学徒，等于去读书，要花钱、花时间，还有，我们这个家庭成分，哪个师傅敢带你？你现在不要想得太多，只需要用心，抓紧时间努力锻炼自己。"母亲的思路总是高我一筹，我当时想：我是她生的，我怎么就想不到呢，说明母亲的智商比父亲的高。母亲看我还在发呆，说："别想太多了，睡吧，明天还要赶路呢。"

二表哥家至双台里起码有18公里路，两个小伙子健步如飞，上午7时出发，下午3时就挑着缝纫机返回到村口。路上遇到的村民都投来羡慕的目光，说："这个是好东西。"还有人问："在哪里担的？"我得意地说："城里。""真厉害！"那个时候我们两个看起来身材都还有点小。

有了缝纫机，吃饭都变快了，我要尽可能地利用时间，只要不出工，我就练习踏缝纫机。我按照自己预先制订的计划一点点进步着。

第一步，先练空踏，从高标准开始，目标是不用手带，脚一踩上去缝纫机启动时，就要让送布牙往前走，不能倒退。用手带，慢了；倒退了，更慢。因为倒退肯定要断线，断了线就要穿线。这是硬功夫，一定要练出来。慢慢地我找到了窍门：停机时，踏板平放，踩机时脚后跟先用力，这样就启动自如了。有很多人都过不了这一关，需要靠手帮忙。

第二步，用水泥包装袋的纸进行练习，从裁剪到缝纫，从裤头（短裤）、长裤到上衣，尝试着做成品。

第三步，免费给邻居提供旧服装翻新、大人服装改小孩服装、补衣服裤子这三项服务，并常常把无法补救的破衣服改成拦腰（围裙）。完成后还要请大家提宝贵意见。既解决了学习材料的问题，也做了好事。

农村人劳动强度大，衣服很容易破。干活、挑担，还要常常上山砍柴，衣服的膝盖和肩膀最容易破，所以补得最多的是这两个地方。那个时候布票紧张，很少有人做新衣服，缝补的需求很大。他们都喜欢我的缝补，特别是膝盖处一圈一圈地缝，好看又耐穿，像现在的时装。我干一天，一般妇女手工10天也干不了。

就这样，我成为一个缝缝补补的好手，村里的男女老少都喜欢我，夸我随和，夸我勤快，还有人称我是缝补老师。慢慢地朋友多了，口碑也越来越好。同时，这样的缝缝补补使我养成了勤俭节约的习惯，培养了废物利用、物尽其用的能力。

有了口碑基础，我开始尝试做新衣服。也正好在这个时候市场上有了黄岩布。黄岩布是聪明的黄岩人将用麦芽糖（俗称白糖）换回去的旧被絮旧衣服，进行清洗、褪色、轧成絮状，再进行纺纱编织而成。2角钱1尺，颜色就蓝、白、蓝白条相间三种。有了黄岩布，我就有了练习做新衣服的机会，也使我从缝补师傅向名副其实的裁缝师傅转变。

刚开始时我在自己村里做，后来范围慢慢地扩大到周边的村庄。给人缝补不收钱，刚开始做新衣服的时候也不收钱，手艺好起来以后，人家不好意思不给钱，一定要给点，慢慢地就开始收费了。

就这样，我以缝缝补补为基础，以以旧翻新为资源，以降低工价为手段，踏踏实实地开始了兼职的裁缝生涯。

母亲也利用起了缝纫机。村上有一个手缝师傅，人很胖，大家都叫她"大人婆"，小有名气。她接的活来不及做时，会请母亲去帮忙。有了缝纫机，母亲就把便衣里面暗缝的手缝改用缝纫机缝，速度快了很多。这样，缝纫机在母亲手上发挥了作用，"大人婆"更需要母亲的合作了。

这缝纫机借对了，我们母子两人共同努力，家庭困难的局面逐步改善。有了这台缝纫机，有了学习机会，才有了裁缝本领，才有了后来的翻身日子。

## 吃"麦虫"、借番薯干

三年困难时期（1959—1961年，又称"三年自然灾害"）过后，我们这里农民的日子仍然不好过，但有些好转。大家基本掌握了"三熟制"技术，水稻的品种向矮型、早熟改良，公社成立了农技站，病虫害的情况能及时报告，农业生产略有转机。

但那头几年还是很难。早稻全部交完还完不成征购任务，要靠晚季补上。后来，大家聪明了，多种点大麦，上交大麦以完成征购任务。就是说，如果能利用麦季和早季来完成征购任务，那么，下半年割的稻就可以自己留着吃了。

种三熟制庄稼，肥料就成了问题，需要的化肥用量比原来要增加2倍，可是供销社拿不出那么多化肥供应农民，春粮只有靠农家肥。由于粮食缺乏，自然六畜不兴旺，农家肥也很少，许多地方甚至发动妇女去捉狗粪。因肥料不足，农作物像"路头香"（指农作物因缺肥长势不好，像是在田里插了一炷香）。在这种情况下，如果春季小麦发病，晚季秧令期超期，这样，粮食就更欠缺了。

早季征购任务完成不了的生产队，过了春节就开始眼巴巴地等着政府发放救济粮。公社会根据不同地方、不同情况发放救济粮。同一地方发放救济粮时还要根据家庭成分，贫下中农多发放一点，"四类分子"家庭少发放一点，有时候甚至不发。真的是"你贫我贫大家贫，地主富农格捱（更加）贫"。

如果救济粮发放不足，真的是"春耕没有耕，春粮有人抢"。大麦在灌浆期间，人们就已经盯上它了。大麦本来是当饲料的，但在那个时期，在收割前的六七天，就让"手长肚饿"的人掳掠一空，变成美味充饥了。这个行为有个专用名词叫"掳大麦头"，这个时期的大麦也有个专用名词叫"麦虫"。人们把硬浆麦粒炒熟，放在磨盘（石磨）上去皮，用糠筛（分开米糠与米的筛子，用细竹篾做成）、米簸（篾制圆扁晒具）分开麦皮，就留下了一条条形状像虫子的麦肉，也因此而得名。尽管麦虫量很少，但人们变着花样吃,麦虫饭、麦虫羹等成为穷苦人家的一道道"美食"。"麦虫"的功劳大大的。但是,麦虫口感粗糙,吃了会放屁,人们在生活条件稍好一点后就嫌弃它了。

据说历代掳大麦头都是无罪的,最凶狠的地主看到了也只能视而不见,为什么?大家都知道,饿到极点的人才会这样做,不但是救荒,还是救命。"人之初,性本善",人都是有善心的。

大麦救荒有20多天,等到小麦成熟了、马铃薯可收获了,日子就好过多了。但是,这时候往往天公不作美,春季多雨,小麦在收割前的8~10天如果下雨,麦穗容易发霉发黑,到嘴边的粮食也没得吃了。我记得有一年小麦长势特别好,已经在成熟期了,麦粒突然发病,丰收在望的小麦两天时间就变废了,颗粒无收,十三队的农民都急得捶胸顿足。所以,农业想增产增收,农业科技人员肩有重任,国家要多培养农业科技人才。

用粮票的人们基本能吃饱饭,有的人还有剩余,剩余粮票被偷偷拿到市场上流通,更是苦了种粮人。农民买不起自己种的粮食,还是要饿肚子。

饿肚子怎么办?借呗,向山上人借番薯干。

山区农村和洋下头(平原乡村)的差距越来越大。山区种不了水稻,本来就吃返销粮[①],加上山区田地多,在允许拓荒后,门前屋后都能扩种,种了很多的番薯、洋芋头(土豆)、芋头、花生之类农作物,村民还有销售毛竹、果实、木料、柴炭等收入。每户人家都养有几头猪,春节都要杀一头过年,吃不了用盐腌起来可供全年。山区人比洋下头人生活条件要好很多。

---

① 返销粮:指国家向农业生产经营单位(一般是农村缺粮地区)销售的粮食。

山下平原的人吃不饱，就向山上人借番薯干，借80斤番薯干，秋收时还100斤稻谷，这样也等于增加了他们的粮食收入，因此山上人变成了"山上财主"，其实这也是放高利贷的一种。孩子多的家庭，借多了还不起，就把女儿嫁到山区。卖儿卖女没听说过，用女儿兑换番薯干的事经常发生。

农业收入还是每10分工分3角左右，为什么那么低？农民热恋土地，又没有像样的副业，只有同土地打交道，虽然出勤率高，但粮食产量上不去，收入自然也高不起来。只有把土地还给农民，农民才会有真正的出路，有了土地农民就会在实践中研究和学习农业机械化，就会提高粮食产量。但那时，好像没有人这样想过，人们都在玩着说话和算数的游戏，阶级斗争还是很起劲，提高粮食产量还是在数字上而不是技术上下功夫。

## 西楼裁缝：开局顺利

随着裁缝技术的不断熟练，我想着要向村外拓展作场。但是，由于地主成分和没有师傅带，我在周边很难拓展。看清了山区和洋下头贫富的差距，我想去山区试一试，可是山区没有熟人。我和母亲都想到了西楼。西楼虽然不属于山区，但经济比周边的村都要好，关键西楼有我最亲的亲戚——我的大娘姨，而且大娘姨和表姐夫妇在西楼村有很好的人缘。

农闲时我来到西楼。我知道走好这一步对我今后事业的发展起着关键的作用。我决心用快、好、省博得西楼村民的肯定，努力让第一个作场顺利开办，走好服装生涯重要的第一步。但愿西楼村民能喜欢我，老天保佑我，我暗暗下决心："卢志学，努力吧！"

到了西楼，我先把作场设在表姐家，白天做新衣服，吃了晚饭后就免费帮人家补衣裤。每天都有人来考察我干活怎么样，手艺精不精。我做得很认真，心里想着，只要人家看了觉得可以的话，肯定有活会找上门的。当时我表姐有点怀疑我的技术，天天担心着。

过了几天，在我表姐的推荐下，有几户人家同意我上门去做衣服。总算迈出了第一步。妇女同志检查裁缝工作门槛都挺精的，提了很多意见，我虚心接受并立即改进。一个星期下来反应还算良好，西楼村民接受了我这个没有拜过师傅的裁缝师傅，还有人夸我勤劳。

生意来了，压力也大了，只要一落户，就要按照他们提出的要求做。做衬衫、短裤、长裤我都没问题，一天可以做七八件甚至10件。可是碰到我不会的，我不能拒绝不做啊，怎么办？我就在下午下了工后赶回家请教母亲，在第二天上工前赶到作场准点开工。从西楼到六房，路经狗头鸟（山名）坟场，晚上走路，阴森森、黑漆漆，刚开始很害怕，后来慢慢地习惯了，反而锻炼了胆子。在做裁缝的过程中，也看到了自己的很多缺点，一边学一边做一边改正。衣服也有做坏的时候，我就想办法弥补，比如一件衬衫的一只袖子做小了，我就把这只袖子做在另外一件小一点的衬衫上。

那时，做衣服的布料基本上是用黄岩布，少部分也用家基布。家基布是用棉花做的，需要用布票购买，布票当时很稀罕，一人一年就只有2~3

尺布票，农村也发，但大家都舍不得用。也有人自己种棉花织布，能吃饱肚子后我们家也种过棉花，种了一小丘地，母亲自己纺了棉纱，叫了织布的师傅来家里用拉机织了家基布。家纺的棉纱一般是用最古老、结构最简单的腰机来织，母亲用于来料加工的是拉机，拉机相比腰机，结构要复杂一些，对棉纱的要求更高一些。

有一天晚上，大姨妈干好家务活，把我叫到一边，很严肃地对我说："在这里干活不能随便找对象，否则会影响你的作场。"声音虽低但很有力，不愧是民国时期的好教师，给我来了一番传统教育。我想了一想，回答说："我记住了。"她又补充一句说："如果真的看上哪家姑娘，你告诉表姐，让她帮你把把关。"我又想了一下，回答说："姨妈，我找对象还早呢。"她笑了："这就对了，你妈太辛苦了，把你们养大不容易，找对象要慎重。"她伸了个懒腰，松了口气。真的是个好姨妈，60多岁，9口之家，一大堆家务，还要操心着我母亲的事。

时间过得好快，一转眼两个多月了，西楼作场的活快结束了，客户们都主动送来工资，按当时的行价每天1.5元跟我结算，我说："这不行，我手艺不精，每天1.2元就好了。"他们说："这样的话，老师头你吃亏了。"我说："不吃亏，多蒙惠顾，期待下次。"其中有两户人家我没收工钱，一户是我新哥哥的哥哥，另一户是我表姐第二个儿子小岳的朋友，小岳的朋友等于是我的朋友，这位朋友是个讲义气的好朋友。

这第一次出门入户做裁缝，一共做了66天，真的是六六大顺啊，好兆头。回家后我把钱交给母亲，她笑得很开心，说："你在生产队做半年也赚不到这笔钱。"这是我人生挣的第一笔钱！同时，因为入户做裁缝是吃客户的，他们都招待得很客气，每天都能吃饱饭，两个月下来，皮肤白了，个子也长高了，并为家里省下了好多粮食。有手艺真好！

回来后继续去生产队干活，经过泽霖叔公家门口时，他正好站在那儿，我很有礼貌地叫了一声"叔公"。他没有立即应答，忙走下台阶抬头看我："你是小学呀，变得好快，如果不是你叫我，路上遇见肯定认不出来了，真是风华正茂呀！"自从他家搬出来后，很少见面，住在他家时受到他不少帮助，特别是文化方面。泽霖叔公在新中国成立前是教书的，新中国成立后还是教书，他家是世代教书。听说五代之上我们两家长辈是兄弟，他们家祖宗是习文的，我们家祖宗是习武的。他省吃俭用，把5个子女都培养成文化人，大儿子二儿子教书，三儿子部队当兵复员后在市文化局工作，后升至局长退休。

辞别泽霖叔公，急忙去田垟，两个月不见，队友们相见格外亲热，特别是年龄相仿的人，问这问那。在外做裁缝的事，我说得很少，不是故意隐瞒，而是不说为佳，不是知己，在公开场合，都不提此事。现在人大了，心倒反而细了。总觉得社会上人与人之间有着微妙的关系，得仔细观察并小心处理。

晚饭的时候母亲告诉我季方来过好几次，还说："季方娘走得早，缺乏母爱，缺乏家庭教育，不适合做我们家媳妇，不要单独和她说话。"开门见山。季方是我在剧团认识的，这个人有点怪，她要和你说话，会挡住你的去路，不用你回答什么，把要说的话像倒菜籽一样，倒完了才让道。

其实我还没有想过找对象的事，真的觉得自己还小。大姨妈和母亲都说这话了，可见她们都认为我长大了。就像大姨妈所说，母亲一个人含辛茹苦带我们兄弟两个很不容易，婆媳之间的生活要有很长的一段时间，我找对象，得先通过母亲这一关。母亲很能干，洞察力相当强，有她把关，有益无损，何乐不为呢，母亲即使辛苦一点也是高兴的。

## 父亲的第二封信

志学吾儿如见：

　　家里境况如何？尽在思念之中。我现在一切安好，合家勿念。今托熟人寄补家需，望能接济家用。收到钱后请立即回信，详谈家里一切。如若方便，我会再寄补家用。

父示

1963年××月××日（具体日期不记得了）

　　收到这封信后，我们娘儿三人看了又看。那么简单的几个字，内容可深奥了。

　　第一，写这封信时他还不知道家里的一切。第一封信是在1954年从日本寄出的，他收不到回信，只能向家里报个平安。时隔9年的第二封信，从"详谈家里一切"可知，大陆的三年自然灾害他肯定知道的，家庭的变化他是不知道的。从"志学吾儿"可知，他也不知道弟弟的出生。第二，他自己的婚姻有了变化，可能认为母亲已改嫁，或者他自己再婚了觉得对不起母亲，所以写信时不敢提起母亲。

　　他不知道母亲还为他生了一个孩子，他不知道母亲带着他的两个孩子，守着他的家，奉养着他的爹娘。他不负责任地离家出走，在外再娶，13年了，就来了这么几个字。我们是活着走过来了，但是流了多少眼泪，欠了多少人情债……这封信，把我们这些年来没有时间总结的辛酸都搅动出来了！

　　母亲不想再看了，她命令我们睡觉。我躺在床上，脑子可停不下来：回信总是要回的，怎么写？什么时候能收到钱呢？父亲为什么就不能像叔父一样不娶，等着跟母亲团聚呢？（可惜婶婶早就改嫁了）……这个晚上，我没有睡好，我相信母亲一定也没有睡好。

第二天，邮递员上门叫着："卢志学，挂号信。"中国人民银行的信封，邮票是两角。收挂号信要用私章，怎么办？因为是第一次，邮递员让步了，让我签个名字再按个手印。拆开一看，是一张通知书，大概意思是"你有一笔汇款，速来大田支行结算办理。请带私章和村委会证明"。我去村委会打了证明，然后去东塍表兄处刻私章。

我要介绍一下我这位表兄，名叫周在凡，是我二娘舅的大儿子。本来在邮电局上班，因父亲在台湾而被辞退，有一点小聪明，后来干起修手电筒、刻章这一行业，因收费合理、技术过硬，生意不错。他弟妹三人的读书费用及生活费，全靠他这点手艺支撑着，有时候他也给我买点学习用品。

我把老爸来信、寄钱一事告诉表哥。表哥为我高兴："只要你爸常寄钱回家，日子就会好过一点。"我表兄很快就刻好私章，并且告诉我外汇结算过程。我二舅早就给表兄他们寄外汇了，所以他有经验。

我跑到银行办事处，先办了一本侨汇证，工作人员告诉我："外汇是100元港币，按照当时汇率42.8%，你可领人民币42元8角，你要领走吗？""我急用呢。"我领了钱，还有一叠华侨券①。后来了解到，老爸寄过来的钱先是美金，托香港人换成港币，由香港人转寄，提取时再换成人民币。这是我第一次从银行取钱。

回到家里把钱和华侨券都交给了母亲，感觉今后的日子会好过了。没过几天母亲告诉我钱用光了。唉！担雪填井。我换了个想法，是久旱逢雨。换了个词，人就变得舒畅了很多。

---

① 华侨券：即侨汇券，国家根据侨汇额核发一定比例的物资购销凭证给收汇人，持有者在专门商店或柜台购买紧俏商品或生产物资。侨汇券汇聚了粮票、布票、棉票、副食品购买券、工业品购买券等各种票证。

取了钱后的第二天，我就催母亲写回信："妈妈，你可以写回信啦，爸爸在那等着呢。""我不写信给他。别理他吧。要写你写。"好，我来写。我要好好地想一想，我要把这10多年来想对父亲说的话都写上。

爸爸，您好！

盼您十多年了，不是一般的盼，是日日夜夜的盼，是时时刻刻的盼，我无法描述那种感觉。1954年前，生与死的盼，只怕您路上有不测之风云。1954年，收到您的第一封信，知道您还健在，又一直担心您一个人生活不容易。直至前天收到您的第二封信，我们兄弟二人看了又看，弟弟缠着说："爸爸喜不喜欢我？怎么连一个字都没有提到我？怎么也没提到我妈？"小小年纪，提出那么尖锐的问题，叫我怎么回答，我说："让我想想再告诉你吧。"妈有点烦，命令我们睡觉，妈不高兴了。这些问题，您下次来信好好说说吧！

我现在说说家里的事情（略，我以时间顺序把家里的所有大事都写上了，特别是1952年和1962年，1952年是家里变化最大的一年，1962年也是我们家的多事之秋）。

钱是昨天收到的，100元港币，人民币是42元8角，如数交给妈妈。收到钱的感觉真好，像是久旱逢雨，滋养着我兄弟俩。

凡是丈夫在台湾的女子，大部分都改嫁了，我妈是全天下最好的妈妈，她为了您，为了我们兄弟俩，承受着一切痛苦，不肯改嫁。

您别生气，我要拿您和我妈对比。妈一介女流，带着双儿，侍奉公婆，无怨无悔，在逆流中活着。您一个堂堂男子，稍有一点不顺心，选择逃避，离家出走。我妈刚告诉我，因您再婚，二娘舅和您闹得不愉快，拿扫把打了您，把您赶出周家，要和您断绝关系，对吧！爸爸您欠三思！您知道爷爷临终前说了什么，他说我妈是卢家的恩人。您兄弟姐妹五人，只有我妈伺候着他老人家,没有我妈,可以说卢家早已不存在了。

我有一肚子的疑惑要责问您,但又觉得作为儿子不能这么做,但我会保留我的意见。

再见吧!

儿志学执笔<br>1963年×月×日

来信和回信内容是凭记忆写出来的,不是记得很清楚,但感觉很清晰,意思就是这样的。

过了不久,父亲给母亲写了一封信,并寄了200元港币。信中告诉母亲,说自己已经再婚了,请求母亲原谅,还说在台湾有了一女一儿。奇怪的是,相隔几千里,我两个弟弟的名字一个叫卢志越,一个叫卢自越,家里弟弟的名字是母亲起的,台湾弟弟的名字是父亲起的。估计两人的意思都希望儿子一个比一个好,这是凑巧呢,还是心心相印?

母亲把领钱的事情交给我,这次人民币汇率与上次不一样,每百元港币比上次少3元,总共是79元6角。

取了父亲汇的钱后,过了一晚,母亲说:"把粮食卖周转粮[①],合上你爸汇的79元6角,买一台缝纫机。"

就这样,我有了自己的缝纫机,"西湖"牌的。我多年的愿望终于得以实现。我把二表哥的缝纫机还了回去。

在父亲的接济下,家里的生活有了改变。

---

① 周转粮:是农业生产者因生产或生活上需要用资金,暂时把自己留用的一部分粮食卖给粮食部门,然后在一定时期再买回这部分粮食。

# 柴株刺穿了脚板背

自从立恩婶教会我砍柴,新哥哥帮我准备好柴担,上太坤山砍柴便是家常便饭的事了。不管什么时候都有小伙伴一起去,开始时是卢林森、卢立訇,后来是卢柯晋、秦平。没有大人在一起,母亲总是不放心的,但如果小伙伴中有林森在一起,母亲也是会放心的。

过了大房村,要穿过一道溪,名叫笊篱溪。笊篱是盛饭用的,用竹丝编成,能漏水,有句老话"竹篮打水一场空",也可以改用"笊篱舀水一场空"。这段溪流河床高,大雨过后溪水一点不留,行人照样能过,因而得名。

过了笊篱溪,到了下丁殿,有人把柴担靠在肩上,两手合十朝大殿这边喃喃自语,还有人会在路廊坐一会儿。进了路廊不是走累了也要坐一下的,因为当地有一句方言叫"路廊不坐必定有祸"。我的理解是,先人为路人建造路廊和殿庙,还供应茶水,其目的是供路人休息之用,路人不去享用,匆匆离去,可能有急事,急事大多不是好事,所以才会有这一说。我认为路廊不单单是解乏解渴的作用,更重要的是调整心态的作用。

过了屈家,到了胡夻,出了胡夻有两条大路,左边一条是去亚麻屠、岭脚、东卢、东溪单方向。去太坤山要走右边那一条,过梅园村、白箬村就到了太坤口,这是一条去三门亭旁的古驿道,路面是鹅卵石铺的,比较宽敞。

这条路村村有路廊,起点是绚珠市头胡村,出胡夻村就是赵老爷殿路廊,南边是路廊,北边是3间大殿,比较雄伟,东西两个拱门,廊柱间的板凳相当坚实,路从拱门贯穿,拱门很高大,可通过高头大马、八抬大轿,古时文武官员可直接从路廊通过,用不着下马下轿绕道而行。

白箬路廊构思不同,用的是3间小平房,板凳也和屋柱连在一起,很坚固，大路在屋前通过，过了路廊有一座高大而坚固的石拱桥，能承受千军万马通过。

太坤口路廊的设计又不一样，道路在路廊前面通过，路廊像一个小的四合院，两边有厢房，可住几户人家。路廊连着四合院的大门，也是板凳和屋柱连在一起的。

太坤口风景秀丽，青山绿水，里面有几千亩涧水流到这里汇合后往西去，好像有五六条巨龙在共饮一潭清水，是临海"百廿里"倒流水的源头之一。

太坤口有三条路。右转过拱桥去泄上、上堂。上堂是分水岭，水流在上堂这里分开，一边流向西，一边流向东。从太坤口直上是千洋、倒爬坑、大山岗。左转才是上太坤山去的路。

太坤山共有九十六亩山地，是洋渡族山，很大，里面分为野猪塘、大丘田，野猪塘归大房，大丘田归六房。以前，没有人去太坤山，可砍的柴很多，人都走不进去。由于困难时期以喝粥为主，熬粥烧的柴比做饭烧的柴要多3倍，农闲时，洋渡有几百人上山砍柴，没几年时间，太坤山的柴全部被砍光，连柴株（柴桩）、树根全被挖光。喝粥能把柴桩都挖光，那么厉害？是的，没错。太坤山没柴砍了，我们只能去不属于我们村的山上砍。

这一天，我们在太坤口右转过拱桥走了约有5公里路，经过属于临海的泄上、上堂，下山就是鬼叫崖，属三门县亭旁区，这个区有很多村民都姓卢，芹溪、石滩是大村，芹溪村紧挨临海市，还有上卢、沈改卢、麦更卢、县渚卢。传说中的洋渡卢就是上卢村的分支。

鬼叫崖这块岩石堪称一绝，中间大，两头小，形如橄榄，高有十几丈，宽度只有二三米，长度也不会超过10米，落地面积很小，看上去推一把就会倒。这块岩石承担着路廊的作用，但是比路廊更胜一筹，岩石下边有涧，从鬼叫崖石缝里流出的水清凉解渴，我们给它起了一个好听的名字叫"樵夫泉"。樵夫泉虽然好，但山路很难走，肩上挑着一百几十斤的柴，要走1000多米的上坡路，是真正的体力活啊。

我们起初在鬼叫崖一带砍柴，看山的人过来，要我们把柴刀给他，我们都很听话把柴刀给了他，因为我们是"偷柴"的，被人发现就会"夺脚刀（柴刀）"。当时我很顽皮，开了个玩笑说："刀给你了，把柴送给我们吧。"这个看山人看上去差不多有五六十岁，问我们："你们是哪里的？"我说："是六房的。""老德公，你认识否？""认识呀，我们村的。"我还补了一句："老德公有两个老德婆，六房村有两个老婆的就是老德公一户。"以证明我真的是六房人。看山人马上说了一句三门话："我们是自个屋里人。"就把柴刀还给我们了，还要我带口信给老德公，叫他来芹溪玩，说芹溪人想念他。共一个卢字，为什么有那么亲热？古老话里面有说"亲三代族世世"（亲戚关系只有三代，宗族概念却是世世代代的）。看山人要送我们到上堂，我坚决不同意，他帮我把柴提到肩上。

到家后，我去找老德公说了这件事，老德公叫我不要说得那么大声，他用很轻的声音给我讲了一个故事。新中国成立前，老德公是当兵的，因为能吃苦，升职了，带兵有一手。芹溪人为了水利与邻村人吵架，引起了宗族械斗，芹溪人输了，跑到洋渡搬救兵。老德公刚好在家，乡长卢理见就派他去临海借了枪支弹药，带领年轻村民去支援，并再三嘱咐：一、一定要赢；二、要保护好两村村民，不能有伤亡，让对方知道我们的厉害就好。械斗结束后，老德公交了一份圆满答卷，把水利的问题解决了，也没让邻村太吃亏，与人方便与己方便，显现了大族风范。听完故事我赞叹："公啊，你好厉害！"

可是，"偷柴"不是每次都有那么幸运的。柴是山区人民的主要经济收入，有些地方，村民有计划地在自己山上分批分片砍伐，砍好后放在原地不动，这一过程和这一片柴叫"剎柴"。过两个月待叶子干了以后直接捆好，挑到周边的集市上去卖。如果碰到"剎柴"，在没有人看管的情况下，捆了挑走，也是我们的砍柴成果。根据我们当时的观念，砍柴没有偷的概念和说法，柴的真正价值在于捆、挑、卖，我们是花自己的力气占人家的便宜。"砍"到这种柴，挑着在路上走，砍柴人都会投来羡慕的眼光。因此，这种方式的砍柴队伍迅速壮大起来，引起山区人的警觉。

有一天，他们组织全体村民埋伏在"剎柴"的周围，等我们进入埋伏圈后，喊声四起，我们慌不择路地逃窜，我一不小心，一脚踩在小竹桩上。小竹桩很尖锐，我的草鞋本已磨损得差不多了，一下就被戳穿，脚底中心也被戳穿，一直戳进脚底骨缝，小竹桩断了，一截留在脚里面。我不能走路了，坐了下来，一下子围上来很多人。山上人本来就是佯攻吓吓人的，看有人受伤了，他们就都回家了。

同行的德兴公年纪稍长，他想把竹桩拔出来，叫季德把我的腿抱住，他用牙齿咬住露在外面的仅有的一点点，但是拔不出来。德兴公当机立断背我下山。把我背到白箸桥头，进村借了一张竹椅床和两杆杠子，捆成轿子，4个人把我抬到绚珠卫生所。又叫林森、立訇两位小兄弟赶紧回家告诉我母亲。德兴公、季德留在卫生所陪我，等我母亲赶来说清情况后才回家。他们为我花了一整天的时间，关键时刻他们脑子里想的就是怎么帮助我。母亲和我对他们千恩万谢。

绚珠卫生所的李医生忙了好几个小时，消毒、手术、扩创。他告诉我们，这棵竹子砍了有几年，竹桩已经霉烂了，在干燥的条件下它很硬，戳到肉里面血水浸透后变脆了，用手术钳一钳就碎，只能一点一点地取，因此手术时间特别长，最后还是没有清理干净，骨缝里的根本无法取出。他要求我们住院。我当夜发高烧，用青霉素消炎，疼痛难熬，只得用上止痛针。母亲的织布朋友小南娘姨过来看我们，还负责给我们送饭。

住了一个星期医院，天天打青霉素，烧还是退不下来，还是很疼。李医生建议我们先回家，他说："你们住在这里生活不方便。我本来就天天到外面出诊，六房也几乎每天去。我每天到你家打一次青霉素，免出诊费。"就这样，我在家里接受治疗。每天疼痛难熬，至少有半年之久，痛的地方不在脚底而是在脚背。母亲平日里很忙，弟弟看我疼痛，常常过来帮我按摩，那种感觉很舒服。表姐周月月也经常来看我，帮我按摩。有一天，看到脚背皮肤表面有个小洞，有一粒比米还小的碎竹自己出来了，从那时候起，隔三岔五就有小碎竹排出来，脚背痛好多了。

舞狮盘龙①是元宵节的传统节目。前几年，因为困难，这些活动都没有了，到1964年，日子稍微好过了，舞狮盘龙活动又恢复了。正是我在家养伤的时候。让我永生难忘的是母亲坚持要背着19岁的我去看舞狮盘龙。我趴在母亲背上，两脚都拖到地上了。弟弟背了条凳子跟我们一起走，到合作医疗社门口，我在那里坐下来等舞狮盘龙。

母亲的内心强大，真的无人能比，这半年来我没看到她流过眼泪。她叫我的朋友经常来陪我玩，叫表姐有空就来帮我按摩，自己一天不落地去挣工分。我猜母亲有几种想法要背我去看盘龙：一是这几年春节都是鸦雀无声，今年难得热闹一下；二是以前她担心我残疾，看着我的脚开始好转，心情好了许多；三是她担心我压力太大，想让我放松放松。母亲的心跟明镜似的。

看了盘龙以后，我的脚好得很快，脚背不疼能下地走路了，但是里面的残留物还有，要等它慢慢地排出来，但不会残疾了。经过了这一次，我总算彻底领悟祖父说的"就是饿死也不能偷人家的东西"这句话的分量。这山是山上人的，"刹柴"是山上人的劳动成果，我占为己有，这不是偷是

---

① 盘龙：是用板凳接起来的长龙，节日期间到各村游走。

什么呢？山上人打埋伏战，我慌不择路不就是心虚吗？如果我在自己的太坤山上慢慢地挖柴桩，会发生这一事故吗？真的是"人在做天在看"，这是苍天对我的惩罚。从今以后我会认真对待每一件事情，会管好自己，不能再有过错，不能再让母亲为我担心了。

由于长时间在家养伤，陪我玩的人越来越多。卢立筠、卢志鲁、秦平陪我学笛子，一起学乐谱，卢毅之白天陪我下象棋，卢立訇傍晚陪我下象棋……热闹时我家的煤油灯每晚都要用一盏油以上。蚊帐破得像渔网，被子破了补，补了又破，草席也换了好几张。卢立筠、卢志鲁手艺在身，口袋有钱，比较大方，煤油都是他们买来的，有时候他俩看到我家缺什么就买什么，让我感觉难为情。当时的我想着，如果什么时候我能帮他人买这买那该有多开心呀。

长我两辈的德铎公也常过来，督促我锻炼。他当过兵，教我用一根扁担一头戳在墙根，一头放在后腰，慢慢地躺到地上，然后再慢慢地起来，说这样可以练出劲来。他还会倒立，有时候会在凳子上倒立。他儿子不在时，他像个老小孩。

后来，我的伤好了，玩的队伍也越来越壮大，有两个女孩也加入了，小卿和小初基本上是天天来"打卡"。时间长了，就撮合成了两对。先说小初吧，她是看上卢林森了，两人一说话就像吵架，说话比连珠炮还快、还响。我们看出名堂来了。有一天晚上，卢立筠、卢志鲁、卢林森、小初、我一共5人，在外面玩了一会儿以后，我们3人偷偷地回来了，把黑夜、前山还有半边不到一点的月亮留给了林森、小初两人。中了，他俩从此以后就不斗嘴了，有说有笑，半年后，择媒人论婚嫁了。小卿看中了卢立筠，自己说不出口，叫我问问，两个人好上了以后，我母亲为媒，又成功了一对。他们都步入了婚嫁年龄，志鲁也找了女朋友，洞桥人，挺相配的。

我家成为青年之家了，有的找对象，有的玩乐器，有点像农村俱乐部。他们都没有阶级斗争那种思想，待我都像兄弟一样，没有人看不起我。秦平家是特级贫农，他和我同龄，穿开裆裤时就一起玩。他的一生很不错，1964年去当兵了，在部队成长为一名光荣的共产党员。当兵去的时候特意来我家告别，特地交代我几句话："兄弟啊，你智商比较高，你所做的事情都是对的，就是社会背景不适合你，做事不要硬顶，要柔和一点。……不要把我忘了，要常去我家看看。我到部队会给你写信。"我送他一本笔记本，秦平当宝贝一样放着，后来复员了还跟我讲起这个事。当时送一本笔记本蛮珍贵的，特别好的感情才会送。到了部队后，第一封来信是这样说的："部队是锻炼人的好地方，文化、体力我都在进步。看信中的字，我比你好吧。你一向都比我优秀，希望你在家里努力学习，不要落后于我。立筠、林森都找对象了，因为他们比我们大好几岁，你别急着找，等我回家帮你介绍，切记！"字里行间流露着兄弟情谊，真是个好兄弟，我俩之间的故事很多很多。

## 1964年的农业不能再有闪失

国家提出了"亩产超千斤"的口号，这个目标实现了，就能吃饱肚子；超产了，就可以把超产粮分到户，能还山区人借给我们番薯干的粮食债。这几年对农业生产来说是好年份，也是改变贫穷面貌的关键几年。

实现亩产超千斤能做到。春粮种植面积能达到百分之五十，春粮的平均亩产有100斤；早稻面积要扣除晚稻秧田，能种到百分之八十八，平均亩产能达到400斤；晚稻种植面积能达到百分之百，晚稻管理得当，亩产500多斤不成问题。这样，亩产超千斤就能成为现实。

要实现亩产超千斤，农民需要把握好以下几个关键点：

一是要抓牢季节。晚稻插秧的时间不能超过立秋。从节气来说，黄金阶段是大暑至立秋这半个月的时间。超过立秋，晚插一天亩产会减少20～30斤，晚插10天基本没有收成。早熟品种搭配得好，就能提前4～5天开始夏收夏种，安排得当的话，到立秋日就能完成晚稻插秧。

二是合理搭配早熟品种。因早熟品种产量低，多种无益。为了确保晚稻插秧时间，必须做好早熟搭配工作，选用"连塘早""503"等品种，为了抢时间还需采用薄膜育秧等手段。

三是科学安排春粮。小麦产量弹性相当大，亩产从几十斤至400斤以上，如果达不到200斤，就不要种春粮，否则亏本。

同时，普及三熟制（春粮、早稻、晚稻合称为"三熟制"），从间作改为连作，农民的技术需要及时更新。比如犁田，改连作后就不能再坚持"深耕浅种"，连作稻插秧时，只要能顺利地插秧，不漂不浮就可以了。所以犁田的人要浅耕，尽量节约牛力，插秧时水不要太满。还有，要多养猪，积足农家肥，选好土地，做好排水工作。

要实现亩产超千斤还得依靠政府的两项支持：一是提供病虫害防治和农技指导；二是按时按需供应农资。

可是前面几年，我们十三队都做不到。十三队是全村最穷的一个生产队，当时的理由是：田少劳动力多。可我不这么认为，老话说："吃不穷、穿不穷，打算不好一世穷。"我们队穷是因为没有安排好，是因为队长的能力欠佳。人人都说三熟好，我队也种上百分之五十土地的春粮，由于农家肥不足，产量上不来，还有缺乏农技支持，收割前发生了黑霉病，颗粒无收。收成好的生产队春粮能分到几百斤。这与田和劳动力的多少有关吗？接着，因为早熟面积增大了，以至于耽误了晚稻的插秧，处暑快到了我们十三队还在插秧，晚季粳稻不怕寒气来得早，糯稻就不一样了，糯稻季节性比较强，因农时未安排好，造成我队糯稻歉收。春节前农村的习俗是做年糕、捣馍糍，可是十三队只做年糕，不捣馍糍，因为缺少糯米。当时，我们走出家门就觉得脸上无光。

## 冬　种

我很想当这个队长，想改变十三队的贫穷面貌。可是不行啊，因为家庭成分的关系。但我还是以开玩笑的方式说出了自己的想法。这个玩笑开得好，引起了十三队很多人的思考。当时的队长是指派的，长工出身，是老共产党员，论资排辈不能换这个队长。苦无良策之际，十三队站出了一名普普通通的公社社员，他的名字叫陈冬梅，他说："我想要这个队长的权力，不想要队长的名誉，我要的是大家齐心协力，听我指挥，咬紧牙关，苦战两年，让各户把番薯干账还掉。但是我身体不是很好，干活比不过大家，特别是种田，请你们不要和我计较，也可以减掉我一点底分。"就这样小队为此开了个讨论会，老队长通情达理，最后决定：老队长为名誉队长，负责生产队开会、接受任务等跟上级联系的事项；陈冬梅负责生产。陈冬梅虽然不姓卢，但他的妈妈姓卢，他的爸爸是入赘到我们村的，他同我们有表亲的关系。

民心归一，新官在1963年的秋分时节上任，烧起了三把火。

第一把火：制订明年的春粮生产计划。挑出十三亩比较好的地块种小麦，三亩种大麦。"三亩大麦"有两个打算：一是帮助特别困难家庭救荒之用；二是抓季节之用，绿肥田插秧完成后，此时早熟小麦还未成熟，三亩大麦田可以先插秧。力争早稻插秧在小满前完成。大家听了内心佩服。

第二把火：收农家肥有新的举措。向大家宣布收集"泥头灰"，即草木灰，大家烧饭烧出来的灰，每畚斗（簸箕，竹篾编的用具）1分劳动工分为报酬。这个报酬还可以，有人是这样算的，如果一天搞20畚斗泥头灰，在生产队里干就要两天时间，划算。还有一条，要求在霜降开始至小雪期间禁坑，就是说在这段时间里，大家不要把脚水（即人粪尿）往自留地里浇，要留着给生产队用。

第三把火：允许有手艺的人在农闲时出外打工，农忙时必须回来务农，这是个新招。"我们十三队每户人家都不富裕，有手艺的人抓紧时间去外面赚两块（赚点钱），春耕时能回来的都回来，如果业务忙实在回不来的话，尽量在插秧这几天安排回来，对农事来说，这是黄金时间。"还补充一句："小岭水库的义务工，大家要安排好，保证完成。"

这位生产队长给十三队带来了希望，在他的带领下，一切进展得很顺利。大家搞了很多泥头灰，冬种也很及时，估计春粮不会太差。

这段时间农闲有5个月，我准备好好地利用一把，有了西楼裁缝经验，不说脱贫致富，这5个月干下来，赚个百把块钱不成问题，真的令人兴奋。可是我运气不怎么样，想着出门前先砍几担柴让母亲有柴烧，结果砍不上5担柴，不小心脚被戳破了，就这样把5个月农闲时间没有收益地耗费掉了。可是我有新的希望，队长换了，农业产量上来了，不欠粮食债，在劳动力全面发挥作用之下，农闲时间会经常有的。

正月满后，我能下地走走了，就走到田垟看看，小麦大麦长势喜人，丰收在望。公社农技站发出通知："小麦抽穗期、扬花期，用多菌灵各喷雾一次。"农业技术支持也及时到位。

## 春 耕

春耕快到了，新队长在酝酿春粮田基肥。小麦13亩、大麦3亩、秧田6亩，共计22亩，都需要猪牛栏粪做基肥，按最少每亩10担计算，共需要220担。小队现有猪11头，每头按出粪5担计算，也只有55担，加上库存63担，共计118担，还缺100多担。搞堆肥能解决但时间来不及，只能用化肥碳酸氢氨，氨水也可以，用氨水成本省一点。好，赶紧先买好氨水，免得到时无货。

穷十三队有好多人家盯上了这3亩大麦，要求早一点下手，"鲜"吃一部分。立夏前4天，割了约1亩，分了，炒熟，磨麦虫，可香呢。这3亩田大麦，猜猜有多少斤，晒干后共计749斤，大麦主要是用来喂猪的，但十三队的猪没有那个福气，除分了吃掉的，全卖到粮库了。这丘田的实际面积是3亩1分7，所以产量是每亩236斤。这第一炮打响了，真的干两年会脱贫。我真的喜欢这个口号，有干劲。你不认真，产量搞低了，把你饿死；你用心了，产量超产了，够你吃的，生活有盼头。

23亩绿肥田，2亩留下草籽种，立夏前一个星期开始插秧到立夏日为止，包括这3亩大麦田全部种完。进展顺利，要是小麦黑霉病也能控制住，就谢天谢地了。

小麦黑霉病也是有一点点，但还好，麦粒饱满鲜亮。脱粒在太阳下晒两天后，产量出来了，想知道有多少吗？赤麦，4亩，共计960斤；新品种"908"，9亩，共计2680斤。加上3亩大麦740斤，十三队1964年的春粮收成共计4300多斤！

在春粮喜获丰收的同时，大家有条不紊地进行着早稻的播种。老前辈们都知道秧龄期的重要性，什么时候做秧田，什么时候浸种，浸种时怎样杀菌，一关不落地进行着。

我想参加田垟劳动，母亲担心影响脚的恢复，答应我先去试试。我去试了一个下午，觉得还可以，有点不利索，比较适合种田，母亲就让我在种田时出勤。后来队友照顾我，让我去拔秧，这样可以带个秧凳（专门用来拔秧的凳子，只有一个脚安在最中间）坐着，动作幅度也小。

小满还差两天，小麦田包括秧田的插秧工作全部完成。早稻实种面积"早熟莲塘早"4亩多一点，"矮脚南特号"46亩多一点，合计50亩左右，实种面积占总面积的91%，是最高种植率，为了吃饱饭，是算上算（算了又算）的了。

## 双　抢

目标很明确，必须亩产超千斤。想要达到目标，必须抢时间，抢时间从两处着手。一是育秧。以双糯（糯稻的一种）为例，因糯稻生长期长，应该是第一批次的，大暑前5天即7月18日要插秧，以这个时间倒算确定种子浸种时间和种子下田时间，秧龄期32天，所以种子要在6月16日下田；浸种催芽要6天，所以6月10日就要开始浸下去。播种要在天黑前，第二天把秧田水放干，日干夜湿，以免种子被烫伤。二是不提前割稻，不推迟插秧。所谓双抢，就是要抢在点子上，如果能做到上午割稻、下午插秧，是最好不过的了。

早稻长势良好，得考虑晚季稻的生产了。陈冬梅做事非常谨慎认真，他的决心与能力有目共睹，但他没有文化，身体又不是很好，还需要社员们给予有力的支持。十三队需要发挥每个社员的特长，调动每个人的积极性，助陈冬梅的三把火烧得更旺，这非常重要。我虽然只是一只萤火虫，连自身都照不亮，也没读几年书，但我想帮陈冬梅一起实现十三队亩产超千斤，分粮还粮债。我也为十三队包括我在内的29名男性青年着急，再不能这样穷下去了，否则的话，连找对象都是难题。同时我也想检验一下自己，看看自己有多少能量。我主动承担了任务，要在晚稻的生长期、秧龄期以及季节把握方面出把力。

我找了几个聪明的小伙伴一起商量，想了两个晚上，提出了如下三点建议，并把它写了下来。

1.把晚季稻的生长期、播种期、秧龄期等比较棘手的几个问题明确下来，制订了《1964年十三队晚稻生产计划表》，要求一定要按照表内规定时间浸种、消毒、催芽、播种，免得秧龄期缺龄或超龄，同时还要兼顾早稻的产量。

2.用奖励或者是多劳多得的方式计酬，调动大家的积极性，以确保在立秋前完成插秧任务。具体规则如下：

（1）抢收1亩田给40分或者50分。要求完成以下流程：割稻、打稻、谷送到晒场，稻草用铡刀铡三刀还田。

（2）抢种1亩田的工分由大家协商决定，宜高不宜低。插秧标准如下：密度是5厘米×5厘米，允许范围是5厘米×5.5厘米或5.5厘米×5厘米，超出标准不计酬。秧苗每丛6～8苗，正负1苗属标准；超过标准多2苗九折计酬，少2苗八折计酬。

（3）跟牛（带牛耕田）的按平均水平计酬。

3.立秋之前不卖粮，以确保抢收抢种，完成抢收抢种后再卖粮。

同时我心里暗暗祈祷：一定要风调雨顺、国泰民安。古人说的没错："大富由天，小富由勤。"1964年的农业生产不能再有闪失，不管遇到什么阻力和压力，都要挺住。

队长陈冬梅非常肯定我的想法，并下了一个动员令，号召大家："我们要团结起来，为这穷十三队努力一下，为吃饱饭努力一下，为还清粮债努力一下，为我陈冬梅第一次当队长当好队长而努力一下。"

《1964年十三队晚稻生产计划表》贴在小队醒目的地方，具体的计酬方法也经大家讨论明确下来。大家都夸这个工作做得好，各位队员都表明态度："大家辛苦一年看看，真的超千斤，就能吃饱饭了。"也有人打击我，说我算什么东西，有什么资格策划生产队的事情，但我视而不见、听而不闻，继续干着。

双抢季节快到了，在外做手艺的队员都陆续回来，大家都准备好迎接即将到来的20天辛苦劳作。4亩田的"莲塘早"含着笑意低着头，它是救荒的好品种，许多家庭都在等着它下锅。

7月16日，其中的1亩2分"莲塘早"要忍痛先收割了，因为142斤的晚粳谷子（种子）已破肚露白，等着秧田播种。一定要播种了，否则会出现根系缠在一起散不开，更主要的是晚粳本来计划是7月5日播种的，已推迟了11天，再不播种，会造成严重缺龄。能出工的都出工了，老农民带做秧田的农具加镰刀，年轻人带镰刀加扁担。上午9点之前割稻完毕，稻秆留了10厘米，割好以后用脚踩下去，不犁不耙，用钉耙把沟做好推平就可以了。这样的秧田不会让谷子陷得太深，拔秧容易。这些经验来自老农民，只要感兴趣，到处都有学问。中午12点整，秧田基本完成等待撒种。老农民建议："你们都回去休息，这点事情就让我们来做，我们这五六个人，下午3点钟前泥土沉淀一下，3点钟后，秧田再推一遍，天黑前把种子播下。"

这项工作做好了，等待的是大暑到来，离大暑还有一个星期，这个星期大家休息好，迎接双抢。夏收夏种是农民最辛苦的季节，每天浸泡在滚烫的田水里要5个小时以上，日头晒得皮肤发黑冒油。

猜一猜，这1亩2分田收了多少斤粮食？一看碧绿的，好漂亮，出米率肯定不高。因为大家都在等米下锅，队长决定先把这些稻谷按定量分配了。一共有512斤，亩产426斤，大家可高兴了。

7月18日下午，3分半田的秧苗用了3斤半尿素做起身肥（拔秧前施的肥），准备两天后插秧。有些农民对秧苗的"起身肥"不理解，认为撒了尿素，两夜时间就拔秧是一种浪费。其实只要你留心观察，你就会明白的，拔秧的时候就已经告诉你了，提前两天施"起身肥"的秧苗好拔，省力气不说，根系都是新根，雪白，并方便分秧，因此插秧效率高，这是其一。其二，提前两天施"起身肥"的秧苗种的田不萎苗，没有退黄还青的过程，争取了生长期，能提高产量。其实，施"起身肥"也是一种科学种田的方法。农业学问很深，只要你肯钻研，边做边学边总结经验，实践能出真知。

7月20日一早，大家都下田了，2亩8分田要在一天内割稻连种田，能完成吗？我认为肯定可以，拭目以待吧。10点钟稻割完；两台脚踏打稻机跟在后面基本同时完成脱粒；送谷到晒场、撩稻秆、移稻秆也同时进行；

一半稻草用铡刀铡三刀还到田里也即时进行。犁田的先回家吃饭，回来时田里的一切准备工作全做好了，很顺利地犁田耙田。中饭后，会拔秧种田的劳力全去拔秧，秧拔好后回家休息，下午3点整准时插秧，天黑前完成。

夏收夏种紧锣密鼓、井然有序地进行着。"莲塘早"的总产量出来了，1752斤，亩产430斤，满足了救荒的需要，明年可以少种一点，只要种相应晚粳的秧田面积就可以了，因为它的产量比不过矮籼。绿肥田早籼产量出来了，这早稻矮型品种，耐肥抗倒伏，亩产接近600斤。春粮田里亩产520斤。留足了种子，完成了征购任务，仓库里还留着一大堆，可以分到各户用来还粮食债了。

大家特别高兴的是，今年种了18亩糯稻，是在征求了大家的意见后，根据每人130斤，每亩产量450斤来定的，我队有63个人，共需糯谷8190斤。大家为什么这么喜欢糯谷？因为十三队已有好几年过年没捣馍糍了。还有一个重要原因是，上太坤山砍柴少不了要带中饭，带中饭首选带馍糍，因为带馍糍最方便，找块平整的地方，三四个人一起，烧堆火，砍根树杈，把馍糍放在树杈上，往火堆上一放，两分钟翻一次，两面黄了就熟了，好香呀！

产量上不来的时候认为征购任务太重了，产量上来了，卖粮也开心。农民本来就是产粮卖粮。那个时候，政府按每亩400斤的任务，全村共有农田1200多亩，征购任务是48万斤，十三队共有土地55亩，征购任务是12000斤。每担按110斤计算，要200担。能挑到大房粮库，并扛到楼上的，只有10人左右。每人均摊要扛20担。从立秋开始要卖到处暑，太阳好的日子，一天卖两次，第一次中午12点，第二次是下午4时。那个时候去大房卖粮的路很狭窄，很不好走。前一年我19岁，第一次卖粮，路上歇了好几回。第二年就不一样了，进入了年轻力壮阶段，到晒场都挑脚箩（竹篾做的箩筐）大一点的，装得满一点的，路上用盘肩法，卖了就回家吃饭，一点都不觉得累。后来路修好了，挑起来更是轻松自在。再后来，卖粮都用手拉车了。

秋收如期而至，如愿以偿，晚稻在我们的期待中丰收。这一年是我从事农业生产最有理想的一年，也是最难忘的一年，我们实现了亩产超千斤的目标，收获了那么多粮食，把肚子填饱，还有增产潜力，种子品种还在不断地更新，技术也在不断地改进，农资供应也逐步跟上。

1964年解决粮困，第一个功臣是老天爷和国家政策，这一年雨水调匀、国泰民安。第二个功臣是农业科技工作者，育出那么好的品种，高秆改矮秆，"矮脚南特号"抗病力强、耐肥、抗倒伏，"农垦58"耐寒、病谷少、谷壳薄、出米率高。第三个功臣是我们的新队长陈冬梅，他一心希望改变穷面貌，想办法提高大家的积极性，使大家团结在一起，齐心合力，牢牢把握住了农时。在这之前，没有人敢按劳计酬，没有人敢承担责任让我们这帮人到外面做手艺，所以有人说他是"土匪"，亦有人说他是英雄。但老百姓心里都感激他，认为他是个名副其实的生产队长。还有一个功臣是全队社员，大家铆足劲儿干，穷则思变。

1964年的农民有了新的形象，农闲出去挣的不是两块，而是相当于一两年农业的收入，是致富的一条道路。大家都想着早点忙完农活可以早点出去做手艺赚外快，同时提高了干农活的效率。十三队的老少爷们终于不用在这55亩土地上一年忙到头，还要吃不饱借番薯干了。

1964年，是村里人改变对我看法的一年。大家谈论着我做事大方得体，在生产队里发挥着积极作用，做出了一点贡献。除了在农业生产技术和管理方面协助陈冬梅，还在人际关系方面起到了润滑剂的作用，在十三队新型农民（手艺人）中起到了引领作用。

## 灌溉稳定了水稻产量

### 龙抓潭

说灌溉一定会说龙抓潭，说龙抓潭就会让人想起那个美丽的传说，是郑又寿公在生产队拔秧时讲给我们听的。

传说，东海龙王九太子化为人形游台州城，听闻屈家祠堂有神仙班演出，就来看戏。那晚的言情戏文很受九太子喜欢，看到背戏柱子①。散场时人很拥挤，九太子放在贴身衣袋里的龙珠被挤出掉到地上。龙珠本是有灵性的宝贝，它怕自己受污染，就地一滚，滚到了小渔村李姓老汉怀里。

老汉一摸是颗珠子，心想，能自己滚到我怀里的肯定是不平凡的珠子。一看，珠子里冒出柔和之气，紫气东来，如入仙境中；一掂，沉得惊人。老汉知之是非凡之物，立马回家，把珠子擦得一尘不染，放在画桌正中，室内顿时光芒四射、熠熠生辉。老汉只知道此珠不凡，但也猜不出到底是什么宝珠。

九太子回到东海岸，发现龙珠不见了，因而变不回龙身，在东海岸踱步发愁。这时遇见手下一名蟹将："大青蟹，你不认识我啦，我是九太子。"大青蟹一听声音，真的是九太子，就问："你怎么会是这个样子？"九太子把自己游人间失落龙珠的过程详详细细地说了一遍。大青蟹知道事情不妙，马上回龙宫向龙王禀报了此事。龙王一听此事非同小可，急忙集合虾兵蟹将到屈家寻找珠子，大本营就建在柴殿，东海龙王亲自坐镇。

一名蟹将来报："小渔村有一户人家，室内万丈光芒，有一老汉独自欣赏着一颗珠子。"龙王一听精神大振，马上化装成一个老者，叫蟹将前面带路，来到老汉的院子。龙王的脸面化装得有点吓人，两根胡子特别粗

---

① 背戏柱子：看戏看到戏演完，忠实观众之意。

大，敲门进去，把老汉吓得不轻。龙王直言不讳地说："我是东海龙王，你这颗珠子是我九儿的。"老汉将信将疑，却不敢把宝珠还给龙王。龙王觉得老汉怀疑得有道理，就定了一个万无一失的计划：龙王拿出三百两黄金搭建一个高十二丈、长八丈八的台子，名曰"献珠台"，选定时间为八月十八日，东海龙王九太子前来承领龙珠。

到了约定日，献珠台张灯结彩，漂亮、热闹且庄重。台两边柱子有一副对联，具体内容被人们遗忘了，但大家都记得上联的第一个字是"绚"，下联的第一个字是"珠"。老汉在台上端坐，场面十分隆重。午时刚过，洋渡洋突然间风急浪高，一位风度翩翩的美少年向献珠台走来。上台后向老者鞠三个躬，转身向台下的人抱拳介绍了自己和失落龙珠的经过，再转身向老者叩首要回龙珠。老汉在案桌上捧起龙珠向美少年走过来。只见那少年一张口，龙珠便飞了进去，少年即刻变回龙身，绕献珠台左三圈右三圈，顿时升天，只看到一点亮光。突然，亮点变大，九太子回来了，在离献珠台半里路处时，伸出龙爪在地上从东北向西南方向轻轻一抓，抓出了长约300米、宽约200米的一个潭，作为答谢归还龙珠的礼物。百姓把这个潭取名"龙抓潭"，用献珠台上上下联的第一个字给小渔村取名"绚珠"。

这个龙抓潭当然是属于绚珠村的，但因为地势关系，龙抓潭水口的田地全部是洋渡人的。有一次，两村头头赌博，绚珠输给洋渡一构（斛）大麦，洋渡的头头不想再赌，绚珠的头头想翻本，一定要再来一局。洋渡头头提出：如果洋渡输了，绚珠不用付那一构大麦；如果是绚珠再输了，洋渡人不要大麦要龙抓潭。绚珠头头想了一下，这个龙抓潭反正都是洋渡人在用，对绚珠来说用处不大，就同意了。结果，洋渡人赢得了龙抓潭，当即去官府立了文书。

龙抓潭归洋渡人之后，改名前塘。前塘的水日夜奔腾不息地为洋渡人服务，为洋渡人的水稻灌溉做出了很大的贡献，六房更为受益。抗旱时，大、六两房几个生产队，24小时连续用水车车水，水都不会干。

## 放　水

有一个晚上，我在队里记工的时候，队长说："我们晚上需要一个人去放水①，谁愿意去？"没有人答应，队长把目光移到我身上："你愿意去吗？"母亲交代过我："你年轻，生产队里有困难时，你都要勇敢顶上，如果完成不了，肯定会有人帮你的。"于是，我迎着队长的目光说："愿意。"队长说："18岁了，该锻炼锻炼。"我刚结束放牛生活，晚上一个人还没出过门，什么鬼、野兽的故事听得不少，是有些害怕。但是我又安慰自己，也没有听说有人晚上去放水回不来的呀。队长向我交代了任务：南山垟的某某田、六亩垟的某某田。这田号习惯性地用土改时的叫法，土改时把田分给谁，就用谁的名字加田亩分数为田号，例如，"卢志学亩四分"。这真的把我难住了，队长和那些老农民比画着，我虽然是一知半解，但相信自己能完成任务。放水用生产队公用的手电筒，我申请更换了新的电池，并跟队长借了放水要用到的钉耙（挖土、盖土的工具）。

我回家告诉母亲，母亲心疼了，说要陪我去，我坚决反对。我穿上关衫（外套），唱着歌曲出门了。唱歌是为了壮胆，也是为了让母亲放心。田号很容易就找到了，水也顺利引进去了。放水的人只有三个，人少好办事。可是这三个人中有一个人是出了名的满肚子鬼主意，没有诚信，得多提防着，否则放不到水。我们三个人碰头时就把放水的规矩说好了。我不敢偷懒，还得经常去要提防的那个人放水的缺口进行检查，他果然玩起了鬼花样，他在和我分水的缺口下面戳了一个洞，加大了他的引水口，表面

---

① 放水：是习惯叫法，指将水从水源引到田里。小干旱时，放水的人很多，大家一起分配每个分岔口的水流量，然后从水源到自己放水的田之间来回走动巡查，以防别人偷偷把水引走，这个巡查叫值水。旧时因放水产生的口角时有发生，还会发生骂人、拳打脚踢、群殴等行为，甚至闹出人命。

看不出来，用手能摸到，我把洞堵了回去，还送他一句话："大家都是混工分的，互相体谅一点。"

从那个晚上放夜水之后，队长经常派我去放水，还跟我说了很多道理："分水时可以据理力争；有人封了你的引水口抢你的水，你可以把他的封了抢回来，但不能先骂人，你架子还小，要吃亏的；还有，你和人家有点不一样，要学会保护自己，话口（话语）输一点不是输。"话是说得挺有道理，但也有不想听到的："你和人家有点不一样。"什么不一样？又是家庭成分！但他也是关心我，于是我很客气地说了一句："我知道了。"

## 车　水

天一直不下雨，田里的水越来越少，每晚从前塘出口到各生产队田头，都有几十人在放夜水，每人分到的是"酒壶水"，很少一点。放夜水解决不了问题了，队长发动全队劳动力带了一部踏车（脚踏水车）、一部手车（手摇水车），上前塘车水。

去前塘的路程约1.3公里，我自告奋勇地背了那部手车。队长计划是用两人抬的，我认为两人抬不好走，背上肩就走。这部手车是用松木做的，长和宽约3米，方方正正，虽然重量不重，但落肩的只有一只角，一路上挺不好受的，咬着牙就坚持下来了，感觉有点吃力。那部踏车，一帮人轮换着抬。我比他们早到了近10分钟。早听说了龙抓潭那个美丽的传说，正好利用这点时间转了一圈。的确不凡，塘呈橄榄形，水质很好，清凉好喝。

队长开始分班，先问我："你脚踏还是手车？"我说："年轻人肯定是脚踏。"踏车4人，手车2人，值水1人，每班7人，甲、乙两班，每班轮流一炷香的时间。甲班先开始，乙班原地休息并负责点香，点的是酵青把，是防蚊的佳品。我是甲班，第一次干这个活，有点担心用不好力。与我一班的老农民向我传授车水经验，嘱咐我："你是第一次，胆子要大一点，心要细一点，千万不能大意。"我小心地看着他的脚，学着他的动作，时不时地会踏个空。

天还没黑,乙班休息,他们在讲述着龙抓潭的传说。我听得不是很清楚,但是我可以肯定没有郑又寿公讲的那个美丽动人。

一炷香的工夫很快,换我们休息了。我很兴奋睡不着,回忆着刚才的经历,危险是没有的,也不算很吃力,可是感觉这个力没使好,给同班的人增加了负担。我不能睡,我要总结一下经验,如何把力用好不让同伴吃亏,还能使自己轻松。

踏水车这个工作,就像爬楼梯,但是没有爬楼梯那么吃力。为什么?因为在你前面横着一根杠子可以把手放在上面,相当于让你扶着横杠上楼梯,所以就没有爬楼梯那么吃力。如果掌握了技巧,并且在白天的话,连续4个小时肯定没有问题,一班就可以了。问题是,这个技巧是要好好琢磨的。首先是手放在横杠上的技巧:手掌放在横杠上,握平行,属最好;前臂放在横杠上属可以;把大臂或者腋窝放在横杠上,就是占同伴便宜了,其实自己也没省力多少,但人家看了会有意见。还有一个技巧就是:双脚怎么放怎么动,这个也很关键。我用钟面来说明与脚榔头的接触点,下面的这只脚要在脚榔头3点时离开,在脚榔头提升到12点时踩上。人站立姿势要端正,两脚摆动为90度。我急着想要实践一下,检验我的思路是否正确,盼着第三炷香早点儿点上。

"大家醒醒,换班喽。"动作过程中我尝试着刚才的思路,挺着胸,琢磨着用力的技巧,一炷香的时间一会儿就过去了,不感到吃力,觉得比第一回要轻松。用脚车水,就是要均匀用力,如果4个人都能步调一致就很轻松了,速度也会很快。队长过来看我挺着胸,两脚轮换得那么轻松,朝我笑笑。我很开心,不但学会了车水,还有心得。

## 抽 水

除了前塘,六房村还有一个重要的水源——六房溪。这条溪没有专门的名字,流经什么村就叫什么名,村民就叫它"六房溪"。起源于太坤山脉,是临海的"百廿里"倒流水水系中的其中一段。村前有一个岩头包,它使从大房由北而来直冲村庄的溪水来了个急转弯向西而去,溪水转弯处有个大水潭,叫岩头潭。传说,岩头包是一个仙风道骨的老妪为了阻挡由北向南的洪水打坐7天7夜而成。岩头潭不仅避免了村庄遭洪水冲击,给村民吃水和庄稼灌溉提供了方便,而且是村民游泳、戏水、洗衣被的好地方。这条溪流过六房后,在上沙桥头迎两头门溪汇入,一起流向上沙村,最后汇入灵江。村西的上沙桥头也是一个重要的村民用水点。

1962年夏天,抗旱停不下来。岩头潭的水也越来越浅了。队长派我去做社工(由小队指派到村里干活),参加大队组织的岩头潭挖深工作。

这支队伍一共有十几个人,由各生产队派出,都是十七八岁的小伙子。报到后,大队副书记王宝晋跟我们简单地说了一下工作要求,就开始干活了。他拿了一只脚箩(篓筐),罩住"雷公头"(抽水机水泵头部),以免较粗的沙石块进入水泵卡住转轮叶子。就这样边抽水边挖潭。

六房村的农田灌溉除了岩头潭的抽水机,上沙桥头也安装了一台抽水机,这两处抽水机对提高六房的水稻产量发挥了很大的作用。后来,朱坝头阔也安装了抽水机。

休息的时候，王宝晋给我们讲抽水机工作原理。"水是受到大气压力压上来的。"什么是大气压力，既摸不到又看不见，认真听着吧。"大气就是空气，你虽然没有什么感觉，但大气的压力可大呢。""只要你这管子是真空的，大气压力能把这水压到10米高的地方。这10米高叫什么呢？叫扬程。抽水机的工作就是让水管真空。""为什么第一次抽水的时候，往水管中灌水？"……他给我们讲了好多知识，还带我们去看水泵装置，并让我们动手实践了一下。

王宝晋长我们七八岁，当过兵，复员后当治保干部。我总觉得他与众不同，说话和气、聪明，很有文化。他开会时根本不说阶级敌人、阶级斗争之类的话，他说过这样的话："出身家庭是无法挑选的，地主成分不是你们的错，也不是你们家长的错。这是政治运动。只要我们不做损害人民群众利益的事，我们就都是朋友。"

下午休息时间，王书记给我们讲发电和用电知识。我是"小和尚听经"，听听也好。直流电、交流电、电线、火线、绝缘、触电……都是我没有听到过的词。当时六房还没有电，抽水机的动力是柴油机拖的，和大队碾米机是一个动力两种用途。他还告诉我们，碾米机是从六房小祠堂搬到这里的，碾米机在小祠堂时动力燃料是白炭。那个时候，碾米机叫洋隆，操作碾米机的人叫老灌，大家叫他洋隆老灌，是有技术的人，待遇高人一等。

王书记有胆、有识、有远见，我很崇拜他。一到休息时，王书记就给我们讲知识，我们越听越有味，他也越说越有劲。做社工上下午都有半个小时休息，一个星期下来，我们长了不少知识。农田基本建设、机耕路、引洪道等等，这些名词我都觉得新鲜。他还给我们讲六房的灌溉规划，八亩垟要用上沙桥头的水；把岩头潭的水让给六亩垟……要是天天能跟在王书记后面做社工有多好啊！

这些宏伟目标，用上造小岭水库的管理方式，其实也容易实现。可是我操心有什么用呢，弄不好又是"不听话"，做好天天出勤就是了。但农业还是行工①操作，出工都是在台门头等，人齐了再去田垟。种田一人一垄，一丘田里有十几个人在种。那时候，农民不需要尽心尽意去做的，也没有种好一点坏一点的心思，也很少有人在意农业的技术管理和革新。

## 修建水利工程

1964年春节一过，全国上下就开始农业学大寨②了，王宝晋早几年就做好的规划开始一步步实施。这一年还为了通电而忙碌着，各项工作都在有条不紊地进行着。政治宣传工作做得相当到位，到处红旗飘飘。1964年是农村变化很大的一年。

上沙桥头的水送到鸭栏桥八亩垟不再是梦，建机埠、修灌溉沟渠等工作紧锣密鼓地开展，电动机安装好，上沙桥头的水直接流到后门山，在后门山经六房村西南面流到鸭栏桥。岩头潭的柴油机也改成了电动机，岩头潭的水是经六房村东西向流到鸭栏桥。六房村有了来自上沙桥头和岩头潭的这两条巨龙，在鸭栏桥汇合，真正解决了六房村水田灌溉问题。

同时，双夹水到上沙桥的防洪坝加固了，人在上面走着，有固若金汤的感觉。岩头潭上首至大房济生桥，也用岩石加固，路面能走中型拖拉机，从此去大房村卖粮方便多了，不再有掉到潭里的那种恐惧。

接下来的重点是丫杈凌的改造。丫杈凌的原貌是自然沟渠，弯弯曲曲，两岸有无数的水杨柳，还有两口塘串在一起，一口因其塘面像鹅叫像鹅，另外一口在下峜和香头中间，其名无台坑。丫杈凌是鱼、虾、蟹的栖

---

① 行工：按出工人头计酬。
② 农业学大寨：学习山西省晋中市昔阳县大寨村农田基本建设、发展农业生产的经验。

息地和繁殖地,是我和林森在三年困难时期赖以生存的宝地。丫权凌的源头是前塘。前塘的水从东到西潺潺地流淌,直至落马桥头,像树杈那样分开,主流向南奔流,拐了一个弯,然后又乖乖地向西流着,它们俩好像是经过商量分工似的,支流从落马桥头开始为全村的水稻田灌溉忙着,主流那边起到洪涝排泄和蓄水抗旱的作用。村民为了使这特有的自然资源能更好地为六房灌溉服务,把丫权凌的主流改直,河道两边用岩石加固,并在落马桥头给主流加了一道闸门,下雨开闸排水,稍有旱情关闸引水,让它起到了更大的作用。

农田基本建设规模很大,造田、灌溉、机耕路建设三大工程同时进行。东西方向有两条大路两条沟,路有5米多宽,可走中型拖拉机。两条沟长度约1000米,一条灌溉沟,一条排水沟,排水沟宽约3米,深约2米,两边都用岩石垒砌。南北方向7路7沟,路最宽的地方有5米多,窄的地方也有3米多,能走小型拖拉机。修路时被切碎了的田重新进行了并丘调整,把小丘并成了大丘。

岩头潭至大房济生桥的溪对侧也是六房的地盘,叫岗里陇,它的改造也是大手笔。这里原来都是棘棚窝,乱七八糟的。改造的时候把所有废石子都填到防洪坝上,溪岸头得到了加宽、加高、加固,把溪边的旱地改成了水田,造田、防洪、通行一举三得。

这次改造工程中虽然也存在不足,但与"大跃进"时拔稻并丘、亩产放卫星不可比拟。完工后,全大队的机耕路四通八达,路好、田平,灌溉问题解决,所有土地旱能灌溉、洪能排涝,全部土地可种三熟制,旱涝产量都能稳定,这一次干的是造福子孙的大事。我有的是力气,干什么都行,在这大力发展的年代,好好干吧,每天出勤,除了扛石头,就是挖泥土、挑泥土,干得热火朝天。

整个工程在1970年完工。至今过了50多年,该工程还完好如初。这几年我经常去村里转转，原来那些破破烂烂的老房子早就不见了，看着现在老百姓漂亮的住房鳞次栉比，工厂也是一座连着一座，农田生机勃勃，真不敢相信我童年时曾在溪沟里摸鱼抓蟹，身强力壮时热火朝天搞农田基本建设，改革开放后的工业园区打造，都发生在这同一片土地之上。

农业灌溉除了放水、车水、抽水、渠沟引水，更早的时候还有拗水。那还是新中国刚成立时，我记得跟母亲一起去生产队拗水，是一种利用杠杆原理，用人工将低处水引到高处的古老方法。

## 在北山的日子

那几年，天台县北山区种药材，农民赚了一些钱，生活水平提高了许多，有了各种需求，各行手艺人都想去分一杯羹。做服装的朋友赵一从三年前在北山区为当地村民做过衣服，反应良好，这次又有人请他去北山做服装，赵一从约我同去，我正需要历练一下自己，对我来说是很好的机会，就答应了。

赵一从是天台县白鹤镇何方赵村的，我去天台买缝纫机线的时候认识他。那个时候临海买不到缝纫机线，听说天台能买到，并在朋友的介绍下，认识了何方赵村的众兄弟：赵得希、赵一从、赵迪正，还有几个朋友也是姓赵，名字记不起来了。买缝纫线的时候他们都出过力，众位兄弟都以赵迪正为核心。

我请小岳帮我把缝纫机送到北山。这是一趟苦差事。

赵一从带着老婆桃子一起上山，桃子挑着缝纫机走得很快，赵一从提着行李走路，还跟不上。到了天台桐柏水库大坝上，大家不约而同地坐下来休息。桃子跟大家讲自己在水库做工的经历，她指着坝脚那块平地说："我在那儿能挑2包水泥到这里，男的也没有几个能挑得上来。工分报酬挑2包最合适，两个人抬3包比一个人挑2包还吃力；一个人背1包，水泥灰满身都是，汗出来想擦一下也不可能，摸一下脸就变花了。所以，只要健壮的都被建议挑2包，只要干4个小时就能得到一天的工分。"

赵一从说了，到这里只走了一半的路，还有同样的高度在等着我们，继续吧。小岳坚持继续挑，让我去帮桃子挑一程。我接过桃子的担子，她跟在后面继续滔滔不绝地说这几年在水库工地上做工的故事，她一共做了三份工，一份是她爸的，一份是她哥的，所以人家都以为这个女汉子长期在这里做水库。这样说着说着又爬上了剩下的一半路的一半，桃子过来夺回自己的担子。剩下这段路我和小岳分挑了一阵子，终于到了目的地。

接待我们的是一个姑娘，名叫禾子，见面就说了一大堆的话，很热情，先来了一个总表态："我们山上人没啥好东西招待你们，你们说的青菜淡饭，青菜我有，淡饭就难了。不过，你们放心，你们是我们的贵客，我们会照顾好你们的。"接着就做了安排："今天跑了一天的路，吃了晚饭你们就好好地休息一个晚上，明天先帮我老爸老妈做几套衣服，都是化纤的。"

晚上她母亲用今年仅存的几斤小麦粉，做北山人最拿手的糊拉汰（小麦粉做的饼），炒了一盆冬笋、一盆萝卜丝、一盆青菜，在当时的条件下，已经很不错了。北山区马铃薯、番薯之类的食物是有的，毛竹产品很丰富，但水稻之类则很少。

边吃边聊，禾子介绍她是初中毕业，高中没考上，有人请她代课，她说自己不想去，现在心中迷茫，不知道该干些什么。一天挑担赶路大家都累了，饭后就早早地睡了。

第二天早晨7点，听见禾子父亲一声接一声地叫着："禾子，起床。禾子，起床。"早饭后，小岳要回家了。昨天我们来时是从西边上的，禾子父亲建议从南边下，村庄不远有一条大路直达天台城里，这样去汽车站要近得多。我和禾子一起送小岳到去县城的大路上。我望着他的背影,想着他挑着缝纫机上山送我到这里又匆匆赶回,想起无论我家有什么困难,他们一家人都尽力相帮。我站在那里流着眼泪,是感动,也是心酸。听到禾子说:"哥,他走远了,我们回去吧。"第一次听到有人叫我哥,挺温暖的。

回到禾子家时,赵一从已经开始工作了。他少年从师,裁缝技术比我高很多。我告诉自己不能错过这次机会,要好好地跟他学习,特别是裁剪方面。不着急自己开展工作,如果接的活不多,就以学习为目的。禾子也说:"志学哥第一次来到这里,别人不一定敢把活给你做。"我说:"慢慢来,不急,就当到这里来玩吧,我能吃粗粮,吃上一个月,禾子不反对吧?"桃子开玩笑说:"你在禾子家吃一辈子,禾子也不反对,禾子你说对吗?"禾子的脸唰的一下红了转身就走,留下听不懂的4个字的天台话。哈,两个未婚青年很容易就成了大家开玩笑的对象。

赵一从可不这么想,他很讲义气,他了解我的水平,认为不能让我空着手回去,要让我接活干。第三天早上起来,赵一从给我和桃子安排了一天的活,是做禾子母亲的衣服,并向我介绍说桃子刚刚才开始学。他自己要去附近有熟人的村庄走一走,去接点活,安排一下作场。真是个好兄弟,这次出来,他把我的事放在首位了。我也告诫自己,不能给他添麻烦,一定要做好空手回家的准备。他走出门口,还回头关照让我们慢慢做,说:"禾子娘很讲究针线,你们不会不要紧,她自己也会的。"

傍晚时分一从还未回来,大家等着他吃饭,桃子担心老公的安全,禾子父亲说:"虽然是山上,但都有路,都挺好走的,我们当地人挑着担百上百落(上上下下地走)都走得很顺,他空着手更没什么问题了。"说着说着,赵一从进来了,看到他高兴的样子,肯定找到活了。禾子和她母亲开始搬饭上桌,桃子想早一点知道今天的情况,挨着一从坐,我的心也是悬着的。我们边吃边听一从说,他去过四五个地方,最远的有8里路,叫什么峰,我记不住了,有60多户人家,也是卖中药材的,赚得一些钱,那里有他的亲戚,让明天就过去试一试。他说:"这仗必须分开打,能统一的时候再统一。"他喝了口汤接着说:"我在路上都想好了,志学第一次来到这里,地形人头都还不熟悉,就留在这里,这里有禾子一家人可以帮你。我在这一带熟门熟路了,我去那边。"禾子一家人也同意这样的安排,赵一从当即拍板,表示明天就走。

当夜我好长时间睡不着觉,赵一从的这一决定,意味着我要独自一人在这里撑起一个作场。虽然已有在西楼的经验,但毕竟在那里是有表姐一家支撑着的。作场是做手艺的根本,作场的巩固和发展需要有两项硬功夫:第一要有过硬的技术;第二要有人脉,自身得进行性格改造,逢人说话要有笑脸,说话办事要有诚信。于是,我想,这一次跟着一面之交的朋友来到北山区,并得到他们的真心帮助,真是三生有幸,接下去要靠我自己的表现和运气。首先必须先把禾子家的活做漂亮,然后要找到一户跟禾子家关系好的愿意接受我这个陌生裁缝的人家,去进一步展示我的裁缝技术,打开局面。现在想想,那个时候在没有师父带领的情况下,能在裁缝行业混碗饭吃,真的是很不容易。

工作如愿展开,评价不错,一户接着一户比较顺利。禾子一家三口也都费心费力地帮我找活。看我稳住了阵脚,禾子透露了实情:赵一从为了不让我这次白跑一趟,他骗我说到其他村做,其实是在外面转了一圈没有找到活干,带老婆回家了,把北山村留给我一个人做。我听后心里惊了半天。

有一天晚上,禾子告诉我,她有一个朋友只做一件衣服,就在隔壁村,约1公里的路,叫我去他家里量尺寸。带上皮尺出发吧。一路上,禾子向我介绍着村庄,夜晚的小山村很美,户外比家里冷很多。

进门一看,这不是平常农家,家里干净整洁,一对30岁左右的夫妇,没有小孩。禾子称男的"赵老师"、女的"陈老师",介绍说:"我三日两头往这里跑。他俩跟我亦师亦友,他们教我学文化,经常讲外面的故事,我在这两位老师指导下,受益匪浅。"听两位老师自我介绍得知,夫妻俩都毕业于北大,分配在北京工作。那一年,开展"大鸣大放大字报,帮助党内整风"运动,共产党做事民主,他们认为这是好事,就直言不讳地指出了当时工作上的几个缺点。因为这,他们被划为右派分子,遣送原籍。他们说:"就因为这么几句话,书也白读了,满腔热血,无用武之地。"又嘿嘿苦笑了一下说:"好比戏文里的穷秀才发发牢骚而已。"

天气渐渐转冷,算算时间来北山已有月余,母亲肯定挂念我,我想回家一趟。我与禾子一家商量好,第二天就回来。

母亲看到我很高兴。我把这一段经过详详细细地向她作了汇报,并告诉她回去后可能要做到过年才回来。她更高兴了,说:"有得做好呀。你要好好谢谢这个赵一从,你怎么这么幸运能碰到这么好的人。"她还知道了我没有汇报的:"听小岳说,你主人家的女儿是独个囡(独生女),长得很漂亮,眼睛很大双对眼(双眼皮),皮肤白净,头发很粗,对吧?"小岳人小鬼大,汇报得那么详细,说真的,我还没有观察得那么仔细,什么都没有觉得,我想的只是裁缝作场这一件事。我接着母亲的话开玩笑说:"那我什么时候把她带到家里让你看看。"母亲急忙说:"别、别、别!你听我一句话,发粗,等于发重,重发,命硬。有这个说法。"我不在意命硬这一说,但就是觉得要听娘的。我马上说:"晓得了。"还调皮地顶了一句:"你那么挑剔,下次找不到儿媳可别怪我。"

第二天一早,拿上母亲给我准备好的冬衣,走到两头门车站赶上了7点半的汽车,中饭前就到了禾子家。

我把赵老师这件衬衣做好了,禾子母亲把纽扣眼锁好、纽扣钉上,禾子负责送去。赵老师穿上一试,很喜欢,说:"这么合身,这临海老师技术很超前,像上海师傅。"经赵老师那么一夸,生意就来了,他们这个村庄有50多户人家,又可以做一阵子了。

赵老师这么一夸,禾子也因此有了特殊的想法,从那时候起,眼神、讲话方式都有了新的变化。也许是因为被母亲这么一说,我多了个心眼观察起禾子来了。

有一次,禾子母亲和我拉家常,说:"禾子有个弟弟,快两周岁时夭折了,我给禾子算了命,先生说她命硬。"说着眼泪就出来了。我当时就想:"哇,母亲真的厉害,面都没见上就知道禾子命硬。"为了不让她再想起旧事,我马上把话岔开,问:"你新做的衣服穿过了吗?感觉怎么样?""领子小了一点,袖子长了一点。"她拿出来穿给我看。"零布还有吗?""还有。"我说:"领子重新做一条,袖(寿)长一点是好事。"土话里袖与寿同音。她笑了一下:"年纪轻轻,讨人喜欢。"

陈老师那村的人催着要我过去,就这样我去了四合自然村。到了晚上,陈老师为我铺了张床,叫我晚上在她家住。她家比较宽敞,条件比禾子家好。可是我们出门人需要当地人保护。论保护能力,禾子家要好很多,禾子父亲是村里的小干部,禾子是团员。碰到治安管理、查夜之类的活动,住禾子家是安全的,住陈老师家说不定还会给他们带来麻烦。我不知怎样回答好,正好禾子来了,她知道我的想法,说:"我妈让我来接志学哥了,今天晚上就让他回去住我家,天气冷了或者收工晚了,就在你这里住,陈老师这样好吗?"陈老师同意了,送我们到门口,拖长了语音说:"你们俩慢走!"

有一天我收工晚了点,就住在陈老师家,我们聊了好多。很多话题都是关于禾子的。他们都感觉到禾子对我有好感,我则关心禾子的前途。听禾子说,陈老师他们虽然是右派,但村民都愿意接近他们,还喜欢听他们讲外面的故事,有许多中学生来请他们补课。我问:"禾子参加升学考试有希望吗？"陈老师说："很难说，因为她在家有两年了。"我近乎央求："陈老师、赵老师，你俩文化程度都很高，你们努力地去教教她，拉她一把，这个人就这样留在家里有点可惜，如果能升学，她肯定会很有出息。"他们答应找她聊聊这事。这两位老师说话很有磁性，很亲切，跟他们聊天很开心。

在四合村的第一个清晨，我起得很早，去村周围转了一圈。这地方太美了，山上有瀑布下来，溪水清澈见底，枫树叶虽然已经凋零，但景色在常青树衬托下，好一派风光！

在陈老师家住了一个多星期，北山村这边有人催我过去干活，就又去北山村做了几天。就这样，在北山村、四合村来回干活，日子过得更快了。

我渐渐地明白了禾子的心思，觉得应该早一点把话跟她说清楚，我正琢磨着怎样说比较好，机会来了。陈老师有个亲戚要做一件衣服，叫我去家里量一下尺寸，等那个亲戚走了，陈老师开门见山地问我："你对禾子看法怎么样，直说了吧，先说看法后表态，我喜欢直来直去。"可我不能以"母亲因为禾子命硬不同意"来拒绝呀，我说："禾子什么都好，但是我配不上她，因为我家成分是地主。陈老师您是知道的，什么叫政治运动，什么叫阶级斗争，它的影响是巨大的。禾子她根正苗红，如果她嫁给我做一个被压迫的人，她承受得了吗？还有就是，禾子应该继续读书，她现在找对象还早，再过3年也不晚。以后她要找的也应该是个有出息的人，有文化的、当干部的、当兵的，或者当工人的也行。我想说的就这些，您帮我美化一下，让她能听得进去，又不伤心。"我说的这些也是真实的理由。陈老师见我说得很坚定，叹了口气，点了点头。

禾子提出要陪我去外面走走，理由是我来北山村两个多月了，就是北山村、四合村来回走，没有去过其他地方，其实北山村有很多名胜古迹值得一看。我说："好啊，什么时候？""就下午吧，对你的工作有影响吗？""没有。""约陈老师一起去？""不用了，陈老师有赵老师陪。"一语双关，好可爱的姑娘。

她在前面走，我在后面跟着，她那重重的头发黑而发亮，在后背左右摆动，有时候她回头看我，眼睛大大的，眉毛弯弯的，的确可爱。她开始说话了：

"你想说的话陈老师一字不落地跟我说了，你不想说的话陈老师也跟我说了。你想叫我去读书，还说我小。我已经18岁了，还小吗？总而言之，你不能接受我对你的好感，我想听你亲口对我说。

"我想不到你要用这些哄小孩子的话来哄我，前面是济公亭，今天我说的话，让济公来听听，我说得是对还是不对。

"我把心里话告诉陈老师后，我都在注意着自己的言行，也注意着你的反应。你是否觉得我太草率了？我是深思熟虑的，自你到北山村的第一天开始，我和我妈都在关注着你，你的行为举止给我们母女留下了深刻印象，我们都认为你很优秀，我妈很认可你。

"自从你住到陈老师家，八九天都不回我家，我意识到你在躲避我，我很后悔当时那么轻率把自己的心里话都告诉陈老师，让你觉得我太主动。不过，我很自信的，把自己和你同时放到戥子的两边，我觉得我的重量肯定会超过你。

"我想不到，你有那么多的隐情，但这些不算什么阻力呀，陈老师他们是右派，我不也经常往他们家跑吗？说我阶级立场不坚定，这又有什么关系呢？两位老师失去了工作，生活贫苦，但在北山村受到群众爱戴，也是幸福的呀。"

她的一席话，句句是肺腑之言，真的是个好姑娘，从外表到内心的确都很美。戥子的那一头，她真的比我重，谁娶了她，肯定都会幸福的。

我们在亭子里坐下来，中间隔着一根柱子，她平静了许多，说："我累了，剩下的都让你说。"

她瞥了我一眼，甩了一下头发，真的有电击的那种感觉，很想伸手去摸一下她那粗重的头发，但是忍住了。那一头秀发太漂亮了，只有美的感觉，哪里有命硬的感觉。

见我不语，她又说了："志学哥，未来我们以兄妹相称。都是我的错，突然出现了这种想法，又那么快向陈老师坦露心迹，害你犯难。"

这姑娘懂事得让人心疼，我赶紧说："别这样说。首先谢谢你妈，那么看得起我，也谢谢你那么真心地待我。不是我草木无情，只是我跟陈老师说的这些都是我在意的，搁在我心里，让我不敢往前迈一步。但是，在我心里，你真的是一个既漂亮又优秀的姑娘，相信我永远都会记得你。"我们都不知该往下说什么了。

过了一会，我说："太阳快下山了，我们回家吧，你爸妈在等我们吃饭呢。"她站起身说了一句："你的心有点狠的。"扭头就快速地往回走，那黑头发左右摆着，摆过了肩，我都快跟不上了。快进村的时候，她把脚步放慢了，和我前后进了家门。她母亲还是看出来我俩聊得不是很开心。后来知道，就在这个下午，她母亲和陈老师说了一下午的话，晚饭还是她爸烧的，女儿的终身大事哪个当妈的不操心呀。

时间过得真快，天气一天比一天冷，看到的黄泥火踏（烘笼，一种取暖工具）一天比一天多，祠堂门前挤满了晒太阳的人。春节快到了，工作也快结束了，可以做回家前的准备工作了。工资基本结清，几户特别困难的免收了。我觉得还应该陪禾子妈说一次心里话，让她不要担心禾子，开开心心地生活。

在四合村的最后一天，禾子吃了晚饭来到陈老师家，等我一起回家。我收工后也来到陈老师家，陈老师说："准备下山了？什么时候走？"我说:"还没有定。"禾子接着说:"我家隔壁还有几件衣服要做,后天下午走。"陈老师问禾子:"你送他下山吗?"禾子说:"不送,我凭什么要送他下山。"像小孩,很可爱,我笑了,说:"赵老师、陈老师,那后天我就不过来道别了,你们有空来临海玩。"

禾子母亲坐在锅灶前,见我们回来就站了起来,说:"这么早回来了?我以为你就要回去了今晚会在那边多玩一畅(一会儿)。"禾子去忙她自己的事了,正好借这个机会可以跟禾子母亲聊一聊。

"阿姨,这段时间让您费心了,我在这里就像在自己家里一样。"

表示感谢后我就切入正题了:"我从来到您家的第二天,禾子和我送小岳回家时,她叫了我一声哥,我就认定这个妹妹了。我没有妹妹,从来也没有人这么甜甜地叫我哥,我有这么一个漂亮妹妹多开心呀。

"但是我辜负你们了,心里很过意不去。陈老师肯定把我想说的话一字不落地对您说了吧,禾子外表美心灵也美,表里如一的好姑娘,您放心,她一定会找到一个更好的。"

这样说的时候有点别扭,我赶紧又说:"隔壁叔叔家的针线活都留给他们自己做,我后天上午就可以完工,准备下午就回家。"

吃了中饭,我把缝纫机拆开,和来时一样,上车方便,进村不显眼。捆好以后禾子提了一下:"那么重。"禾子母亲说:"你送你哥上车吧。""阿姨我走了,多保重。"我将担挑上肩回头一看,禾子母亲进屋了。

我俩一路上有说有笑的,分别后重逢的可能性很小了,这真是相见时难别亦难。买好车票,离上车还有半个小时,我劝她回去,她说:"我一定要看着你上车。"我们在候车室坐下来,不敢四目相对,也无话可说,这不是生离死别,为什么会这样难受,又找不到适当语言去安慰对方,现在也写不出好的语句来表达当时的感受。她坐在我的左边,有点近,她靠到我的耳边轻轻地说了句:"别把我忘了。"我也轻轻地说了一句:"怎么会呢?"又没有话说了,我偷偷地把她身后的辫子用手提了一下,好重啊,用两个手指头捏了一下头发,真的好粗,但感觉很柔和、很凉爽。

开始上车了,我提着行李,她拿着扁担送到车门口,她把扁担放在汽车地板上,招了一下手,说:"再见!"扭头就走了。我看着她的背影,那乌黑的头发左右摆动,比肩还高,跟在济公亭那次扭头就走时一个样子。

坐在车上回忆最多的还是她,除了母亲,从小到大没有人对我这么好。除了离别的伤感,还有一种幸福的感觉。

这次北山行是我前半生最大的收获。通过这一次,我的裁缝技术有了大大的提高,还增强了出门在外的应对能力。赵一从的诚义相帮、赵陈二位知识分子的知心投缘、禾子的真情实意、禾子爸妈的周全招待、小岳的不辞辛劳,我永记心里。除了人情,我还记住了北山的秀丽风景,还有两个奇特景象记忆尤为深刻。

一个是北山的老烟枪。

村里的烟民一般都聚集在祠堂前,特别是天气冷有太阳的日子,祠堂前聚满了抽老烟的人。烟雾缭绕,自种自制的烟味让很多不抽烟的人路过时掩鼻并加快脚步。吸烟的大多是老年人,也有小孩,最小的只有十三四岁,他们的打扮都差不多,棉大衣、棉袄、棉背心,每人一个黄泥火踏(烘笼)。主角是每人手上的那根老烟蛊,黄铜做的烟嘴和烟丝蛊,竹根做的烟杆长短不一,短的六七寸,长的有一米二三。从手上的烟蛊可以看出主人的烟龄,但也不一定,有些是从上一辈或上上辈传下来的,从它的光滑度和颜色来看,几十年的比比皆是。每人都带有满满的一袋烟,柔软酒红色的不多,大部分都是黄色粗糙的见火挣(当地的烟名)。

有个别人是只带烟蛊不带烟的,在当地有个专门的叫法,叫"一级创烟鬼",这种人烟瘾大而且懒,专门抽别人的,这不是一件不光彩的事。抽老烟的人都不吝啬,互相品尝,也会请"创烟鬼"品尝。"创烟鬼"抽后都会给出评价，准确地说出烟丝的优劣。有些人是特意请"创烟鬼"品尝，听取意见，然后改进制烟方法。

还有一个奇怪的现象，有人会拿出自己的烟盅，装好烟丝，很客气地递给小朋友抽，还帮小朋友点烟。当地有一句顺口溜："小时白抽烟，老来自解钱。"意思是：小时候白抽别人家的烟，长大了得自己挣更多钱来买烟抽。

第二个印象深刻的景象堪称一绝，朝北山崖上有一块巨石，上面有一个小洞，一股泉水从小洞涌出。冬天里，涌出的泉水冷却即成了一坨冰块，冰块越积越大，成为一个冰球，直径有2米以上。是我这一生看到的最大的冰块。

## 做砖、做红糖

1966年，六房村的生产队形式发生了变化，由原来18个生产队改为6个生产队，我在第五生产队。第五生产队（以下简称"五队"）有50多户人家，163亩土地，170多口人。

生产队扩大后，能人多了，陈冬梅靠边站了，队长还是原来十三队的老队长，农业生产方式走回了老路。不一样的是，灌溉条件改善了，耕田开始用小型拖拉机，村里还买了一台小四轮，农业生产向机械化方向发展，农田基本建设也深入开展。

五队把原十三队的砖瓦窑挪了一下位置，重新扩建，作为队办副业，原十三队砖瓦窑的工人原岗位上班，我也有了一个做砖的工作。

我很喜欢做砖，也做得很好，曾受过一个师傅的指导。是在前一年的农闲时节，我们村里几个年轻人一起去开石闸头堂农场做砖头，农场管理员谢守德看我们年轻听话，把自己几年来做砖的方法、经验都传授给了我们，我们在第三天就学会了做砖方法。谢守德非常高兴，让我们把他的做砖方法传承下去。合同规定，做砖收入按砖头晒干后进窑数结算，但谢守德对我特别照顾，按我做的砖头数百分之百结算。我每日能做600多块砖。这次做砖头不光学到了技术，还得到照顾，真心感激。

那个时候劳动力过剩，办砖瓦厂的确解决了劳动力出路问题，队办副业合情合理。当时，砖瓦是畅销货，不用推销，来不及生产。但是，队办企业计酬方法有问题，管理方式有问题，生产方式也有问题，每人每天做200块砖都很忙。其实只要计件报酬，产量就能提高3倍，效益也就出来了，队办企业就是不敢按件计酬。我虽然有好的建议在当时也不敢提，就是敢提也不会被采纳。五队虽然有个砖瓦厂，销路也很好，硬是没赚到钱，有点可惜。

队办企业即便不赚钱，想进去混的人却很多，我被排挤出来了。有人想挤进去的地方，我都是要出局的。

从砖瓦厂出局对我来说是好事，裁缝才是我的正事。想做砖去闸头堂农场也可以，还会受到谢师傅的照顾。还有一帮朋友约我去扸（抓）泥鳅，当时比较赚钱的活是扸泥鳅卖。

什么活赚钱就干什么。但不管干什么都很小心谨慎的，因为当时要割资本主义尾巴。田埂上种蚕豆瓜茄之类的东西算是挖社会主义墙脚，家里养鸡鸭是走资本主义道路，我的缝纫机被没收过好几次了。

暂扣我的缝纫机头这件事，村里的"革委会"主任想做不是一天两天了。我去天台北山做服装回家后他问我："你在哪里做服装？"我如实相告，那时候是农闲，生产队里的手艺人都出去赚点钱，是生产队允许的，我也没当回事，就当作无意中聊聊，他也没说什么，这样就过去了，当时他还不是村干部。时隔两年后的冬天他找到我直接说："你做衣服是走资本主义道路，先把缝纫机头送到妇女主任家里，等待'革委会'处理。本来是想叫你送到办公室的,因办公室人多手杂,所以我改主意叫你送到好珍家(即妇女主任)。"这种事情发生在我身上一点都不奇怪,以前就有,今后也还会发生,只有照办。无非是这些人要显示自己的权力,并打压一下像我这等在村里看起来比较聪明的人。

这个"革委会"主任是一个山区人,从国民党部队转入解放军部队,退伍后不想回老家,在李仁兴的帮忙下在六房村落了户。这个人看起来其貌不扬,个子也不高,走路时总是低着头好像是在寻找什么,有人和他打招呼,他总是一副没有听见的样子,让人有一种高人一等、看不清摸不透的感觉。在六房村落户后,他肩不能挑、手不能提、农活不会干,写字也不行,后来当上了村里的治保干部,专门管"四类分子"。没想到的是在"文化大革命"期间,对李仁兴批斗最凶的却是他。

20世纪60年代的甜是糖精的甜,糖精1角钱一包,二三斤面粉放一包做饼就够甜了。听说是采煤工人没洗手拿着东西吃,感觉到甜味,后来聪明人就从煤里提炼出糖精来了,刚好割资本主义尾巴把砂糖(红糖)给割了,糖精代替了砂糖。但是,两种糖口感完全不同,有着明显的优劣,老百姓还是喜欢用砂糖。但砂糖紧缺,需凭糖票供应,产供销失衡。不久政府看到了问题,又规定甘蔗和棉花可以种,要求有计划按比例种。

甘蔗的收益比水稻要好得多。还是十三队时,有一年,政府允许生产队里可以拿1/10的土地来种经济作物,十三队的55亩田,50亩种了水稻,5亩种了甘蔗。那年的红糖价格是每斤0.90元,那5亩的甘蔗收入相当于50亩的水稻收入。

1968年,我们家的2分半私留田,也全都种上了甘蔗,一共做了285斤红糖。当时,种甘蔗是合法的,红糖加工过程是免税的,但如果要去卖,就要交销售税。难得挣点钱,哪舍得拿去交税呀,所以大家都是偷偷摸摸地卖,被抓到就倒霉了,要被没收,所以都躲在墙角弄堂里卖,一点一点地拿出来卖。私留田种甘蔗也就只有两年，后来，砂糖价格低了，甘蔗自然就不种了。

煎砂糖是很辛苦的，要日夜不停地烧很长时间，当时缺柴，烧的是稻秆。有个亲戚来家里帮忙烧，烧着烧着就哭了。我干得也很烦躁，眼睛都发红了，有一次失控，发脾气砸坏了八仙桌。

"文化大革命"期间，村里有几个人遭受了皮肉之苦。当时我也很紧张，一遍一遍地检查着家里的东西。虽然家里一穷二白，但有两件东西让我胆战心惊：一件是两块银洋，我把它藏到了屋后菜园子的墙洞里；另一件是我叔叔与婶婶谈恋爱时的往来书信，满满一皮箱，这个真让我犯难、害怕。叔叔是在国民党部队当兵，他用的信壳（信封）信肉（信纸）都印有国民党党徽，私藏这个罪责不轻，怎么处理？丢不能丢，烧不能烧。丢了，有人看见会找上门；烧了，让人看见焚烧罪证，而且这些信件对我叔叔婶婶来说是珍贵之物。我想了又想，还是觉得放在家里安全。我把信全部装在一个狭长的布袋里，把布袋捆在柴的中间，再把这一捆柴压在柴堆的最下面。还好没有被发现，逃过了一劫。

## 三迁祖坟

我的太公（曾祖父，祖父的父亲）有一个弟弟，两位太公底下有几百人，在一直动荡不定的社会背景下，他们都背井离乡寻求着不同的人生道路。到我这一脉是留在祖基上的唯一一脉。

我家太公太婆的坟墓原来在丫杈凌中段，丫杈凌绕坟而过，这里的坟墓比较破败，无人收拾。曾听卢林森说过："你家的祖坟也在这里。"我也没进一步追问，因为我从来没有到此上过坟，也没见祖父祖母和母亲来过。

1966年，开始搞农田基本建设的时候，村委会送来通知："因农田基本建设需要，此坟要拆迁还田，必须在三天内迁移。如不迁移，作为无主坟废除。"母亲找又寿公商量后，决定把太公的坟移到里屋太叔公的面坟屋里。

里屋是六房村上峁的一个地名，这里专门用来停放棺木，是另一个世界的一个"小城市"。里面的建筑物有一个专用名称叫"面坟屋"，样式各不一样，但都是砖瓦结构，基本上是有钱人"住"的，棺木也很高档。这些棺木要在这里停放至少3年，有的后来在山上找块地做坟埋葬，有的就一直停放在这里。太叔公、太叔婆住的这一间特别高大，似乎当时就知道以后会有很多"客人"要来。

太叔公有两个儿子，他们的下一代非常兴旺，都住在临海城里，土改后，他们就没有来上过坟。

接下来我要讲一个离奇的故事。大概是我上学前的那一年，只有7岁。我上厕所，解了裤子登上坑柜，抬头看到一个小妇人，年纪大概20多岁，剪短发，穿士林蓝（全棉蓝色比较高档的布料）旗袍，匆匆走进我家的附屋。我高声叫着："奶奶，奶奶。"祖母过来说："你啊，上厕所又不带毛纸。"我说："不是不是，刚才有个人走进附屋了。"祖母说："没有啊，我没有看见。"我把看到的人的模样描述了一下，祖母马上撇着小脚冲进附屋，楼上楼下搜了两遍，没见人影，呆坐了一会儿，说："这人很像你柏青叔婆。"叹了口气接下去说："她是刚毕业的学生，姓李，参加了共产党。嫁过来没一年时间，政府来抓她，她从窗口跳下，摔伤了腿，送到医院抢救，稍有好转后回家疗养。可是回家不久就死了，可能是有内伤在医院没有查出来。棺木先停在后花园，后来移到后山。卢柏青又名卢德宁，是太叔公的大儿子，是国民党伪职人员。第一任的柏青叔婆也姓李，是这位柏青叔婆的姐姐，病死的。因为柏青叔公很优秀，所以丈人家把读书刚毕业的二女儿也嫁给柏青叔公。"祖母接着说:"李家二小姐在死的时候还是学生打扮的,跟你刚才看到的人很像。"这事发生在新中国成立前七八年,都记不清楚了。柏青叔公后来又娶妻生子,子嗣兴旺。从此以后,祖母在清明节时为李氏二小姐也递上了一份寒食(祭品),母亲后来也跟着这样做,每年都不少这一份。

太叔公的面坟屋迎来的第一位"客人"就是这位柏青叔婆李氏二小姐。1958年,大炼钢铁时,要在后山建炼钢铁的高炉,这位叔婆的棺木将被清理。母亲知道消息后,一个人去后山把她的尸骨捡起来,用破被包好,放到铁皮箱里,送到太叔公的里屋面坟屋。母亲是一个胆小的弱女子,她一个人去做了这件事。那时我13岁了,不小了,知道这事后很着急,跟母亲说:"妈呀,妈呀,即便不让我做不让我看,也该让我陪在你身边呀。"

所以,太公太婆是太叔公的第二批"客人"了。母亲准备了箱子、被包,同意我跟她一起去移坟。这一年我已经21岁了,这一次如果母亲再是一个人去干这个活,人家骂的是我,而不是卢家离开家乡的那帮老少爷们。

我们是在收到通知的第三天吃过中饭去的,农业学大寨的红旗已插在坟前,坟屋背已被挖开弯砖,坟里面已经进去亮光,一眼就看到里面黑白分明,一副骨架呈现在眼前。我想进去捡骨头,母亲忙拦住我。边上围了很多人,有几个年纪较大的村民一起出主意商量怎样做比较好。母亲先点了一对蜡烛、3炷清香,并烧了几个纸钱。然后,大家一起把坟背的土清理干净,拆了后墙,再把坟背的弯砖拆下,盖上白布。母亲不让我进去,说自己有经验,坚持要自己进去捡骸骨。这时我也不觉得可怕,因为边上有很多人。母亲从脚边开始左右对称地一排一排往上捡,很快就将老太公的尸骨装进旧木箱,盖上白布,盖好箱盖,在箱子上面盖上一块红布。接下去用同样的方法把老太婆尸骨也装好了。母亲总算同意让我来挑。

还没等我们挑走，就有好几个人跳进坟墓里面去找东西，看看是否有值钱的陪葬品可淘。母亲说："不会有东西的，卢家不怎么富有。"母亲在路上跟我说："老太公这一边有一个烟盅头（水烟枪用来装烟的部位）、一个烟盅嘴（水烟枪用来吸烟的部位），老太婆这一边有一只戒指、一只手镯、一枚簪子，这就是他俩全部陪葬。我把它们和骨头一起放进木箱里了。"

挑到里屋，我们把木箱放到太叔公的面坟屋里。母亲说："老太公啊，把您送到您弟弟身边了，你们兄弟俩今后有伴了，可以一起好好聊聊，两位老太婆也可以聊聊天了。"

日头快下山了，我和母亲快速赶路回家。母亲事先已准备好替换衣服，到家后把身上的衣服全换了下来。接着我烧火、母亲做饭，弟弟把做好的饭给祖母端了进去，母亲也送菜到床前，告诉祖母："他们5个人住在一起，可热闹了。"祖母听了，笑得假牙掉了出来，怕我们看见一把捡起，用糙纸包了，说："二媳啊，又辛苦你了，卢家全靠你呀。"我看到祖母的眼泪快要掉下来了。

太公的坟移里屋后，每年清明，母亲都会带我在山黄岗祖父棺木旁祭扫后到里屋去祭扫。祭扫时，先清理一下坟屋的前前后后，前面几年，挂个幡就回来了，后来会带上海螺蛳、清明果，还有以豆面为主的一盆菜，摆上酒杯倒上酒，点上蜡烛，点上香拿在手上先拜拜，母亲嘴里念念有词，大概意思是："太公太婆、太叔公太叔婆、叔婆，今天是清明节，我们来看你们，你们自己带客人来，喝好、吃好。"说完后把香插在两根蜡烛中间，然后叫我去加酒，过一会儿，让我再加一次酒，酒过三巡后，等蜡烛燃尽，烧些纸钱，拿几颗海螺蛳，摘一点点青团，其他供品有的话也拿一点点，撒到坟屋上。然后大家一起把带去的食物吃掉下山回家，或拿回家吃。

这样的上坟仪式一直延续到现在。听说，新中国成立前，长辈死后，把田地分给儿子时留一块田不分，叫庚饭田，儿子们每年轮流种植、收成，轮到的这一户负责这一年的上坟用祭品。上坟的这一天要备饭菜，一般是清明果和菜，还有酒，家族里的所有人一起上坟一起吃饭。上坟这一天，路上碰到的人可以一起去上坟一起吃，这叫"敲"坟头。那时候还有专门"敲"坟头的人，他们在清明这一个月的前半个月家里基本不用开火。困难时期，因为招待不起，上了坟，都不在山上吃了。破"四旧"①那几年，大家是不敢去上坟的，即便去也是偷偷的。后来，不禁止上坟且生活条件好了以后就又流行起来，但"敲"坟头的基本没有了，一般是邀请亲朋好友一起去上坟。后来，虽然生活条件越来越好，但供品的品种一直还是这几样，只是豆面里加进去的菜越来越多了，有红烧肉、虾、油炸的肉皮、山毛笋、蚕豆、煎鸡蛋、豆腐、芥菜株等，清明果的馅也越来越丰富了，除了带上酒，还带上了饮料。

我们家的孩子都喜欢在山上吃饱了再回家，而且对他们来说这一餐是这一年里最美味的，所以带上山的食物的量也越来越大了。2010年修了祖坟以后，祖坟和父母的坟前都有石凳石桌，20多个人都不显拥挤，那里山清水秀，树木茂盛，我们还在坟地前后种上梅兰竹菊，比起一般的野餐要惬意很多。

太公的坟迁至里屋后两年，农业学大寨，农田基本建设范围扩大到了里屋，我们家太叔公的面坟屋也留不住了，我们必须要做祖坟，让太公、太叔公等5人入土为安。母亲叫我进城找伯父以及太叔公的后代们商量，

---

① "四旧"：是"旧思想、旧文化、旧风俗、旧习惯"的统称，含贬义。1966年6月1日，《人民日报》发表《横扫一切牛鬼蛇神》的社论，第一次明确提出"四旧"。

一是告知一下，毕竟是要动祖坟；二是请他们一起出钱出力。

伯父拿出了10元钱，说："我拿不出太多的钱，你们也困难，我们只能简单地入土为安。"我找到卢柏青的长子卢品之，把情况告诉他，并希望他们一起参与。我说："你们这一脉都在临海，我找不到他们，也麻烦你帮忙跑一跑。"其实，我也不愿意见他们，在他们眼里我是乡下人，城里人和乡下人有很大差距的。听着我的话，他把头压得很低，很为难。他出去转了一圈，回来后，拿出8元钱，都是零钱，像是筹来的。

回到伯父家，姆娘请我吃中饭。吃饭时，我向他们报告了祖母的身体状况，他们说估计是没有多少年可以活了。我说："侍奉奶奶其他都无所谓，换痰罐的确有点恶心，我妈都不让我干，都是她自己干，除了送饭端菜让我们兄弟俩做，其他事都是我妈做。"他们没说话，我又补了一句："奶奶这么一躺有4年多了。"我是有意在他们面前为我们娘仨请个功劳。

吃好饭，伯父叫堂弟送我到车站，替我买好车票送我上车。伯父是个很有爱心的人，为什么新中国成立以后就从来不去六房村看看父母亲，这到底为什么呢？那时候有句口号叫"划清界限"，真的划得那么清楚吗？那为什么要寄生活费呢？我一路想着这个问题，真的是说不清、理还乱。

坐汽车真舒服啊，可是车费要3角钱，做田垟（干农活）一天才挣3角钱，从临海走回家只要3个小时就花了3角钱，伯父如果能把这3角钱直接给我的话，我宁愿走路回家。

回家后汇报了一切，把这18元钱交给母亲。母亲接过钱没有说多还是少，只说："该怎么做呀？"做坟的事情我也很清楚，分三等：第一等，坟圹用砖头做，拱形，坟面用石板并刻上字；第二等，坟圹用石板做，方形，坟面用砖头；第三等，挖个坑作为坟圹，尸骨埋入后泥土还山，坟面用乱石。生活困难的人家只能用第三等的，叫清掘瓮①，会被人笑话。看来我们只能用第三等的了，被人笑话就笑话吧，等有钱了再弄好一点。母亲请又寿公、德铎公、立恩叔、下洋山的几户叔伯、陈冬梅等一起先去山上转转，挑选一块坟地，并商量着把祖父还停在山黄岗的棺木一起入土。最后选定的这块地方在狮子山脚下。母亲挑了个日子，约定了帮忙的人。这样，入土为安的有6人：老太公夫妇、太叔公夫妇、祖父、柏青叔婆，再加上为奶奶准备的生坟（也叫寿坟，人未死先做的坟墓）。

先是挖坑，挖了一个好大的坑。然后把石块砌成坟面。里屋的两口棺材、几个箱子大家抬的抬、挑的挑、拎的拎，把祖先们全都请了上来。同时派了两个人去山黄岗把祖父的棺材抬了过来。

要入土了，排位置成了难题，排来排去都不合适，当时在场的辈分都比我大，我没有发言权。结果讨论了好长时间都排不下来。做坟一般都是一男一女夫妻两人，按照规定右手面为大，那就很简单，用不着多考虑。但是，我们这个坟是两户家庭、两代人，因此大小用手面分很难分。我看他们定不下来，就发表了自己的意见："中间为大两边为小，今天只有我在场，我是太公这一脉的，我做代表把右手面让给太叔公，这样形成两个局势，就没有大小之分了。"大家觉得有道理，就这样形成定局。坟墓虽然简陋，但也让这些祖辈入土为安了。这一次做祖坟的事就这样结束了，总体挺圆满的。

收工了，没走几步，卢利国拦住了我，说卢山荣要我赔钱，因为移棺木时踩坏了他家种的番薯。我问："赔多少？"他说："2元。"那时候2元钱能买多少番薯呀，我当时跟他讨价还价赔了1元8角钱。

---

① 清掘瓮：当地土话，指人死后，简单地挖个坑埋了。也用在吵架中，很气愤的时候说"把你清掘瓮了"，有活埋的意思。

这还只是小事，卢利国接着说："你们把棺木也埋进去了？两口棺木应该敲破，里面可能有'四旧'东西。这棺材板很适合用来盖过沟放水，这木料还能做好多东西。"卢利国是一个求上进的人，参加了毛泽东思想宣传队，非常积极，有无参加"造反派""红卫兵"等我不清楚，猜猜应该是不可能参加的，因为他是卢理见的嫡亲叔伯，成分不好。几个叔伯见势一边挤着卢利国往山下走，一边说："已经埋了，算了，破木板没什么用。"

里屋太叔公这口棺木是完好无损的，有人说可能是楠木，但没有人确定，很重，4个人抬才搬到山上。老太婆这口棺木是普通的杉木。我倒吸了一口冷气，还好我们已经收工了卢利国才来，否则这棺木是入不了土了；也还好卢利国只是这么一说而没有往上报，如果"革委会"的人来了，即使入土了也要被挖出来的。

我觉得有一股力量在帮我，我返回到坟头，深深地吸了一口气，然后问自己：我这辈子就这样吗？祖宗的坟墓就这样"清掘瓮"了吗？我站在坟的正前方，朝前方看去，西偏南视线远而宽，顿觉胸襟开阔、神清气爽，能容一切不如意事。虽然我不懂风水，但觉得此坟地位置很好。大家都下山了，我背起锄头赶上去。到了山脚下，我回头看狮子山，感觉这狮子活了。这何等奇妙！我还跟自己说，真正的好风水还需要后代人品德优秀。自从这次回头一看，至今已有50余年了，每年清明上坟回来走到这里，我都会不由自主地回头看一看。

回到家里，放上两张桌子准备上菜，弟弟也在忙着。大家落座后，我先给长辈倒满酒，自己也倒了一满碗："首先，谢谢又寿公和下洋山两位叔公一起挑了一块好坟地。对不起大家的是，尼昼（中午）我妈没有把酒带上。"母亲听到后马上过来说："阿死邀娩勒（语气词），真的忘了，怎么能这样做，昏头昏脑，晚上多喝点，对弗起！对弗起！"他们忙说："姆告（没关系）、姆告。"我接着说："这碗酒算尼昼的，敬呒搭人（你们），我先干为敬。"我喝完了，动员大家都干了。我又给大家倒满了第二碗，说："葛（这）一碗敬大家基日（今天）辛苦了，我触完（干了）。接下来大家多触（喝）一点。"

两碗酒下肚，又寿公清了清嗓子说道："眼搭人（我们）都是自家人，不讲客套话，我们继周哥葛（这）户人家，如果没有二嫂做死命挣落定（拼命维持着），老早树倒猢狲散。屋倒了，太坤山砍树修屋；丫权凌土地基本建设，捉骨头移坟；这次里屋造田，又移坟。"他叹了口气接着说："下次碰到这两大家人（指我太公太叔公后代），我会去跟他们说，要教育下一代，不忘二嫂。"叔伯们都点着头，连说："老实（是的），老实。"母亲赶紧制止大家："难铁讲（不要这样讲），难铁讲，葛都是眼应该做的。"此时又寿公酒已七分醉了，他站起来说："眼要讲，呒望望（你看看）临海葛帮人，小学开（去）通知给搭人（他们），叫给搭人来乡下一起出点钞票、出点力，可是基日一个人也没来。大家猜猜给搭人陀（拿）了多少钞票？"有人问："200块有吗？""如果有200块，石板杠（上面说的二等坟）肯定要的。一共18块，晚头两桌酒水都不够。"在母亲制止下，他们不说了。大家说这话是夸母亲，可是我和母亲听了心里都不好受。

大家酒足饭饱，都来房间看望躺在床上的祖母，都说祖母面嘴（面色）好，又夸母亲资值（服侍）得好，他们明知还要问："大儿子大媳妇来过吗？"问得祖母心里很不好受。

后来，我挣了钱后，几次提起修坟，母亲都反对，她说我们家现在挺好的，担心修坟影响风水。父亲和叔叔从台湾回来探亲，二姑他们也都聚在一起前来扫墓，不同程度地表示想要修坟，言谈中也表示这是留守祖居地的我的职责。2010年，母亲去世了，坟地就选在祖坟的边上，新坟和旧坟看起来差别很大。同年，我做主修坟，虽然经济上我可以独立承担，但出于道义、习俗、风水的考虑，我还是通知了太公和太叔公能通知到的所有后代，大家按自己的意愿多多少少地出钱出力。我多年以来的修坟愿望终于得以实现，告别了"清掘瓮"的名声。

## "地主婆"

到了该找伴侣的时候了。人人都说"'四类分子'之子讨老婆有难度"。没错，我身边有三位朋友，都有一个漂亮的妹妹，他们的妈妈都说过同样的一句话，是在不同的时间、不同的地点说的："小学，你的家庭成分如果不是地主的话，我愿意把女儿嫁给你。"我回答她们说："谢谢你们看得起我，看不起我的成分。"这一句话真的值得深思，而且我也没有那么悲观。

母亲也很乐观，她说："帮我们介绍的人很多呢。"其中还有因为喜欢母亲的，说母亲人好、能干、好相处，农村姑娘嫁人也要挑婆婆的。母亲对未来媳妇要求很高：头发粗的不要，没有娘的不要，娘年轻时不稳重的不要……母亲说得很对，讨媳妇是一辈子的事，婆媳之间也要相处半辈子，还关系到第三代，真的不能随便。

滩头表姐帮我介绍了一位姑娘，是她女儿小璋的闺蜜，名叫小依。表姐娘俩把她夸得比天上仙女还好。我们在表姐家见了第一面。几次接触后我也觉得此姑娘各方面都比较优秀。她有一般姑娘家少有的特点，劳动好，力气大，农活干得很好，砍柴比男人还快，每担柴的重量都超过男人的。我亲眼所见，她到河港里挑水，轻轻松松就挑到了岸上，当时我和她一起去的，她不让我帮她挑。小璋的哥哥小荣说："砍柴、种田，我有很多事情都比不过她，她还参加过公社举办的插秧比赛。"

这个时候，有人给小依介绍了一个对象，王桥村的一个手艺人，左脚有点残疾。她拒绝见面。很荣幸她母亲把我也列入考察对象,决定自己一个人先去两家看看。他们让我表个态,我实话实说:"我回去问问我妈。"

去过两家以后,她母亲认为王桥的家境好,要小依嫁给王桥人,小依反对,说:"留着好人不嫁,非要嫁个把脚(跛脚)人。"她妈说:"不怎么跛,只有一眼眼(一点点),不大看得出来。"小依坚决不同意,母女俩闹得很僵。她母亲没有选中我,主要原因还是家庭成分。由于家庭成分是地主,就是好手好脚也比不过跛脚人,这就是家庭成分的价值。

我这边母亲也不同意,她跟我讲了对方母亲来家里的经过,告诉我她泡了茶而对方没喝就匆匆走了,并说:"我俩年轻时就已经认识,我很了解她,你们不用交往了,不要问我为什么。"

双方大人都不同意,我就无能力处理这件事了。小依逼小璋要我给她一句实话,我不知道该怎么说。

小依在家是老大,还有一个弟弟,父亲在新疆生产建设兵团工作。她把找对象和母亲闹翻的事写信告诉了父亲,她父亲来信告诉她建设兵团正在招工,叫她速去新疆,还给她寄了路费。

我劝她去新疆应招,如果录取,比在家种田好很多,那边还有父亲可以照顾她。她问我是否可以一起去?这真的难住了我。我们村有十几个人去新疆找工作,一半人留在那边,一半人回来了,回来的原因是吃不了苦,听说留在那边的人习惯了以后生活还不错。这对我来说是多么好的机会呀,我不怕吃苦。但是,母亲养我不易,我不可能弃她远走。我把实话告诉了她。她提出让我在她走的时候去临海车站送她,我同意了,但她走的时候没有通知我。

她到了新疆以后,给我写了两封信。第一封信告诉我,她在学习开拖拉机,学习期间也发工资,每月有18元,学会后每月有30多元,真的很不错。第二封信告诉我,她加入共青团了,领导很看重她,还给我寄了一张照片。这两封信中都没有说起感情的事，那个时候的人不太会直接说，但她向小璋打听我的态度。知道我的态度没变，后来就没有再给我写信了。再后来小璋告诉我她找了男朋友。

那个时代找对象自找的很少，大多通过媒人介绍。首先由媒人传递一张照片，介绍双方的大概情况。如果双方都满意，就进一步"望人"，就是见个面。见面后双方认为可以的话，接着安排女方及其家人到男方家里"望人家"，就是看男方家境情况：粮食有吗？能养得起新媳妇吗？这个时候男方会准备接力（茶水、点心等。农事繁忙时，一日三餐之外再加一餐，这一餐也叫"接力"）招待女方，如果女方看中男方了，就接受男方的招待，这样的话成功率就有百分之八九十了。如果女方不愿意接受男方招待，匆匆离去，那成功率就会很低，大概只有百分之一二十，媒人还会再去争取一下。小依的母亲也算是来我家"望人家"了，她没喝母亲泡的茶，所以母亲比我早知道对方的意思了。

如果媒人知道不可能成功了，就会掂量着双方的条件，拿出第二张、第三张照片来继续。如果你各方面条件都很好，媒人会把口袋里的所有异性照片全拿出来让你挑选。家庭生活条件差的、颜值低的或者有"黑点"的（例如"四类分子"之子）就少有人问津，要降低择偶标准，还有可能成为剩男。那时候剩女少，家庭成分对女孩找对象影响不大。

但是我是例外，因为我有好邻居陈冬梅。我小时候，祖父送终、房屋修理都有他的帮助。我长大了，他的妻子于姣时刻在为我物色女朋友。她和我母亲关系很好，母亲也是因为有了她帮忙，所以格外地挑剔未来的儿媳妇。按照辈分我应该称她姐，于姣姐真的很关心我的婚事，张家姑娘、李家妹子，帮我找了一年多，都没有合适的。

1966年，我的姻缘来了。她是大田区毛泽东思想宣传队的主角，一名优秀演员，16岁。当时农村人对演员不看好，认为男女一起到处演出，作风不正派。可是母亲不这样认为,她认为作风是本人设定的底线,跟行业没有关系,叫我不要听别人说三道四。母亲反而认为演员一般情况都很聪明,因为要记台词、唱词,还要懂得曲谱,不聪明当不了演员,如果演主角的那就更高人一筹了。她说:"做戏人(演员)好,我喜欢会做戏(演戏)的。"

于姣姐为了让母亲看看对方长得怎么样,舞台艺术怎么样,特地和她的舅妻薛华商量,要把大田区毛泽东思想宣传队请到六房村演出。怎样才能请得到?薛华当时是区宣传队的队长,找领导一说就获得了批准。区文化站出面通知六房村村委会。过了两天,村里贴出了大幅标语"热烈欢迎大田区毛泽东思想宣传队莅临我村演出",还贴出演出节目预告:革命样板戏《白毛女》。

我怎么一点也不激动?因为我认为这是天方夜谭,是绝对不可能的事情,一位红演员怎么可能下嫁给一个地主的儿子。所以我没有告诉任何人,怕闹天大笑话。我很喜欢样板戏,有戏看也是很不错的。

当晚,我站在一个角落里看演出,母亲和于姣姐坐在中间看。从开始到结束,我眼睛都没有眨一下,每一个角色我都挺认真地看,内心相当佩服,不愧是区一级的宣传队,特别是演白毛女的演员演得特别好,每一句唱词都唱得恰到好处,演得相当投入。只有16岁的她为什么能演得那么好呢,真的让母亲说对了,会演戏的人聪明,演主角的人更聪明。母亲真的看中了,向于姣姐表了态。薛华姐问我的意见,我实话实说:"她是红演员,我是地主儿。这不可能。"薛华姐当即说了一句流行的话:"一帮一,一对红。"薛华姐说这句话给了我希望,我提出了一个小小的要求,以后把他们到哪里演出的消息透露给我,当时我下决心10里之内的演出都要赶去看。后来,薛华姐真的做到了,我也都赶去看了。

过了一天,这件事成了大家的闲谈资料,说什么的都有。估计是母亲和于姣姐边看边聊，隔墙有耳，透露了风声。我的朋友都说我秘密保守得好，不告诉他们，对我好的长辈都说我们般配，说不好听的话有很多很多，不好听的就不想回忆了。

我有个邻居比我长一岁，名叫卢珉君，小学同班同学，小学时音乐都是得5分的，他还读了三年初中，毕业后回家劳动，参加了勤勇村毛泽东思想宣传队，拉二胡，也称俱乐部板胡。当晚他坐在后场观看，后来他告诉我："我听说了。演白毛女的那个人天赋相当高，在农村找不出第二个了。她的音准一点不差，拉胡琴的老头和她配合得相当默契，专业演出单位也不过如此。如果她肯嫁给你是你的福气。不要计较俱乐部这帮人说的难听的话，努力去追吧。"卢珉君后来代课老师转正，现在领着退休金，日子过得很不错。是他的鼓励让我鼓起勇气，使我建立了美好的家庭，非常感谢他。

有一次宣传队在大田小学演出，我跟薛华姐提了个要求："想见个面认识一下，下次路上碰见可以打个招呼。"吃了晚饭，我带了个小伙伴，走进了大田小学。演出前薛华姐找到了我，约我去化妆间，我不敢去，做了个鬼脸。她说我是个胆小鬼，交代我："你不要走来走去，就站在这里看，我告诉她，让她在演出时看一下你，这样总可以吧？"我做到了，没有走动，老老实实地站在那里。我始终没有觉得她在演出的时候瞧过我，是她演戏演得很投入，没有时间朝我看一眼？还是她年龄小没有那种意思？还是对我的成分有看法？还是没有看上我？……引起了我很多很多顾虑。倒是觉得常常有三五成群的人，来到我身边，窃窃私语，一批去了又一批来了，其中的一批里面还带着妆，这应该是宣传队的队员来"望人"。估计是薛华姐安排的。这又进一步扩大了影响，是好是坏我期待着。演出结束后，我没有去告别就回家了。路上小伙伴问我："她会嫁给你吗？"我反问："你看呢？""如果她不在宣传队或者你的成分好一点，那你俩都有可能会成功。"小伙伴实话实说,我心里也清楚,但还是期待着有好的消息。

那天晚上觉得回家的路很短,脚步很轻松,不到40分钟就到家了。

母亲还没睡,问:"看到了?"我说:"看到了,还是只看到台上的,不敢去化妆间。"母亲再问:"接下去咋办呢?"我说:"听你的。"我愿意一切都听聪明、能干的母亲安排。

没过几天,于姣姐来反馈消息,女方母亲不同意,认为年龄相差有点不对劲。按当地婚姻习俗来说:男大4岁属上婚(最好),男大2岁还可以算中婚(还好),可是我比她大6岁,有"六冲"之说。所以这事就给搁了下来。

于姣姐继续给我介绍别家姑娘,但是没有我看得上的。于姣姐和母亲都猜透了我的心思:就是喜欢这个"演戏的"。母亲叫于姣姐再去说媒,并把应该怎么说都教她了:"民间流传的习俗有对的也有错的,有六冲也有六合,鸡与兔就是六合。对方母亲讨媳妇也想要好的,如果是六冲,她也不敢坚持。"于姣姐答应再去试一试,结果她母亲同意了,接下来商量实施"望人""望人家"等一系列习俗。母亲真的厉害,什么事到她手上都能化险为夷。

终于要见面了,在薛华姐的安排下约在大田汽车站。她从田里干完活回家,路过大田汽车站,背着一顶草帽,挽着裤脚管,向我迎面走来,往我身边一站,一见如故,笑着对我说:"热不热,回家喝杯茶?"我连忙说:"谢谢!下次!下次!"她从背上取下草帽递给我:"草帽给你戴。""不用了,我坐车

回家，用不着。""好的，那我回家了。"说着背起草帽转身就走。我想留她也来不及。我目送她时发现她的小腿被蚂蟥叮过还在流血，赶紧赶上去告诉她："血还在流。"她回了一句："当农民就这样子。"头也不回走了。我看着她慢慢地消失在远处，心里觉得有点痛。这就是我俩的第一次正式见面，第一次对话。

16岁的菊英（小名叫顺英）站在我的身边觉得是一个小女孩，该是读书的年龄，还没有到谈婚论嫁的时候，凭她的艺术天分，应该去读戏曲学院、音乐学院，但当时国穷、家穷，她连初中都没有上。小学期间，她每门功课都是5分，当时学生音乐要得5分是很不容易的。这么优秀的人才，因为家里穷找不到出路，以至于家中父母想尽快为她找个婆家，嫁个好男人。

接下来是她母亲来"望人家"，我家的粮食债刚在1964年还清，1965年粮食收成还好，但"文化大革命"开始了，接着割资本主义尾巴，家里除了200多年历史的破房子3间，什么都没有。虽然社会上有人说："地主可比骆驼，倒下还比马高。"意思是地主家最差也比一般人家好。可是我家没有，我家不是骆驼，我家是一只小山羊，就是站着也比不过倒下的马。我家的三联谷仓是空的，里面放着用不着的桶，不知我未来的丈母娘有没有用手敲过。用手敲一敲是可以听出里面是实的还是空的，这是"望人家"的一种常用检查方式，有的家庭作弊，上面薄薄的一层是稻谷，下面放着其他东西。我们两家都是实实在在的老实人，我们没有作弊，估计对方也没有要检查的意思。

到了招待这一环节，因为我们还不确定对方的意思，不知对方是留还是走，母亲为了不让对方为难，把吃的东西送到于姣姐家，由于姣姐招待，这样大家都可以轻松一些。

我看得出来，菊英的母亲喜欢我这个未来女婿，"望人家"只是走过场。我母亲也很喜欢这个媳妇,巴不得早一点娶过门。两位母亲的心思一致,所以一拍即合,一切由于姣姐说了算:"6套衣服,42元订婚,120元'送日子'(男方挑好结婚的日子送到女方家里),'送日子'时一担彩礼,彩礼要不要办,到时候再商量决定。'送日子'的日期选在1967年八月初八。你们两人先去临海百货公司买一套衣服就算婚姻说定了。"

过了两天,在约定的时间去临海,菊英带着她的弟弟和我一起步行进城。她规定我跟在后面,距离他们要保持50米。到百货公司买了5尺泡泡纱、1条的确良裤料,就那么简单。然后,我买了3碗肉丝面,大家一句话都没有就这样吃着。吃好后我买了3张汽车票,他们俩坐在第一排,要我坐到后面去,我听她的,一路上还是什么话都没有说。大田下车后,他俩回家了,把我丢在车站,我穿过老街,走小路回家。20世纪60年代的人都这样谈对象的吗?一句话都没有?慢慢来,反正母亲喜欢她,对她有很高的评价。

订婚时,只请了媒人,没请客人,简单得很。订婚后,很想见个面,拼命去找理由。那个时候的人可能有点笨,通信也不方便,真的说上一句话都很难很难。写信寄平信有收不到的可能,那时候的信件是放在供销社柜台上的,方便认领,容易遗失,年轻人会偷人家谈对象的信件看;寄挂号信又舍不得,每封信要2角钱;上门见面又怕羞。

一晃一年快过去了,将要到"送日子"的时间了。村头上的闲言碎语还是说个不停,特别是本村毛泽东思想宣传队的队员,他们认为毛泽东思想宣传队是光荣的称号,我曾经多么想参加而被他们拒之门外。因此,他们觉得我俩婚姻不相配,认为演"白毛女"的演员前途无量,为她要嫁给一个地主儿子深感惋惜。我觉得他们的担心也有道理,我想了很多,我也担心她将来会后悔,担心结婚后日子不顺心因而闹离婚什么的,母亲会受不了,而且二婚难度会更大。因此我想出了一个下下之策,用匿名的方式以宣传队员的担心为内容写信给菊英，让她慎重选择。信封上写的是：大田区毛泽东思想宣传队许菊英同志收，信的内容大概是这样的：

许菊英同志：

您好！

自从您来我村演出革命样板戏《白毛女》之后，我们全体演员一致认为您表演得很好，是我们学习的榜样，我们想进一步向您学习，希望你以革命同志的友情不吝赐教。

听说您要嫁给我村地主的儿子卢志学，是真的吗？您想清楚了吗？我们没有其他意思，只想告诉您，提醒您，望您慎重。

致以崇高的革命敬礼！

同行人

结果没有任何反应，我想着我也没有隐瞒什么，就当她是心甘情愿的吧。

【许菊英口述】

那个时候实在是太小了，什么想法都没有，婚姻就是大人说了算。我妈让我嫁给他，是因为我妈认为自己家里实在太穷，想让我跟他学做衣裳手艺。而且，人家都说："骆驼倒了好如马。"既然是地主，总还是有点什么的。谁知道，他们家连裤带都卖了，家里谷仓都是空的。

嫁给他我也没有后悔，我记得我妈一边哭一边讲："因啊，到人家家里要待人家大佬人（长辈）好，嫁狗随狗，嫁鸡随鸡，要做贤惠的人。"不管什么时候，我都把我妈这句话牢牢记着。我刚嫁过去时才18毛岁，一天到晚跟在阿姆（妈妈，这里指婆婆）屁股后面，"阿姆、阿姆"地叫，人家都说我像跟着自己的亲娘。我跟阿姆学了不少东西，阿姆的糯米圆子包得没人能跟她比，又漂亮又好吃；抄纽扣绊也是一流的，又漂亮又平整；缉鞋底缉得的角四方（规整漂亮）……我都学到了的。

我每次回娘家，都想要在家里再赖一会，不想回去。但是，又想着毋告用（不行），都结婚了，还是要回到婆家的。回来时我妈每次都把我送到下浦路廊，一路哭。我回家从来不说这边有什么不好，一直记着小时候听老人唱的歌：

"女儿望娘脚头清／爬山过岭也讲轻／蒙蒙细雨也讲晴／大蛇缠脚也讲藤"

八月初八到了，按照媒人说定的"送日子"。结婚日子是两位母亲一起在大田永冬先生那里挑的，是农历二月初十，正好是阳历3月8日妇女节，这个日子又时新又吉利。两位母亲商量：彩礼不用办，折成38元钱，让我提前送过去。我太高兴了，有机会去见新人了。八月初六，我没有相约就闯进了菊英的家。丈母娘听说我来啦，急忙从田垟回家，赤着脚进屋的。我一看好辛苦，立马跑出去用彩礼的钱给丈母娘买了双套鞋，想着以后再补上彩礼钱，自作聪明办了一件愚蠢事，后来丈母娘无论如何不让我补这个钱，至今还欠着。菊英跑到闺蜜家玩去了，我在她家待了好长一段时间，丈母娘把她叫回来时，她带了好几个人一起回来，又没说上什么话。丈母娘让我吃了一碗鸡子茶（糖水蛋，当地人招待客人的最高标准），我就回家了。"送日子"那天只请了薛华姐、于姣姐，没有请其他客人，也是简单得不能再简单了。

就这样，大田区毛泽东思想宣传队主角许菊英成了"地主婆"。婚后才知道，第一次给菊英戴上"地主婆"这顶帽子的是她平时相处得很好的两个邻居。"送日子"后不久的一天，菊英走在路上，这两个人突然跑过来冲着菊英喊"地主婆！地主婆！"菊英被吓得边跑边哭，回到家后抱住她母亲痛哭。菊英根本没有想到会发生这么可怕的事情，好在这也没改变她嫁给我的决定。用她的话说："我认命。"

平凡的日子过得很快，元旦、春节、元宵，转眼间到了3月初，结婚日子快到了，母亲忙着剪窗花，我忙着糊报纸、贴纸画。

新房布置好了，很简单。一张木床是新的，俊头木器社买的，40元钱。一张三屉书桌是德虎家借的，我想不起来为什么要借，这不是我的性格。布帐（蚊帐）是母亲自己做的，夏布（手工织的麻布）的。母亲把自己结婚用的帐栏头[1]、枕套都拿了出来，上面的花都是母亲自己绣的（这两件东西为了纪念至今还留着）。稿荐[2]是用稻草做的，也是自己做的，如果请别人做要送红包，平时用的话一张就够了，结婚时要两张，有成双成对的寓意。

3月6日，我按照规定到治保干部家汇报我要在3月8日结婚的事，治保干部是这样说的："少办几桌，提倡节省节约。不该请的不要请。"

按照这个"指示"，我的朋友请了十几个，母亲的朋友请了六七个，请亲戚家派代表一户一个，请叔伯家也派代表一户一个，摆了5桌，3月7日、8日办了两天。陈冬梅建议母亲团圆饭[3]要多准备一些，因为很多人吃老酒（喝喜酒）不能来，吃团圆饭、闹洞房他们都要来热闹一番的。我们把叔伯的女眷都请来帮忙，包了很多扁食、糯米圆子。来了很多村上人，平时都比较要好，几乎是年轻人，老十三队的、新五队的来了好多人，老队长也来了，大家边吃边闹，闹了很久。我真没想到，我结婚有那么多人

---

[1] 帐栏头：帐檐，帐子前幅上端下垂如檐，用作装饰的横幅。
[2] 稿荐：用稻草（或芦苇叶、茭白叶）铺扎而成的床垫。以细麻绳为经线，用专门的工具编织而成。
[3] 团圆饭：入洞房前的一顿饭，一般是扁食（类似饺子、馄饨）和有甜馅的糯米圆子。

来贺喜,感到有面子,很高兴。

结婚后没多久,大田毛泽东思想宣传队来上沙演出,来了一帮人到我家请菊英去演戏,他们说:"人是你的,向你借,晚上结束后给你送回来。"他们没有叫我一起去,可是后来我还是去了。本来想去化妆间约菊英结束后一起回家,但是想了想没有去。原因是,村里有一对新婚夫妇,女的是洋渡越剧团的成员,剧团在外演出时,演到哪里男的就跟到哪里。越剧团里的人把这个男的说得一文不值,到处给他穿小鞋,没有一个人同情他们是新婚夫妇。前车之鉴,我不管怎样不能让人家笑话。

我早一点回到家,泡了一壶茶,买了一包烟、一包瓜子,把灶间的15瓦灯泡临时换成40瓦,然后把后面小庭门打开着,等他们来。约十几分钟后,说笑声由远而近,他们来了好多人,虽然是第一次见面,但是我在台上台下都已经看到过他们好几次了。看着客人进来,家里一张破圆桌,一条长大凳,还有几条长凳和骨牌凳(方凳),觉得很寒酸。我先递烟,母亲也过来帮忙,把剥好的干荔枝放到锅里煮。薛华姐逐一介绍着,她先用剧中人的姓名介绍,后用他们的大名。听她介绍完后,我说:"薛华姐,我来介绍一下我自己。各位兄弟,承蒙造访寒舍,顿觉蓬荜生辉,本人名叫卢志学,小名叫小学,没什么好招待的,请多多包涵,大家请喝茶。"我倒茶递烟,薛华姐、禾林两个人跑到于姣姐家玩去了,菊英也跟着去了,这里扔给我一个人。聊了一会,肖泉东开始以领导的身份说话了:"很晚了,影响大娘睡觉,我们下次有机会再来。谢谢你们,打扰了。"12点多了,我也不挽留,几个年纪轻一点的又油腔滑调说了很多。我送他们到小庭门外,说了一句:"有空来玩。"转身拉着菊英的手,进了小庭门,菊英赶忙帮母亲收拾打扫。

没过多久,他们在两头门演出也把菊英叫了去,结束后送到小庭门就返回了。在我的要求下,后来菊英就没有再参加他们的演出了。

结婚带来好运气。我村的妇女主任卢好珍，也是村里德高望重的人物，菩萨心肠，辈分是德字辈，全村人称她好珍姑，小一辈的称她好珍姑婆。她特别敬重我母亲的为人。有一次她把我叫到她家，叫我悄悄地把缝纫机头拎回去，并提醒我说："有些人肚量细，会报复，最好不要去得罪他，这段时间最好不要出去做裁缝。"还告诉我一个好消息："你的小兄弟秦平要复员了，可能会当村委副主任。"

苍天保佑，如果真的是我这位朋友当上副主任，我就不用担惊受怕过日子了，至少他会主持公道，我就不会吃冤枉亏了。1969年元宵过后有一天，秦平的妹妹告诉我："我哥回来了，叫你晚上去玩。"我很高兴地跑了过去。那天晚上人很多，老十三队的人基本上都在，新五队也来了好多人，大家都特别高兴。秦平说自己捡了个大便宜，一般情况下新兵在部队过年，退伍老兵回家过年，他们这一批却是在部队过完元宵后退伍，多算了一年军龄。我不懂多一年军龄的作用，大家笑，我也笑，这一晚玩得很开心。

走的时候，秦平把我留住，他说："以后我会减少到你家玩，你不会怪我吧？把感情往心底埋，越深越好，有事情我会告诉你的。我帮我妹妹找了个男朋友，和我一个班的，昨天他俩见过面了，双方都很满意。听说你结婚了，老婆会演戏，演主角，厉害！我没有喝上你的喜酒，什么时候补上？"4年没见还是老样子，除了写字讲话有很大进步，其他没什么大的变化。我刚跨出门槛，他又喊住了我："以前你交的朋友都比较踏实，听说你这几年交的朋友在村头上认可率很低，你自己注意点，我怕影响你的认可率。"什么叫认可率，新名词，暂不研究，大概就是老百姓讨好不讨好。但是，秦平的真心我明明白白地记在心里。

## 老支书李仁兴

六房村党支部书记李仁兴，在土改后，做了一件恰如其分的工作，因此他四届（一、二、三、五届）当选为省人大代表，赢得好几个省级荣誉，新华社记者多次来村里采访他。他做了什么工作，那么伟大？

新中国成立后，农民有了自己的土地，不再受他人的剥削，多高兴的事啊。我依稀记得，为了庆祝新中国成立和农民有了自己的土地，全村老少自愿组织了长长的秧歌队，个个腰系红绸巾，跳起秧歌舞，年纪最大的比我祖母要大六七岁，跳得很好。我问祖母："奶奶，你为什么不去跳呢？"祖母笑了笑没有回答我。

1951年，土改后的第一个春耕开始了，困难来了，土地分配是平均的，牛和一些生产工具没法每户都分到。有的人家兄弟多、劳动力多，但未结婚，人口少土地就少，劳动力有富余；有的人家多老少、多妇女，缺劳动力；有的原来不会种田，家里没有劳动力；有的人家里没有耕牛，没有农具，没有种子，缺东少西，困难重重。村干部李仁兴是农业出身的庄稼好手，看到这个问题，挺身而出做协调工作，牵头着手组织互助组，我帮你，你帮我，互助合作，就这样新社会的新事物——自愿互助组产生了。互助组帮人劳动没有报酬，个人跟个人借牛、借物、借劳力，是一种思想觉悟，因为当时分了土地很高兴，帮别人做一下很乐意。在此基础上，在1952年，台州地区第一个初级社——李仁兴初级农业社成立。1954年，勤勇农业合作社成立，所有的农资农具都由集体作价收购，归合作社所有。到了1955年，洋渡高级农业合作社成立的时候，开始按劳取酬。逐渐地村里成立了运输队，建了砖瓦窑。

李仁兴当了合作社社长，六房村在李仁兴的带领下，在全县领先实现农业合作化。互助组、合作社，真的很适应体力劳动、手工生产时期，解决了当时农业生产的困难。一级党支部成立时，李仁兴当上了书记，一当就是半辈子。

我二姑家也是互助组受益者，她家本来就不会种田，分到4亩多土地是一种压力，有了互助组，二姑家全家进了城，姑丈进合作商店，二姑进白塔桥服装合作社当缝纫工，两个姑表兄进城读书。新社会、新名词，合作两字到处用得上，我祖父祖母也合作上了，跟着二姑进了城。

李仁兴从办互助组到人民公社，一直是忠心耿耿跟着毛主席走、跟着共产党走，曾被评为省级劳动模范，连续当了数届省人大代表，从来不跟地主富农及其子女说笑，一本正经。突然有一天，他胸前也挂上了一块牌子"打倒当权派李仁兴"。他错在什么地方？我们不知道，他自己也不知道，斗他的人也说不清楚。

我和这个省级名人一生只谈过三次话，但每次都是刻骨铭心。

第一次谈话，是在我小学毕业的时候。想要升初中找他开证明，他不忍心说出"我不能开证明给你，因为你的家庭成分不允许你上初中"，他也知道我最怕听到"阶级斗争""阶级立场""家庭成分"这些词语。多么好的干部！

第二次谈话，是在李书记戴上"当权派"帽子的时候。有一天晚上，他和我一起值夜，两个人坐在一起，好长时间没说一句话。他是共产党员，我是"四类分子"的后代，两个不同阶级的人坐在一起，真的没有话说。难道就这样到天亮吗？老李终于开口了："小学，你家生活好过一点了吧？你爸能寄钱给你们，你经常在外做衣裳赚一点，落户有饭吃，口粮也省下来了。经常有人到我这里告你在外做衣裳的事，我们几个老干部商量说，都是六房村村民，能赚钱也是好事，我们都当作不知道，睁一只眼闭一只眼，这些都是小事情。"他叹了口气继续说："人心难料海水难量，他（村治保干部）以前要来六房村，还是我答应接受的，现在那么凶地咬我,什么话都会说,什么事都会做。现在我不如你们日子过得安稳,我家老太婆这个样子,有时候连饭都做不了。"

李书记忙于公务,家有二儿二女,他的妻子相夫教子非常辛苦,看着李书记天天受审,精神极度紧张。那时候的公社广播经常有一句批判某某的话是"香花毒草分不清"。广播说到这句话时,他的妻子就会极度紧张,因为"香花"两字与她的名字音近,有几次出现情绪激动难以控制的情况。真的是清清白白一个人,一心为党,一心为人民,勤勤恳恳,有多少力干多少活,想不到会遭受此难。

不知哪来的勇气,我想劝劝眼前这位老书记:"他不是为了咬你,他是为了自己有个位置坐。你受苦是因为你的位置,即便他不咬你,也会有人来咬你,这是时运。

"你说你不如我,你是说错了,我们没有可比性,我这个地主成分属阶级斗争,你这个'当权派'帽子属人民内部矛盾,等这阵风过去,你照样是书记。

"你老太婆的事情你可以想办法哄她开心,她是因为担心你,你如果挺起胸来,天天开心,有事当作无事,她也就不会那么紧张了。广播里说的'香花毒草'对她刺激很大,你就骗骗她,说这是一首歌名,这样她听到后也许就不那么害怕了。"

我本来还想说:"让她和我妈作个比较可能就没事了。我爸的出走,顶替义务工,二老体弱多病,我兄弟俩的抚养,她都不是挺过来了吗?"想了想觉得不妥,没有说出口。

李书记说:"运动一开始,就没有人来我家了,我一个朋友都没有,只有老娄有说话机会的时候说两句。你晚上的话都说到我心里了,好像很有用。你妈在村里人前人后谁不夸,也有人夸你,说:'大人美的儿子能干。'晚上听你这一番话,确实觉得不错,看来以后我们要多聊聊。"

听他这么一说，我想：李书记真的把自己当作黑六类了，要和我为伍。人怎么这么脆弱？请别再人压迫人了，大家要团结一心搞发展，要想着怎么把日子过好起来。

这次谈话以后，路上相遇，他常常主动跟我打招呼，比以前亲热多了。我说的那几句话真的起了作用。老李本来就做人坦坦荡荡、问心无愧，后来对打击不当一回事，平平静静地过了这次运动。心情变了，家里的一切事情都转好，他妻子也慢慢恢复了健康。

第三次谈话，是在分田到户以后。各户分到田后，自己计划着种田，机械化程度越来越高，有的田改种了橘树，这样就大大节省了劳动力。解决劳动力出路问题，成了当务之急。老李已经60多岁了，还心系村民，想让五队社员日子好过一点，他找我商量，要我把解决劳动力出路的问题放在心上。他说我能力强、思想好，建议我把闲置的生产队公房利用起来。

当时我琢磨着"思想好"这三个字，跟我对不上号啊，这不是政治语言吗？我不是曾经的黑五类吗？如果说我心好，还差不多。

这次我真的找不到合适的话来回应他。改革开放刚开始，人人跃跃欲试，人心很难统一。就生产队公房而言，想卖、想租、想用，谁能做主？老书记早已退居二线，做不了主呀。但我也不能辜负了老书记的好心呀。"老李呀，我知道您是为我着想，为村民考虑，非常感谢您。您人老心红不减当年，我很佩服。要是干部都像您一样心系村民，多好啊。但是，这些年我偷偷摸摸、辛辛苦苦建立起来的三门的作场不能丢掉啊，我还是想去三门做我的衣裳。"这算是婉拒了。

## 祖母走了

　　1962年，二姑家只剩下祖母一个人。祖母生病了，做饭时火掉到了地板上，差点造成火灾。居委会因此寻找祖母的亲人，打听并联系到我伯父、堂弟和一个叔伯的叔婆一起把祖母送到我家。从此母亲就承担起了侍奉祖母的责任。我不明白的是，祖父祖母有儿有女，为什么生病了就得我们孤儿寡母伺候？母亲没说什么我又能说什么呢！

　　祖母在母亲的精心伺候下身体好多了，能下地走走。她想自己做饭，母亲不同意。她能起床出来走走的时候，就可以一家人坐在一起吃饭了，一家人有说有笑的很开心。吃饭的时候，她天天念叨着在外的亲人：叔叔小时候有多聪明、多听话，婶婶有多孝顺，二姑多能干，伯父有多争气，大姑有多辛苦，大姑丈死得有多惨……从祖母的唠唠叨叨中，我知道了好多我以前不知道的事情。

　　讲得最多的是伯父。以前，家里比较穷，读不起书，伯父离开家到上海去找工作。经人家介绍，进了一家股份制的贸易公司当学徒，因为诚实、勤劳、能干，获得老板赏识。有一次，老板试探伯父，把银圆丢在走廊上，伯父捡了银圆送到财务部，招领失主。因为这件事老板给他加了工资。还有一回，伯父查出一笔生意有点问题，决定取消这笔生意。这笔生意是老板的亲戚做的，对方找到伯父通融并提出要与他分利润，被伯父拒绝了，取消了这笔生意，给公司挽回了损失。董事会知道这件事后让伯父对公司的生意进行了全面的审查，公司当年利润因此增加了8%。为此伯父得罪了很多人，知道自己干不下去了，提出辞职，董事会不同意，并决定给我伯父部分干股参加分红。后来，老板看伯父是个人才，把伯父认作干儿子，伯父继承了老板的事业。上海解放以后，伯父成了小资本家。伯父退休后，回到临海城里居住。

最让祖母惋惜的是大姑丈。大姑丈是爱国的国民党军队连长，在抗战胜利时，日军撤退路过这里，大姑丈担心日本人对老百姓奸、杀、抢，日夜保护着村民安全。他的大儿子是共产党员，他家还保存着一块军属的牌子。祖母叹息说："如果能进一步结盟共产党就好了。"

移祖坟的这一天晚上，祖母咳嗽得很厉害，我帮她换好痰罐，剥了一颗糖塞到她嘴巴里。祖母安静了一会儿，跟我说她想吃肉松，让我到临海叫伯父买，还教我要这样说："我奶奶好不了了，只有多日，没有多月，心想儿子，叫您回家看娘一次，姆娘也一起来。"我估计是刚才一帮叔伯的问候激起了她老人家对儿子的思念。祖母其实是孤独的，虽然她有子女5人，第三代有10人。但是大儿子跟她划清界限，二儿三儿在台湾，小女儿犯了事，因此都不能前来看她，只有大女儿偶尔来看她。祖母的病床边只有我们母子三人。祖母让我第二天就去找伯父，我嘴上答应但是一直拖着。过了两天，祖母又催了好几次，我只得动身。

早上6点我就出发了，走到临海是9点钟。伯父刚起床，看到我来了，很高兴。我说明了来意，伯父马上说："我吃了早饭就去买奶奶要的东西。要去看看她了，我已想了很久，但是我血压有点高，等我身体好一点时候，我同姆娘一起去。"并叮嘱我一定要在这里吃中饭。吃好早饭，我姆娘催着伯父去买东西。姆娘对伯父的称呼我第一次听到，听起来有点像外国名，大概只有姆娘一个人叫的吧，其他人都不这么叫的。伯父赶紧出门，走到门口一看天在下雨，回头换了套鞋带了雨伞。回来时拎着好多东西，看姆娘还在烧中饭，就带我到书房看他写的字、作的诗，还让我看了一张画，说是唐伯虎的真迹。他饶有兴趣地介绍着，可是我听不太懂。

我的伯父很慈祥，相貌堂堂，伯父对我的感情仅次于父子间的感情，除了没有对儿子的那种严厉的管教，其余都表达到位。说话之间，有教育、有鼓励、无防范、无歧视。我每次来，他都会和我聊很多，让我知道了我不知道的关于整个家族还有社会关系的很多东西。他还常常夸我母亲勤劳、善良、能干、聪明。吃完中饭，伯父嘱托我："你奶奶只能托付你们母子三人照顾，有什么困难有什么需要告诉我，我会尽最大努力来解决的。"是的，伯父是个孝子，不来看父母，事出有因。

我回家后来到祖母床前，把伯父买的东西一一打开让她一样一样尝过来，然后装到瓶子里，再一样一样递给她。祖母不但把食品名称说得很准确，连哪里买的、哪里产的都能说出来。可见母亲与儿子是心心相通的，儿子知道母亲想要什么，这种默契不是一朝一夕的。买得最多的是肉松，可吃好几个月。

然后，我告诉祖母："伯父这几天血压有点高，等身体好点的时候就来看你。""我知道了，我也不怪他。总的来说，这个儿子是好的。那时候……"她又开始夸伯父了。母子之间有着千丝万缕的牵连，儿在想娘，娘在想儿，为了一条阶级路线，不敢靠近半步，这又是何等残酷！

祖母的身体一天不如一天，又加上菊英怀孕了，且妊娠反应很大，母亲上要侍奉婆婆，下要义待儿媳，真的非常辛苦，但母亲从来不叫苦不叫怨。我的母亲做人真的是忠孝节义俱全。

说到义字，我要讲一个故事，我的母亲也有傻乎乎的时候。故事的题目叫"借钱"。有一个人名叫牟香，是右派韩竺的老婆，跟母亲算不上什么朋友，只是"臭"味相投、同病相怜。牟香家有4个人，韩竺不会农业劳动，因此家里很穷。有一天，牟香上门叫母亲帮她借30元钱急用。母亲帮她借了，借出方是自己的结义姐妹。牟香当时说好一个月还，对方很客气，想着时间不长，就没有说利息的事。结果一欠就快到一年了，我这个傻妈妈替借方按民间的行情付了一年的利息。后来牟香还钱给母亲，是30元钱，两个人都未提及利息的事情。我事后问母亲："还有利息呢？"母亲说："当时借的时候没提利息。""那么你为什么要付利息呢？""当初借钱是看在我的面上,她俩又不认识,借钱时间有点长,不付点利息难为情的。"这就是我的母亲,生活中类似的例子比比皆是。

母亲还曾帮人做会。做会也称喂会、树会、摇会,是一种民间的经济互助方式,轮流按商定好的次序收等额的钱。有人急需用钱想做会头,但组织起来有难度,就请母亲帮忙,母亲组织了6个人,每两个月一次轮流收会(收款),把自己放在最后一个。这种做会是有风险的,越到后面收会风险越大,如果会倒了,后面收钱的人就收不回钱了,而且越到后面越吃亏,因为币值会降低,还亏了利息。这是一种友情式的民间集资,收会那天,会头会烧饭召集所有的人一起吃,形式也比较自由,会额和时间、利息等经协商确定,多少不限。

双台里住的户数比较多,但是气氛比较好,大部分是叔伯,有几户外来户也关系不错,现在双台里这帮女眷都在关心我家的一切,常常有人来问候母亲:"老娘要走了,媳妇又要生了,你可要忙了。"母亲说:"不忙不忙,再说忙不过来的时候还有你们,我心里很踏实呢。"有人接着说:"大人美这句话说得好,我们都是一个道地头(院子)的,有忙的时候,说一声就过来帮忙。"双台里的人,真的都是这样的。

1969年,农历五月的一天晚上,母亲告诉我:"你奶奶晚上可能要走了,你最好别睡。"我坐在祖母床边,祖母安安静静的,什么都没有说。我看着她就这么安静地慢慢地停止了呼吸,走得很安详。祖母高寿,享年86岁。

母亲还是跟送祖父走时一模一样,眼泪盈眶,没有哭声。又寿公、德铎公、立恩叔、陈冬梅当夜都来了,他们都说:"走了好,免得受苦。"又寿公当起了总指挥。立恩叔到大房卢立东道士先生家挑日子。卢德铎一起把祖母衣服、鞋袜换上,这些东西母亲也是早准备好了的,换好后,我和德铎公一起把祖母放到门板上,点上油灯。我把家里的电灯泡临时换上

40瓦的。日子挑在第三天。那几个晚上，我们母子三人都守在祖母身边。

第二天早上，又寿公和陈冬梅联系棺材头，然后去临海报信。我去东塍买棺材，顺便走小路先到大姑家报信。大姑听了当即眼泪就流出来了，我劝了两句就去东塍，买好棺木已是下午1点多。到家后，母亲叫我拿纸笔来把明天要用的东西记下来。

第三天，正好是东塍市日，天还没有亮我就到东塍等着买猪头，把母亲让我记下的东西都买齐。这次比起送祖父那一次隆重多了，什么都比以前好了；因为是第二次，熟门熟路，很快物品都准备好了。坟地在移坟时就已经准备好，就在祖父的旁边。

仪式与送祖父时基本一样。祖母身边没有儿子，伯父家的堂哥也没有来，我就成了祖母的长孙。送葬路上长孙要围材，脚穿蒲鞋，手拿青竹棒，跟着棺材一起走。

二姑要菊英送祖母最后一程，这是好事，对任何人都不过分，但对菊英来说有点强人所难。这时候她怀孕有7个多月了，人也变了，眼睛变大了，腿变小了，楼上楼下都不能走，起初我背她上下楼，后来抱着她上下楼，我练就了一身功夫，她也学会了"轻功"，皮包骨头能"飞"了。不知二姑怎么把双台里这帮女人说通了，她们扶着菊英一起走在送葬队伍后面。

走不上100步，菊英就晕倒在地。我听到后，想跑回来，老辈们拦住了我，说是有讲究的，这个时候我只能往前走，连头都不能回。双台里这帮女人很聪明，把菊英扶起又走了两步，坐了下来，两个脚轻手快的跑回家拉上手拉车，把菊英扶上手拉车。母亲把菊英委托给百步送的人带回家了。看到这种情况，二姑紧张了，接连地说："怎么会这样？怎么会这样？"

菊英受到那么多人的照顾，这是第一次。我们感受到左邻右舍的温暖，懂得了邻里和睦的重要性。我回家后邻舍纷纷说二姑的不是，我说二姑没错，她不知道菊英的身体状况，要求送祖母最后一程是对的。她们说二姑当时是这样说的："那么多的表兄一个都没娶，小学年纪轻轻，那么早就结婚，奶奶没有第四代送，叫菊英送送求福。"是的，二姑说得对，菊英心底里也很想送送祖母。当时虽然表兄都还没有娶妻生子，但是祖母有很多第四代了，有玄孙、玄孙女，还有玄外孙、玄外孙女，因为伯父老早就做祖父、外祖父了，只是没有来送祖母。

想起这些，我的内心就很拧巴，都是好人，都没有错，但怎么就……想不通，替祖父、祖母惋惜，为我们母子三人不平，也心疼在外的想做点什么又做不了什么的亲人。

由于是老丧，大家有说有笑地下山回来了。有很多人不在这里吃饭，各自回家，留下来的都是叔伯房的。席间，大家又是一个劲地夸我母亲。

母亲总算是解脱了，那么长的眠床债（服侍生病卧床的亲人），伺候的和被伺候的都千辛万苦，没有几人能做到的。母亲为了什么？就为了一个孝字？我没有这样去问母亲，但我知道答案："这有什么为什么的，做人过日子不就是这样的吗？这是我的命，命里这样，你逃都逃不掉。"祖母去世后的一段时间里，母亲上了村里的"热搜"，只要碰见人，都会竖起大拇指，用各种各样的方式夸我母亲，大概有这样一些说法："真有孝心，七八年如一日。一大家子的人，只有大人美一个人从头至尾服侍。从来不与姑娘嫂（姑嫂）计较。大人美待谁都好……"还有人会说父亲及其兄弟姐妹的坏话，但母亲深深地记着伯父的好，只要她在场的话就会马上解释说祖父、祖母的生活费都是伯父出的。村里的妇女主任好珍姑婆也夸母亲，说母亲是妇女的典范。估计是这些原因，在历次的运动中，母亲都没有吃到苦头，没有像其他"四类分子"一样被拉去挂牌批斗游街什么的。

虽然儿女都不在身边，但因为有母亲的伺候，我的祖父祖母相比村里的大部分老人要幸福得多。我们村有多个儿子的老人到了晚年，大多吃轮饭，比如有一个家庭有3个儿子，老人就在每个儿子家吃4个月。有些人家，争着对老人好，也有一些人家，比着嫌弃老人。有一户人家，自己一家人在餐桌上吃，老人坐在楼梯台阶上吃，手上拿着饭碗，台阶上放一个菜碗，困难时期吃不饱，老人就用箸（筷子）敲楼梯板，引发吵架。老人吃完饭以后，碗就在楼梯上放着，有时候好几天都不洗，一餐接着一餐用。有些媳妇骂老人"老不死""吃闲饭"……骂得很难听。

## 给女儿取名

菊英十月怀胎，真的好辛苦，不吃不喝还要吐，看着很心痛。我用手拉车把她拉到大田医院去看病，医生要我们住院。住进医院以后每天都是挂点滴，葡萄糖加维生素$B_6$，每天要挂4瓶，我天天在医院里陪，丈母娘天天送饭，住了八九天好多了，出院回来，过几天又要住进去。丈母娘经常送拉拉面来，那个挂针的护士看到拉拉面那么好，请丈母娘教她做，大家混得很熟。可双台里一帮妇女议论开了，我总结一下大概意思是："大人美新媳妇奇特的，那么稀皇（稀罕），怀个孕东拖来西拖去，还要住院。看来，生男要做皇帝，生囡要当正宫。"真的一次又一次的连续住院，被她们说得一无是处。我俩进进出出都偷偷摸摸的，就怕被人看见。

我们决定去台州医院看看，希望有好一点的办法。台州医院的医生还是一样开出住院通知书。我找医生说："不住院可以吗？"医生问我："为什么？"我把双台里这帮女人说的话说给医生听，她说："那由你吧。我配好药你带回去推。"医生配的是葡萄糖推注20毫升，当日在台州医院推了一针，其余带回到绚珠卫生所推。

第二天，我用手拉车把菊英拉到绚珠卫生所，你知道医师怎么说，他说："就是怀孕了，没问题的，不需要打葡萄糖，葡萄糖打多了会得糖尿病。"听医生这么一说，我就拉她回家。拉到后台口井头，要上台阶过门槛，得下车来。边上的一大堆妇女又说开了，我本来都是从口井头背她回家上楼的，被他们说得有点不好意思了，就问菊英："你能走几步吗？"她说："可以。"我就扶着她走到了横堂前，她突然就昏倒了，我立即掐人中、掐虎口，总算缓了过来，我把她抱起来，放到楼上床上。我母亲赶紧过来了，用白糖水来喂她。我当即跑回绚珠卫生所，刚才的那个医师一听紧张了，也小跑起来，我背着他的药箱快步跑在前面。到家后医师给她推了20毫升葡萄糖，建议我们立即送台州医院。

还是昨天的那个医师，她半开玩笑半吓唬我，说道："昨天叫你住院，你不住，今天不能住，因为没有病床了。"我含着眼泪央求说："我错了。"那医生说："你没错，是那些胡说八道的人的错。"还说："妇产科档案有记载，抗日战争时期，寺后有一名妇女怀孕，跟你老婆情况差不多，没有住院治疗，死了。"她说了好几个案例，认真对我说："你老婆这个病叫作妊娠中毒症，是要死人的，一般是早孕且第一胎比较多见，也没有什么特殊的药，就是维生素$B_6$、维生素$B_{12}$、葡萄糖滴注。

"大田医院做得是对的，绚珠卫生所医生说的话是不对的，他不懂妇科，葡萄糖用多了也不会得糖尿病。

"你只能这样维持下去，4个月后会好一点。

"农村妇女能知道10多例妊娠反应已经不错了，许多人都是根据自己的反应过程说说而已，她们谁能知道妊娠反应会死人的，她们要说闲话你也管不住，总是性命要紧吧。"

住了十几天院，菊英状况好多了，想要吃楠（一种类似于柚子的水果）。她能不能吃？哪里有？我去找这个医生询问。医生说："可以吃，吃了有好处。江下街有间小店，在树上刚摘下，一次不要吃得太多，一个楠分4次吃。"大概看我们年龄小，她对我们挺有耐心的。吃了这个楠以后，菊英又想要吃馄饨，胃口好些了，我也慢慢放松下来了。医生催我们出院,说:"如果还要吐,住大田医院也可以,方法一样的。"并再一次关照我:"别人讲的闲话就别管了,性命要紧。"

这段日子菊英基本上是躺着的,大部分时间躺在医院病床上,小部分时间躺在家里床上,还有一部分时间躺在哪里呢?最聪明的人可能也猜不到:我拉的手拉车上。有一点奇怪的是,去医院的路上她基本不吐,去台州医院起码要3个半小时呢。但是在家里的床上,她10分钟不吐都很少能做到。来来往往在这三个地方折腾,她瘦得皮包骨头,临产前一周,生产队在碾米厂分糠,那里有磅秤,小香和小妹两个人一起把菊英扶过去称了一下,只有75斤。做姑娘时的一对美丽的大辫子变成了一对乱丝球,梳不通、理不顺,在怀孕六七个月的时候忍痛剪了。菊英这个怀孕真的很辛苦,我也跟着辛苦、揪心。

天天陪老婆临海、大田这样折腾也有好处。一个是我天天楼上楼下地背她,我的力气变大了,到后来背得轻轻松松。还有一个是在村里没时间跟别人闲聊,什么事都不说,避开了那个年代的好多是非。医院里好一点的医生都靠边站了,走在路上和在医院里到处可以看到戴着白袖章的,有时也会看到有人脖子上挂着牌子在挨批斗。

我身边也有人遇到了这种麻烦事,不过结局还挺美好的。我有个朋友名叫毛德,他爸爸在国民党当过小官,算伪职人员,也是"四类分子"。此人长我五六岁,文化程度不高,但他好学,毛笔字写得不错。那时候,家家户户都要挂贴毛主席像,"四类分子"家庭也不例外。红卫兵经常会去这些家庭检查,看看这帮阶级敌人老不老实,有没有污蔑毛主席像,真的会检查出好多奇怪的现象,为此增加了好多游斗对象,毛德算是其中一个。他认为自己的毛笔字写得不错,请毛主席像的时候,自己写对联,当时他的想法是黄底黑字看起来漂亮,因此他买了黄颜色的手工纸,很认真地写了10个大字"听毛主席话,跟共产党走",还经常向人家吹嘘自己的字写得好。时间长了,黄色的手工纸退白了,被造反派查到了,说他污蔑毛主席像,因此有麻烦了,"革委会"决定将他游街,定在大田市日一天、六房市日一天。在六房游街好理解,为什么还要到大田去呢?这是造反派故意而为,因为毛德刚刚找了一个对象,是大田人。这样的话麻烦就大了,快30岁的人了,如果对方知道他被游街,他们的关系肯定没有下文了。

当时六房的造反派是大田"联司"的,头头是于姣姐的兄弟,毛德认识他,想去找他帮忙通融这个事情。毛德提出让我陪他同去,造反派也猜到他要利用这个关系,因此派人在双台里值夜,不让我们出去。可是再过一天就是六房市日了,天亮前必须赶到大田"联司"。我俩就从菜园墙头爬了出去,跑到大田时天还没亮。于姣姐的兄弟答应帮他这个忙,让我们先回家等着。回家路上我们不敢走在一起,因为如果被发现我也会有麻烦。于姣姐的兄弟很给力,此事真的从轻处理:大田这一天游街免了,六房这一天由毛德自行游街,造反派不跟在后面。这样处理算不错了。后来秦平知道了这件事,批评了我,说我做傻事,不应该插手。

纸包不住火,毛德的女朋友小云还是知道了这件事情,提出分手。当时我正陪菊英在大田医院住院,毛德跑来叫我帮忙把小云请到下浦道那个晒场,时间是第二天晚上8点。这个好办,我爽快地答应了,小云是菊英的艺姐,两个人无话不谈。但是不能明说呀,我们商量了一下,决定先把她叫到医院来。第二天上午我就去找她了,告诉她:"菊英住院了。"她问:"什么病?"我说:"没病。"她说:"那么是喜事?"我说:"聪明。"她接着说:"晚上我来看你俩。""谢谢,不要告诉别人,菊英怕羞。"菊英真的怕羞,尤其不想让她以前一起演戏的队友们知道她现在这个情况。

我们刚吃了晚饭,洗好碗筷,客人来了,满面笑容,她进来看了我一眼,立即把眼光转向病床,眼泪夺眶而出,说:"啊呀呀!摘生铁瘵(怎么那么瘦)?干吗要嫁人!"菊英想坐起来,她拉着菊英的手帮了一把后就没有放开,握着手,开始说话。这个场面50多年了,记忆犹新。菊英开始说了:"你真的不嫁了?""哪有了,说说而已。""你的说说而已,可把人家给吓坏了。""这样也好,让他长长记性。六房这帮造反派也真是的,想找个人整整,故意扩大事态,差点吃了大亏。我如果不嫁,他都快30岁了,难找。不管怎么说,见过好几次面,不能因为这件事说分手就分手。"好姑娘,我压在心头的这块石头放下了,根本用不着我出马劝说就搞定了。这小子真有福气,能遇上这样的好人。

毛德等不住了,7点不到就赶到大田医院,他一看小云也在我这里,他笑着迎了上去,和她打招呼,可是她没有搭理,躲在菊英身后,一言不发,刚才还是大大咧咧的,一下子变得羞涩起来。奇怪,这大概就是少女的本能。我请毛德坐下,倒了一杯茶,也给小云倒了一杯,递过去,她连声说谢谢。我当作是巧合,说:"谢谢你们两个都过来探望,难得这么凑巧,你们两个出去走走吧。"菊英推小云一把:"去吧。"小云在菊英耳边说:"叫小学一起去。"菊英马上说:"你们三个都去,我躺一下。"我们三个人一起出了医院大门右转往下浦道方向走去,到了大晒场站了一会,没有人发言,我就说了:"菊英一个人躺在那里,我不放心,得去陪她,你们慢慢聊,10点钟前,毛德必须将小云送回家,免得她爸妈担心。"说完我就走了。这次毛德受到这么大的打击没有什么损失,反而向着成功迈进了一步,他俩的关系正常发展。谢天谢地!

再说菊英经受着怀孕的痛苦,一天一天煎熬着。临产期快到了还要呕吐,真的令母亲和我担心,也担心肚子里的孩子先天性营养不良。母亲忙着给未出生的小孙子(女)改小人衣服,双台里这帮女人看着菊英瘦成这个样子,都认识到当初讲的话是错误的,倒是都担心起肚子里的孩子了,常常来探望。有人看到母亲做小衣裳就问:"大人美,媳妇要生了?"她说:"快了,先准备着,未知生下来好用不好用(健康不健康)。"连母亲也担心这孩子能否健康地降生到人间，大家都这样担心着。不知道为什么，我和菊英对这个就是不担心，我踏踏实实地照顾她，她踏踏实实地挨着日子，等待着孩子的到来。

1969年的秋天，女儿出生了。那一天天还没亮，菊英开始肚子痛，我把母亲叫过来，母亲说："要生了，赶快去请村里的接生员。"菊英双手抱住我的脖子不松开，母亲立即去敲隔壁的门叫醒陈冬梅去请接生员。接生员住得不远，很快就到了。接生员叫我不要动，让菊英抱着我的脖子可以借力生孩子。肚痛三遍，接生员说着"快了快了"，就听到了小孩子的哭声。脖子上的手松了，我感觉这脖子已经不是我的了。接生员边洗着孩子边说："弗细、弗细，起码有60厘米长，有5斤重。"我一看，皮肤很白净，很漂亮的小姑娘。我母亲可高兴了。接生员说："大人美有福气。"她给孩子穿好衣服递给我，要我先抱抱。"当爸爸了！"内心的喜悦不知道怎么描述。我抱了一小会儿就把小娃递给我母亲："娘娘（奶奶）抱一下。"母亲抱了一下就把她放在菊英的身边，说着："乖，乖。"接着去给接生员泡了一碗鸡子茶。接生员说："大人美，你又要辛苦了。"母亲很轻松地说："辛苦是应该的，辛苦是高兴的。"1961年送走公公，1969年送走婆婆，我的母亲当好了媳妇，马上升级为祖母了。

菊英生小孩是新闻，因为她这十月怀胎惊天动地的，好多人都牵挂着，所以生了以后来探望、贺喜的人很多。为了接待来探望的人，母亲把月里间（产妇月子里住的房间）缩小了，土办法，用两根竹竿拦在床边。她逢人便说："怀孕那么辛苦，生小孩那么快便（顺利），真高兴。"双台里的人都起码来过一遍了，大家都为我松了口气。

菊英坐月子（妇女生孩子，第一个月不能出房间，基本卧床休息）也没什么好东西给她补身子。父亲当时特地寄了一些钱，母亲在她月子里的下半个月每天煎一服热药（专门给坐月子的人吃的中药）给她喝。听说女人坐月子，热药是最好的补品。亲戚来望月里（探望坐月子的人），送来一点鸡蛋、红糖什么的。

女儿出生后两天，我出勤生产队，买了两包烟、50粒糖去分分。生产队有一个不成文的规定，谁家生了儿子都要请客，分香烟、分糖。但是我认为儿子女儿都一样，我生了女儿，也要买糖买烟请客。

有了可爱的女儿，家里增添了喜气，家庭气氛都不一样了，感觉万事都如意了。看到女儿一天天地长大，我不时地想起菊英的怀孕过程，这一路真的很不容易，很庆幸我们的坚持。现在可好了，我该考虑一下外出做裁缝的事情，想办法多挣点钱，为孩子长大后读书做准备。

我的一帮朋友来了都会争着抱小孩，因为小孩长得可爱，人人都喜欢。你们猜猜，最喜欢的会是谁啊？是我家的城里太婆。她一抱在手上就不想放下，见人就说："我家的小娃，眼睛生得漂亮，小嘴巴也生得好看，皮肤多好呀，你看手指尖尖的，长大肯定很聪明。"她老人家80多岁高龄了，跟我祖母一样也是裹小脚的，还长得胖，血压有点高。只要她一抱小孩，我们就有人跟在她身边护着。看我们不放心，她就会生气，叹自己命苦，说大家都看不起她。为了不让她伤心，我们只能让她抱，可是很紧张，时刻准备着去抢救，比自己抱还要累。

这城里太婆何许人也？为什么在我家？她是祖父的堂叔父卢理见的夫人，叫于玉梅。按辈分，我应该称她太婆，因为她是城关人，我们都称她为城里太婆，比我长一辈的人都称她城里婆。新中国成立前，他们夫妻俩被送到上海养老院。后来，卢理见因病死在上海养老院，她被送回临海城里娘家。她的娘家只有她年迈的母亲一个人，因此她们母女两人相依为命十几年。母亲死后她就一个人居住。据说是有人看中了她住的房屋，在1966年，借着城市户口精减的名义把城里太婆作为精减对象，送到了卢理见的原籍洋渡六房村。城里太婆因为是临海城里人，没参加土改，卢理见在乡下的房子在土改的时候全部被没收了,她无家可归,村委会认为她和我家族系最近,就安排她住到我家。我记得她来之前,把我、大表哥、我祖母叫到临海她家吃灯芯面(大米面)。母亲本来完全可以拒绝,但是母亲心好,接受了老人。她自己有经济来源,为了不麻烦我们,自己在一个小灶上烧来吃,但我们就像一家人一样。她自己能做的事都尽量自己做,很好的人,对我的3个孩子都很好,最疼老大,老大至今还记得城里太婆总是把带鱼脊背上没有刺的那块肉留给她吃。孩子们也都喜欢她。她烧的柴是我们帮她买的,我们帮她在集市上买好,卖的人会送到家里,她自己付钱。有时候也叫我们给她带点菜。她的身体很健康,就是血压有点高,最后生活不能自理的时间不长,母亲为她送的终。

女儿起名字是件大事,叫什么好呢?母亲把这任务压给我,菊英弃权。我跟父亲联系上以后,虽然很开心,但两个人好像隔了一层东西,无话可谈,写信内容都很枯燥。父亲知道有了第三代一定很开心,我想把取名字这个权力让给我父亲。我写信告诉他:"我生了一个女儿,有朝一日您若能回家,她会叫你爷爷,我相信您有第三代了肯定很高兴。我们都希望您能给她取个名字,因为家里人都没有文化。让您费心啦。"父亲接到信后真的很高兴,他说自己想了好几个晚上,决定取名"竹菁"。母亲第一个反对,态度很坚决:"这名字一点意思都没有。再说,九间廊礼启有个妹妹就叫竹青,比你爸还大,你爸肯定见到过的,生过小儿麻痹症,手脚都残的。回信给你爸,告诉他这个名字不要。"我如实告诉父亲,特地加上一句实话:"我妈第一个反对。"取名字的事就搁了下来。

1969年的国庆节到了,村委会的通知栏有一个通知:"明天是国庆节,全体村民到东塍树行,庆祝中华人民共和国成立二十周年,时间一天。请看到通知的村民相互转告,特此通知。"参加公社集体活动,很难得,我很喜欢,可以会会各村的朋友,还会扩大朋友圈子。平时都是脸朝黄土背朝天的，全公社开会、看电影、乐市都是能交到新朋友的好机会。一般情况下都是自己生产队约几个人一起去，记工时有人证明你参加了就行，特别的会议如批斗会，有的要以生产队为单位在会场点到。

10月1日，吃好早饭，我兴高采烈地跑到村口柴行，约了一帮人，去东塍参加庆祝活动。走到绚珠车站松树庙坦时，村干部童青站在那里拦住我们，说："现接上级通知，'四类分子'子女一律不能参加国庆活动。"这一路的兴高采烈被踩了紧急刹车，什么味都被翻倒了出来。

六房村的"四类分子"子女特别多，占五分之一以上，国庆活动都不让参加，那我们就不是中华人民共和国的公民喽？毛主席老人家早就说过：要团结两个百分之九十五，即百分之九十五的群众、百分之九十五的干部。难道我们是属于那百分之五的？在回来的路上，胆子大的人开始骂起来了，发泄对当时社会的不满，骂得很难听；胆小的人在生闷气，一言不发。这真的叫作无可奈何，我们又能怎样？

我低着头踢着路上的小石子，脑子里蹦出了女儿的名字，就叫"余群"。这完全是我此刻心情的写照，也完全能描绘我走到今天的人生。我家祖父是地主，我是地主的孙子，地主孙子在当时的社会是多余的，那么我的女儿是地主的玄孙女，那更是多余的了。对的，我们是那个百分之五的群众，是多余的群众。除了这层意思，我还喜欢这个"余"字的意义，余剩、余音、余秀、余芳、余香……一整天也说不完这余字的韵味。这"余"字，不只是我喜欢，古代的皇帝也喜欢，把这个字安在自己头上了，他们自称是：余一人（又称予一人，古代天子自称）、孤、寡、朕。"群"字音好，不管你把这个"群"字提高八度或者十六度，这个"群"字还是那么好听、圆润、顺耳，而且叫的人始终都是嘴角上扬、面带笑容的。还有一个好处，重名的可能性很小，除了姓余的人有可能取单名"群"，余、群两字合在一起的机会不多。就这样我把名字给定下来了。

当地土话"余"和"为"是同音，所以有时候就用了"为群"，而土话里"为"是多音字，另一读音与"卫""慧"是同音，所以，一直到小学毕业前，"卫群""为群""慧群"一直混用着，很少有人用"余群"。女儿长大后有一次问我："是不是担心因为取名字犯了政治错误，所以含糊不清，毕竟保卫群众（卫群），聪明的群众（慧群），为群众服务（为群）看起来又红又正。"我说："没有。"她说："您潜意识里有。"还开玩笑说："说不定是太公的意思，保护我们呢！"我知道她指的是冥冥之中祖上的意思。也许她说得对。

　　初为人父，我毫无经验，尴尬事不少。有一天，我从田畈回来，小女儿哇哇直叫，好像要说话那个样子，我走过去，她要我抱，我抱着她，她手指着门口，身体往门口倒，意思是要我出去。菊英说："你抱她到供销社玩一下。"我说："好呀。"我抱着女儿穿过堂前，穿过后台小台门，到了口井头，一帮年轻女人马上围了上来，争着抱，还叽叽喳喳对着女儿说了一大堆让我面红的话："你爸这么年轻就做爸""你爸为了想做爸天天把你妈抱进抱出的"……我25岁了，还年轻？让她们这么一闹，就不想再出去了，加上肚子也饿了，女儿也抗议在她们手上转来转去的，我接过来回头就走。还没到家，母亲说了："你俩真的就回来了。"说着把女儿接过去了，对着她说："你妈说你爸怕羞，不敢抱你去供销社的，真的让她说中了。"女儿看着她奶奶笑，好像听懂了，笑出了"咯咯"声音来。城里太婆也凑了过来，把女儿抱了过去，说："你们吃饭吧。"

　　我吃好饭又去生产队干活了，一天一天的这样重复着。女儿一天天长大，一天一天地给我们带来乐趣。我的脑子被服装占据的地盘一天一天变大，心静时，人的体型、服装各部位的名称和尺寸等等，清晰地呈现在脑子里，天天在脑子里做着衣服。

　　转眼女儿对周（一周岁）了。我们做对周（庆祝一周岁）的仪式很简单，没有办酒，那时候做点什么高兴的事都是悄悄的，用现在的话说，要低调。左邻右舍有不少人送了东西，又寿婆送来一只银脚镯。我们可不能一点表示都没有，母亲给双台里的邻居每户烧了一锅面条，一是为了庆祝女儿对周之喜，二是为答谢他们的关心。女儿的外婆送来的对周衣是全套的，大襟衣（系带无纽扣）、派脚裤（开裆裤），有里面穿的还有外面穿的，母亲提前准备好了粽子，让外婆拿回去分给叔伯邻居，分享喜悦。

吃了长寿面，我们开始抓周。抓周是我们的风俗习惯，就是在孩子一周岁的时候，放一堆东西在她面前，让她喜欢怎么抓就怎么抓，抓到喜欢的东西，玩一下想换就让她换，换好为止，最后抓住不放的东西，就是她长大了以后要成为与此物件相关的人。母亲和城里太婆准备了一大堆东西，有红纸包、不同币值的人民币（那时候没有100元面值的，最大面值是10元。10元的还有两个称呼，一个是大团结，另一个是稻桶品），还有墨、毛笔、糖、饼干、玩具、勺子、筷子等。女儿抓来抓去，抓到了笔，拿在手上不放。我很高兴她抓的是笔，说明她要读书。

我有位朋友上去想把它夺下来，怎么也夺不下来，她紧紧地抓着不放。我跟她说："来，给爸爸。"她马上就摊开手掌，把笔递给了我。哈，聪明的女儿认为交给爸爸是放心的。女儿脑子里早就有"爸爸"的概念了，这跟城里太婆和母亲的教育有关，她俩经常让她指认爸爸、教她叫爸爸，所以她喊爸爸最早。对周后没几天她就叫爸了，先是叫一个"爸"字，然后就连在一起叫"爸爸"了。我多么高兴，不管做人有多少压力，爸爸还是当起来了。

女儿从一周岁开始就定义了我的人生，要我努力挣钱，要我有能力供她读书。

## 兄弟分家

弟弟一表人才，聪明、善良。因为听力不好，母亲护弱很宠他。父亲不在，长兄如父，我对他很严厉。因此，他对我有很多误会，我们兄弟之间关系不是很好。

老话说："兄弟姊妹各人自来（兄弟姐妹间互不相干）。"这样的兄弟关系在农村是很普遍的，但是我们家庭特殊，母亲含辛茹苦，我和弟弟是她的生命维系，她多么希望我们能够亲密无间，我虽然主观上很努力，却未能如母亲所愿，也让自己觉得在这个艰苦、委屈、没有父亲在身边的人生路上，因没有得到兄弟的帮衬更加孤苦。这是我人生的一大遗憾。

所幸的是，后来我们兄弟俩的孩子们关系很不错，都在互相帮衬。值得母亲骄傲的是，孙子孙女们都很孝敬她。母亲走了以后，每年清明孩子们都会聚在母亲坟前，争抢着说："奶奶对我最好。"母亲在九泉之下应该是含笑的。

母亲对我们兄弟两人的教育完全不一样，对我的教育是最传统的教育"打是亲骂是爱"，爱得有多深打得就有多重。

有一次，因为没有听她的话偷着去游泳，她追到岩头潭，用赶牛用的竹梢打我，把我打得遍体通红。回家后她又看着我心疼地流泪不止。

还有一次，母亲打我打得很凶，是在小学毕业考试的时候。我平时写字的钢笔都是二娘舅家的周在凡表兄提供的，因为是毕业考试了，我一个姑表兄好心说我钢笔不够要借我一支，考试结束后我把钢笔还给他时，他说钢笔坏了要我赔，给他修都不行。母亲认为我不该用他的钢笔，就打我，后来拿起烧火棍打我，我受不了就逃，她就举着棍子在后面追，我一直逃到球山，约有一公里多路，最后她跑不动了，在后面说："你别跑了，我不打你，好好说。"我还不敢靠近她，她说："我早就告诉你不要接近他，你偏不听，你钢笔真的不够用吗？"我说："我有，他一定要借给我。""那你用过吗？""用过，不怎么好用，我就用自己的了。""这次我不打你了，下次少来往，要记住教训。你拿去还给他，他如果再不要，你去周在凡那里修好后还给他，他如果再不同意，你就交给他妈。"这事就这样不了了之了。

母亲打我，她是望子成龙，认为我可塑性比较强。母亲对弟弟的教育就完全不一样，小时候我认为母亲偏心，对弟弟好，很伤心，懂事以后才理解了母亲的所为。

但是这么一宠，把弟弟给宠坏了。

在生产队里几个小伙伴不听队长的话，把过错都推给弟弟，弟弟变成了大家的替罪羊。有一次，3个小伙伴一起到供销社天井偷摘广橘（一种橘子），弟弟摘得最少，却被作为主犯，罚款15元；还有一个也是地主的儿子，罚款10元；还有一个是富裕中农的儿子，是团结对象，免去处分。交了15元罚款，母亲一个月的裁缝白做了！

有一次砍柴，他把一人多高的小树砍了，有人喊着制止他，他耳朵听不见，人家就说他故意不理睬，要拉他到村委会去解决，我为他去赔笑脸、说好话，才算过关。那个时候，像我们这种成分的人听到村委会这个名称都害怕的，不是万不得已都不会去的。

还有，他小小年纪就学会了抽烟。母亲因为压力大、生活负担重、营养跟不上，落得两个病：一是发流火①，发了好几年；二是心头痛。母亲的流火病是在王医师进驻六房村以后得到了治愈。王医生把全村的茅坑都编了号，写上名字，在茅坑边上放一个筐，要求大家把大便以后擦的草纸

---

① 发流火：即血丝虫病。发烧，从大腿开始出现红斑，沿着腿的前面一直到小腿最下面，就算是恢复健康了还会复发，一年会有好几次。严重时，小腿会肿起来。

留在筐里，王医生收集草纸，进行检验，根据这个判断谁得病，免费给得病的人发药，使流火病得到根治。母亲就是这样被治好的，这是共产党为老百姓做的一件大好事。王医生被村民昵称为"茅坑老王"。心头痛这个病，民间有个土方，抽几口烟会缓解疼痛。所以母亲床头总是放着一包烟，心头痛时抽两口。弟弟见母亲床头有烟，起初偷着抽，后来公开抽，不到20岁，就已经上瘾了。母亲想管没管住，就由着他来。我很反感。

有好几次他跟别人闹矛盾，人家找到我，我当着人家的面管教他甚至打了他，为了阻止他抽烟还撕烂了他的烟。这些，他都记恨在心。

还有一个矛盾是因为做裁缝，弟弟很想跟我外出做裁缝。但在那个年代，开始时，我没有师傅，自己立足都很困难，我没有办法把他带在身边。后来，因为随着作场越来越大，我身边需要手缝工帮着缝纽孔、钉纽扣、抄裤边，我就把菊英带上。手缝工是一项硬功夫，我本来是种田、做砖的，同泥巴打交道，都是粗活，我拿起手缝针，感觉比拿一把锄头还重，双手发抖，一直在努力锻炼中。妇女天生有这个优势，菊英本来就心灵手巧，结婚后又跟着母亲学了很多。但是这个活弟弟他做不了。后来，等我精通了裁缝，作场生意稳定后，兄弟之间关系已经很僵了，无法弥补。

我结婚有了女儿以后，我弟弟在生产队干活时就常有人对他说这样的话："你聋耳朵，成家立业困难，你在地里一天做到晚，就是给你兄弟挣钱，如果是我，一定要把这个家分了。""你长得比你哥还高了，工分做足10分是明后年的事情，你们如果分了家，你只要负担一个半人，你哥要负担3个半人。你如果不分家，等于帮你哥供养老婆女儿。最关键的是分了家，你妈跟你过，你爸寄的钱是属于你妈的，那就等于是你的了。"还有人在他上山砍柴时对他说："你在这里辛辛苦苦砍柴，你大嫂在家花生什么的吃吃。"他们说这种话时，如果我在场，他们就当玩笑话说，如果我不在场，有人会很认真地进行一番挑拨。单纯的弟弟他听进去了，也深信不疑，因此天天闹着要分家。

他们说的也没有错，在农村，兄弟之间一般都是分家过的。比如，有3个兄弟，第一个娶了老婆先分开自己过，父母跟两个儿子过。第二个娶了老婆以后又分一次，父母跟第三个儿子过，父母在生产队做的工分就全部是第三个儿子的。

母亲无奈，只好分了家。第一次分家是在1970年的农历二月，只是简单地分开两个灶做饭。分家的时候家里没什么钱，母亲把家里的500斤红糖（自己做了300斤，生产队分了200斤）分给了我们，还有一括升米。家里的物件都没有明确分，原来谁用就继续由谁用着，反正也没有几件像样的末事（东西）。

分了家以后，我们没有钱，连买毛纸（厕纸）的钱都没有。之前我挣的钱都如数交给母亲贴补家用了。母亲很心疼，常跟人说："我小学弗落小火（不留私房钱），一点都弗落。"但那500斤红糖很值钱，能卖6毛一斤，如果都卖出去了，就有300块了，那时候有300块钱不得了的。

分家以后，更加重了母亲的负担。我家女儿还小，我们夫妻俩不是忙田里，就是出去做裁缝，母亲还得帮助我们带小孩，料理两个家的家务。

10年以后，弟弟结婚，他们两口子提出重新分家。第二次分家比较正式。农村分家一般要请娘舅来主持，我家与娘舅家平时不怎么来往，所以就请了西楼的娘姨来。

娘姨问我有什么要求。我说："我就想要缝纫机，这是我挣饭吃的家伙，没有它不行。"尽管几年用下来，已经是破缝纫机了，但对我来说是最值钱的东西了，我一直用这个缝纫机在外面做生活的。

娘姨把缝纫机标上记号"1"，在一个祖上传下来的尬橱、一只七石缸、一只皮箱这三样东西上标上记号"2"，说："这三样东西与缝纫机相当。其他东西'二一添作五'两人平分。"大家没有意见，就这样分了。其实也没有多少东西可分,分给我们的还有一张眠柜(方形上开柜,成对,上面可睡人,柜可储物)、一张柜桌(相当于书桌)、一条青凳、一只木箱,还有一些雕瓶髻坛(陶制的大小罐子)。这一次把住的几间房屋也分清楚了。

## 窗口下的猪圈

后来,堵心的事又发生了一件。我家的倒厅间(四合院台门边上的第一间房)南面采光窗外有一个天井,前面那座房子是卢珉君的,连接着双台里的一堵照墙,间距不到4米。贫下中农季德看中了这个天井,想建猪圈,找村委会审批。村委会这时候刚来了一位部队退伍干部,入赘六房村,他答应给季德建猪圈。这个倒厅间本来就光线很暗,南面采光窗户如果被挡住了,而且是个猪圈,那还能住人吗?我不同意,去村委会提意见。村委会给我的答复丁绑硬(很强硬):"我们贫下中农有困难,建个猪圈,你必须同意,你要识相一点,如果你不同意的话,把你妈拉去批斗,斗到你同意为止。"这句话我相信,这帮人一定会说到做到,村上相似的例子也不少见。我不怕,我就是恶心,真的看不起这帮人。我很愤怒,真的担心自己理智控制不了情绪。可是,我该怎么办?

回到家里,母亲像哄小孩一样哄我:"忍!忍!忍!"菊英过来把女儿塞到我手里。女儿不停地叫着"爸爸",好像看懂了我的心事,直叫到我笑了,她也笑了。胸口的那股气似乎顺了好多。家真好!

季德担心夜长梦多,他用了最快的速度把猪圈建好。双台里的邻居对这件事也是敢怒而不敢言,大家都劝我"吃亏之人长长在""有因果报应"等等的话,大概意思就是我只能自己说服自己。母亲想尽办法劝说:"做人不要太计较。季德还有恩于你呢,你脚被竹桩戳穿,是他帮了你,再说他也困难。大家都知道不该批的地方就是给批了,你找谁去呢?你出生在这种家庭,亏总是要吃的。"总的来说,还是当时的阶级斗争造成的。

  这个猪圈对我打击太大了,真的是心中刺眼中钉。这猪圈跟我家外墙之间留的空隙一个人通过还得侧身,每当下雨,猪圈顶上冲下来的雨水还能飘进我家窗口,更不用说猪粪的味道了。25岁的我,血气方刚,吃此大亏,受此大辱,能给母亲幸福、能给家人安全吗?我认为自己天不怕地不怕,一身正气,可是有用吗?反而要老的劝我,小的逗我。在这世界上,我能找谁评理?我能依靠谁?朋友帮不了,亲戚都躲着我们……唉!

# 第四章 草出石板缝

## 我去三门"讨生活"

1971年5月的一天,天刚蒙蒙亮,我就起床了,有100里路要赶呢。我蹑手蹑脚地怕惊醒女儿。

因为不用带缝纫机,所以一个拎包就够放东西了,除了作为礼物的红糖,中午的饭团也放在包里,还有就是皮尺、画粉、剪刀、一个铜做的古老熨斗、几件换洗衣服,这些就是我的全部行李了。

我还在吃早饭就听见女儿夹忙醒困(睡意蒙眬)在喊:"爸爸,爸爸。"她倒是很守信,要起来送行。她妈妈跑到房间给她穿好衣服,她来到灶间跟我一起吃饭,吃得比平常快很多。看我准备拎包,就跑过来要帮忙,拎了一下没拎起来。我抱起她:"来,我抱着囡囡送她的爸爸。"她喊着:"妈妈,奶奶。"母亲也走到门口送我。

该想念的一家人都在这里了。我跟母亲说:"我想到了

　　我跟母亲说,"我想到了我爸出走的情景,我们在差不多的年纪离开家。"母亲眼圈红了,说:"不一样,你爸是逃亡,你是挣饭。""我走了,妈多保重。"走到堂前,回头看母亲还站在门口,我挥了挥手。

我爸出走的情景，我们在差不多的年纪离开家。"母亲眼圈红了，说："不一样，你爸是逃亡，你是挣饭。""我走了，妈多保重。"走到堂前，回头看母亲还站在门口，我挥了挥手。

到了上坎头，就要走上大马路，我把囡囡放下来，"囡囡就送爸爸到这儿了，囡囡要跟妈妈一起回家了。"她拉着我的耳朵说："妈妈在哭呢。""那囡囡就笑呗，把妈妈逗笑。""哈哈哈，妈妈笑了。"我接过包，转身大步前进。

# 二表哥

我一生最崇拜的是二姑家的二表哥，他比我大一岁，大家都叫他小天。他长得很帅，眼睛特别大，皮肤很白，特别是在冬天，小脸蛋白里透红，像个小女孩，因此二姑给他起了个女孩的别名"冬美"。

二表哥在洋渡小学读的一年级，那时他就会写毛笔字，而且写得很好，帮人写横幅，贴到图书室、会客室、经理室等门口。他还得了我祖父糊纸鸢的真传。我祖父糊纸鸢上下三村数第一，他做的大小纸鸢准能放上天，最拿手的是"塔蝉"。二表哥有了这项手艺，小朋友都喜欢黏在他身边，他放学回家常常带很多小朋友来玩，我也喜欢黏在他身边。可是人多了他也会有烦的时候，有时会撵我走，我会很生气，过一会儿他会跑到我身边，轻轻地说："因为我们是兄弟，以后有的是机会。"我们很快就和好了。他二年级时二姑把他带到临海读书，见面机会就少了。

二表哥小学毕业后升学读了初中。三年初中，他变得更聪明了。初中期间，他画了马克思、恩格斯、列宁、斯大林4张伟人像，画得栩栩如生，看起来那么慈祥、那么可亲，在180度范围内，不管你站在哪里，画像的眼睛都会同样看着你。这4张画出自小小年纪的初中生之手，受到好多人的称赞，我也越来越崇拜他了。

初中毕业后，巾山小学邀请他去代课，凑巧的是我伯父家的堂弟小秋正好在巾山小学读书。我的这个堂弟也是一个不简单的人，他只读完初中，国家恢复高考后就自学考上了浙江师范大学。堂弟告诉我："小天表哥真的太棒了，巾山小学缺什么老师，他就代什么课，样样都行，还教得通俗易懂，同学们都很喜欢他，都把他当朋友。我佩服得五体投地，见面时不敢称他'表哥'，恭恭敬敬地叫'老师好！'。"有一次二表哥把我带到他的办公室，我坐在他坐的椅子上向窗口看去，两座巾山塔尽收眼底，好一幅巾山风景图，这幅风景图已经被他画好放在他的办公桌上了，简直一模一样。那时候他刚17岁，像那张画一样，春意正浓。

二表哥17岁的下半年，被居委会送去学习开采天然气，学了3个月后，他写信回家，说学习成绩超过了他的师哥师姐，但不到半年的时间，不知为什么他回家了。

回家后他跟二姑学裁缝手艺，没多长时间就小有名气，把他妈妈师傅的位置"夺"了过来，做了掌门，他妈妈当了他的缝工。由于师傅换了，价格也换了，客户换年轻了，服装也更精制，价格比以前贵2倍以上，他的店很快就成了名牌店，门庭若市。那时候化纤布已广泛使用，二表哥以化纤布的特殊性能编制出一套新的工艺，用边做边熨取代了成衣后的一次性熨烫，做出来的服装平整挺括，该拉的拉，该归（归到一处）的归，既节约了时间，又提高了质量。这时候应该招工，扩大规模，如果招一两个熨烫工，生意就能成倍提高，可是他们不这么认为。我二姑和我说："能博得消费者青睐是一件多么不容易的事情，招收学徒和工人，就怕质量把握不住，如果牌子一倒，要想再树起来就难了。"那个时候我手艺还不精通，但他们说的我能听懂，我多么想用二表哥的那种方式去为乡村服务啊。

刚过了三年困难时期的某一天，二表哥来看望生病的奶奶，并到庙西看望他的姨妈即我的大姑，他早上来，下午最后一班车走。他带来一本杨式二十四式简化太极拳和一本八段锦小画册，说放在我这里让我好好学，他教了我许多入门知识，怎样蹲马步，握拳是握半拳，出拳不能全出，前臂内旋，大臂不能伸直等等，并反复讲解了八段锦的要点，恨不得一下子把我教会，并嘱咐我一定要把强身的本领练好。这次他跟我说话说得特别慢，像个大人。我央求他："晚上住这里。"他说："要回去的。"我送他到车站，看着他上车，汽车开动的时候我有一种心痛的感觉。

不到两个月，听人家说二表哥、二姑、大姑家的表哥都被捕了！为什么呢？年纪轻轻的，一不抢二不偷三不打架，为什么会被捕？再后来，听说他们是"现行反革命"！秋收冬种的时候他们都被判了刑，二表哥因不满18岁被判劳动教养三年。我到处打听什么是"现行反革命"，一直想不明白他们怎么会被判刑。后来听说，在那个年代，一般人只要说话不注意，就有可能被打成"现行反革命"，判刑坐牢的。最可怜的是大姑，大姑丈死得那么惨，现在儿子又被抓。我和弟弟经常去帮大姑干一点农活、家务活，这能让大姑得到一点点安慰。

三年很快过去了，二表哥回家后重新租了房子，老店新开，新老顾客蜂拥而至，生意不减当年。他的性格变了很多，话少了，声音低了，交往的朋友也少了，一心在服装上狠下功夫。后来他招了手缝工兼熨烫工，扩大了规模。

有一天，母亲为我兄弟俩买了一块的确良布料，别提多高兴了，但是，这么好的布料我不敢自己裁剪。那时的我虽然掌握了一定的裁缝技术，也已经做过几件成衣，但是技术水平还不咋样。心里想着，请二表哥帮我裁一下，然后在临海拷边，回家后学着二表哥边缝边烫的工艺试着做出来。

我兴高采烈地到了二表哥服装店，看他那么忙，就自觉地把要求降低了一些，请他帮我画一下，我自己裁。他忙着手中的活，好长时间不说话，后来说出了一句我意想不到的话："你是一个初学者，难得有块布料可以学习，你舍得让别人帮你裁剪？"聪明人有套路，不帮算了，当时我有点生气。他接下去说："我们是表兄弟，聪明程度差不多少，我行你也行。"说得有道理，我的气马上消了一些。他又说了："今后发展下去，百姓穿涤卡、三合一、涤粘等面料的衣服越来越多，你都不做？都送到临海让我帮你裁？来往车费呢？"聪明人一套一套地往下说，让你气不起来，还觉得他说的全是对的。不过哥还是有哥的样子，"9尺5寸的布要裁两条裤子，弄错了就一条也做不成了，也心疼的。"他边说边画了一张两条裤套裁的排料图递给我，笑着问我："能看懂吗？"我很肯定地说："能！能！"就这样高高兴兴地回家了。

  我对这位表兄的佩服又加深了一层。我回家真的自己做成功了，这张排料图在我的裁缝生涯中起到了很重要的作用。我也体会到了敢于接受挑战的重要性，打破了对好布料的恐惧感，也使我更加勇敢面对生活中发生的一切。这位表兄是我人生的一大财富，他为我所做的一切，是通过他周密的考虑，是从心底里发出的帮助。

  二表哥对裁缝剪刀也很有研究。他说剪刀快不快能听出来，当时我认为他在拉天（吹牛），但因为崇拜，哪怕是吹牛，我也会认真地听下去。他把剪刀放到与眼睛水平高度时，开开合合，说剪刀口好像有一颗很小很小的珠子随着剪刀的开合滚来滚去，叫我前去观看，我看到比头发丝还小的小黑点在剪刀口上移动，同时发出很轻的丝丝的声音，放到耳边会听得更清楚一点。他说："这个声音是和顺的，说明这把剪刀很锋利。如果声音有点轻浮或者断断续续的，这把剪刀就不行。"天哪，哪里得来的宝贝经验，好的东西怎么都会跑到他的脑子里！他说："两股剪刀口是弧形的，不但是左右弧形，还是上下弧形，磨剪刀时不能像磨一般剪刀那样磨，否则剪刀就报废了。"我按照他的方法,一边磨一边听,慢慢地掌握了磨剪刀的技术,这也成了我的特长,终身受用。

去二表哥店里的机会并不多,但每次总会有不少收获。我有了一些裁缝经验以后,有一次二表哥问我:"你一天能做几套衣服?"我不假思索地脱口而出:"有小的、有大的,有男的、有女的,一天5套。"那一次我二姑也在,她问我:"一件大襟要多少时间?"我回答:"不包括手缝,40至50分钟。"我二姑拿出一件已裁好的大襟衣服让我试一试,我坐下来就开始缝纫,我很小心、很认真,像是接受考试,不到45分钟就做好了。我二姑说:"缝纫机起动不用手带,真的是厉害的。但缝纫质量还差好几个台阶,乡下头(乡下)毛惯了。"接着指着衣服说这个地方不行,那个地方不行。

"这些地方都是小缺点。"二表哥说话了,"腋下那两条线是关键,要做拉开缝,那缝线如果没有足够长度稍一用力缝线就会断掉,缝就绷开了。"很尖锐,一针见血,"按照你的水平在临海开家服装店肯定赚不到钱。"我当时回了一句:"按照你的速度,一天只做两条裤子,在乡下落户很难赚到饭吃。"

他不生气,耐心地对我说:"真的要把生意做兴旺,开店、落户都一样,重要的是服装的式样和缝纫的质量。现在老百姓都不富裕,省吃俭用买块布,做客、在家都穿,总之都希望师傅给做得好一点。

"可以这样说,一个消费者如果喜欢这件衣服,他肯定是洗了还没有干就想穿了,同时他也会想起这件衣服是谁做的,那他如果有块新的布料就会拿来叫你做,这就是回头客。

"如果这件衣服做好了他不喜欢,他当场会找你很多缺点,甚至要你赔偿,闹得不愉快,会影响作场生意。如果这个顾客性格好一点,不多说话不吵架,但下次不可能再叫你为他做衣裳了,那作场生意越来越少,甚至只能改行……

"我今天说了那么多，目的是扭转你的思想，比如裤子的上下裆缝都要做拉开缝，使缝线有足够的长度，同时要缝两条线，只要为顾客着想，往细处、深处想，才会想到这些，才会技术过关，技术过关才会质量过硬。

"再说数量，你一天做的活如果分两天做，质量就能保证。只要你做得好，好料也会放心交给你做。顾客如果不信任你，他让你来做一天，他把好料送到外面服装店做；他如果信任你，好料也会让你来做，那你就可以做上三天四天，双方都划算。

"化纤布料一定要边做边整烫，这样做会漂亮，特别是裤子前后挺缝笔挺对称。注意了，裤子直裆不能太长了，老式服装裁剪法过时了，最好是测量下裆尺寸，裤长减去下裆尺寸，等于上裆尺寸。"

每一次的见面，都有收获，长知识。以前认为二表哥是城里人，我是乡下人，乡下人应该比城里人笨一点。其实我的想法是错误的，我崇拜的二表哥他肯学、勤学、认真、负责，所以他聪明。

## 获准外出做裁缝

资本主义尾巴已经割过了，但余痛还在，还是要小心谨慎的，我想出门做缝纫，所以我要先跟村里请示一下。老支书李仁兴靠边站后，王宝晋是村里的支部书记，王宝晋比较有文化，也比较严格执行政策，所以我得先听听他的意见。

我去岩头潭碾米厂碾米，那天人比较少，不忙，王宝晋开的碾米机，我想这是最好的机会了，我说："王书记，我想向你请示一下。""什么事？说吧。""我想出门去做衣服，想挣两块。""可以啊，这是一项正当副业收入，我办厂，不也是为了抓社员的收入吗，只要你根据农业学大寨精神,交钱记工,在生产队允许下,你就出门去吧。我同意的。"我去找生产队长把王书记的话向他说了一遍,队长也只好同意了。

我真的可以光明正大地出门做裁缝了,不知有多高兴啊。家里添了一个小孩,运气真的不一样了。到这时我才有了要开始一番新事业的感觉,踌躇满志,希望将来能在裁缝行业上成为一位有名望的师傅。我开始认真谋划起来。

首先,得先把家里安顿好。菊英自从怀孕开始,一直身体不好,生了孩子以后还是经常头痛头昏,去台州医院检查,医生也说不出什么,买几瓶"力维隆"之类的保健药品吃着,女儿这么小,我得先把菊英身体调理好,自己在外好放心。

第二,把技术锻炼过硬。裁剪、缝纫的技术我已经没有问题了,现在得重点攻关派料和手缝工技术。

派料好像打仗的先锋,是赢得作场的第一步,直接与消费者经济挂钩。我的目标是用最省布料的排料方案派料,减少布料浪费,而且要熟练精通,做到人往我面前一站,并告诉我他对服装的要求,我就能用最省料的方式准确派料,而且要做到即问即答。

菊英一时无法跟我出门,我要努力提升手缝工技术,补上这块短板。

那个时期我感觉自己有点走火入魔,脑子里都是人的体型,都是紧量尺寸与裁剪尺寸的比例关系,有时候在田里劳动时脑子里也想着服装的事情。当时农村村民做服装喜欢采用传统裁剪法,流行裁剪法刚开始很难被人接受,还有一部分人喜欢穿便衣便裤(比较古老的中式服装)。流行服装以上海服装裁剪法为主,其他城市的服装裁剪法都夹杂当地的风俗习惯,作为参考。我很喜欢买有关服装的书,只要在这本书里面能学到一点有用的东西,买这本书就划算,《上海裁剪法》都被我翻破了。我还曾经买到过一本有关省料排料图的书,不同门幅的布料,不同年龄的服装,排料都不同，可以节约百分之五以上的材料。

消费者都说用流行裁剪法做出来的衣服好看，但还是喜欢穿传统裁剪法做出来的衣服，我很不解。我仔细对比、琢磨，知道了为什么，是因为工作的关系，农村人要参加田里的劳动，动作幅度比较大，传统服装比较宽大，劳动时穿着比较方便。这也是我唯一与二表哥探讨时有分歧的地方。二表哥的"边做边烫"和"以质量优先数量其后"的观点也要吸收进来。逐渐地我明白了，客户也不能单一地用城市人和农村人来区分，要同时考虑一般情况和特殊情况，要兼顾喜好、习惯、职业等多种因素，兼顾式样美观和方便实用，因人而异。例如，书本上说明："女裤子臀围的大小是紧量臀围尺寸加3寸，男的加4寸。"我把职业也考虑进去，得出"男中型拖拉机手要加5寸"（原因后面叙说）。还有一条，那时候棉布缩水率不等，裁剪前必须要做好缩水工作，否则会影响裁剪质量。为了挣钱，为了当好爸爸，我要坚持不懈地走好这条路。我从书本开始，加上自己的思考，并在实践中进行检验，再进行修正。我计划编写一本名为《卢志学服装裁剪法》的书。

村里的中型拖拉机师傅来找我做一条裤子。中型拖拉机的驾驶室比较高，出驾驶室时裤子扯着两条腿，脚着地困难，进驾驶室时脚提不上，如果要爬进驾驶室，必须先用手提一下裤腿。他告诉我常常因为手上拿着工具，就无法爬进驾驶室，只得先把东西放下才能爬上去。我知道情况后，一量他穿的裤子的尺寸，前片上裆是9寸半，我试着把上裆减到8寸，把横裆和臀围适当增加一点，做了一条新的裤子。他穿上这条裤子后可高兴了，说从来没有穿过那么舒服的裤子。他要把以前那些裤子全部扔掉重新再做，我在那些旧裤子中选了一条可以改的帮他改了。过了三四天，他老婆来我家，说要再做6条的确良裤子，请我派料，我说如果用同一块料做，买2丈8尺。他老婆不信这么省，反复确认，我请她放心，不会有差错，定在六房市日这一天再帮他做一天。

落户做衣服那天，这个拖拉机手招待得特别客气，吃晚饭时聊起来，我才知道他为什么找我做裤子。他是村委会支委，原来都不敢和我们这类人打交道，有一次他和王书记谈起开拖拉机时这些衣服穿着很不舒服，特别是裤子，王书记让他找我做条裤子试试，并跟他说："我估计他会让你满意的。他跟我申请外出做裁缝，我就觉得他是能干出一番事业的人，如果不是家庭成分关系，这个人早就不在六房了。"我听了真高兴，王书记背地里夸我，这让我信心大增。我告诫自己千万不能自满，努力奋斗，让全村人都刮目相看。

收工时，他拿出了5元钱，我说不要，两天时间，算不了什么，他坚持要给，我收了他2元5角。

理想很丰满，现实很骨感。前期偷偷摸摸出去，觉得自己是一个非凡的人物，总觉得自己有本领发挥不出来，老是埋怨政策不公，限制人才，现在批准我出去了，却发现在附近不太好找作场。

我有一个难题，就是我拿不到手工业证。我找公社手工业管理干部邵文德了解办理手工业证的相关手续，他跟我是一个生产队的，他说："如果你是从师的，你的老师头（师傅）会为你出具技术保证书，或者由村委会出具证明，这样就可以办理，可是你这两样都拿不出来，我没有办法给你办。村里还有人到我这里要我们出面阻止你出门做裁缝，但我老婆给我下了死命令，让我不要听那些人的话，所以我只能都当作不知道。"言下之意他已经给我网开一面了，在这种情况下，我是不可能拿到手工业证的。后来有人告诉我，邵文德说的"老婆的死命令"，就是："你要是敢去拎他们家的缝纫机头，我就跟你分。"这是一句分量很重的话，真感谢这些在背后同情和支持我的好心村民。

## 海下探作场

母亲想到了一个地方，说："你去闯闯看，碰碰运气。"我急着问："哪里呀？妈快说呀。"母亲说："海下。"菊英抱着女儿也凑过来了，很惊奇的样子，问："海下？海下也有人住？""有。"这我听说过，我介绍说："海下是一片地域的名称，在三门县，指靠海的那一带。就像我们这边有个'大田'，那三门有个'海下'也不奇怪。"我母亲也没去过那里，但是母亲有亲戚在那边。

听母亲的介绍加上我以前的一些了解，我搞清楚了在海下的两户亲戚的关系。

一户住在小横渡，是我表姐周寿元婚嫁到那里，表姐夫家是大地主。表姐是儿科医生，结婚后办了一家私人诊所。那个时候婴儿的成活率很低，表姐技术精湛，救了很多小生命，而且贫穷人家交不起医药费的都免费或者少收，所以，表姐在周边几个村都很有名望。土改时，表姐夫本来是要受镇压的，因他家是积善人家，加上表姐的这个诊所对老百姓影响很大，当地穷人联名状保，又恰巧表姐夫得了病，表姐以治病为由，两人躲在山洞里一段时间，避过了风头，表姐夫幸免于难。后来诊所被政府征收，表姐夫妇被安排在诊所继续上班，再后来，表姐夫调到另一个镇的卫生院工作。母亲说："如果能得到她的帮助，你的作场就能建起来。"

还有一户住在下峇堂。我有个娘舅姓范名叫小汝，是我外祖父的干儿子。他有三男二女，家里贫穷，住在东滕上街锄头口窄。他了解到三门下峇堂这个地方有发展余地，就把大儿子留在家里，全家其余人都迁住下峇堂。

下峇堂位于黄金坦与仙岩中间，背靠仙岩洞，原来这块地方是几户住茅屋的当地人，后来有识之士看到这里是赖以生存的好地方，就迁居于此，慢慢地，台州各地都有人迁居这里，形成了一个有几百户村民的自然村。他们相处特别和睦，没有歧视，和平相处，共同发展。因为这里近海，人们可以在海里找到吃的，只要你勤劳，都能填饱肚子。他们还种棉花自己织布，穿衣问题也能自己解决。

范小汝娘舅的大女儿、二儿子、三儿子都在下岙堂结婚生子，成了三门人。小女儿比我长一岁，我叫她小表姐，小时候在东塍玩时会碰到，她常跟我们说海下怎么好，海鲜多么好吃。说有很多很多的海螺蛳，而那时我们在清明时能吃到几颗海螺蛳就已经很不错了。还有益蛏、蛎肉、望潮、虾等等，每次都让我们听得直流口水。小表姐常邀请我们去，说要带我们去讨海（抓海鲜）。小时候真的很想去呢，可惜没有去成。

范小汝娘舅母曾经叫母亲为她做衣裳，说下岙堂请不到裁缝老师。母亲因种种原因都没有去成，聪明的母亲就想到了这条路。

这真的是一条好路子，应该去试试。说干就干，1971年过完年，母亲叫我初四就出门："也不知道路有多远，多带点馒头。"还特地叫我路过上岭时，在姑婆家住一个晚上，这样可以确保第二天早晚都能到小横渡。下岙堂在哪个方向母亲也不清楚，让我到小横渡后和表姐他们商量，再决定下一步该怎么走。

正月里走亲戚，按照风俗习惯该送点礼物。我问母亲："上岭姑婆家也没有去过，这是第一次做客，空手走亲戚，是否要闹笑话呢？"母亲说："不用，因为你这次不是去探亲，而是寻作场，找饭吃，古话说'无衣不下床，无饭走四方'，如果日子好了，别忘了他们的好就是了。寿元是文化人，家庭出身不一样，不是那种小气的人，不必担心这些小事。有她帮忙肯定会顺风顺水，她帮过很多东塍人，人家有事求她，她从不推辞，一宿二餐无不招待。"母亲的话总是那么有道理。

到了上岭，姑婆躺在床上，盖着被子，我上前叫了一声："姑婆，我是卢锡宗的儿子。"她老人家把头伸出来，这是我懂事以来第一次看到姑婆，也是最后一次。第一眼看到姑婆时，哇！真像我祖父，特别是高高的额头，和我祖父的一模一样。韦良表叔原来是个学生，他哥哥当年被镇压后，他就被拉去劳动改造，释放后回村娶妻生子，有两个儿子，长子叫小倪，次子我忘了叫什么。家里还有一个表姑，已经出嫁了。当天晚上我和小倪一起睡，他和我一见如故，说了很多很多的话。

吃了早饭后，辞别姑婆和表叔，小倪送我到岭根上山后，告诉我这条路直通横渡，没有岔路，到横渡后再问小横渡怎么走。小倪分手时说："表哥实在太穷了，没什么好招待。"我说："已经很好了。你还陪我说了那么多的话，很高兴了。下次一定要和你爸一起到六房上坟，看看你的舅公、太公的坟墓，否则，嫡亲亲眷都不认识了。"后来表哥没来过，韦良表叔来过好几次，我很热情地招待了他。

我上了山岗，这十八肩岭好陡，这条路是三门与临海的唯一官道，可是难不倒我，下山时我一路小跑，当天中午就到达了小横渡。

向路人打听周寿元家，边上的人都知道，好几个人给我带路。路上他们问："你和寿元姐是什么关系？"我回答说："是我表姐。"有个人说："那么，我叫你表娘舅。"到卫生所门口他就大声嚷嚷："寿元姐，表娘舅来了。"

表姐的儿子何国平出来迎接，将我的破皮包接了过去，里面还剩几个没吃完的馒头。我自我介绍："我妈周韵梅。"寿元姐忙说："是美姑的儿子，第一次见面。"表姐夫也在家，家里还有五个女儿、一个儿子、一个媳妇、两个女婿、两个孙女，屋里挤满了人，加上我共有14人。表姐家的家庭教育不一般，儿孙成群，都很有礼貌，两个女婿也叫我表娘舅，两个孙女过来叫我舅公，媳妇也是名门之女。

他们的家和卫生所连在一起，那天晚上我被安排在卫生所这一边睡。

临睡前，表姐夫过来陪我聊天，问了我好多问题。

"你妈好吗？"

"你爸有来信吗？"

"你结婚了吗？"

"你妈为什么不一起来呢？"

"是第一次来小横渡？"

……

我回答得很谨慎，心想姐夫是一个文化人，我可不能有半点说错。他问一句我答一句。我告诉他，母亲当奶奶了，我有个女儿，农业解决不了温饱问题，我自学裁缝，在自己那边没有师傅带出来的手艺人很难拓展作场，母亲让我走远点试试……我把出来的目的告诉了姐夫。他又从裁剪技术方面提了很多问题。他家也有缝纫机，子女众多，也想从这方面找点出路，买了很多服装裁剪书，表姐夫牵头多人研习，所以他的服装裁剪理论比较丰富。我有了书本的理论知识，也有多年的实践操作经验，再加上近阶段的勤学苦练，谈不上炉火纯青，也能对答如流。后来又问到农业方面的一些问题，有一条我记得非常清楚，他问："锄头口为什么有宽有窄？"我答："这个是土壤结构的问题，沙性土壤锄头口宽一点，黏性土壤锄头口窄一点。有个地方因为山多地少地名就叫锄头口窄。"表姐过来说："表弟今天路上辛苦，早点休息。"考察终于结束，我松了一口气。

住了一个晚上，我要回家了："熟悉路后不觉得远，不到100里路，但愿我能经常来。"我表姐说："这件事情不急，只要你技术过关，我肯定能帮上忙。下次过来缝纫机不用带，先用我的，等作场兴了，再把缝纫机带过来。"接着又说："我表弟一定行，我阅人无数，这点我很自信。"我还未展示呢，表姐就给了我一个大大的鼓励。缝纫机能长期借给我使用，我的好表姐，让我好感动！

辞别了表姐一家,转身上路,国平送我到村外。

回家路上,我想着表姐夫妻俩的直言直语,何国平接我进屋的彬彬有礼,使我感觉到这个家庭教育的不一般。国平对服装也很感兴趣,想从这方面发展,他是个相当聪明的人,我很期待我们能互相学习。母亲指的这条路是希望之路,我要认真走下去。

路上要翻两座山:十八肩岭和呈岐岭。来的时候,母亲怕我路生,用两天时间,回家一天就够了。路上在心里很认真地许了一个愿:希望能在这条路上经常来回走着。

接着,又开始想着裁缝技术上的问题,边走路边想确实很好,不会影响走路,走路也不觉吃力,很快到呈岐岭头,绕过岭头路廊,就能看到家了。

我有家了,我有女儿了,这两年多没有出过远门,这次出来只有三天两夜时间,就觉得好长时间没看到家里人了。心里想着进门后女儿怎么叫爸爸,怎么样黏着我;还想着菊英说自己带小孩怎么辛苦;想着我妈带儿子长大,还那么操劳,享不到清福;想着城里太婆又要夸自家小孩多么聪明多么可爱……想着想着,就到家门口了。

一进门,母亲就说:"那么快就回家了?"我说:"路不远,不会超过100里。"我把这三天两夜的经过跟母亲做了详细汇报,还说了我的看法,告诉她下岙堂没去,到那边干活的时候再去,这也是表姐的意见,还跟母亲展望了一下未来,做了一个抚手撸臂(撸起袖子加油干)的样子。

菊英看我话说了一个段落,就把女儿递到了我的手上。"爸爸抱一下。""好!好!"她用小手摸着我的脸,把小嘴凑到我耳边,轻轻说着"爸爸,我们回家"。"爸爸知道,爸爸跟奶奶说话呢。"女儿不说,我兴奋得忘了兄弟俩已经分家了。菊英忙着洗米做饭,我抱着女儿去搭把手,太婆说:"囡囡到太婆这里来。"女儿跟太婆玩得也很开心。

离家、回家，家里有老婆有孩子，生机勃勃，更有了家的感觉，多幸福啊。穷一点没关系，过得开心就好。饭做好了，三口之家坐下来吃饭，我抱着女儿吃，感觉自己很熟练。以前不会做的事情，当了爸爸后自然就会做了。

转眼就快到夏季了，很想知道寿元表姐那边的情况咋样。小横渡卫生所有台电话，我准备跟表姐通个电话，这是我第一次用电话，我拉上柯兴一起，他用过电话有经验。电话要总机接转，很不方便，也很不容易。接通后，我不好意思直接说做裁缝的事情，就问个好，报个平安，表姐善解人意，她主动向我提起裁缝的事情，说："夏令将至，好多人想做新衣裳了，过了小满就是农闲，你过来。"还没等我说声谢谢电话就挂断了，估计是表姐为我省电话费。几句话电话费付了5角，心疼，决定以后不再打电话了。

打了电话后没过几天，收到表姐的一封信，信中内容是这样的：

"有人要做夏衣了，肯定能打开局面。

"有一个为难之事，也已经解决了。小横渡有一个裁缝师傅，名字叫厉德，是国平的同学，你来了，势必会影响他的生意。他虽然不会说什么，可是我内心感觉欠安，因为他是个残疾人，不可以与他抢饭碗。所以我想了一个方案，你就以这里作为一个立足点，向南面发展。为了不发生误会，我找他说了这个事：'我表弟想到这里做裁缝，混口饭吃，会打扰你。'厉德忙说：'不碍事、不碍事。'我接着说：'我让他先上这里做几天看看，如果做得好的话，向南面发展，你们俩可以联手。'厉德说：'好的，好的。'

"我已经联系好了十几户，接信速来。"

当晚我和菊英商量到小横渡做服装的事情，菊英支支吾吾，很不情愿让我出去。我对她的身体也放心不下。现在有个小家了，想当好爸爸和合格男人，左右为难，不像以前去西楼、去北山那样轻轻松松，无牵无挂，一去就是几个月。

但是我还是想尽快出门。书记同意，表姐帮忙，多好的机会，我不能失去。所以我做菊英的思想工作："我这双脚很厉害，一天能走200里路。如果说家里有急事，你打个电话到小横渡卫生所，表姐会转告我。我下午1点钟起身，晚上就能到家。"还是老婆想得周到，她说："自从怀孕生小孩到现在，身体一直没好过，你一直陪在我身边看病买药的没闲过，你一下走掉，我怕撑不住。这次喝了力维隆觉得好一点，要不再买两瓶试试，你过两天再走。看到我好起来，你在外面也好放心"。一个星期很快就过去了，菊英的身体真的好多了。

准备出发了，菊英说上次没送什么，这次带点红糖作为礼物。我在包装红糖时，管闲事的过来了："爸爸，我要吃。"我顺手递给她一块，吃了还要，我告诉她："小孩子多吃红糖，牙齿会变黑，会霉烂掉。""我不信。""你去问妈妈。"菊英说："真的，不能多吃。"女儿悄悄地问："妈妈，爸爸为什么把红糖包起来呀？""送人呀。""送给谁呀？""你去问爸爸吧。""送给一户亲戚，你叫表姑。""西洋头表姑？"（她指的是我表妹周月月，嫁到西洋头成了家）我说："是小横渡表姑。""小横渡在哪儿呀？"叽里呱啦问了好多问题。我问她："囡囡会读书吗？""会。""你去拿本书看看。"一本正经拿着书看。"囡囡你把书拿倒了。""不会的，你在骗我，我是知道的。""爸爸不在家里，你要听话。""囡囡会听话。""你喜欢听谁的话，听奶奶的还是听妈妈的？""两个都听。""听谁多一点？"用眼睛看她妈妈，"妈妈。""明天你早点起来送送爸爸好吗？""的（好的）。"

吃了晚饭我带着女儿去跟母亲道别。"你告诉奶奶，爸爸要去小横渡做衣裳去了，你会讲否？你说说看。""我会。""那你说给我听听。""爸爸要去小横渡做衣裳。""对，说得好，看见奶奶时就这样说。"我俩走进母亲房间,"奶奶,我爸爸要到小横渡做衣裳去了。"母亲夸她:"囡囡那么能干,你知道小横渡在哪里?""很远很远。""那囡囡叫爸爸早点睡,明天还要赶路呢。""爸爸,奶奶叫你早点睡。""好,那你也早点睡觉吧。""我还要跟奶奶玩一会。"

结婚后偷偷摸摸去附近的谢家岙、大山岗、倒爬坑、孔岙等地方做衣服,但基本上都是日出夜归,这样远的地方没去过,而且可能要到了农忙才回家。菊英毕竟年纪小,依依不舍,眼泪汪汪,好像我出去不回来的那种感觉。

## 初战告捷

出发了!拜头、绚珠、庙西、东塍、格溪、大路头、岭脚都慢慢消逝在我身后。五盘岭顽皮地转来转去。浪坑岭头路廊有水喝,不要钱,呈岐岭头也有水喝,也不要钱。下山的路特别轻松,有飞起来的感觉,穿过岭根村庄,又要爬岭,到了岭头张也有免费水喝。

十八肩岭很快又呈现在眼前。想象着多少年前,有挑担的,有坐轿的,有骑马的,熙熙攘攘、人来人往的这条官道,此时成为我的希望之路,我也将成为这条路上常来常往的路客。50年后的2020年,我怀旧想从这条路走过去,随着时代的变化,亭流线、岭鸟线都通了车,这条十八肩岭已被柴草堵塞,无法通过,只能绕道而过。十八肩岭下山后,从王岐庄到横渡都是顺步路,迈开大步,不费劲。

嗯,肚子饿了,拿出咸菜冷饭团,闻了一下,好香啊。咸菜是我自己腌的,腌咸菜的花菜(雪里蕻)是我自己种的。老婆做的米饭、包的饭团,也是女儿喜欢吃的饭团,当时菊英给她做了一个小的,她边吃边说好香。饭团香,加上心情好,我要找一个有意义的地方坐下来吃,要靠山近水。

就在这儿吧,这里是桥头村,有一座全石桥,坚固美观,桥头有一棵古老的香樟树,沿着石级下到溪边,水清,有芳香。溪的上游是三夹水,南面从岔坑途经岩下流向桥头;中间是岩下潘、王岐庄流向桥头;北面是东屏山经长林溪流向桥头。三夹水从西向东流经桥头,再经白溪、横渡流向健跳港,归于大海。海纳百川,真有寓意。青山绿水、溪水长流、樟香飘溢,上午走得快,下午有充裕的时间赶路,让我慢慢享受饭甜菜香,慢慢欣赏景色,慢慢畅想未来。

时过境迁,这一场景至今还清晰地印在我的脑海里,这是我人生的转折点,秀色美餐、寸心百川,白溪桥头我永记心里。

桥头当地人告诉我,去小横渡有条捷径,我想试一试。果然,很快就翻过去了,这条小路还比较好走,到了山脚就是岭根陈,岭根陈是个中等村庄,与小横渡相比邻,相隔几丘田而已。

与表姐第二次相见,随便多了,亲热多了。表姐问我:"给你的信收到了?""收到了,家里有些事情要处理,处理好了就推迟了一个星期。""不要紧。"表姐叫国平安排一下明天给谁家先做。反正我都不熟悉,听国平安排就是了。

来了个异乡老师头,第一天,来看热闹的很多。他们见面都这样说:"你是寿元姐的表弟,那我叫你表娘舅。"都是陌生人,说着同样的话,过了一两天全村人都叫我表娘舅,叫老师头的一个都没有。厉德也来打过招呼,他自我介绍说:"我和国平是同学,我也做裁缝的。"其人一表人才,脚是小儿麻痹症所致,若是和他争饭碗,真的像表姐所说的内心欠安。我表姐有一颗善良的心,侠义心肠,她与小横渡的村民相处得那么和谐。从山里至南面三岩接受表姐恩惠的人数以万计。"寿元姐"这三个字在这一带家喻户晓,显得亲密无间、情深义重,甚至超过了"周医师"这个高尚的称号。

在小横渡十几天后，村民的评价也出来了：裁剪技术超过厉德，手缝技术不及厉德。接下来表示要做的衣服有很多，排下来有几个月可以做。

表姐在一旁细心观察、全面分析，认为我的水平在服装行业能发展下去，建议我把小横渡让给厉德，叫国平先去下峇堂看看是否有人要做衣服。国平奉命前去，当天就带回了好消息。表姐建议我和国平两个人合起来去下峇堂试一试。厉德听说我要走就来劝阻，说："如果其他老师头进来，我厉德不是一样吗？"朴实有情义，让我很感动。

我和国平去了下峇堂，安扎在国平老继姨（义母）家。

当天晚上，我和国平一起来到小汝娘舅家。家里有很多人，都一一地打了招呼，很客气，很有亲切感，特别是二表嫂招待很热情。我把这次的来意说了一下，表示希望能得到他们的帮助。

在下峇堂工作很顺利，白天落户做，上午我裁剪，国平缝纫，下午我做手工缝制的活，晚上做按件接的活。那个时候，海下还没通电，夜工要用煤油灯。下峇堂按件接的活特别多，为了多挣几个钱，开夜工是必须的。

在小横渡出来的时候，表姐特意跟我交代了国平的情况，说："他很容易疲劳，小时候患过肾炎，是我细心照料才捡回这条小命。他对服装行业特别喜欢，和你一起出去是因为感兴趣，不是为了赚钱。希望你好好照顾他，催他多休息。"我表姐爱子情深，儿子都快30岁了，还这么操心。

我是绝对不让国平开夜工的，但我又是必须做夜工的。国平性格和善，合伙如合命。我们两个人的合作，从辈分来说，我长他一辈，从工作来说，他把自己当小老师（徒弟），所以我开夜工，他也要跟着做，不肯早一点睡。我只得像哄小孩一样和他一起去睡，他睡着后，我再起来做。后来他明白了我的用意，晚上主动早点睡觉，让我安心开夜工。

这样，我吃了晚饭收工后，就开始做夜班，11时前睡觉，休息也是充裕的，白天干活有精神。后来我把自己夜工的时间控制在10点半结束。只有有了强健的体魄才能养好这个家，管理好自己这是我一生的宗旨。

时间过得很快，大暑已至，夏收夏种双抢季节已经到了，我得马上赶回家参加农忙。回家前，我想去理个发，我和国平去了边上的仙岩村，路上遇见了一对夫妻。男的叫小力，是小芝包山人，是何国平的姑表兄。小力的父亲是国民党部队的军医，新中国成立后土改期间开始改造，在劳改单位度过半生，母亲早逝，小力和哥哥小强投靠何国平家。小力吃苦耐劳人又聪明，被何家女儿小所看中，两人结了婚在仙岩安家。夫妻俩郎才女貌，日子过得很不错。因为我们的成长经历有相似之处，所以一见如故，很是合缘。这一相遇又为我开辟了一个新的作场。

在下呑堂的两个多月，我的裁缝技术初露锋芒，从托人帮忙找生意，转为消费者找上门来预约，生意逐渐兴隆，事情进展得比我预期的还要顺利。我充分利用回家前的这最后一天，把手头的工作认真地做完，对其他需要做衣服的人家，承诺农忙过后再来。国平负责收取工资，这边的人付工资很爽气，没有一个人拖欠。

收了工我们就返回小横渡，表姐看到我们胜利归来，一脸的笑容。我告诉表姐："我要回家种田了。"说着眼泪就出来了。表姐问："不想回去？"我说："想回去。可是那边有好多人排着队要做衣服。"表姐说："这是好事。""回家种田，人很辛苦，又挣不了钱。成分好的话，农忙是可以不用回去的。""我们是没有办法的，是受人家管着的，农忙到了是一定要回去的。这些事情都不值得流泪，你应该高兴才对。你出来已两个多月，该回家看看你妈和老婆女儿了。初战告捷，应该高兴，应该庆祝一下。"那么几句话，我的泪就止住了。表姐又像哄小孩似的说："山里人送来了半只麂肉，我炒一盆让你尝尝。"

农忙季节正好是大家都要做夏衣的时候，生意特别好，但是农忙是必须回到生产队的。后来有一年生意忙，我迟了几天回去，就挨了批评。

国平是初中毕业，成绩比较优异，也是成分的关系，没有机会升学。他把账记得很清楚，工资收好了，共计243元。我说二一添作五（平分），国平说："我不要。我是玩玩的。"我坚持要平分。后来表姐说："国平你拿100元，其余都让表娘舅拿走。"我表姐接着说："表弟你不错！我这个医大毕业的还没你这个小学毕业的挣得多，你两个月挣100多元，我两个月只有60多元。表弟加油，农忙过后马上回来，你活做得可以，但要加强手缝工的锻炼。"

归心似箭，4点半就起来，大暑季节，早走凉快点。去厨房想随便找点吃的，一看冷饭很多，就准备热一下吃了。国平听到声音来到厨房，帮我做了一碗蛋汤。为了不打扰表姐，麻烦国平说一声，就悄悄地离开小横渡。天蒙蒙亮，为了安全，往横渡方向走大路，不走岭根陈山路，边走边担心太早没人摆渡。到了渡口一看，我还不算早，已经有好几个人等着了。

横渡、白溪、桥头、王岐庄、十八肩岭，我要回家啦。那时候的我真的很厉害，快步上岭，气不喘、脸不红，如走平地。穿过岭根村庄，还不到9点，小芝回头车应该还没过去。打听一下，真的未过。我决定坐车回家，这样可以早点看到家人，早点享受当爸爸的好滋味。也是因为我手头有钱了，7角钱的车票不到我半天的工资。原来都与农业收入比，要两天工资，就舍不得花。远远看到公共汽车拐个弯过来了，在岭根停靠站停下，上了车坐下来，感觉有钱真好，坐着车就能到家。

走到口井头，菊英在洗衣服，看起来精神好多了。一帮好心人围了上来，好话连篇："发洋财转头了啦""撑大航船回来啦""吃得白白胖胖了，后生（年轻）赫的（好多）"……我连忙说："谢谢你们大家的好话。"这是第一次进门前遇上那么多的人，以前出门做裁缝都是偷偷地趁夜色黑进黑出的,她们都看不到我进进出出,这次是王书记批准的,可以大方地公开,因此是"官进官出"。

我们一起往家走,菊英不喜欢开玩笑,所以我也一本正经地说:"中午吃什么?"她问:"怎么这么早?"我说:"早上4点半就爬起来,到岭根刚好碰上小芝车。"听到女儿在叫:"爸爸,爸爸。""你怎么知道爸爸回来了?""是阿婆他们说的。"城里太婆见了说:"小学赫地吃白啦。"母亲也进来了。我说:"妈,你给我指的这条路太好了。我在那里做西装裤出了名了,我用二表哥的方法边做边熨,把挺缝做到位,直裆减短,横裆稍加,具体比例按照上海服装裁剪法,再观察得仔细一点,看清这个人穿裤子的习惯,适当再减点直裆尺寸。特别是一些年轻人,对我做的裤子评价相当高,有黄金坦的、有仙岩的,都是慕名而来,我都是开夜工帮他们做的,下次过去可能会有更好的生意。"我想要汇报的内容很多很多,母亲笑得很开心。

我当天下午就去参加生产队劳动,这样能少交一天的记工钱。当天晚上我就把交钱记工这件事给办了。

生产队会计卢志亮办的交钱记工,根据村里的规定,按生产队出勤率第三名的出勤天数计算交钱记工天数。从出门之日起到回来之日,这次第三名出勤数是46天,每天要交1.3元,我交了59.8元。这样,我就获得了与第三名同样的工分,然后分粮食、分稻秆等按工分分配的东西都跟第三名一样。很简单、很方便,我认为很合理。手艺人都遵守交钱记工规则,能做到平等互利,手艺人挣了钱,生产队能提高分红率,大家都有好处。

卢志亮比我大一岁,跟我关系不错,后面几年,他都按生产队出勤率第五名给我算交钱记工的,这样可以少交几天的钱。那个时候一般第一名是队长;第二名是本队的劳动能手,撒谷子、耕田啥都会的;第三名可能是粮食保管员，农闲时人家没事做他还要管仓库；第四名就是一般的被公认干活不错的；第五名就是一般的了，跟第四名比起来有差距的。卢志亮对这个规则掌握得比较好。我一共交了3年，后来这个制度就取消了。

我这次出门挣钱一共挣到143元，减掉交钱记工的59.8元，还有83元。这就相当于我没有出门而是正常参加生产队的劳动，不影响生产队的一切利益分配，还额外多了83元。真的很可观。落户干活吃的是人家的，我饭量大，省下的口粮也很可观。

一高兴，我就把这件事给说了出去，引起了两种人的妒忌：一种是不想让你出去的干部，另一种是也想走这条路没有走成功的人。于是，麻烦来了。在"革委会"召开的生产队长以上人员参加的双抢动员会上，有位"革委会"干部问："卢志学出外做裁缝是谁放他出去的？"五队生产队长说："是王书记答应让他出去的。"不巧的是当时王书记正好因为办麻捣厂的事出差去了。这样一来，无人做证，事情闹得沸沸扬扬。"革委会"当即下令扣押缝纫机头，有人说："卢志学出去缝纫机没带，用他学徒的，扣押缝纫机头有什么用呢？"这话一出，又多了一条罪状：带学徒。不知为什么后面又加了一条，一共给我定了三条罪状：私自外出，带学徒剥削，侵占公共财物。准备好好地整一整。

这时候区一级工作队正好进驻在六房村，工作队为了抓阶级斗争促双抢，对这件事很感兴趣，送了一张通知让我去回答这三条罪状，并说明要做笔录。前面两条可以如实陈述，但这第三条有点麻烦。办大食堂前我家有一口七石缸（一种大规格的陶瓷缸）当水缸用的，搬出双台里时，缸留在原地，大食堂解散后，我家的七石缸不见了，旁边有一口六石缸。缸被换成小的了，虽然我心里很不舒服，但想着这个乱糟糟的年代不能计较这么多，我就把这口缸当水缸用了。想不到这成了"侵占公共财物"的罪名，这我必须拿出有力的证明。

我跑到当时食堂堂长卢肖峦家里,请求他为我做证。他回答我说:"对的,没错,是办食堂时换了,什么原因记不清楚了,是我没有把工作做好。我会用公正立场把这件事情办好的。"我说:"那我去找工作队说。"工作队就住在卢肖峦家隔壁的楼上,他告诉我:"他们去吃中饭了。你先回去,下午再来。这件事情我会去说清楚的。"又是一个好共产党员,我千恩万谢,把证明我清白的事拜托给了他。

我回家吃中饭,陈冬梅过来帮我分析是谁搞的鬼:"这三件事情,前面两件是你自己说的,后面缸的事情,是知情人说的。把这三件事情凑在一起,用心险恶,够你倒霉的。"这个时候,我什么都不想说了,我已经意识到自己的缺点,祸从口出,我会吸取教训的。这是一个严重的教训,是让我一辈子受用的教训。知道是谁想害我并不重要,就是妒忌两个字,知道了是谁又能怎样,假装不知道,不伤和气。于姣姐也过来了,问:"工作队咋说?"我说:"还没有碰上。"她说:"工作队队长是大田文化站站长于淳齐,菊英以前在大田区毛泽东思想宣传队待过,肯定认识他,你们两个人一起去,他说不定就不追究了。"

菊英在旁也听到了这几句话,吃完中饭,她坚持要和我一起去。我说用不着,分析给她听:"这些事都是小事情,都能说得明白的。交钱记工的事我已经办妥了,这个事情是个好事,手艺人都这样做的,生产队也得利的,王宝晋出差回来一证明就什么事都没有了。"男人就要有担当,怎么能让女人去抛头露面呢?

下午1点多,我去找工作队,我自报门户:"我叫卢志学,你们找我来的。""是的,你坐下,听说你会做裁缝?""会。""没有经过领导同意,你私自出门。""我向王书记请示过,王书记说,只要你根据农业学大寨精神交钱记工,在生产队允许下,可以出门。""你带学徒吗?带学徒是剥削行为你知道吗?""他不是学徒,是我表姐的儿子,比我小两岁,我们是合作关系。""缝纫机没带?""是的。""侵占公共财产的事情不说了,刚才卢肖峦同志已经把这事说清楚了。交钱记工的钱交了吗?""回来的当天晚上就交了。"这时,菊英进来了,叫了一声"于老师"。他站起来问:"诶,你怎么来了?""你问话的是我们家的。""有人告诉我说你嫁在六房村了,就是嫁给他呀。"他笑得很爽朗,他们聊了几句家常,最后说:"好,都说得清的,不会有什么事的,你俩回去吧。"就这样,躲过了一劫。吃一堑长一智,少说话,多做事。很感谢卢肖峦,老共产党员就是不一样,说话、办事丁是丁,卯是卯。

## 扚泥鳅

六房村当时有一个规模较大的副业,全村人都参加,就是扚(抓)泥鳅。扚泥鳅是一个比较好挣钱的行当,比做衣裳好挣得多。泥鳅晒干后卖给村蔬菜厂,经加工卖到外贸公司,听说是出口到日本等国家。抓泥鳅有季节性,发生在晚季排水搁田的时候,就是国庆前后这段时间,我们村的好多人会到全省各地去抓泥鳅。

一开始我们去的是三门岔路、宁海西店。这一年原定目标是去慈溪、余姚的,我们一共有5个人,毛德牵头。我们在慈溪转了3天,没有找到有泥鳅的地方,慈溪虽然是水稻田,却是内河港,泥鳅喜欢活水,生长在有山有水有溪流的地方。

我们买了一张地图来研究,最后商量决定,放弃慈溪,兵分两路,一路3人卢自越、鲁漫、毛德沿宁杭线北上,我和立訇穿过四明山从梁弄下山去上虞。

第一次上四明山,第一次看见直径近30厘米的大毛竹,那么大的森林,还真有点担心走不出去。我俩的目的地在梁弄方向,可是在问路的时候,有好多山区当地人都听不懂我俩带着临海口音的不标准的普通话,勉强能听懂的都正好不是当地人或者是学生,不知道路。把地图打开,没有太多的文字提供路线,我们用火柴梗在地图上比一比,很近的,但就是找不到。只要有人我们便问,再分析,幸好我们走的方向还是对的,走到梁弄时太阳快下山了。我们在四明山走了整整一天。

阳光余晖照射在梁弄这个非凡之地,非常漂亮,我们边走边看,这里的古建筑很多,光是牌坊就有十几处,印象最深的是兄弟进士牌坊,不知道这些古建筑后来留住了多少。

过了梁弄,天渐渐地黑了下来,基本上看不到什么村庄,后悔没有在梁弄找个旅店。正在发愁之际,碰到一对农民夫妇,此地民风淳朴,我向他们提出借宿的请求,他们竟然听懂了并毫不犹豫地答应了。

我俩跟着他们到家,家里还有一女一儿,大概20岁左右,问我俩是做什么的,我们说是来借宿的,他俩反对爸妈答应我们借宿,他们的妈妈说自己已经答应了,不能反悔,结果他们吵起架来了。我俩见状转身离开,他们的妈妈追出来抓住我们的行李不放,一边跟儿女说:"谁没有困难呢?"她的女儿看她妈妈那么坚决地要留宿我俩,说:"我们吵得那么厉害,客人也不会在我们家宿了。"且转身对我们说:"从这条路一直下去约5里路,地名叫下管,那里有旅馆,你们俩就到那里去住宿吧,我代表我们全家向你俩说一声对不起。"我连忙说:"没事,对不起的是我俩,打扰了。"就这样,我俩继续行走在暮色之中。

下管是公社所在地,旅馆里住宿的人不多,服务员是个四五十岁的女人,那时候住宿要村委会证明,因为村里的限制,我带的是谢家岙村的证明,服务员看了证明问:"你们不是一个村的?"我连忙抢在卢立訇前面说:"我们不是一个村的,我俩是亲戚,相隔有5里路。"就这样蒙混过关住了下来。

我为什么拿的不是自己村的证明？讲起来就很生气、很难受。那时候挣钱真的不容易，抲泥鳅一天挣二三十元的可能性都有，跟农业劳动比，要近100天的出勤呢，所以抲泥鳅成了六房村的季节性副业，大家都想出去闯一下。你知道这些干部怎么说？"'四类分子'及其子女，10月1日前后不能出门。"硬是不给我们开证明。这不是什么政策，就是卡我们。谢家岙是菊英的姨妈家，表兄是村干部，就请他给我开了一张证明。

肚子很饿了，我俩出去买了3碗清汤面，要求分成4碗，这样给的汤可以多一点。回到旅店，洗完澡刚要睡觉时，突然进来一个男人，在床边一坐，问："你俩是哪里的？"我吓了一跳，说："是临海的。""没有来过这里？"我说："是的。"他笑着说："我一眼就看出来了。"

跟这个男人聊了一会儿天，知道他来自路桥，卖货郎担的（挑着担卖小百货的），常年在这里转来转去。

一宿无话，凌晨吃了早饭，我们出发去寻找泥鳅。那是9月的上半月，农历还是七月，正好是白露左右，天气很热。我们出去分析了地形，下管溪清水长流，灌溉着整个农田，这正是泥鳅繁殖的好地方。找对了地方，肯定有收获。

我俩在下管住了3天，收获的泥鳅数量可观。我们向旅店借了一口缸，用10斤泥鳅3斤盐的比例把泥鳅腌了起来，打算找个地方晒干。第三天晚上，吃了晚饭，天很黑，要下雨的样子，立匋说："我进村时，曾在路边看到两张被村民丢掉的草席，我去拿来盖一下。"说完转身就走。结果到八九点钟都没有回来，外面天那么黑，肯定是走错路了。我很着急想到外面去找，服务员也跟我走到大门口，她说："你路不熟，千万别出去，如果你再走错了路，晚上你找他、他找你，要找通宵了。我帮你去找。"她拿着手电筒出去了。十几分钟后回来，没找着，只好等吧，她拿出了一盏灯挂到门口，我俩继续等。她打起瞌睡来了，我说："我给您讲个故事。"她问：

"什么故事？""诸葛亮斩马谡，界亭失守责任在诸葛亮……"有声音了，我俩赶紧起身去看，是立匋回来了。服务员说："你们这样也太辛苦了。"

我俩在丁宅边上一条水沟里抲泥鳅，产量很高，每网都有很多。来了一位农民兄弟，背着一把锄头，他主动跟我们聊天。我俩就停了下来跟他聊了一会。他看到我俩的裤子湿了，劝我俩把衬衣裤子全脱掉，这样就可以放开手脚大干。我告诉他："我们不习惯，这太阳也太厉害了，脱掉衬衣太晒会受不了，把裤子脱掉，我们真的不习惯，所以只能这样，脏了就洗呗。"这位农民兄弟姓谢名叫擎华，23岁，聊天中感到他很豪爽。抲泥鳅住旅馆不合适，我正想着借宿的事情，要是能得到这位兄弟的帮助就好了。边想着我就说出口了："我有一事相求。"他说："你说吧。"我说："我们现在住在下管旅店，抓了泥鳅需要晾晒，很不方便，可否住到你家里？"他回答说："完全可以。"太好了，又碰到好人了。我很高兴，我们随即收了工，卢立匋先把工具拿到他家安置好，我去旅店拿东西。就这样，我们搬家了，路上还看中了进村的那座水泥桥，可以用来晒泥鳅。

第一天晚饭，擎华妈妈把我俩当客人一样地招待，晚饭后我抢着洗碗，擎华妈妈坚决不让。我向擎华妈打听："村上有米卖吗？""有，1角8分1斤。"比家里便宜，家里要2角，我拿出10元钱委托他们先买50斤。擎华说："蔬菜咸菜就不用买了，我家里有，让我妈炒给你俩吃就是了。"我们正在闲聊，擎华的堂哥谢擎昌过来了，擎华的伯父也过来了，他们两个人很直爽，谢擎昌比谢擎华更能说会道，有那种一见如故的感觉。又进来一个阿姨，擎昌说："这是我妈。"我说："阿姨请坐。"阿姨说："好坐，好坐。"接下去他们用土话商量着我们睡觉的事情，擎华转过身问我："你俩喜欢一起睡还是分开睡？"我回答："一起睡，可以商量总结今天的经验，计划明天的行动。""好，那就在我家睡。"

这个事情办好了，往后要好好抲泥鳅晒泥鳅干了。

第二天，我和立旬清早起来把准备晒泥鳅的桥面打扫得干干净净。回来后我去做饭，阿姨不让，她问我："做多少米？"我告诉她："要2升，如果用秤称，要3斤。"她问我："烧那么多做什么？"我说："中午不回来吃饭，早上吃一半，另一半带走中午吃。"吃了早饭，我们去晒泥鳅，把抲泥鳅的工具也带上了，手上还拿着锅巴，一边走路一边吃。这个泥鳅刚拿出去晒的时候实在太臭了，路人都捏着鼻子，在晒泥鳅的过程中，我俩很是内疚，所幸的是桥头跟村子有段距离，而且到了第二天，泥鳅就会散发出香气了。晒完泥鳅，我们出发继续抲泥鳅。

下午我俩回来收泥鳅干，走到桥头，看到擎昌正在跟一个拖拉机手吵架："你压坏了我客人的东西，欺负我的客人，等于欺负我……"要他赔钱。原来是拖拉机手不小心压坏了晒在地上的四五十根泥鳅。那个拖拉机手忙说："是我不小心，对不起，对不起。"擎昌看他认错，也就算了。边上还站着我们的伙伴鲁漫和卢自越，他俩来找我们合伙来了。

那时候，没有电话，路上也不会写信，他们怎么知道我们在这里的？在那个年代说起要找人也很简单，一是大概路线都差不多，路上碰到同行，会讲前几天在哪里碰到谁，或者前几天碰到谁讲起在哪里碰到过谁，这就有线索了。说起联络通信，那时候，5天一次的农村集市在这方面起到了很大的作用，所以赶集不仅仅是物资的流通，更是信息的流通。集市上碰到的熟人都会聊一聊，聊聊自己，也聊聊互相都认识的那些人，所以大家对几年不见面的亲戚朋友的情况大概都是清楚的。

我跟擎昌介绍新到的两个人，并请他帮忙安排住宿。我们收好泥鳅干回家。那天晚上擎华、擎昌两家烧了菜聚在一起吃晚饭，擎昌母亲烧的炒螺蛳和大白菜特别好吃，炒螺蛳是上虞人的拿手好菜。我真的好感激，抲泥鳅的人既臭又脏，他们都不嫌弃。两个同龄的兄弟俩跟我们很谈得来，两家的大人对我们也关怀有加。

接下来，我们4个人又继续干了一个星期，边抲边晒，产量非常不错，在两个好心家庭的帮助下，泥鳅也基本晒干了。好开心，这一批泥鳅干拿到家里，一定能卖个好价钱。同村出来的另一路3个人也在附近不远抲泥鳅。

另一路的3个人准备要回家了，问我什么时候走。我也想回家，当即决定明后天就走。吃晚饭时我把打算告诉擎昌他们，擎昌的父亲说："明天不能走，后天走，那第二批的要再晒一天，你们拿回家就不用再晒了。"他还有另外一层意思："明天晚上我请客，请你们好好吃一顿。"

擎昌父亲一早就去买菜了，他们那里是乐早市，这个早市一般在下半夜2点开始，在天亮时就结束了。擎昌父亲买了一桌很丰盛的菜，擎昌母亲手艺不错，那天晚上他们两家加我们4个，擎昌、擎华都有个小妹妹，共12个人，他们还拿出2瓶白干，一场狂欢晚宴。

我喝得比较多，晚上躺在床上睡不着觉，想了很多很多：出门总是会碰到好人，人与人之间很淳朴、很友善，人家还把我当能人看，这几天在这里，擎昌他们把我当成我们这批人的小头目，有事总找我拍板。但是，在自己村里，我好像不算人，连一张本村人的证明都是假的……

鲁漫进来和我商量，他说："擎昌父子那么客气，晚上特地为我们摆了一桌酒席，我建议明天不走，我去乐早市也买一桌菜，我来烧，明天晚上回敬他们。"卢立訇说："好啊，我也这样想。"回请客这事就这么定了。

擎华也没睡着，进来跟我们聊天，问我抲泥鳅的网是怎么弄来的。我很敏感，觉得他如果跟我要这个网也很正常，可是我舍不得，我一边回答一边想着万一他提出来我该怎么回答："这个网是我自己做的，用空余的时间慢慢做的，有一点时间做一点。这个网一年里用得上的时间也就是9月到10月上半月这么一个半月的时间，其余时间都在角落里放着。"其实，我做这个网更不容易，因为我没有空闲的时间，我有空余时间就用来做裁缝，织这个网的时间是一点点挤出来的。如果我把网送给他，我就要退出抲泥鳅的队伍了，为什么？肯定没有时间再做网了。还好，他接下去没有跟我要网。但事后我觉得自己很小气，也许他根本没有这么想，就是他提出来了，他待我如兄弟，我也应该送给他的。这样想着就有了一个主意，我决定明天去找个好地方捞几网泥鳅送给他，教他母亲怎样烘泥鳅，烘成淡泥鳅干味道很好，让他吃到泥鳅干的时候就会想起我这个志学哥。打定主意后，赶紧躺下，晚上睡好点，明天运气会好一点。

一早起来吃了早饭，我把晒泥鳅干的任务交给立甸，我去找地方捞几网。我还是瞄准了下管溪，想起有一天下午我走到一个地方正好在排水，因天晚了没有停下来，今天去看看。一走到那儿，可高兴啦，这条排水沟基本排干，水流很小，沟底比较硬，泥鳅在挤着往下溜。哇，心想事成，我只捞了一遍，就足足有50多斤，够他们两家吃半年了。我真的很感谢这两家人，情深义重，可是想到再见面就难了，在回家的路上不免伤感起来。我这种性格不好，太多愁善感，得改一改，大男人么，要拿得起放得下。

他们看着我喜滋滋地挑着沉沉的担子的样子，都很开心。卢自越把最大的泥鳅挑出3斤多，让鲁漫晚上红烧泥鳅，给大家尝尝泥鳅的美味，立甸把剩下的泥鳅给两位阿姨分了。擎华妈说她会烘泥鳅干，用糠烘，很香，太好啦，这事就办妥了。

这餐晚饭，鲁漫准备了一天，弄得有条有理，3瓶二锅头和几瓶汽水也已经摆在桌上了，真的是三人行必有我师。"鲁师傅，你搞得怎么样了？"擎昌已经等不及了。开饭了，满满一桌菜，人员跟昨晚一样。两位阿姨和两位小妹喝汽水，其他人都喝白酒。

我先给两位叔叔倒酒，然后给鲁漫倒上，然后是擎昌、擎华、立甸、小超，最后给自己倒上了满满一杯。我举起酒杯："两位叔叔，两位兄弟，这次来到上山头多有打扰，我们4个临海人敬敬你们两家人。""好哇。""那我干了，大家随意。"擎昌拿过酒瓶："大哥，倒酒让我来，今天你一个人出去拘了那么多的泥鳅，辛苦了，小弟敬你一杯。""老天爷看到我们兄弟情深义重，特地惠顾我们的。我只捞了一遍，过两天还会有，你们再去捞。"你敬我我敬你，来来去去，晚上非醉不可了。大家一致认为泥鳅烧得最好，鲁师傅厨艺了得。

这样敬来敬去，3瓶白酒2瓶已经喝完了。我把第三瓶也给开了，给擎昌父亲满上了，想给擎华父亲也满上，阿姨说话了："志学，他父子俩不胜酒力，免了吧。"我在这里那么几天，印象最深刻的就是擎华妈妈了，她一天忙到晚，我想干点家务事她都不让。她说了一句话，我铭记一辈子，她说："我也从来没有让擎华干过家务活，家务活是女人干的，好男儿志在四方，我把你当儿子看待，我不让擎华干，我也不能让你干。"真像我的母亲。我看牛的时候，时间比较自由，母亲要出勤，同意让我干点家务，后来我出勤了，就没有干过家务事。真的是一位好母亲，她的话要听。但叔叔也说话了："晚上高兴，再来一点点吧。"哈哈，大家都抢着倒酒，第三个酒瓶也见底了。大家都喝得很尽兴，但没有酒醉失态的，就是声音比平时洪亮了一点，讲话直爽，不拐弯抹角，把地地道道的劳动人民的本色都表现出来了。

擎昌说："大哥，我想夸你一下，说错了，别生气。我总觉得你这个人与众不同，聪明能干，是那种大家庭出身的样子。你知道擎华怎么夸你的吗？他书看得比较多，文绉绉的，他说你'非池中之物'，哈！哈！哈！""擎华，你真的这么说吗？你说对了，我是泥鳅龙，否则泥鳅怎么会那么听话，都跑到我的网里来呢。"说得大家大笑，擎昌不笑，说："我妈说你家有可能是地主成分，是不是？"我没回答，走到擎昌身边俯身轻轻说道："你妈是地主的女儿。""你怎么知道？""是你妈告诉我的。""不说了，不说了。"擎昌妈打断了我们。我岔开话题："晚上可开心啦，相距

300多里路走到了一起喝酒，还喝得那么爽快。"擎昌说："大哥，你们明天还要赶路，晚上到此为止，明天我和擎华用手拉车把你们送到章镇车站。"我说："好哇，那可要辛苦你俩了。""为哥效劳，心甘情愿。"我想帮助两位阿姨收拾碗筷，她们俩坚决不让我动手，叫我早点睡，明天有力气赶路。

大清早起来，我把行李都打包捆好，拿到天井里。两位叔叔把泥鳅干分成3个批次，扎上小布条做了记号。第一批次2包，从下管拿过来晒的，第二批次4包，第三批次3包，共有9包，都拿到路口。立訇是装车能手，在他的指挥下，很快就装好了，加上行李大概近500斤，满满的一车。

吃好早饭上路，两位叔叔两位阿姨送我们到村口，两个小妹妹上学去了，我们同阿姨叔叔握手道别。

后来，抲泥鳅的技术也升级了，季节也延长了。我们原来抲泥鳅用的网叫坐网，方形，网口用竹片固定，一般用在溪沟里，在固定位置安放好，到上游近10米处用竹片赶泥鳅入网。技术升级后改用拷拷网，比坐网大五六倍，一般用在水塘里，网口装蜡块和浮子，连着两根五六米长的竹竿，抓泥鳅时抖动两根竹竿赶泥鳅入网。同时，销售模式也改变了，有些人把抲来的泥鳅先储存起来，等待高价时卖出。再后来，全年在池塘里养殖泥鳅，季节性也没有了。当然，价格也跌下来了。这样，抲泥鳅的队伍就自然缩小了。

抲泥鳅的人中出了一个典型，名叫刘恩善，与我同村同龄，起初也是我们抲泥鳅队伍中的一员，后来，他掌握了市场信息，自己不抲泥鳅了，变成收购泥鳅，储存泥鳅。他在自家院子里建了两口水池，都是3米宽，8米长，80厘米深。他把收购的泥鳅储存在这两口池里，用大米和剩饭作为饲料，延长泥鳅存活期，等待商机，低价进高价出，这样一来，效益相当可观，名气也很大了。

有人说他走资本主义道路,有人说他投机倒把,正准备给他扣帽子的时候,本地报纸出现了一篇文章,大概意思是"泥鳅专业养殖户刘恩善,靠养殖泥鳅脱贫致富……"豆腐干那么大的一小块文字,让他转危为机,成了当地名人,多家报纸刊登他的事迹,成为全国名人。有开现场会的、有采访的、有学习经验的、有索取资料的,陆续不断,持续了两年之久。全国各地来信来函求取泥鳅养殖经验的持续了3年之久,开始的时候每天有上百封信件,都放在供销社柜台上,后来无人收阅。刘恩善没有文化,他实话实说:"我就是延长泥鳅的存活期,等待好的价格卖出而已,绝对没有养大和繁殖泥鳅的打算和能力,所以拿不出饲养经验,也拿不出饲料配方。"

## 漫漫回家路(抇泥鳅续)

一群年轻人浩浩荡荡地向上虞出发了。擎华、擎昌是本地人,路熟,路上什么街、什么路,他俩都一一介绍给我们。很快,有名的曹娥江挡住了去路,我们等待摆渡。手拉车可以上船,摆渡船的跳板很窄,我看不行,卢立匋认真琢磨着,那个摆渡人说:"人家是行的。"立匋说:"人家行我肯定行。"说完就毫不犹豫地拉车上跳板,两边刚刚好,有的地方有半个轮胎挂外面了,稍有疏忽后果不敢设想,幸好卢立匋经验丰富。

过江就是章镇,穿过镇子就是章镇车站,到了车站一打听,到临海的过境车没有车票了,只有到新昌的。我们把行李放到装行李的铁塔下面,车站工作人员看到我们有那么多行李,很不高兴。擎昌考虑到中途转车很不方便,他再三去售票处咨询,答案都是一样。擎昌说:"万一转车时再没有车票,你们几天都到不了家的,还是包车回家吧。"但我们心疼包车的钱,没有找到合适的车辆。我们商量决定,只能走一步算一步,先上去新昌的车。买了车票，我们催他们兄弟俩回家，他们还要赶3个多小时的路呢。他俩走了几步回头说："祝你们旅途顺利。"我站在公路边上目送他俩回去。

车到新昌车站，我们下了车取了行李，刚清点好，"打击投机倒把办公室"（以下简称"打办"）的人来了，他们用一辆小车把我们的东西拉到"打办"。开始的时候说要没收我们的东西，我们连连说好话，接着要这个证明那个证明的，我们都拿出来了，随身带的工具有力证明了是我们自己抓泥鳅自己晒的。我们解释说："现在只是半成品，我们拿回家后还要交由村里蔬菜厂精加工、包装，最后由村里统一销售。"他们犹豫着，意思是如果放我们走，太便宜我们了，说要找领导汇报。我们也是穷得没什么油水可捞，这个半成品泥鳅干又不好吃，很咸的，晒的时候没有洗，很脏。一直拖到下午3点半，终于答应让我们拉走。

我们赶紧去汽车站买票，得知去临海的班车每天只有一班，下个星期的车票都已经卖空了。还打听到，拔茅车站过境车辆可能会有几个空座位，但是也是要看运气的，而且新昌到拔茅要走2个小时。大家商量着，都想不出好办法。眼看到下午4点多了，我提出建议："我现在动身去天台借一辆手拉车，我们步行回家，哪里晚哪里宿，肚子饿了买来吃，累了吧坐一下，这样的话，还可以避免在车站被'打办'找麻烦。"我抛砖引玉，主要是想听听他们的意见，立訇和鲁漫文化比我高，比我聪明，鲁漫年纪比我们大，在安徽下过煤矿，旅途经验比我丰富，弟弟小脑袋瓜也挺聪明的。结果他们都认为我的方案可行，决定就这么办。

我的朋友赵迪正、赵得希、赵一从是天台白鹤镇何方赵村的，我和他们最近一次见面是1964年，是商量去北山区做裁缝的事。这是我能想到的距离最近的朋友。

去天台借手拉车是一个艰巨的任务。我计算了一下，新昌到天台是

120里路，按每个小时走12里计算，要10个小时，到达目的地是下半夜2点多。一早返回，也要明天晚上才能回到这里。

我交代他们："明天天黑前你们必须在这座新昌桥头等我，因为我不知道你们住的旅馆，我没法找到你们。"他们3个人异口同声说："知道了。""那好吧，这里的事情交给你们了。"在与他们挥手告别后，我踏上了在余阳照射下去天台何方赵借手拉车的路。

走在这陌生的路上我后悔了，为什么不两个人一起去借车，有两个人便可商量着办事，借到车后还可以轮换休息提高速度。笨牛拉破车，什么时候会聪明起来？不可能回去了，只有往前走。

路边有人在种菜，我上前问路："老伯伯，我想去天台白鹤殿，有近路吗？"他说："有，你就往这条石级路上去，路宽都差不多，与公路多次交叉，每次走到公路，你就往左手面路边走，找下一段的老路路口，这样走到山顶，能少走5里路。有人试过相差半个小时。"这半个小时多么宝贵啊。他还说："你要注意，岭头王是公路与老路最后一个交叉点，下山切记不能走小路。等你爬到山头，月亮下山，看不见路口，走错了路就麻烦了。"谢过老伯伯，继续往前走。

走到岭头王的时候，我感觉脚提不起来了，这才想起在上山村吃的早饭，后来就没吃过东西，有12个小时了。我进村找吃的，看见一个老阿姨在喂猪，我上前叫了一声阿姨，问："你有什么吃的吗？我肚子饿得走不动了，要走到何方赵，路还很长呢。"这个阿姨二话没说，让我跟她进屋去，到灶间拿出一甑（陶制的盛食物器具）粥，让我坐下吃，然后还拿出半笊篱（饭笋）的番薯，点亮了一盏灯，边挑番薯边说："晚饭的时候，家里人已经挑过一遍了，挑不出好的了，不好意思，实在不好意思，实在没什么好吃的。"这位老阿姨怕我走错路，叫出小孙子把我送到公路上。我给小孩一元钱，还嘱咐小朋友别弄丢了，交给奶奶。

吃饱了，脚又有劲了。本来我走路时都想着服装排料图，想着怎样给服装消费者派出最省的料，这一路我脑子就是静不下来。晚上的山头与以前走过的山头有很大的不同。三门回来走浪坑岭头就能看到家，这里看不到家，连赵迪正家都看不见。萍水相逢的何方赵这帮兄弟都已经进入梦乡了，如果知道我卢志学一个人还在回墅岭走着的话，他们会到这里来迎接我，但是他们不知道。

下坡前约有四五里的平坦公路，冷冷清清一个人影都没有，路上的汽车依稀可数。

"反正我有力气，没什么好怕的。"我拍拍胸脯，壮壮胆。上沙桥的弓桥改建成平桥的那一年，有个打桥桩用的流星锤放在桥头，上下三村年轻人，都去桥头试了试，没几个提得起来的，我一试，提起来了，我身边的朋友只有我能提得起来，从此我是出了名的力气大，听说那锤有500斤重呢。

对面车辆转弯时照亮了路面，竟然看到一个人在前面拐弯处走着，我可高兴了，难得有人深夜同行，谢天谢地，我加快了脚步赶上去。两人平行时，我向他打招呼："兄弟，您去哪里呀？"他不理我，我放慢脚步继续同行，是不是耳聋？不搭理我也可以，这时候有一个人在身边就不觉得孤单了。你不理我，我也懒得理你，我加快了脚步拉开一段距离，能感觉到他的存在就好。结果我加快了脚步，他也加快了脚步，跟得很紧，我改道靠左手面走，他也跟我在左手面走，我改道右手面走，他也改道右手面走，我有点害怕了。我用足力气，每小时有6.5公里的速度，想把他甩掉，结果他紧跟不放。我往路边一靠假装小便，等到他走近时，我伸手一把抓住他的胸襟，衣服是湿的，一看，头发长长的，发出颤抖的声音，身上有很难闻的味道。我命令他："站在这里别动，等我走远了你再走。"他很听话，我不时回头看看，后来就没有再看到他。

这个故事过去，新的故事又来了。"文化大革命"期间两派斗争，正式武器都已经收管了，但少数地方还在坚持着站岗放哨。路过一个村庄，猛地听到："站住！"这一声吓死了我很多细胞。一看，有一条石级上面站着一个人，手里拿着红缨枪。我不敢再往前走半步。此人盘问我："做什么的？"我如实回答。"有证明吗？"我拿证明给他看了。那个手电筒不是很亮，看此人感觉文化程度也不高。他把证明还给我，示意让我走。我问现在几点钟，他大声问楼上的人，有人回答："快1点了。"我再问："到何方赵还有多少路？""走过白鹤殿就不远了，2点之前能到。"接下来都是下山的路，我飞着一样走，估计1小时会超过7公里。

到了何方赵赵迪正家，我轻轻地敲门，赵迪正问："谁呀？""我是卢志学。"灯亮了，门开了，"为何深夜到此？"我把经过和来此的目的说了一遍，他一边和我说话，一边烧着面条，他让我先把面条吃了，说："志学哥你累了，简单洗一下，踏踏实实地睡一觉，明天我把手拉车检查一下，把你路上吃的准备好。"他拿出了一件背心和一条短裤给我换。晚上我们什么话都没说就睡了，我真的很累了。

早上6点，他把一切都准备好，喊我起床吃饭，又把我送到路口。

我踏上回新昌的路，这次借车的任务已经完成了一半，我也足足地睡了4个小时，精力又充沛了。上岭拉着空车也觉得吃力，赵迪正有经验，事先在车上安装了一根麻扁（用麻编的宽厚绳子）可以用肩去拉，分别时他还教我换肩的方法。中午时分，走到了昨天晚上吃番薯的那个地方，又碰上了那个阿姨，说："客人，昨天晚上这些东西，不是什么好东西，你还给钱，我送到公路，你已经走远了。"她掏出我给的那一元钱要还给我。"这可不行，你得拿着。我还有个请求，明天中午也是这个时候，我们有4个人一起路过这里，也想吃到这样的番薯。""这个容易，我呀本来都是下午4点烧，一锅番薯、一锅粥，是烧给县长吃的。番薯好的挑出来人吃，差的给猪吃。明天我早点烧，挑好一点的烧。""那就谢谢了。""你也太辛苦了，这样来来往往。""阿姨我走了，明天见。"这里有点上坡，过了这个坡，接下去都是下坡路，估计5点钟前能到新昌桥头。赵迪正给我买了两个包子，我边走边吃，下坡路轻松多了，拖着手拉车，不敢走得太快，疲倦了会出问题，安全第一，下午有的是时间。

大概5点钟，我到达新昌桥头，可是没有人在桥头等我。

我心一下紧起来了，可能肚子饿了去吃饭了？吃饭应该换班呀，是不是"打办"又来找麻烦呀？……别急，先在这里等等再说。

半个多小时过去了，还是不见人影。

莫非是找到什么小四轮回家了？不可能吧，我从早上7点钟就在这条公路上走，路上没有碰见，这肯定不可能。

莫非在桥头给我留下纸条？我得在天黑前找一找。我在桥头来回找了4遍，没有。

不能急，我静下来想了想，在桥头等比去旅馆找好得多，去旅馆找有错过的可能性，反正这天不冷也不热，桥头人来人往比较热闹，与昨天晚上对比，今天晚上可享福了，不急，不急，在桥头这样思来想去，并来回踱来踱去的，3个多小时又过去了。委屈、愤怒都上来了。

这3个人里面有我的亲弟弟，都说上山打虎亲兄弟，昨天晚上我揽下这个任务，25个小时，要走240里路，他就应该提出来："哥哥我陪你去。"今天即便其他人有疏忽，弟弟也应该坚持安排他们轮班或自己一人在这里守候。如果换成是我，我一定连饭都吃不下，一定会这样想："我哥去执行特殊任务，体力消耗也特别厉害，这段时间又是约好的，他们不去等，我一个人就是睡也要睡到桥头。"就这一次在上山头的时候，他一个人走错了路，天黑还没有回到村里，我就在村子外围转来转去，直到接到他为止。又想起了昨天晚上，赵迪正接我进门知道事情经过后，他连话都没让我说，说休息比什么都重要。可是，我的亲弟弟怎么就没有这份心呢？

想这些没用。

应该是9点多了，路上都没什么人了，只有去旅馆登记处查询了。就这样，我从桥头最近的旅馆开始去找，我去登记处："同志，请问一下，有没有临海人抲泥鳅的3个人住在这里？"回答是"没有"。

我只能拖着手拉车去下一家旅馆，答案是一样，就这样第三家、第四家……直到第九家，进门就发现了我熟悉的东西，泥鳅网及一大堆泥鳅干。我倒吸了一口凉气，总算找到了，正想要发火，我按捺住，问了自己三个问题：发火有什么用吗？有什么理由发火？不是找到了吗？做人还是要容忍，我控制住了火冒三丈，但话语中还是带着冲动和埋怨："我5点就到了新昌桥头！昨天不是都说好的吗？你们在桥头坐着等也可以当休息的呀！"

我差一点就建议马上上路了，因为这段时间他们都在旅馆休息，已经养足精神了。但这一天一夜的奔波和刚才的等、找，我已经精疲力尽了，想想自己也是有家有室的人了，不能太冲动，不就是少挣一点钱吗？

鲁漫和卢立訇二人过来解释。鲁漫说："我认为来往240里路，你能在明天早上返回已经不错了，所以下午没有去桥头。难为情！按你的计划，如果不怕辛苦，晚上就能返回天台，是我低估了你。"卢立訇只说："你太厉害了吧！"我岔开了话题："这么一整天，你俩有没有想过借手拉车是最笨的方法。若知道买不到车票，就会按照卢立訇当时说的，我们在上山头用擎华的手拉车直接上路，这个时候天台都已经过去了。现在手拉车借来，只要我们心还是一致的，旅途也不会太辛苦的。晚上大家好好休息吧，明天有两座大山和240里路在等着我们呢。"

吃过早饭，我们很快装好车，迅速上路。4个人脚步都很轻松，毕竟都是劳动人民出身，上岭如走平路。他们3个人说我这两天太辛苦，不让我拉车，让我一只手搭在手拉车上走。

大概12点不到就到了吃番薯的地方，阿姨看我带着人进来笑着说："番薯烧好了，我还想烧点萝卜。你们先坐一下。"非亲非故的那么客气，社会上好人很多，我这次走的这一路有多少好人在帮着啊。阿姨让我们进屋坐着吃，中午的番薯比昨天的好很多，没有筋，萝卜汤也很好吃，用咸猪肉炒的，大家吃得很开心。吃饱后我请求要带点番薯路上吃，阿姨把好的番薯都挑出来装到袋里。我偷偷地留下5元钱，道别了阿姨。

番薯加萝卜汤是我这辈子记忆深处的又一顿美餐了，那个时候吃什么不讲究，咽喉能过、肚子能填饱就好，困难时期锻炼出来的。上半辈子没吃过什么好东西，但是很健康，还很有力气，还有健美的体形。

这段路是山头平路，我们边走边聊，我给他们讲昨晚的经历。弟弟个子高、脚长、力气大，他拉车的时候，在平路我们还跟得上，若是下坡，我们3个人都跟不上。如果有路廊或者有休息的地方，我们都会坐下来休息，山上冷，一坐下来就要把衣服穿回去，否则要着凉。

太阳下山啦，我们快到了。何方赵村给了我回家的感觉，朋友多、办法多。赵得希带着两个小兄弟在科山至白鹤的路上迎接我们，他们3个人过来把手拉车抢着拉走了，我们在后面跟着。到了迪正家，他们正在忙碌着，赵一从夫妇也在，桃子在忙着和米粉，还有一个女的我没有见过，除了赵一从，其他人都叫我志学哥。与赵一从和桃子自北山村分手后至今是第一次见面，我正好借此机会表示感谢："我对不起你们俩，你们俩为了把作场让给我做，特意说去另外村庄做。"一从说："不、不，做了几天再下山的。"桃子笑着说："你对不起的另有其人。"赵一从示意桃子不要说了。他们指的是禾子，那个北山村的女孩。

米面炒糯米圆，天台人最敬客的一种方式，烧好饭，其他人都走了，剩下得希和迪正陪我们吃。"志学哥会喝酒，我去拿酒，晚上喝上两杯。"

得希说着去拿了4瓶孔府家酒。我想先喝碗粥，赵迪正给我盛了一碗。赵得希给每人倒上一杯酒，约一两一杯，举杯说："在我赵得希人生最低谷的时候，志学哥你一次又一次地伸手拉我，我会牢记你一辈子。我干了，志学哥你随意。"

"兄弟，你不用太放心上。我跟大家说说我对'朋友'的理解：朋友是有交往但没有血缘关系的人，是品德表现优良的人，是心存善意的人，一旦确认为朋友，就对对方有了义务，当对方需要你帮助的时候，你就要根据自己的能力伸出援手，不断地给予支持和援助。不知道我的理解对不对，请大家给予补充。"

赵迪正举酒杯："志学哥我敬你。"

我举起酒杯说："好，大家认为我说得对就同饮此杯。"

鲁漫说："志学，你也太厉害了，平时我小看你了，来，我也敬你。"

真的是酒逢知己千杯少，喝着喝着，4瓶孔府家酒都喝光，赵得希要再去拿被我拦住了："不用啦，喝高兴就可以了，不能再喝了。"

鲁漫提出："吃饱喝足了，我们上路吧。"赵得希反对，赵迪正也反对。我的意见是明天早上早点走，这样人轻松一点，身体是革命的本钱，别把身体搞坏了。大家都同意了。

早上5点钟起床，吃了早饭，6点钟上路，赵得希、赵迪正、赵一从3人送到公路，挥手告别。我逗留了一会，昨晚只顾喝酒了，朋友近况如何都还不知道。

"昨天晚上那位姑娘是谁的女朋友？"

"都不是，是得希的堂妹，是得希叫过来帮忙的。"

"赵一从有小孩了吗？"

"有个女儿，4岁了。"

他们问我："你呢？"

"我已经结婚了,生了个女儿,3岁了,取名余群。"

迪正说:"好名字。"

我问:"好在哪里?"

"你追不上他们了,下次告诉你。"

我转身小跑,再转身倒退前进,向他们挥手道别:

"明天来还车。"

赵迪正说:"不用这么辛苦,放在你家,或许有用得着的时候。"

归心似箭,脚步很轻松,赶紧要追上他们。

穿过县城,到了三角坦,左面有一条公路通往国清寺,前面直路是回家的路,接着就是东陈、坦头、洋头、洪畴、高枧。在高枧吃了一点东西,我吃得很快,吃好后在手拉车边上等他们。接下来我要抢着拉一程,上岭啰。

仙人桥是临海地界,到了临海地界,就有了家乡的感觉。仙人桥过来,一段山头平路,鲁漫争着拉,并上了猫狸类岭,临海土话的"类"指摔倒,其含义是猫、狐狸都站不稳,说明山岭陡峭,因为快到家了,竟然不觉得吃力。从江根开始,大道地、牌前、两头门,都是顺脚头路,好走。白竹岭头这么一点小山坡,冲锋上去就好了。过了横溪、法轮寺、上沙桥头,终于到家了。

时间正好是5点,一下子左邻右舍都来看个究竟:这几天生意有多好?

回家先把泥鳅干商量着分了:

先把第二批过秤,158斤,4个人分,每人39.5斤;

接着第三批过秤,83斤,4个人分,每人20.7斤;

最后第一批过秤,97斤,2个人分,每人48.5斤。

分好泥鳅,大家都先回家休息,一路的开销请卢立訇以后慢慢算。

"囡囡快过来把东西搬回家。"

"爸爸,你怎么那么多,叔叔那么少?"

"爸爸时间长,叔叔时间短。"

"爸爸你还要出去抲泥鳅吗?妈妈说太辛苦了,叫你不要去了。"

"我明天还要把手拉车送回天台,回家后就不去了,在家陪囡囡。"

菊英说:"手拉车过两天还也不要紧的,为什么要那么急?"

我这个人做事情就是这样的,喜欢尽快做了结,她也知道我的性格,说多了也没用,她也不说了。"爸爸,吃饭。""囡囡来,爸爸抱着你吃饭。""不抱了,囡囡长大了,囡囡自己会吃饭了。""不相信。""妈妈,爸爸说不相信。""你吃给他看呗。""囡囡铁慧(能干),真的自己会吃饭,囡囡筷子会吗?""囡囡筷子不会。"吃饭后,我想去口井头洗澡。菊英会关心人了:"天都黑了,去口井头有点凉,在家洗吧。""听你的吧。"她对着女儿说:"爸爸好乖。""爸爸,妈妈说你好乖。""帮爸爸把那双布鞋拿过来。""放哪里呀?""放脚桶旁边。""囡囡真能干。"有点累了,洗好脚就上楼睡觉了。

早上6点钟起来,准备把手拉车送还给赵迪正,一来一往100多公里路。菊英关照:"消驼吹样(别傻乎乎的),转头(回程)坐车回来,块几(一块多)钞票。"有道理,但即便不心疼钱还得有车票呀。

从那时候开始,菊英会计划用钱了。比如,"砍柴太辛苦了,柴还是买来烧合算。"她知道钱用在哪里恰当,年纪轻轻能操持家计了,也不知道从什么时候开始,这个家都是她在操持着怎么过了,我只负责挣钱。

"好吧,听你的。"我关照她:"把所有泥鳅干拿到日头佛下(太阳底下)晒一遍,出卖时能保证质量。"说着我就上路了。一边走一边想,我老婆找对了,母亲的观点正确,会演戏的人聪明,会演主角的人更聪明,生的女儿也聪明。家庭建立起来容易,让家里人生活过好是不容易的,要靠男人辛苦、勤劳，最主要的是要靠大环境，如果消除了阶级歧视，只要自己肯努力，总是能过上好日子的。

今天是日走百里的第五天，脚走出劲来了，这很能锻炼人的意志力，感觉很快就到何方赵了。只在中午时分找了个地方坐下来，拿出老婆给我准备的麦瓣（用面粉做的甜饼）来吃，稍息了一下，其他时间都没停过。脚走着，脑子也没歇着，借着走路的机会好好地理了理这几天乱乱的思绪。

我带来3包红糖，三户人家每家一包。"好东西，喜欢。"迪正虽然知道我的性格，但还是埋怨了一句："真的不用这么急还车，不要命似的。"

我俩煮饭吃，菜头烧汤。好啊，就这么简单。赵得希听到消息过来。赵一从也带着女儿过来了，教女儿叫叔叔，女儿不肯叫。嘿嘿，心里想着没有我家囡囡能干，总觉得自家的孩子比别人家的好。

说起女儿的名字，赵迪正说："你女儿的名字好就好在这个'余'字上，如果我要说一个晚上都说不完这个字好，第一好是广义，第二好是含义深，第三好是吟诗作对更有秀意。"赵一从见他停下来，问："兄弟，还有吗？""那当然啰，如果没有深层理解，这个字不敢去用，志学哥他身临其境，因此能起得那么好的名字。"迪正在何方赵也算个秀才，高中毕业，成绩很好。

聊了一会，他们都回家吃饭，我与迪正也开始吃饭。总觉得赵迪正一人生活不容易，忍不住问："迪正，女朋友的事情怎么样？"他回答说："一个人挺好的，一个人吃饱了全家不饿。"我说："人生道路，成家立业是必然的呀。"迪正说："我还想写书呢，一人天下好处多。"饭吃好我争着洗碗，迪正不让。

赵得希吃过饭后又过来了。

"要不要打老K（打扑克牌）？"

我说："不会。"

得希说："你什么都不会，只会一件事，挣钱。"

我说："对啊，这是必须的呀，我是当爸爸的人了。"

那天晚上三个人天南地北地聊到12点。得希说他去江西打工的事："没有挣到钱，很难混，差点把命丢在那里。"得希也没有找女朋友，家里还有父亲和弟弟，三个和尚，母亲早已过世。

第二天早饭在得希家吃的，他爸做的饭。

得希提出要送我到天台车站乘车回家，迪正赞成："今天是第六天了，不能再走，再走要变傻子了。"他们拉了两辆自行车，刚想出发，赵一从和桃子过来送我，桃子又教女儿叫叔叔，这回女儿肯叫了，叫了一声"叔叔"，我好好地表扬了小朋友。

我把桃子拉一边说："禾子是个相当好的姑娘，有机会再帮我说一声'对不起'。"没等她回答我又说："还有，想办法把她介绍给赵迪正，她与赵迪正有点相配，男的高中毕业，女的初中毕业，相配。"桃子笑着说："你不懂女孩子的心思。你操这个心不合适，好好过你的小日子吧。"

很快到达天台县城，得希提出先去汽车站买票，然后逛街。有票，买了下午1点30分的。得希说的逛街就是要请我吃餐饭。客随主便，但我要求简单一点，挣钱不易。我们在饭店里点了一碗羊肉汤、一碗豆面碎、8两牛肉，每人一碗饭。

送君千里，终有一别。他们看着我乘的汽车开走才转身返回。

在那个年代，坐车是奢侈的，体力消耗少了很多。两头门下车步行回家，什么事情都不必多想，穿过喜山垮，家的温暖就洋溢到身边了。女儿第一个冲到门口："爸爸回来了，爸爸不走了。"我抱起了女儿，想起几个月前那场出麻（患麻疹）过程，心有余悸。

那是芒种前后，我去生产队摸草（拔掉稻田里的杂草）出工，出门时菊英告诉我说女儿身体发热，我摸了一下额头身体不怎么热，没有当回事，就出勤了。

在9点左右，菊英含着眼泪跑到田垟，说囡囡可能是出麻，体温很高。我一听赤着脚拔腿就跑，到家一看，女儿眼睛直视，我叫"囡囡"她也不看我，直觉告诉我有危险。母亲在旁边说："我泡了草药茶，让她喝一口。"我没听母亲的，抱起女儿从后门出直冲去大田医院，菊英马上跟了上来，也没有拿鞋子让我穿。不知是哪里来的力量，菊英在后面叫着让她抱一下，我都没让，平时去外婆家都是菊英抱得多，这次我赤着脚从家里出来一路小跑，菊英跟不上我。那时候大田医院在下街树行，大约4公里路，不到40分钟就进了医院急诊室。

医生先狠狠地批评了我，说："你用这毛毯包得严严实实的，干吗？"边说边解开毯子用听筒听了一下，说："出麻，还好，来得及时。"医生嘱咐护士马上挂针。我的眼睛始终没有离开过女儿的小脸蛋，她不哭也不闹。过了一会儿，睁开眼睛看了看我，又看了看她妈，这个时候脸色好了一点，她看看医生又看看我说："我想睡。"然后就睡着了，一觉醒来时，说自己肚子饿了，菊英跑到外婆家，请外婆送粥过来。女儿吃了粥以后，精神好多了。这样我就放心了，我决定回家去穿双鞋，把女儿的情况跟母亲说一声，免得她老人家担心。

回家路上没有穿鞋很不好走，也走不快，起码走了一个小时才到家，奇怪去的路上怎么不觉得有那么难走。

女儿住院一个星期，这段时间，我白天在生产队出勤，晚上来大田医院陪她。出院回到家后母亲和城里太婆可高兴了，囡囡也高兴，家庭恢复了正常。

这段拘泥鳅的经历在我这一生的记忆中也是最深刻的。这是一场硬仗，体力仗，从出门到回家共花了23天时间，收获100多斤泥鳅干，挣了180多元，最后5天里共步行600里路。虽然辛苦，但是报酬可观。这也是我人生的一个亮点,我勇挑重担,吃亏在前,为此受到同龄人称赞。

借手拉车不是上上之策,现在想起来,就像土话说的"呆卵力,掼磨石"(干傻事),有点笨,也只有在通信和交通落后的背景下,才会有如此愚蠢的行为。这一次的事情让我明白了:我认为走路能赚钱,并经常拿农业的收入作对比,是错误的。我常舍不得1元5角的车费,认为农活要做5天,很心疼,却忽略了我如果花了这1元5角的车费,省下来的人力和时间,就算是半天,不管是用来柯泥鳅还是做裁缝赚的钱,也是需要做好几天农活的收入才相当的,只算出没算进。比如这一次,只是心疼包车的钱,却没有算如果包一辆车子,当天到家,节约了路上折腾的3天时间,4个人共节约12天,这12天如果用来柯泥鳅,那收入可是有60元,足够用来包车,而且人也轻松。下次算账得把体力成本考虑进去。

## 添了老二、老三

想生第二胎的时候,计划生育①开始了,如果第一胎是儿子就不让生第二胎了,第一胎是女儿的还可以生第二胎,但好像不是很严格,贫下中农可以生第三胎,地主家庭就只能生二胎。菊英怀老二时,家里人都想生一个儿子,但我认为儿子女儿都一样。

二女儿出生时,我正好在三门做裁缝。第二天下午的两三点钟,同村的柯盛来三门做被絮(棉絮加工手艺),碰到我说:"小学,你老婆生了。""生了什么?""是女儿。""那我一会儿回家去,生了女儿,菊英会

---

① 计划生育:自古以来,临海民间崇尚早婚早育,以早生多子为荣,但因缺医少药,生活不安定,死亡率甚高,故人口增长缓慢。新中国成立后,人民生活安定,医疗普及,人口倍增,1963年开始实行计划生育。1972年提倡一对夫妇生两个孩子,实行者不多。1980年9月,规定只生一胎,严格控制二胎,坚决杜绝多胎。1982年,规定只准生一胎。

多想。"下午收工后,我连夜走路回家。这是我事先就想好了的,如果生的是儿子,老婆、老妈都会很高兴,我可以不着急回家;如果是女儿,她们可能会伤心,我要第一时间赶回家,我回到家就是对她们的安慰,特别是对老婆的安慰。

回家一看,大家都挺开心的。母亲和丈母娘都忙乎着,一见到我就高兴地跟我讲生产的过程。母亲夸自己的媳妇手气好(做什么事都很顺利),生小孩手气好,生产的时候很顺利;养猪手气好,猪都养得壮壮的;就是怀孕手气不好,但怀第二个比第一个要好得多了。

跟老大出生时一样,我也买了糖和香烟去生产队请了客,尽管人家生女儿的都不请客,但我要表示生女儿也是好的,所以要请客。我在家安安稳稳地住了三天,陪陪老婆,逗逗女儿,田里看看,三天后我就回到三门了。

二女儿是1972年出生的,那个时候有合作医疗制度了,所有费用都有一定比例的报销。我做裁缝已经挣了一些钱,家里的生活条件已经比一般人家要好一些了。

老二一周岁多一点的时候,我们夫妻俩计划一起带着老二去三门做裁缝,这样可以多挣点钱。母亲非常支持,但她担心我们把老二带在身边断奶不容易,就出了个主意,让我们先把老二留在家里,等断了奶再把她接出去。

这一次的分别场景,菊英说她每次想起心里都隐隐作痛,她跟我描绘了无数次,每次讲起都泪流满面。

【许菊英口述】

阿姆说让小孩子看着你慢慢走远啦,她也就不闹了。所以,为了一起多走一会儿,阿姆和我一人抱一个女儿,一直从六房走到东塍等车。

上车那一幕，刻骨铭心。车子到站了，阿姆接过老二抱着，老大拉着阿姆的衣裳。我上了车一转身就看到老二扑过来，然后就拉着车门不放，哭着一声一声叫"妈妈"，老大也在哭，阿姆也眼泪汪汪，我在车上哭。就像电影《英雄儿女》那个妈妈被抓的时候的场景。我就想下车不走了，想想又不行，阿姆事先交代过："你千万不要舍不得，不能不走或者又回来，这样孩子就更加难带了。"我只能咬咬牙，车子开出站了还听见孩子在哭，那个心疼啊。

我在车上一直哭到小横渡，不管别人怎么问我，我也不回答，就一直哭一直哭，见到小学，就哭得更厉害了。

后来想想，当时真的算心狠的。

哪知道，当天晚上老二一直哭到天亮，一点都没睡。第二天，母亲就把老二送到三门来了。

当时，我们在北岙做生活。母亲先从东塍坐车到岭根，然后叫上在岭根的亲戚小尹一起抱着孩子，爬过十八坚岭，送到桥头。他们从岭根出来前，打电话到小横渡卫生所通知表姐。表姐想着这样一老一小过来，路上不容易，她用最快的方法让人带口信到北岙，我收到信息后马上放下手上生活去接，在桥头接到她们。我走得很快，我这边过去的路比他们过来的路还稍微多了一点。

母亲把老二交给我就回家了。因为出门时把4岁的老大扔给城里太婆带，考虑到城里太婆年纪大了带小孩辛苦，所以母亲嘱咐我给老二找点吃的，没歇一下就去赶岭根到洋渡的班车回家了。我在桥头找到一户人家，讨了一碗粥给小孩吃，吃好后走回北岙。

辛苦母亲了。如果不是心疼老二哭闹，母亲是可以一个人带两个小孩的，她觉得儿子媳妇出门挣钱不容易，没有什么是她不能咬牙扛下来的。

我家的三个孩子，还有弟弟家的两个儿子都是母亲带大的。我们家老大更是从一出生就跟着她睡，一直到上初中住校，周末回来还跟她睡。弟弟家的老二生下来就体弱，也是母亲一手把他带成了壮壮的小伙子。除了带小孩、洗碗、烧饭、洗衣服，母亲从来没有闲着的时候，有时候她甚至在同一天里要洗两个儿子家里的衣服。有人因此称她为"洗衣机"。想起来很惭愧。

我们心疼老二，又继续给她喂奶了。想想也是的，孩子出生以后母女俩从没有分开过，这么小的孩子一下子没有奶吃还不算，娘也一下子不见了，而且是看着就这么走了，一定无法接受这个事实。本来是为了断奶的这一次分别，非但断奶没有成功，还折腾了两个小孩，五个大人，两整天。这样的折腾在我们这个普通的家庭以不同的方式一次次地出现。

后面的一年时间里就一直把老二带在身边。我们开夜工一般都要到11点多，小家伙晚上要小便六七次，你不帮她把尿，她就不睡，把了尿就睡了，也不用喂奶。记得冬天的时候雪下得很大，因为晚上不断把尿，被窝里一点热气都没有，洁骨冷（很冷）。所以，那个时候，菊英睡眠严重不足，身体一直不好。

这一年的过年我们没有回家，因为老二出麻，不能在路上走。出麻的时候正好在上炕，一个小村庄，就十几户人家。等她出麻好了，快到正月十四了才回家的。农村里过年回家是一件很大的事，更何况家里还有一个小孩盼着爹娘回家团聚，所以被母亲埋怨，说我们连家都不要了。

生了老二不久，计划生育手术队来村里上环，好珍姑婆在前一天就到我们家来动员："明天手术队来我们村，你不要等别人催，去把环上了吧。"手术队来了，菊英第一个就去上了环。

上环后大概六七天，村里来了计划生育结扎队，因为刚上环，我们不想去做结扎手术，有个干部上门来逼我们，菊英哭着怎么跟他求情都不行。后来有人跟我说，他听到好珍姑婆等几个村干部在商量："小学家的就算了，这人不善于讲话，那么会哭，环也是刚刚上，就算了吧。"听到这消息，我想可能可以熬过去，计生干部再来催的时候，我们就死活不去，也就坚持下来了，同意我们暂时不做结扎。

我二姑很希望家里再生个男孩。当时他们的服装店在城里很有名气，认识了好多人，其中就有医生。二姑做好一个医生的工作后跟我们商量，建议我们去把环拿掉再生一个。我们很高兴，就去把环拿掉了，没有花钱也没有送礼。当时偷偷地把环拿掉再生一个的情况常有发生。这件事是二姑主动帮着做的，我们事先没有拜托过她，我们很感动。医生是承担了一定风险的，所以这件事当时只有二姑和我们夫妻俩知道，连母亲都没有告诉。拿掉环没几天，我们就去三门了。

菊英在三门怀孕了，当地没有人来管，但是，第三胎妊娠反应也是很大，后来没办法在三门继续做活，我只好把她送回家。当时也是很紧张的，我先把她送到娘家，回到自己家时已经怀孕7个月左右了。回来后村里的干部睁一只眼闭一只眼，没有人来管这件事，怀孕8个月多几天就生了。"我们也生了一个儿子了！"虽然我们思想挺开放的，认为儿子女儿都一样，但那种得意的感觉还是有的。

老三严格意义上说是偷生的，但是过程很顺利，还是因为母亲人缘好，大家都敬重她，还有我们一家人老老实实的，平时也不跟人吵架什么的，还有那几个专门找事的可能正好没顾上我们。总之，很幸运。生了儿子以后也没有人来追究拿掉环的事情。

生了儿子，我也买了2角钱糖、2包香烟，去生产队里请了客。

没过多久，计划生育政策就更严了。当时，村里有一个人因为要生第二胎跑到外地山上，在看山老人简陋的住处生下孩子，非常辛苦。因为她老公是公职人员，只能生一个。生了二胎以后，她老公的工资被扣掉一半。

生了老三以后，好珍姑婆碰到菊英说："现在心满意足了吧，早点去做手术吧。"没几天，计划生育手术队上门来做结扎手术。我们已经做好准备了，即便手术队不来，我们也会去医院做结扎的。

## 三门，第二故乡

自从1971年在三门首战告捷，我在三门建立了"革命根据地"，一直到1982年。去三门找作场是我人生最大的转折点，在三门的11年是我人生最光辉的一页。

从一开始的小横渡到北岙村，我的业务范围发展到差不多整个横渡公社和三岩公社、关头公社，方圆近20里（见插图），小横渡、岭根陈、桥头、王岐庄、北岙、仙岩、丁山脚、关头、蒲峰、李家岙、银山、白莲、八岭、下岙堂、三角塘、双门岩，最远距离的是三角塘，最长时间的是仙岩。我们去一个村就找一户人家住下来，这户人家有一个专门的称呼叫"歇家"，歇家管住，而且在接不上活的时候管饭，一般是在亲戚朋友家或村上的书记村长家。歇家的服装免费做。

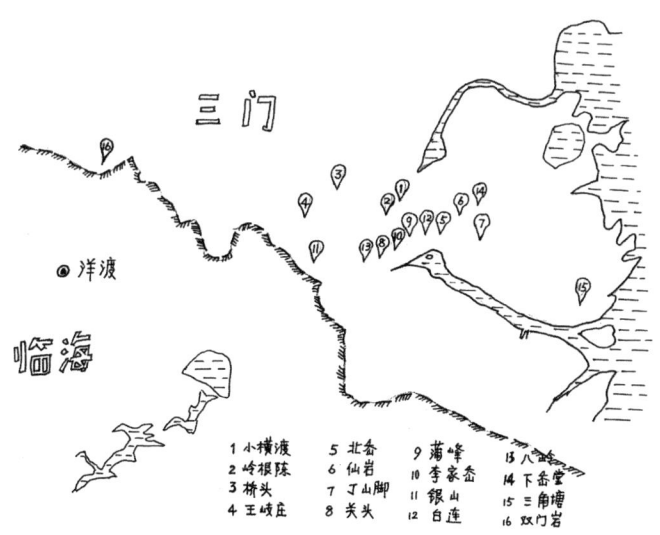

在三门，大部分人称呼我"娘舅"，也有叫"大田人老师头""叔"的，看把我推荐到这个村的人是怎样介绍的。介绍"这是我表娘舅"，人家就叫"娘舅"，比如在仙岩，住在小所、小力那里，小力是表姐的外甥，所以大家就叫我"表娘舅"；说"这是我弟"，那他们就叫"叔"。也有叫"白头毛老师头"的，因为我很早就白了头发，这个一般是村里的小后生偷偷地叫，被他们父母听到要挨骂的。

开辟一个新的作场形式各不一样，有熟人介绍去的，有慕名来请的。

我们在三角塘村设作场时，有一个很胖的姑娘来我的作场，观察了几天后问我："像我这样的人，这么胖，做一件衬衫，要多少的确良布？""4尺8寸。"她说："老师头，这够吗？我这么胖，以前老师头用5尺布做，但没有一件是可以穿的。""我有把握，我做的你可以穿。"我用4尺8寸布给她做了一件衬衫，很合身，她很高兴。

这姑娘来自银山，跟几个伙伴一起在三角塘村干活。姑娘回到银山后，进门就喊父母来看她穿的衬衫，说："有个老师头，大田来的，他做的衬衫，我能穿。"父母让她把这个老师头请上来做几天。

约好时间后，她和另一个叫希凤的姑娘来挑缝纫机。去银山的路很陡，有几个地方抬起脚膝盖就能碰到前面的路，这两个姑娘挑着担走都很轻松，我们空手跟在后面却跟不上。希凤后来跟我们关系很好，还来过我们家，可惜很年轻时就生病死了，很心疼！

因为银山山高路陡，老师头都不太愿意上去，一般愿意上去的老师头技术都不行。银山村民靠卖番薯干、柴、炭生活，相对其他农村比较有钱，对裁缝的需求比较大。而且银山跟家里相对比较近，我有心想把这个地盘把握住，夏一季冬一季都可以做。

做了一场就得到了他们的认可。"大田人老师头"的名气就传开了。银山、黄泥头、车坑3个自然村大约二三百人，成了我们的又一个稳定的作场。"自从大田人老师头来到我们村,给我们做的衣服很洋气,我们去海门,头昂起了许多,他们都看不出我们是山上人。"他们说,"所以,我们必须让大田人老师头长期在我们这里做下去。"

他们告诉我,在我去给他们做衣服之前,出门时,人家一看服装就知道他们是"山上人"。他们去海门(城镇)卖炭卖番薯干,街上的人都要回头看他们一眼,在街上找个人问时间,人家会没好气地说:"你不好自己买块表呀。"他们也很争气,成年人基本上每人都有一块手表,他们买手表的时间比我早好多年。

银山有3个家庭把我们当成了亲戚,好几个人来我们家串过门。他们来的时候我们家还很穷,没有凳子,没有烧饭的风箱,用来吃饭的那张圆桌破得有好几个缺口。他们回去以后,几个人凑一起做了1张方桌、4把长凳、1个风箱、1个桌罩送到我们家。

在三门,裁缝活基本上一年做到头,没有忙季和闲季。我们也不是坐等他们上门邀请的,事先都做好安排,新的点要去努力开拓。一个地方快要结束时,早一市(5天)左右就要开始联系下一个点,常常是趁晚上的时候去一个已有两个月没有去的村子看看有没有活要做。一年回家的次数也还是有好几次的,除了过年、农忙、家里有事需要处理要回家,感觉在外时间有点长了也要回家一下。除了农忙,我回到家一般会待上四五天,但都不会超过一个星期。路上的时间控制在半天,如果是早上回到三门,那下午就开工了。

我们在三门赢得作场最初靠的是表姐的推荐,能长久维持下来靠的是我们的人品和技术。技术上,我从以下几个方面去努力:一是用最新最时兴的裁剪法;二是不唯书,要结合实际;三是为顾客着想,节省钱;四是不断创新,跟上时代的发展。

在北岙的时候,有一次我路过一口水塘,在洗衣服的几位妇女正巧在议论我的手艺:"大田人老师头老实杀甲(很厉害),他做的衣裳头颈领(领子)比红灯牌的还要好。"听到这背后的评论,我很是欣慰。做衣服的关键就是一个领子,衣领要做到笔挺稍往内卷并且不皱。我自己发明了用容易熔化而且冷却后比较硬的塑料纸衬在领子、门襟上。当时宁波的红灯牌衬衫很有名气,我仔细地进行了研究,看到红灯牌衬衫的领子里面衬东西的,就去市场上买了专门的领衬,那时候的领衬很容易变形,我用它做的衬衫、西装,花了很多工夫,结果一下水洗涤就变形了,很难看。偶然的机会我发现塑料纸袋子遇火熔化并黏在一块化纤布上,我就做了试验,试了好多种塑料纸,成功了。这算是我做上衣的一大特色,也不能算是我的发明,因为后来知道同时期也有其他人这么用的。

我做的裤子也有特色,两条裤腿正前方有一条挺缝,从裤腰一直到脚背,笔直笔直的,不管是喇叭裤还是小脚裤都一样,那之前,别的裁缝做的裤子没有这一条缝。做裤子的关键是这条缝,有了这条缝,穿上后人会精神不少。

还有便衣,人家师傅做的肩会绞起来,我做的很服帖。这一点是得了母亲的真传,可以说是家传秘方。

省料是我一开始学做裁缝就追求的技术,时间长了,成了我的一大优势。赢得一个美誉:"叫大田人老师头做,等于不用付工钱。"因为我为他们省出来的布料钱就足以付工钱了。比如,在一般情况下,他们都认为,做一件的确良男衬衫需要布料是5尺5寸,而我只需要5尺2寸,省了3寸,的确良布料当时是1.5元1尺,这里就省了4角5分。的卡布三四元1尺,省下5寸就是1.5元了。同时,有些人家,好几件服装布料买在一起,有些同一块布料做套装,这样还可以省下一些料。还有,裁剪时凭我的技术尽量地将零布集中,可能会省出一小块比较完整的布料,给他们留着可以补补衣服或做一双鞋面。而且,经过刻意训练,我的排料反应很快。比如做一件衬衫，我的脑子里已经有了男的要多少，女的要多少，小孩子要多少，幅宽大于胸围的时候，两袖一衣长减去袖山部分，幅宽小于胸围的时候，要两衣一袖长。所以有人来问，做一件衬衫要多少布料时，我只要靠目测并问清楚是什么料子、多少门幅，随口就能回答。

我们还有一个关键优势是菊英的手缝工技术，特别是她缝纽扣的技术，我这辈子都没见过有哪个师傅能超过她。这正好弥补了我的不足。

除了以上这些，我们还有一个很奇怪的"特长"，请我们落户去给他们做嫁衣、新郎衣的人家，新郎、新娘结婚后生的第一个孩子大部分是儿子，这是当地人自己总结出来并传开来的，所以他们都抢着叫我们做，特别是在白莲、蒲峰这一带。

碰到技术上的困难，除了向母亲和二表兄请教，也会跟同行业的人切磋。比如的卡布刚时兴的时候，做好的衣服后领垮都要皱起来，不平整，做一件是这样，再做一件也是那样，什么原因就是找不出来，后来跟健跳内迁也在三门做衣裳的师傅探讨，找出了原因和解决方法，裁剪的时候调整开领的比例，缝纫的时候稍微将领口拉一点出来，就把问题解决了。

关于内迁需要解释一下。1958年前，大陆跑到台湾去的人很多，特别是住在上盘以外的海岸边或海岛的成分不好的农民或渔民。为了解决这一问题，政府就动员这部分农民或渔民迁往内地，这一行动叫内迁。我们边上好几个村都有这样迁入的人，每村都有几个。政府安排人迁入时，村里必须解决住房和村民待遇，我们村也有3个内迁人员，刚来的时候被安排住在老爷殿。

在三门的这几年，社会发展很快，从裁缝用的工具和人们买来做衣服的布料就可以看出来，同时也带来了服装质量的变化和裁缝效率的提高。

缝纫机的变化不大，我一直用脚踏的缝纫机。在三门开始做服装的时候用的是表姐家的缝纫机。后来，我自己做了几个脚，家里和常去的地方放一个，然后将缝纫机头拎来拎去。我听以前的老师傅说，缝纫机用脚踏之前是用手摇的，我没有看到过。

服装布料拷边慢慢流行起来，裁好布料后，请顾客自己将布料拿到花桥、海游或亭旁的服装店去拷边。花桥的拷边价格比较贵，海游的拷边相对便宜一些，他们会托人带或自己去拷边，3角一件。海游有个服装店师傅问来拷边的村民："给你们裁剪衣服的老师头是哪里的？这个人的水平相当好，应该是上海的老师头。"其实，我是用了好多《上海服装裁剪法》里的方法，这个师傅看得出来。感谢这个未谋面的师傅给我做了广告。拷边以后，做起来方便好多，做好的衣服也漂亮一些。但我们尽量不拷边，毕竟送出去拷边对顾客来说麻烦又费钱。不拷边对裁缝师傅的做缝要求比较高，有压倒缝、明缝、正缝之分。两三年后，我们也买了拷边机自己拷边，拷边另外收钱，这样对顾客来说比送到服装店去拷边要省好多钱。

布料从黄岩粗布发展到化纤织物，本地棉花产量不高，主要用的确良、涤卡、三合一、富春纺等化纤材料来做衣服。刚开始，用的确良做裤子收费要比棉布贵一点，因为那条缝不容易做直。听说化纤布这个技术是从日本学习来的。有一段时间，卖走私布很赚钱，有两个朋友想让我帮着卖走私布，我没同意。后来国家经济发展了，自己能生产了，价格也就下来了。棉花产地主要是在新疆那边，不但产量高，质量也比南方的要好。我曾经动过脑筋，想去找跟着婶婶去了唐山的堂弟，去那里买棉布，后来没成行。

裁缝工具中熨斗的更新换代最为明显。刚开始的时候是"烙铁"，就一个三角形的铁块，上面一个木柄。先将铁块放在炭火中烧，烧烫后拿来熨衣服。烙铁可以在市场上买到，有不同的样子，有做得很漂亮价格贵一些，我们家用的是最基础、最土的一款。用这一款时，大部分的衣服都是不用熨的。

我用的第二代熨斗是"仰天熨斗",是与上一款同一时代的。这一款大部分是用黄铜做的,里面放炭火。如果需要温度高一点的时候就拿在手上抛一抛或用嘴对着炭火吹一吹。它的特点是传热快。

我用的第三代熨斗叫"尿壶熨斗",形状像尿壶,用铸铁做的,上面有烟囱,后面有进风口,进风口口子上有一个用薄铁片做的风门,关了风门以后里面的炭火就会熄灭,打开风门炭火就会红起来,熨斗的温度就靠这个风门调节。如果需要快速热起来,可以在风门打开的情况下拿起熨斗前后甩一甩。用完后炭灰从风门处倒出来。相对黄铜熨斗,这一款熨斗保温好,温度可以通过风门控制,方便好多。

不管是哪一款熨斗,用炭火加热都存在一个风险,火星落在衣服上会烧出一个洞,弄不好要赔布料,即便没有火星出来,也担心炭灰会弄脏服装,用的时候必须要用布擦干净。

后来,出现了电熨斗,那感觉完全不一样了,电熨斗温度上升快、干净、安全。电熨斗也不断地更新换代,出现了可以喷水、可以控温的电熨斗。现在还有了电脑熨斗、蒸汽熨斗。

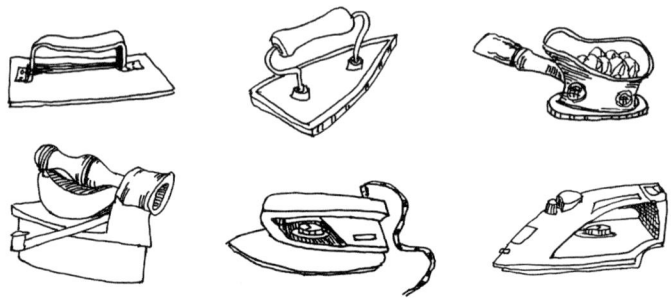

在三门,我混了饭、挣了钱、交了朋友,家里的日子一天比一天好,孩子们读书的钱基本没有问题了。在我们生产队,我是第一个买手表的,也是第一个买自行车的。我买的第一块手表是北京牌的,花了110元钱。

当时在家不敢带,出门才带,回到家门口下车时就把手表摘下来。有一次,碰到卢志亮,这个人很聪明,他把我的手拉过去,指着手腕上的手表痕迹,说:"小学,你有手表的。"当时村里没几个人有手表,戴手表是个稀奇事,还担心会挨批,我赶紧让他小点声。

去三门做裁缝,除了经济上的收入,心理上的感觉也是完全不一样的。在家里时,因为地主成分,总是有这样那样的障碍,心里也有各种各样的担心,说话做事小心谨慎。在三门,人家不知道我的成分,没有人用异样的目光看我,背都挺直了不少。我只有一个受人尊敬的老师头的身份,因为表姐的关系,加上自己的手艺和人品,人际关系非常好,生意越做越兴旺,名气也越来越大。同样是书记村长,在老家我见着都怕,而在三门,我做过活的每一个村庄,书记村长跟我们像朋友一样,每次碰到困难,他们都会出面帮助我们。在六房和三门,我是完全不同的两个人。

我们夫妻俩出门在外,最苦的是想儿女。老二带在身边一年多,后来把6岁的老大、3岁的老二都留在家里。生了老三以后,菊英在家有一年多,然后就把老三带在身边了,一直到老三5岁的时候才把他也留在家里。所以,出门这些年,总有一个、两个或者全部孩子留在家里的。只要活不多,只够我一人做,菊英就带着孩子(如果有)回家看其他孩子了。

有小孩在身边的时候,晚上我们自己带,白天请了一个人带,3角一天,但一般关系好的都不肯收我们的钱,那我们就免费给他们做衣服。也没有固定请人,这个带带那个带带,常常会有几个空闲的人抢着带小孩玩。

我对孩子的牵挂不动声色,做娘的就不一样了,菊英因为挂念孩子们,身体一直不好,常常神思恍惚,让我很担心。

【许菊英口述】

那个时候是很矛盾的,一边希望生意兴隆,可以多挣点钱,一边又巴不得没有活或活少一点,这样,我就可以回家看孩子。每次一个地方快要做完了,就有了盼头,想着可以回家了,而一听说下一场要去哪里,就又急得不行。

从三门回临海一天一趟车,常常因赶不上车或车上人满了,就得走路。即便坐车,车站在乌岩,到落户的地方差不多有40多里的一段路要走。

有一次,我抱着老二,从乌岩下车后,走到路边有一户人家门口坐一下歇脚,主人跟我聊天,猜我是教书的,并热了冷稀饭给孩子吃。走了一段路,上花桥岭,岭不高,但抱着孩子走路很吃力,突然下雨了,我一手抱老二,一手撑伞,手上还挽着一个放衣服的袋子。走到一个地方,一边是岩石,一边是水库,一个急转弯过去,迎面一阵大风吹过来,呼的一下,我赶紧把伞扔了,如果当时要是死拉着伞的话,我们就掉到水库里了,那就完了。除了花桥集市这一天,山里走的人不多的,又是下雨天,路上就没有看到其他人。后来两个人就淋着雨走,老二很乖的,双手搂着我的脖子,双脚夹着我的身体,紧紧的,一点都不乱动。

最难过的是老二3岁时,我们把她留在家里了。有时候在干活的时候人走神,人家打招呼都听不见,在想着家里的孩子,一边做,一边想,一天到晚都不想讲话。有人曾问:"老师头,你家老师母是哑巴吗?"最严重的一次是踩缝纫机的时候,因为走神,缝纫机针不慎扎进了手指头。那时真的很难熬,晚上睡不着,饭也吃不下,常常头昏、头痛,神经衰弱很严重。

看见一个小孩摔倒了,我的眼泪就像滴谷子(哭得停不下来),人家在扶小孩起来,我就在想:"那两个小孩子在家里摔倒有人扶不?会不会有人欺负她们？"

有一次回到家，老二正好在邻居家玩，我喊了她一声，她刚刚还玩得很开心的，听到我叫她，停下来看着我，呆在那里了，就是不喊"妈"。那个痛心啊！

还有一次，三个孩子都在家里，我回到家，老三刚好跟邻居家孩子在吵架，看到邻居家大人正在追着老三要打他，一看到这场景，眼泪又像滴谷子一样。我想，一回到家就看到这场景，那平时这几个孩子不知吃了多少亏，人家父母这么帮自己的孩子，而我们的孩子父母都不在家。

我看到家里一把断了柄的新扫帚，问这是怎么回事，老大告诉我："有一天，奶奶去西洋头了，晚上说好不回家，我叫了朱丽敏（老大的同学）来陪我们，插好门闩后还觉得不安全，就把这把扫帚顶在门闩上，还担心顶得不够紧，几个人就一脚一脚地踢，就把它踢断了。"听完我就进了房间关起门大哭了一场。

老三在仙岩的时候，主人家有两个儿子，两兄弟跟他吵架不给他吃饭。老三跑到作场"哇"的一声哭，"妈，他们俩不让我吃饭。"即便知道是小孩吵闹，他们的父母一定会管教他们的两个孩子，但那一刻那种心疼还是刻骨铭心的。

有趣的事情也不少。老三小时候顽皮有趣，村里的那些大姑娘都很喜欢带他。在白莲的时候，老三和几个平时带他的大姑娘头上都长了虱子，她们抢着帮老三捉虱子，都说是老三传给她们的。其实是有一个先长了虱子，传给了老三，然后以老三为媒介又传了好多人。老二漂亮可爱，在三门开玩笑地定了好多个娃娃亲。

# 草出石板缝

在三门的时候，因为我们没有手工业证，当地公社的"打办"经常来扣押裁缝工具，甚至把我们叫去关起来。因为在家就有几次被拎走缝纫机头的经历，再碰到这样的事我们就不慌了，而且每次都有村民帮着做工作或直接就去帮着拿回来。

最严重的一次是"打办"的人把菊英给叫走了，关在一个楼梯下的小房间里。抓人者说："今天晚上有任务，要查夜，我们有点事要找你了解，你跟我走一趟。"我们有数了，只得跟他去。那个时候的政治运动，常常要查夜的，只要公社有通知，他们就会抓几个人去问话。

当时我不怕，菊英胆小还是很害怕的。还好，她被关的那个小房间有个窗，好多人在窗外陪着她，有大仰人（大姑娘）、女客人（小媳妇），在外面跟她聊着，安慰她："老师母，你别怕哦。"有几个成分好的就一直催着他们放人，大概不到3个小时就放了。

那个时候，我们在三门的路已经蛮广了，名气也很大了，来执行的这个人心里很内疚。这件事没过多久，村里放电影，我路过，他看到我，过来拉着我的手说："老师头，你过来坐这里。"一定要我坐在他的长凳上，很不好意思地跟我说："那天晚上把你老婆抓走，很难为情，我也是没有办法。"他还说，那晚他们不只抓我们一个，还有卖粑糖客[①]、做小生意的，抓了好几个。

我也有两次差一点被关起来。有一次，我给一位乡干部做衣服，那个干部知道晚上我要被叫走的消息，他马上通知了我的歇家。歇家跟我说：

---

[①] 卖粑糖客：挑着担子卖麦芽糖的人。说是"卖"其实是换，卖糖人摇着拨浪鼓叫喊"卖百糖了"，吸引小孩子们拿家里的牙膏壳、鸡胗皮、破衣絮等去交换，卖糖人用锤子和金属片在一整块糖上敲打下一小块给他们。

"老师头，晚上有人想把你叫到公社去，你穿暖一点，带包烟抽抽。"给我准备了一件大衣和一包"大红鹰"牌香烟。还说："我跟要过来带你走的两个人都聊过了，不让你跟他们走可能做不到，他们来了以后，我们就跟他们打扑克，打到天亮边你跟他们去。不要怕，我保证明天的中饭你会回到我家吃。"都做好准备了，结果到12点都没有人来，大家就说："不会来了，睡吧。"果然安稳睡到天亮。

还有一次，在仙岩，有一个人来到我的作场，跟我说："你把证拿出来看看。"我拿不出来。他说："你没有证是不能在这里做的，你要跟我到公社去一趟。"我就跟在他后面出门了。经过一个小山岗，碰到一村民在看牛，他跟我同姓，问我："兄弟，你干什么去？"我说："公社说我不能在这里做手艺。""谁说的？"他很激动，边说边牵着牛跟我们一起走到公社。他进门就对着武装部长说："部长，这是我兄弟，有什么事你到我家里说，我现在要带他到我家吃饭。"部长就答应了。到了他家，他烧了一碗面给我吃，并说："兄弟，你如果要去干活你就去干，别理他们，有什么事，我都会给你挡着。"后来也就不了了之了。

至于被没收缝纫工具，那是有很多次了，每次都得到好心人的帮助。

小兄弟齐卫帮了我两次忙。一次是他去"打办"玩，认出了我的那把剪刀，说："这把剪刀是我老师头的。"他们就说："你带回去吧。"就让齐卫把没收的裁缝剪刀、木尺、皮尺三样东西给拿回来了。当时"打办"的人来执行的时候是很凶的，说："你这属于无证手艺，不能再在这里做了，赶快回家去。"

另一次是缝纫机头被没收，齐卫找到当地一个很有名望的人，大家都叫他丛尚公，齐卫告诉他说："老师头的缝纫机头昨天被拎走了。"丛尚公说："干什么呀，闲得没事做！"当天就去把缝纫机头给拎回来了。丛尚公有两个儿子一个女儿，一个儿子在当兵。他人品好，平时话不多，但说话很有分量。这件事以后，我们就住到了丛尚公家，得到老夫妻的很多帮助。

有一次，一位当爸爸的拎走了我的缝纫机头，这一次缝纫机头被拎走当天就拿回来了。公社派来拎缝纫机头的这个人家里有四五个女儿，长大了还没出嫁，她们都希望我帮她们做出嫁的服装，出了这件事，她们担心我不愿意帮她们做了，专门托人来问，我说："我做的，我是手艺人，有活就接，不管是给谁做。"第一天到他家的时候，这位爸爸觉得难为情，没有回家吃饭，后来可能老婆孩子跟他说我格式（脾气）好，不计较，才回来一起吃饭了。

还有一次得到了在三门当干部的同村人的帮助。这一次，"打办"一定要我拿出东塍公社的证明，态度非常坚决，说拿不出来就只有回老家。那个时候要拿出公社证明难度很大，首先得有村里的证明，村里已经明确说不可能给我开证明。没有办法，只得请一个亲戚帮忙直接去公社打证明。"打办"的人看到证明上有公社的章但没有村的章，说："你这个是开后门出来的，不行。"我费了不少周折找到了我们村在三门当干部的小立胡（小名）帮我说了一下，才算过去了。

每次来没收工具或人被带走，主要原因就是没有手工业证。其实，当地"打办"的人对有没有证也是睁一只眼闭一只眼的，可能跟有人举报或上面压下来任务有关。手工业证后来就一直没有去办，认为肯定办不下来，一直到在大田街上开服装店才办了证。

那些举报的人一般都是当地的师傅。因此与当地裁缝师傅搞好关系是我在三门碰到的最棘手的事。一方面，你的手艺必须胜过当地师傅，才能立住脚。另一方面，你立住脚了，就会影响当地师傅的生意，遭到他们的排挤甚至打击。

村庄越大活计越难做，最不容易的是在仙岩。当地有个做衣裳的师傅蛮出名的，大家叫他小古老师头。我们去之前当地人都叫他做衣裳，我们去了以后，小古老师头的生意就少了。小古对我很不满，有几次在路上碰到，他扭头就走，很尴尬。前几年去仙岩，小古的老婆主动跟我打招呼："大田人老师头。""哎，你是？""小所对门的。""哦，老师母。"这让我很感动，当时匆忙，聊了这么几句就离开了。

在蒲峰的时候，有一次很凑巧，我跟当地的老师头在同一个合院的两户人家做，面对面地摆着两个作场。来我这边预约活的人是一拨接一拨，而他那边则冷冷清清。他就指着我骂："你走以达（来这里）庚庚（添乱），害我没有生意做。"奇怪的是我很坦然，我是凭本事吃饭的，我不怕，这就是竞争。

时间长了以后，知道这些事都是没有办法避免的，只能正确面对并小心行事。对同行和那些执行任务的人也没什么好计较的。每次来没收工具，就只能看着被拿走，也不会抗拒，没有工具时可以做些手工活。工具被没收没几天就拿回来了，然后重新开工。即使这样也从来没有产生过"不让做以后就不做了"的念头，就想着怎么避开风头去继续努力。

"草出石板缝"，我这株草生命力很强。

## 被怀疑放火

双台里着火，正好是要分救济粮的时候。

季德第一个看到，是他去把火扑灭的，并发现了有人为放火的迹象，因此报了案。民兵来检查后，发现双台里的台门头、穿堂、堂前堆了干稻秆的地方都放了点火的东西。

点火的工具和过程不是很科学，就是把浸了煤油的棉丝、香烟蒂头、火柴梗绑在一起，放在干稻秆堆里，先点燃烟头，计划用烟头点燃火柴，然后火柴烧着油棉丝,再烧着干稻秆。

大家分析,选在这个时候放火,应该是跟发救济粮有关,可能是对救济粮分配有意见的人干的。地主富农包括地主富农的子女都没有资格领救济粮,而双台里地主富农家庭就我们一家,我们自然成了一号怀疑对象。

民兵就在我们家转来转去。母亲刚刚在镬灶下灰炉膛(土灶放炉灰的区域)给小孩把了尿,民兵转过来看到炉灰是湿的,就怀疑是煤油,用手抓起来闻一闻,然后又赶紧甩了灰去洗手。我们在边上看到却不敢笑。他们在我们家转了两天,这两天里时常来,晚上也来,一直转到破了案。

放火的是租住在我们双台里的两个"右派"分子。我估计是因为不满当时对他们的处理而产生了搞破坏的念头。他们抽的香烟是破案的线索,放火的香烟跟他们抽的香烟一样。两个人被抓起来了,最后不知道他们是否招供。不久,中央下文件给"右派"平反,这两人就放出来了,而且都安排了工作。

虽然地主成分让我们遭受许多磨难,总感觉心头压着一块巨石,但村里的干部大多是友善的,刻意整人的是极少数,村民也很少故意为难我们。当时村里的人虽然不承认我是老师头,但是叫我帮他们做衣服的也有不少。仔细回忆,除了上面提到的被怀疑放火和窗户前建猪圈,被别人整的事还发生过这么几次。

朱坝头因兴修水利,要挖个塘,需要我们去。那夜我发高烧,那时好友秦平正好当干部,他偷偷跟我说:"小学,你今晚无论如何要去,发烧也要去。"友锁公过来说:"小学,走,衣服穿暖和一点。"我不想去的念头是没有的,他们派我干活我都去的,特别是抢时间的工作,大家都要去的,晚上的活会派我们成分差一点的人去干。那晚回来有饭吃,我吃了3碗饭,那个经常整我的干部当场就说:"有的人说自己发高烧生病,但是饭却吃了3碗。"我知道他说我,但我也没办法说什么,就只能让他说几句。

捉奶猪也算一件。生产队捉奶猪(把生产队母猪生的小猪领回家去养)需要排队,轮到我时,有人说:"不行,你要先让给贫下中农。"想要在我前面抢走奶猪,我一听拔腿就跑,跑得比他快,去养猪场把奶猪抱回家,他也没有办法。我认为有道理的,就都不怕。

在我们面前耍耍威风、刷刷存在感的村民也有。生产队扇草籽粉(给草籽扬尘),一般都是用箅或米簸挡起来使其固定在一个区域内,以免扬起的粉尘吹到人的身上。这个粉尘会让人又脏又痒,对呼吸道的健康也有影响。有个叫老三的,提出让菊英用人去挡,菊英不同意,从此以后她的底分始终就比别人少半分。菊英胆子本来就小,从区毛泽东思想宣传队的主角一下变成了"地主婆",不知内心承受了多大的委屈。

## 希望政策13年不变

1976年,老大上学了。那个时候洋渡小学还是在坝头,但因为教室不够用,小学一年级是在村里一个干部家的楼上上课,凳子要自己带。

三年级的时候,女儿的班主任卢林孜碰到我说:"小学,你女儿读书好得猛,以后肯定是高才生。"我不知道什么是高才生,但是听了很激动,我说:"我没有别的希望,只希望现在的政策能保持13年不变。"卢老师很肯定地说:"会的,你放心。"

这个对话和期待,我的记忆相当深刻。那个时候政策已经放宽了,升学按照成绩,我知道自己的女儿学习成绩很优秀,只要这个政策保持13年不变,升学是凭考试而不是靠保送推荐,我们就有靠实力公平竞争的机会,老大读完小学就能继续升初中、高中一直到大学毕业,我们的家庭就能改变现状。高兴的同时又担心,担心政策会变,万一政策又变回去了,她也会有像我一样的遭遇了。我心里暗暗祈祷:"政策千万千万不要再改变。"

1978年以后,"唯成分论"时代结束了,"地主儿"没人叫了,想搞我们、为难我们的人也没有了,做人自由了、平等了,感觉就这么开放了,那时候很高兴,还感觉有点不自在,老是问自己:"这是真的吗?"想着如果是梦,那就不要醒来。这以后,种植也自由了,做手艺也自由了。

分田到户以后,每个人种田都很用心,大家种的都是袁隆平为我们研究出来的杂交水稻。第一年我种得特别好,那个稻头大呀,看着它们列队对着我笑。收割脱粒晒干后一共有3000多斤,堆在家里倒厅间,差不多要到膝盖这么高。隔壁婶婶走过来说:"小学,你吃得完啊,这么多谷!"我笑得乐呵呵的。每家每户都种得好蛮好(很好)。虽然前面几年生产队里就种杂交水稻,粮食生产已经好起来了,但是到了1978年就彻底好了,粮食吃不完了。

分田到户后,时间更能自由安排了,只要候准农时,抓紧时间抢收抢种,我就可以早点出去做衣裳挣钱。农忙的时候,家里的小孩能干活的都被拉出去干活了,还请亲戚朋友帮忙。农忙过后,我马上就去三门。平时我就把田托给同小队又住在同一个双台里的朋友冯华管理,我家的田跟他家的田挨着,请他帮忙一起放放水什么的。后来我自己在家里办服装厂、养毛兔了,田埂活就都自己做了。

以1978年为界,在家的处境完全不一样了,加上这几年在三门挣了钱,算得上是村里的能人,地位一下子就提高了。这种感觉有点像做梦,有点不敢相信是现实,而且当时觉得这些变化与我的生活好像关系也不大,因为我的心思都在怎样挣钱上。事后想想,关系可大了,我可以名正言顺地回到家乡打拼了。当时有几个村干部都希望我挑头为生产队解决出路,当时我还不敢想,也觉得自己没这个能力。但是确确实实地感受到形势在变化，人们的心理也在发生变化。刚开始时大家还有点缩手缩脚，后来慢慢地越来越放开了。

所以我特别要感谢邓小平，1997年邓小平逝世的时候我流了好多眼泪。

但对摘"地主成分"这顶帽的事，我没有深刻的印象，没有这个时间节点。我们是"四类分子"摘帽，不是特赦。印象特别深刻的是大女儿在校填表时不用填写"地主成分"，放学回家后欢呼雀跃的那一刻。

## 父亲、弟弟来探亲

1963年，收到父亲的第二封信和寄来的钱后，跟父亲的联系就一直保持着，父亲每年都有钞票寄到家里来，这个钱对我们来说作用很大。

刚开始收到的40元，我要做130天农活才能抵得上，农活每天收入很少超过3角。如果与做裁缝1.5元一天比较，也要做30多天。

后来可以通电话、拍电报了。电话也是要到邮局打的，排队排得很长。像第一次去邮局领钱一样，第一次打电话也是周在凡表兄向我传授的经验。他说："小学，可以打电话到台湾了。你去邮局，挂上号，在那儿等，电话接通了工作人员会叫你去接听。"接着又说："电话费很贵的，起码是几十块，时间打长一点要上百块，你要控制好时间。"

第一次，我跟母亲一起等到半夜才通上话，是在邮局的门外的电话间接听的。通了电话父亲就说："我们挂了吧，电话费交不起的，以后你们不要打电话了，写信好了。"父亲知道我们心疼花钱，我们打电话是要我们付钱的，他没法打过来，因为我们没有电话，没办法接听。

不知道为什么要等那么长时间，等得最长的一次是和大女儿一起，从第一天的上午去挂了号，一直等到第二天的早晨才接通电话。

那时候，国家需要外币，有外币进来就是对国家做贡献了，所以每次收到外汇后，国家都会配发华侨券。我们家用这个华侨券买了一般人家买不到的东西：西湖牌缝纫机、凤凰牌自行车、凤凰牌香烟。当时的凤凰牌香烟只有用华侨券才能买到，这个香烟香味特别浓，如果去望电影（看电影，农村的露天电影）的时候抽，一大片地方都好香，大家就知道抽烟这家伙肯定是台湾家属。

以前台湾家属躲躲藏藏的，也不记得是什么时候开始，台湾家属开始光荣起来了。政策上和政治上的待遇都不同了，我被邀请加入统战、侨联等组织，但我都没有加入，只是去开过几次会，政府后来鼓励台湾的亲人来大陆探亲，探亲回来可以带三大件什么的。这种变化我有印象但不深刻，没有那种分水岭的感觉，因为我的重心都在如何挣钱上了。

台湾放开亲人可以回大陆探亲时，父亲因没有退休还不能回来探亲，台湾的志越弟和我叔父先一起回来了，那是1988年，住了几天，走访了亲戚朋友。

尽管父亲在寄钱接济我们，但知道他们要回来，家里花钱做了准备，尽我们的最大能力做好招待。志越回去的时候，我把他送到广州，路上我尽最大努力请他吃好一点，尽到做哥哥的责任。父亲第二次来之前，我们专门在阳台下做了卫生间。

父亲一共来了3次。第一次来是在1989年，一个人来的，事先知道他要来，但没有说具体哪一天来。我见到父亲的时候在田里泅萝卜（给萝卜浇水），边上放着便桶，裤管一只高一只低，父亲看到我叫了一声"志学"，就流眼泪了，接着就马上把手上的戒指拿下来给我戴上。后来听说他是坐三轮卡来的，到家门口跟弟媳妇打听："志学屋里住块搭喂（志学家住这里吗）？"母亲听到声音从楼上下来，聊了没几句父亲就问"志学哪里去了？"他急着要看到儿子，母亲就叫邻居带他来田里找我。这一次，他在家住了好几天。

父亲来探亲有一个购买三大件的优惠指标，我们用它买了一台东芝牌的彩电，这是我们双台里的第一台电视机，每天晚上我们都把它搬到门口，全双台里的人都搬着凳子来看，檐街头（廊檐下）、道地里（天井里）都坐满了人。这也是我们村的第二台电视机，第一台是黑白的，主人卖5分钱一张票供村民观看。

父亲第二次来，带了现任妻子一起来的，在家住了两天，他把他的大孙女从学校叫了回来，一起去杭州玩了几天，住华侨宾馆，后来一起去了金华浙师大，说是送大孙女回学校并要看看她读书的学校。

第三次是1993年4月，他的大孙女结婚的时候。他对大孙女是最关心的了，早就表示："大孙女的婚礼我要赶回来参加的。"在很早的时候就让台湾的妹妹与我的大女儿通信。血缘之间的关系是何等奇妙，分隔两地未曾谋面的姑侄之间建立了深厚的感情，妹妹对大女儿鼓励有加。每次我们夫妻俩要动身去三门时，大女儿都很伤心，我们特别担心。有一次，母亲对我说："没事，放心，前两天她姑姑寄来的信我放起来了，你们走的时候我把信给她，她就高兴了。"妹妹的信一度成为大女儿的精神支柱。

父亲还是很努力的，听台湾的妹妹讲，他很惦记我们，他也常常鼓励孙辈们努力学习，还安排了让大女儿去香港探亲，并劝说我们让大女儿去香港工作。

但是这一切，比起他的一走了之，又算得了什么呢？！就是不想回忆那些细节，回忆起来非常痛苦。母亲这么辛苦了一辈子，但父亲回到家里的表现并没有让我感到他对母亲的感恩，我也体会不到他对母亲的感情，而且其中有一次回来还带了现任妻子。这给我的感觉很不好，完全掩盖了这么多年来对亲情的期盼和对父亲所付出的努力的感受，没有幸福的感觉。如果父亲回来跟母亲团聚，或者把母亲带到台湾去，也许以前受的这些苦都不算什么了。

哎！不想回忆这些了。我还是喜欢回忆这一辈子自己跟母亲一起怎样度过艰难的日子，跟老婆一起怎样努力挣钞票，这些事让我觉得很舒服，很有成就感。

## 带徒弟、办培训班、开服装店

随着裁缝技术的提高，我的缝纫手艺得到了三门当地人的肯定，崇拜的人越来越多，很多人表示要拜我为师做学徒，也有好多父母来恳请我收他们的孩子为学徒。我原先就已经有了带学徒的计划，他们的邀请把我的计划提前了。

带小老师（徒弟）是必须的，原因有二：其一，我既然要在这一行业深入发展，就有义务将这个行业传承下去；其二，带小老师可以增加收入。当时的行规是：落户干活时，如果老师头收1.5元一天，小老师可以收1.2元一天。第一年的这两项收入全部归老师头，只在过年的时候给小老师几十块钱的压岁钱，再买点鞋子衣服什么的。第二年给小老师6角一天，其余的钱也是老师头收进。这里面有剥削性质，在当时不被公开允许，但私下里大家都在这么做。

我带学徒没有按照传统的方式，我也只是偷偷地在三门带，也不让他们到老家来。但他们的父母一定要让他们来家里望老师头（探望师傅），说这是规矩，所以来过好几个，农忙的时候还帮我下田干活。对外绝对不敢说是学徒，说是亲戚。

第一个小老师可以说是国平，表姐的儿子，他把自己当成我的徒弟，但我把他当作合作者。国平是很好学的，他很早就开始研究服装，跟他父亲一起学习。就是胆子小，水平并不亚于我。

菊英也可以算是我的第一个学徒。但她一直埋怨我不教她,说她只能算是我的工人。我想着教自己的老婆有的是机会,并没有急着要教会她。再说了,我自己是没有老师头教的,她比我聪明,她不会落后于我。她跟了我这么久,虽然没有实际裁剪过,但缝纫过程还是有感觉的,潜移默化嘛。而且她很好学,常常问这问那的,我也会在她缝纫的时候教她一些衣服用料、计算比例等方法,但我不允许她在我裁剪的时候停下手中的活站在边上看,每次都要被我制止:"快点去做你自己的活。"

菊英的手缝工技术非常好,跟我配合得很好,我们夫妻俩统筹安排,用一台缝纫机,上午的时候,我裁剪,她踏缝纫机;下午的时候,我裁好布料后下来踏缝纫机,她就做整烫和手缝工的工作,如锁纽扣孔、钉纽扣、撬裤脚边、做便衣的布扣等。这样的工作安排使我们有很高的工作效率。我们完工后,东家直接就可以穿新衣服了,不像以前我一个人做的时候,做成整件衣服并整烫好以后,一般手缝的工作都是由东家自己做的。后来带了小老师以后,也是做好统筹安排,用最佳的工作方式,用最少的时间把活做完。但最高效的还是我们夫妻俩的搭配。

那个时候,手艺人带徒弟是有不成文的行规,师傅干活时用的是东家的时间,是不可以用来教学的,要你自己多看多悟,这个看还不能停下手中的活去看,要边做边学。我带小老师有自己的规矩,踏缝纫机、手缝工和整烫的技术是落户干活的时候边做边学,裁剪的教学是在收工以后。

一般做手艺的人都在作场学的,一边做一边学,特地教的很少。服装行业比较特殊,在黑板上画一画,还有图纸什么的。木匠、泥水匠的学徒就是边做边学的,从劳动过程中积累知识、积累经验。但不管哪一行,当好学徒看眼相法(察言观色)很重要,你如果放下手中的活,光是站在那里学,一定会招来老师头白眼,就是看也是边干活边瞟一眼的,如果你盯着看,老师头肯定要骂的。关于学手艺,我认为,入门靠学,但要真正入行，不是简单地依样画葫芦，需要用心去学，用心去悟。我们常常听到有人说这个老师头很保守，不教学徒，这种说法是不对的，其实是这个学徒不聪明，自己悟不出来，学手艺跟课堂上学文化知识是不一样的。

菊英是真的聪明，我俩在银山做衣裳的时候，农忙的时间到了，我要回家抢收抢种，大概需要一个半月左右，就把她一个人留在银山。走之前，我花了一个星期裁剪，裁好的布料差不多够她做一个月。按照惯例，东家在老师进门后，在这一个月过程中，还会去买新的布来做的。我考虑到这个可能，当时就想，菊英对我有很强的依赖性，趁这次我不在的机会，说不定她就被逼出来自己会裁剪了。果然，在银山的这一个月她出师了。

现在回想，我对老婆是太严格了，服装做错了要骂她。她这么小就跟着我，我有封建大男子主义思想在，在家里都是我说了算，她也是什么都听我的。上天还是很公平的，虽然我从小失去父亲的关爱，却给了我那么好的母亲和妻子。

我忙完农活回到银山时，她很兴奋地向我汇报一个人的战斗过程。我已经裁剪好的，她做下来一点问题都没有，紧张的是东家又买了新的布来要她裁，这之前她从来没有在一块完整的布料上裁剪过，裁剪的套路和尺寸什么都不知道，这真是赶鸭子上架，靠她平时缝纫的感觉，先剪一个大概，不行再改，犯了一个错误也迅速改正过来。有一次她把男裤前面的引襟做反了，纽扣孔都剪好了，怎么办？她在外面加了一块布，修改了一下，基本看不出来。

如果菊英不算学徒的话，那第一个真正的学徒是三门白莲人小英。她得过小儿麻痹症，跛脚，但是相当聪明。她的母亲和兄弟都来找过我，她母亲说："老师头，我想请你把我女儿带出来，给她一条出路，让她以后有碗饭吃。"我当时还没有计划带小老师，完全出于善心，就同意了。带她是从正月开始的，才几个月时间，她就能把我裁剪好的布料做成成衣了。农忙我回家了一趟，她竟然能够自己进行简单的裁剪了。后来我办了一个裁缝学习班，小英也参加了该学习班学习裁剪，平时我用收工后的时间，再单独教她。她的接受能力很强，一年时间就出师独立接活了。

根据行规，做小老师跟着师傅落户干活，是要担缝纫机的。小英因为身体的原因，就叫她的兄弟来帮忙担缝纫机，这让我很感动。但我很少让她兄弟来帮忙，除了极难走的山路，一般都是我自己挑的。为此，他们家特别过意不去，每次去她家，她母亲都招待得很客气。

小凤是我的第二个徒弟，算是菊英带的小老师。我们去他们村做衣服的时候，她的母亲很喜欢我们，要让小凤跟我学做裁缝。我先让小凤参加学习班学裁剪，学会裁剪以后就让菊英接着带。他们家在村里蛮响当当的，她的父亲和两个兄弟都是国家单位的工作人员，对我们很关照。我们第一次喝啤酒就是在他们家，这之前我们都没见过啤酒。小凤初中毕业，刚认识的时候，我很不喜欢她，她讲话像男人，经常讲油话（油腔滑调），她的妈妈也是这样的。我们在边上做衣裳，听到她在隔壁屋里边结草帽边讲油话。当她的妈妈来让我带她时，我犹豫过，带这个人落户干活，人家要笑话的。但是，很奇怪，只要我跟菊英有一个人在，她一句话也不乱讲。

小英跟着我学手艺以后，在白莲，有很多人提出来要跟我学，他们就建议我办学习班，就这样，我在白莲办了第一期学习班，有七八个人。接下来在八岭、仙岩、下峉、三角塘、小门等地都办过学习班，大概办了十多期。报名人数多的时候，我掌握好每期不超过10人，10人以上教起来就很吃力。

一期学习班一个月，其间没有休息日，每天学做一种服装，从最简单的开始，短裤、长裤、衬衫、中山装、夹克衫、西装等，一共教了30种。

我在前一天晚上备好第二天的课，把理论知识和裁剪过程写出来，定稿后，用复写纸垫上，一次写5张，两次10张，正好一期的学员可用。一个月学习班结束以后，这30多张教学资料让他们带走，以后他们可以照着做，资料上有各种服装的裁剪图纸。

我的裁剪教学内容很简洁，就是简单的介绍加上看懂裁剪图纸。那些服装裁剪法的术语和公式都来自书本，比如领口是领围的2/10＋3分，等等。如果我的制作过程与书本符合的就按照书上的；如果与书本不符合的，我就根据我自己的经验得出的数据。比如裁剪法里面的袖孔深度是胸围的1/6，这个在农村行不通，农民的衣服要按照这个比例放大一点。还有关于袖山高，按照书本上的要求做，有4寸多，这太高了。我们农村人衣服的袖山只要3.5寸，如果太高，干活的时候手往上举，袖子就不够长了，手放下来的时候，袖子又太长。这跟拿笔的人不一样，没有这样大幅度的动作，可以做得高一点。裤子也一样，直裆的长度太长不行，太短也不行，每个人都要给予特殊的测量方法，比如喜欢裤腰系得很低的，前裆要短，但后裆要长一点，基本接近正常水平，不能死板地按照书本里定的直裆跟臀围的比例来做，以前的裤子都是以臀围为标准的。臀围的尺寸也不能完全按照书本上写的，书本上规定女性的臀围是紧量加3.5寸，男性的是紧量加4寸，但很多人嫌这样不美观。如果女性的臀围只加3寸，那裤子穿着就会笔挺，这个3寸是必须要加的，加得太少的话，裤子穿、脱都不方便，加3寸既实用又好看。腰围和臀围又是两种不同的算法。我根据平时做衣服积累的经验，有一套自己的裁剪算法，做出来的衣裤既美观又舒适。

学习班上用的缝纫机和学习材料都是学员自己带来的。如果那一天教的服装样式正好是他本人或家里人要做的，那就带上要做的布料；如果没有需要做的，就带水泥袋纸或其他什么纸都可以，教他们裁好、做好，再穿上身试试，找出问题所在。如果有人正好要做衣裳的，征得同意后就免费在学习班上给他们做，包括量身的过程都可以在课堂上进行，边量边讲解。我会把握整个过程，一般都不会做坏，但质量会差一点。

一期学习班下来，10个人里面，大概有3个人可以直接去做裁缝了，还有3个人可以将自己家里的服装慢慢地做下来，还有4个人就基本上没学到什么。

办学习班的时候，我就是全职教师，不接服装做。办学习班比做衣裳收入好，做衣裳1.5元一天，30天收入45元；办学习班，每位学员交15元，一期8人的话就有120元收入了。饭是在学员家轮着吃的。邻村有几个裁缝师傅，办学习班都挣了很多钱，他们每期都招四五十个学员。

在三角塘那一期印象最深刻了，这个村里的人特别重感情，两件事情让我很难忘。一是村书记的老婆来报名，她说："我年纪大了，肯定是学不好的，但是老师头人好，我想跟着多少学点。"真的是每天都来上课。第二件事情是在我走的时候，全班学员把我送到里铺的岭头，分别的时候他们一个个都哭得稀里哗啦的。

办学习班期间还发生了一件有趣的事。有个高中学历的人来到我的学习班，听了我的课后，回家拿了一本《上海服装裁剪法》，指着上面写的"肩斜线是胸围的1/10＋1寸3分"说我"误人子弟"，他说我说的是"肩斜线是胸围的1/10＋3分"。这本裁剪书我也有，而且我已经研究得很透了。我说："凭着我十几年的裁缝经验，我不会搞错的。"他说："有书为凭。"我问他："你这本书是什么时候买的？"他说："好几年了，我老婆会做衣服。""你这本书已经相当古老了，这只是指前片，后片你没讲，后片可能是平的，如果后片是平的，前片要包到后面，所以要很斜，军装可能是这样的，袖山中线跟这个斜线起码差1寸多。"我讲到这里还是很耐心。他还是很强硬地说："这不可能。"我也有点急了，说："我们国家现在有原子弹了，以前没有的吧？原子里还能分出原子核和核外电子，你读高中的时候，这样的知识你没有学到吧？社会在发展，各种行业也都在变化呀。"听了这话，他猛地一下双手抱在头上，低着头，很快就跑走了，书也不要了。班上有个他的邻居笑得前仰后合，说："老师头，你赢了，这是他的招牌动作，意思是承认自己输了。"哈哈，我这个小学毕业的赢了高中毕业的，我也笑得很开心。

在双门岩教裁缝学习班的时候，我住在家里，基本上早出晚归，大概是20多里路程，先骑自行车到岭脚，爬一座山就到了，路上差不多1个小时。这样孩子们每天都能看到老爸，很开心。

后来，可以公开办培训班了，我在老家这边也办过一期。在我教学的时候，市委统战部来了一个人，是来关心台属的，问我："吃过什么亏吗？不合理的事情有没有？"我当时跟他提了窗口猪圈的事，他把我反映的情况录音下来。当时季德确实有困难，我们也没有坚持，这件事也就一直没有解决。

服装店是在1984年开的。因为我是自学的裁缝，没有师承关系证明，因此，靠菊英的姑父帮忙才办了"个体工商营业执照"。服装店开在大田街上，生意很好，比落户顾客家里做裁缝钱要好赚得多。但是非常辛苦，白天基本上都是在接活，晚上熬夜赶做衣服，睡眠严重不足，这样坚持了一年多。后来，正值养殖兔子最赚钱的时候，我就转行去养兔子了。

## 养兔、做兔毛生意

去三门做衣裳挣的钱使家里的生活条件越来越好。1978年,责任田分到个人,粮食问题基本上解决了,日子好过起来。当时虽然没有余钱,但家里人可以衣食无忧。

20世纪80年代初,兔毛价格涨得不得了,养毛兔行业兴起,村里有几个人养毛兔都挣钱了。小瑞问我:"小学,你在外面做衣裳,到底有多少钞票好挣?现在的养毛兔卖兔毛是不是比做衣服还要好呢?"我说:"做衣裳到底有多少好挣我也讲否来,反正一家人能混得下来,还好的。"他说:"我劝你养毛兔。"

我考察并比较了一下,兔毛百把块1斤,4只毛兔每次能剪1斤多毛,一般2个月剪一次,想留长一点卖的价高一点就留3个月。那时候百把块钱不得了了,相当于我做裁缝两个多月的工资。而且,国家政策鼓励支持种养殖业,可以在自己农田里建兔舍。

养兔确实富了好多人,当时民间传唱着"养兔致富歌":

"五只长毛兔,解决酱油醋;十只长毛兔,可添新衣裤;廿只长毛兔,家生(生活工具)做新过;百只长毛兔,笃定穷变富。"

同时,随着服装厂的兴办,购买成衣的人越来越多,我预测做裁缝的市场必然会逐步萎缩。

1985年,我接受了小瑞的建议开始养毛兔,这时正是兔毛价格的高峰期。养毛兔成本很高,一般的兔子要100元左右一只,毛兔娘(母兔)要200多元一只。后来,我把倒厅间腾出来,整个房间都养了兔子,最多时有80多只。

我精心设计了兔舍,特别是将兔子全部迁移到倒厅间后,我搞起了兔子的"新农村建设"。兔舍是整齐划一的水泥主体结构,一般是3层,最高是4层，有"大街"还有"小巷"，地上还有排污工程，每个兔舍的前后壁都采用手工编织的软铁丝网，不但透气、舒适，还好看。孩子们夸我："老爸做什么都是那么精致，兔子住的房子比我们住的都要漂亮。"为了充分利用空间，每条"小巷"的宽度，只够一人抱着用来喂兔食的塑料盆通过，如果转弯不小心就会被卡住。

只有把兔子伺候好，才能长出漂亮的兔毛，我们才能挣到钱。除了要让它住好，还要让它吃好，同时，还要保证它不生病。我既是建筑师、营养师，还是保健师、美容师。体力上养兔子比做裁缝辛苦，有几次，女儿找到我时，我抱着饲料盆被"卡"在"小巷"里睡着了。

其间，发过一次兔瘟，死了好几只兔子。雄的死几只不心疼，死了一只毛兔娘很心疼。菊英坐在那哭，我说："心痛就心痛，哭有什么好哭的。"后来我们就给兔子打了疫苗。从这里我看到了商机，去省农科院直接批来疫苗，上门到养兔户家里去注射。给兔子打疫苗我也赚到了一些钱。

接下来兔毛价格进入低谷，我努力坚持着。

在区农委牵头下，区养殖业办公室组织成立临海市养兔协会大田分会，养兔户以入股分红的形式加入协会，20元钱一股，有好几百户参加。我投了90股，是个大股东。我在协会担任财务主任的职务，并负责兔毛的验收，成了协会的核心领导。

养兔多、起步早的农户大多在六房，协会的核心领导成员也多是六房人，有点像六房人办的区级养兔协会，但是大领导是区农委的。六房人蛮刹甲的，台州市的第一个初级社——李仁兴初级农业社在六房，抲泥鳅的队伍是以六房为主，六房曾经还是卖番薯苗的专业村，后来东塍镇太阳伞企业基地也在六房……我觉得，六房村民特别有创造力。

养兔协会对整个养兔行业有好处，政府也有过支持，刚开始时办得红红火火。

加入养兔协会最大的好处是，养兔户兔毛的销售有保障。我开始养兔的时候，兔毛是通过供销社统一收购，由外贸局出口，我们的兔毛都是剪下来直接就卖给国家。养兔户多了以后，国家就开始限量收购，供销社的收购价也在不断调低。再后来，国家将兔毛从供销社统一收购变为市场交易，兔毛市场价明显低于先前的国家收购价，协会以高于市场价的价格收购、分级、加工，再想办法卖出去，解决了会员的兔毛销售困难。随着兔毛价格越来越低，最后甚至动用了私人关系帮忙销售。协会的一个领导有个亲戚在秦皇岛外贸公司，最后一批兔毛就是通过这个亲戚帮忙卖到了秦皇岛。

　　协会还向会员卖优质毛兔仔，并优先为会员提供疫苗。

　　协会还开展各式各样的活动以提高会员的积极性。比如，每年都会开展剪兔毛比赛，一是比谁养的兔子剪的兔毛多，二是比谁剪兔毛的速度快。菊英曾经夺得剪兔毛比赛第一名。

　　养兔协会只维持了两三年就解散了。主要原因是后来市场价高于养兔协会收购价，人家都卖到市场上去了，我们自己也去市场收购，入会的优势就没有了。

　　随后，我们也顺势做起了兔毛的生意。我们先是挨家挨户收购兔毛，然后挑选分级，保存起来，等待赚钱的时机再卖出去。低价买进高价卖出，这个行当就是农村里说的行贩（生意人），利用地区间和时间上的差价及整零差价赚钱。

　　养兔对我们家有帮助，但帮助不是很大，维持了几年，稍盈利一点，后来做兔毛生意赚了钱。养兔协会没有维持多久，但养兔协会的工作使我掌握了很多经验，特别是提高了我验收兔毛的技术水平，我只要把手伸到装兔毛的袋子里，这袋兔毛的好坏就已经能分辨出来，如果里面有不同等级的我一把就能抓出来。那个时候，因为做兔毛生意的收入超过裁缝，所以裁缝基本不做了。

很多行贩都是在集市上收兔毛的，我们刚开始也在集市上摆摊，结果一两兔毛都没有收到。为什么？在集市上收兔毛要学会"夺"客源，你要站在街口去拉卖兔毛的人过来，可能还会跟同行吵架。同时还要会偷秤头（称重量时弄虚作假），这样就可以用比别的行贩高一点的价钱让养兔户把兔毛卖给你。这两样本事我和菊英都不行，所以我们就采取上门收购的方法。

我们去得最多的是山上的村庄。一是因为山上村民出来卖兔毛不方便，有些甚至都没有想过卖兔毛，这样就可以用相对低的价格买到质优的兔毛。二是利用了我们做裁缝落户时锻炼的与农户打交道的技巧。

刚开始时，我们也怕难为情，进了一个村，把编织袋拿在手上，在墙弄里走着、张望着。有个年轻人趴在窗口问："你们是干什么的？"我说："收毛兔毛的。"他说："你们都不大声喊的，谁知道你们是收兔毛的。"其实应该要喊："毛兔毛有伐，收毛兔毛了。"他让我进去，把兔毛卖给了我。

后来，我们在那一带赢得了信誉。村民会剪兔毛的，都剪好后专门等着我们去收；不会剪的，就等我们上门去剪。当时我们连秤都不带，直接用他们的秤，价格也由他们说，他们不知道行情，价格高了我们不要，价格低的我们就收进。碰到不出村的老人，我们会给他们一个我们自己基本不赚钱的合理价格。

有一户人家记忆特别深刻，他们从来没卖过兔毛，平时剪下的兔毛都放在一个盒子里，压得铁实铁实（严严实实），上面的都泛黄了，有好几盒。我们如获至宝，收进后放了半年左右，价格翻了1倍。

山上人待我们非常好，我们想多收点兔毛，一大早天才蒙蒙亮就起来剪毛兔毛。我们住的这户人家没有玻璃窗，我们坐在檐街头剪，天气很冷，主人家就泡了鸡子茶给我们吃。

后来，我在这个行业有了名气以后，主动上门卖给我兔毛的养兔户和小行贩越来越多，这时再到集市设摊，也能买到兔毛了。

我们收购了兔毛以后卖给供销社或者私人老板，哪里价格高就卖到哪里，我们常常拿到新昌县去卖。有一次我们挑了压得实实的4编织袋兔毛，挑到麻地岭头，天下着雪，有个解放军战士看见我，就过来跟我说："大伯，让我来帮你挑一下。"我坚持要自己挑，一路真的很辛苦。

做兔毛生意时，我们的信誉很好。新昌的一位老板特别信任我们，只要是我的兔毛，我说这一袋是特级的，这一袋是次毛，他看都不看一眼，就直接过秤付钱。而且我们是不用排队的，我们一到，他们就先收我们的。看到我跟老板关系铁，有一个仙人桥卖兔毛的小行贩提出想把他的货搭在我们的货里，让我们帮他一起卖，我们没同意，我们把信誉看得很重。

我们的兔毛等级分得清清楚楚，特级里没有一根一级或次毛，次毛里也没有一根特级或一级。不诚实的人碰到很多，有人甚至把秤砣、石头塞到兔毛里。

后来，我把这一行业的要领摸得蛮透的，做兔毛生意赚了不少钱，成为万元户（家庭存款达到一万元），成了村里人眼中的有佬（富有）人家。当时全村大概有四五家，都被公社广播表扬了。其实，我们也就正好是一万元左右，响应了邓小平的号召"让少数人先富起来"，感到很光荣。我不知道人家是怎么知道我有万元存款的，也没有人来问过我，就是老百姓认为你挣了有一万元了，口口相传的。也有个别人认为我没有达到万元户，说我们家以前太穷，底子太薄。

后来，兔毛市场价格跌得很快，亏得最多的是最后一批。当时我要出远门一趟，在我临走的时候拜托乌皮："我家里还有一点兔毛，你这里价格稍微高一点的时候，你帮我收收走。"他说："好用（好的）。"乌皮是大田供销社收购员，他的市场信息比较及时、准确。然后我交代菊英："乌皮叫你去卖的时候,你一定要去卖掉。"我出门前市场上是70多元一斤,我这一批存货的成本价是75元一斤,我原计划是想每斤卖八九十元的。后来乌皮看到涨了一点又马上开始往下跌了,预测要一路下跌,就通知菊英去卖。通知的时候是74元一斤,亏了1元,菊英舍不得卖。犹豫了几天,行情一下就不对了,隔一天跌5元,再隔一天跌10元,卖出时是45元一斤,最后跌到三十几元。

兔毛价格跌得很厉害,赚钱不容易,我就不做兔毛生意了。

同时期我还种过橘子,卖过橘子,也做过橘子行贩。我去三门做衣裳时对那个地方熟悉,三门有两个地方是围垦填起来的,海涂泥是种柑橘的好土地,要比一般的土地种出来的橘子甜一些,好吃一点。我约了几个伙伴去那里收购橘子,再拿到无锡、江苏等几个城市的市场上去卖,就像现在街上看到的,大货车后面挡板打开,人家来买,这个钱不太好赚,保本而已,没有什么技术含量,也就是经历过这么一回。

"三十六行,讨饭卖糖"。当时也是这个做做那个做做,做什么能赚钱就做什么。做衣裳时跟别人比起来已经算好了,感觉养兔收入还要好就转为养兔,后来又做兔毛生意,看到有更好的机会就想试试,做什么来钱就做什么。我那时在各行业努力打拼,不断寻找挣钱的机会。

做兔毛生意时我才感觉到家里有钱了,在此之前都只能算是维持生活。大女儿读初高中时都住校,刚开始,一个星期带一罐咸菜,最好的菜是母亲在集市收市前买的只有裤腰带一样宽度的几乎没有肉的带鱼,在油里炸一炸,放很多盐,装在瓶子里给她带上。女儿后来开玩笑说:"都是因为以前吃了奶奶炸的带鱼才会长这么高,才会考上大学的。"养兔子后期,兔毛越来越不值钱,我就隔三岔五地杀兔子,炖兔子肉给孩子们吃,也常常给住校的大女儿送,到现在还有女儿的同学碰到我说:"叔叔,我吃过您送来的兔肉。"

# 第五章 有了自己的工厂

## 我家有了大学生

女儿考上大学了,这是我这辈子最开心的事。我决定和她母亲一起送她去上学,一是女儿第一次离开家走这么远不放心,二是我从来都没有带菊英一起出去玩过,借此机会两人一起送了女儿再顺路去杭州玩几天。

我们家的这一特大喜事,正好与1987年的特大洪水相遇,"天仙配,大田会"①,报到那一天,大田到临海的马路被洪水淹没,根本没法走,更不用说通车了。我们前一天就到大田,住在女儿外婆家。天不亮就出门,外婆家的狗把我们送出好远。

我挑着担子在前面走,女儿和她妈跟在后面,我们每个

---

① 临海的一句老话,意思是每遇台风暴雨,灵江上游来自天台的始丰溪和来自仙居的永安溪洪水急泻而下,又遇下游潮水顶托,使大田平原等地洪水漫溢。

告别女儿离开浙师大时,菊英坚持不让女儿出校门送,催促她早点回教室参加活动。女儿转身向物理楼走去的那一幕便定格在我的脑海里,心里顿时涌起无限感慨,有不舍、心酸和担忧,但更多的是开心和骄傲!我流泪了。

人手上都拿着一根棍子。担子的一头是皮箱,一头是一个大网兜兜着脸盆装满了杂七杂八的东西。说是皮箱,其实并不是用皮做的,是我父亲年轻时出门用过的,已经很破了,可能是因为节约,也可能是心里面想要一种仪式感,我和女儿都看中了这个破皮箱,我买了一块新的布包了一下,用铆钉钉了一圈作为装饰,很漂亮。这个箱子女儿一直用到大学毕业。

我们绕道从大田中学后面的山脚下走,经过下高村、狮云村、双桥村到达临海长途汽车站。这是一条废弃多年的泥路,叫大田市岭,是以前大田西北方向村民去大田赶集的路,路很难走,好多地方大水没到小腿。

这一路因为高兴,一点也没觉得辛苦。

告别女儿离开浙师大时,菊英坚持不让女儿出校门送,催促她早点回教室参加活动。女儿转身向物理楼走去的那一幕便定格在我的脑海里,心里顿时涌起无限感慨,有不舍、心酸和担忧,但更多的是开心和骄傲!我流泪了。

1984年,在初中中专发榜的时候,我们夫妻俩在广播[①]下听了好几遍,听一遍没有听到女儿的名字,再听一遍还是没有,我们都不相信。同村的在女儿就读的大田中学教书的李老师在发榜前碰到我,跟我说:"你放一百个心,你们的女儿百分百会考上的。"会不会是播音员漏报了?以前有过这样的例子,我就去找李老师打听,他说他也在广播下面听了好多遍,他也不相信。他回学校了解了情况以后告诉我,没有错,差1.5分。我不甘心,听说地区三好学生和台湾家属有加分,我就跑去临海市教育局找熟人打听,结果他们告诉我只有地区优秀学生干部才可以加分。

我们当时是一心希望她上中专的,这样就不用担心过了三年政策改

---

① 广播:20世纪70年代,农村有线广播通到家家户户,每家在墙壁或屋柱上安装一个小喇叭。广播是当时农村人的主要信息通道和精神食粮,早、中、晚三次固定时间播放,以及紧急通知的临时播报,重要通知会重复播报。

变。而且那个时候在农村成绩好的都上初中中专，她从上学开始一路走来，第一次打破了我们的预期，对我们打击还是挺大的。

女儿却很淡定，没有伤心失望。

在台州中学教书的堂弟告诉我说："这小鬼根本没重视，我的话她听进去了。我是不建议她上中专的，人家考大学考上专科的，还有想要放弃不上再复读一年考本科的呢，她就是上本科的料，你放心。"

1987年，高考结束回到家里，女儿说："爸爸，如果老师不改错的话，我百分之百上本科。"又加一句："即便今年考不上，我明年再考，明年考不上，后年再考，总之，我是一定会考上大学的。"

这次倒没有担心她考不上，而是担心她是否能适应她要去的城市的气候环境。考完估分填志愿，在老师的指导下，她第二批第一志愿填报的是兰州铁道学院。填完志愿，我们就开始打听兰州在哪里，那里怎么样，听说，兰州没有雨，都是风沙，环境不好，这下把我们担心的，特别是她母亲，在收到通知书之前，一直愁，一直唠叨，去兰州要带什么？离家这么远不适应生病了怎么办？收到通知书一看是浙江师范大学，当时那个高兴呀。我们高兴，倒不是因为被第一批录取，就是因为考上大学了，而且是在省内，不用去兰州这么远的地方了，什么第几批、什么专业、什么学校等等的，我都没什么感觉，就是考上大学了，这是我一直的心愿。考上大学，她就会有一个稳定的工作，能找到的对象起码也是个大学生，建立一个小家庭，安安稳稳地过日子，这便是我对她的期待。

每一次碰到换工作、晋升、聘岗等事情的时候，女儿总要跟我汇报或听取我的意见，总是担心自己不能满足我对她的期待。我在她上完大学以后，就真的没有期待了，而且她这一路、这一切我都很满意。

送了女儿分别后，菊英哭得很伤心，说自己怎么可以就这样把女儿扔在那个人生地不熟的地方，我一路都没把她哄开心。本来是想让她出来潇洒一下的，结果搞得心情不好，而且高档一点的旅馆舍不得住，到了杭州住在环城西路附近一个很旧的小旅馆，30元一晚，条件很差，就这样，菊英还心疼钞票，急着要回家。第二天，我们吃了早饭去西湖游玩了一下就回家了。回家倒很顺利，杭州开往温岭、温州的长途大巴汽车车次很多，就在武林门马路边上的车。

因为我们一贯低调（改革开放以前是胆小），女儿考上大学这件事也没有张扬，这要是放在别人家里，一定是全村请客，敲锣打鼓，热闹一番的，但我们内心是骄傲的。从这件事以后，我们自己做人的想法和村里人对我们的看法都更加不一样了。哎呀，反正我就是高兴啊，这是我这一辈子最高兴的一件事情。我虽然没有请客，但在亲戚朋友间都吹过牛：我们家大囡是我们村的第一个本科生。要感谢邓小平，如果地主富农成分论不推翻，我们家不可能有大学生。

小女儿心高气傲，并不认为考上大学就是唯一的出路，高考差了几分，她死活不肯复习一年再考，着急要去上班挣钱。我是很希望她考上大学的。工作了几年以后，她去市委党校参加了农村基层管理干部培训，取得了函授、党校两张大专文凭，还去浙大读了工商管理高级研修班，圆了我的子女都是大学生的梦想。

儿子聪明、调皮，但不爱学习，初中毕业就混社会了。虽然成绩不好，但东塍中学的老师没有一个不知道他的。后来也上了一个农函大。

## 办加工场

赵临办了临海市第一家太阳伞厂，技术问题卡在伞面材料上，怎么做都无法让套上伞骨后的伞面平整。他的合伙人并负责伞骨加工的卢士俊与我同村，他推荐我去解决这个问题。

我到了临海，赵临的母亲负责考察我。她从房间里搬出脚踏的缝纫机来，让我踏给她看。看我踏了一条缝边后，她就对站在边上的赵临说："不用考下去了，一看就是个上手人（事情做得比别人高明的人）。"中午，赵临的母亲很客气地留我在她家吃饭。

饭后，赵临带我到公司的伞面加工车间，向我介绍伞面布料的加工过程。他们做的是四方形的太阳伞，伞面跟普通伞不一样，分为上下两面，上面部分由4块三角形拼成，下面部分由4块梯形拼成。我一眼就看出了一个很明显的错误，不管是三角形还是梯形，他们裁的面料两腰是不一样长的，这样做出来的伞面一定是不平整的。我认为正确的做法是应该把伞面裁剪成等腰的（当时我并不知道等腰和腰这些数学术语，包括后面碰到的勾股定理、圆周率等都是女儿教我的），我当时就跟赵临提出："这个裁好的伞面布料我加工不了，任何人都做不了。"但赵临坚持他的做法，叫车间主任给我准备两顶裁剪好的伞面布料拿回家，加工好了再回来跟他谈。布置完工作赵临就离开了。

车间主任也想考察我一下，要求我缝一个角给她看看。车间里用的是电动缝纫机，我第一次接触，我要了一块废料摸索了一下，原理是相通的，我一会儿就让电动缝纫机听话了。看到我做的角，车间主任很惊讶，问："你为什么会做得这么平整？"我说："我把布料的横丝和竖丝对好，掌握好宽窄对称，这个角就一定会平整的。""你太厉害了，像熨过一样。"这时赵临回来了，看到车间主任在考我，有点生气，对她说："他的技术水平要比你高好多。"赵临也看到了我做的这个角，当时就把方案换了，不是叫我拿两顶裁好的伞面布料回去做，而是直接给了我一匹布和成品尺寸，让我拿回去自裁自做，并吩咐我："用料你也要一并算准了。"我听出了他已经准备跟我合作的意思。

这是一家股份公司，临海一家国营单位出一半的钱，以赵临为主的个人出一半的钱。当时的产品就是太阳伞，出口到欧美国家。赵临是公司负责具体工作的副总。

回到家，我花了很大的工夫，很认真地做了两顶伞面。我拿着伞面、剩下的布料以及边角料，还有我仔细计算的用料情况，去找赵临。他看了以后，说："跟我想的一样，真的很好，比我车间里做的要好很多。"他说等他们商量好就来找我谈合作的事。

过了几天，我们就签订了委托加工协议：产品是3米×3米的四方形太阳伞面；加工费是每顶2.3元；包用料是12.1米；节省的原材料可以加工成伞面卖给工厂；厂里派车运输，运费由厂里出；由车间主任来我加工点验收，工资厂里发。随即就运来了一车布料。

我交给他的样品实际用料是11.6米，他还愿意再加50厘米，按照12.1米跟我结算，可以看出他是多么信任我。至于其他的，我都没有仔细核算过，只知道他付给他自己车间工人的加工费是每顶1.2～1.3元，直觉告诉我：这生意可以做。我抱着试试看的心态，就满口答应了。

我马上租了小荷家的房子设了加工点，招了第一批工人，都是同一个村的，有小凤、一妹等共8个人。做完第一单产品后一计算，赚得蛮好的。就这样，一批接一批继续做下去。

结果，公司做的成品太阳伞发出去后被退了回来，赵临拿不到货款，就付不了加工费。我们大概做了近5000顶太阳伞面，房子的租金和工人的工钱都已经按时付出去了，是用前面做兔毛生意赚的10000元给撑住的。拿不到钱就相当于我们前面辛辛苦苦挣的10000元钱全部亏完了，菊英又愁得大哭不止。我也没有办法，总不能去逼赵临，逼他也没有用啊，只能是这样等着，亏就亏了吧。

还好，这个过程大概只有半年左右时间。太阳伞被退回的原因出在伞盘上，伞盘是太阳伞结构中的一个重要部件，当时客户要求用碗泥作为伞盘材料，伞骨插在伞盘的凹槽里用铅丝固定，太阳伞一摆动，伞盘就散架了。外国人收到货后打开包装箱后，就看见里面固定伞骨的伞盘部分一块一块地掉下来。后来，工厂对这一问题进行了研究，并与客户协商，把伞盘的材料改成了木头，再重新发货出去，生意成了。

当时，跟我一样拿不到钱的还有帮赵临加工节套、伞盘的，提供伞布、木头等原材料的，很多人都向他讨账，逼着赵临付钱，只有我从来没有向他讨过账。赵临拿到货款后，跟会计说："这第一笔钞票要划给老卢。"他认为我是最好的合作者。

这样一来，我一笔头拿到了15000元，等于半年时间我赚了5000元，那时候，挣到万元户辛苦了很多年，而这半年的成绩告诉我，我一年就可以挣10000元，这简直不太相信是真的。

跟同村的温义多的一次谈话才知道，我挣的这点钱在村里并不算多。他问我："小学，你一年可以挣多少钱？"我不敢讲，不知是讲多好还是讲少好，我就伸出手做了个手势，想表示5000元，他说："你也还蛮好的，一年有5万元挣进来。"他以为我说的是5万元，还说是"还好"，说明他们都挣了好几万了。实际上，村里这些住在马路边上的村民路子多，一年的收入都是上万的，后来我们称之为"路边经济"。从感觉上我们村一直以来是分为前后两个部分，我们属于前角天，这一片的人被公认为比较聪明，先富起来的。后来在后角天做了一条马路，住马路边上的人做生意便利了，都赚了钱，前角天的人反而落后了。

这以后，帮赵临加工伞面的生意稳定下来了，规模也扩大了，加工场搬到村里的小山头召南家，工人增加到十几人。除了缝纫工人，还培养了验收、裁剪的人员。工作稍微闲一点的时候，我带他们去上沙桥头拍个照什么的，团队建设搞得挺不错。

跟赵临合作得很好，不管多急的任务，我们都能加班赶出来。有一次一单货要得非常急，赵临就在我们这里等着，我们差不多6天6夜没有好好睡觉，把伞面加工出来，使赵临准时交了货。好几次，我在作场上牵着布，一不留神就躺在地上了，呼噜声就响起来了，菊英都不忍心叫醒我。

1992年，镇里要大办企业，要创造百万元产值的大企业。村里的帆布厂一直是几十万元产值，达不到百万元，村支书是厂长，他想要把我们加工场的产值算到他的厂里去。因为我们加工伞面的布料也来自他的帆布厂，他以一条龙生产为理由，带了镇干部来找我："小学，你把加工场搬到我厂里去，我给你免电费，免场地费。"我想这是好事啊，就同意搬过去。

后来才知道天上不会掉馅饼，他是要把我的加工场并吞了，搬进去不到一年，我只身一人出来了。

第一件不愉快的事是，厂长把赵临划给我的加工款给用了。搬进去以后，赵临给我的加工款就从帆布厂的账户划过来，有一笔款很长时间都没有到，我跑到赵临那里问，他说："你的钞票我都给你了。"我说："我没收到。"他明白过来后说："这样不行。"赵临重新拿出钱来给我，因为他跟帆布厂有帆布业务，这笔钱就直接抵了帆布款。

我那个时候跟人打交道实在是不行的，就是无法适应他们。搬进厂以后，他们一定要拉着我打扑克牌，我不会，我拿出50元钱，说："你们要买什么你们自己定。"他们把我的香烟浸在茶水里，说："你都赚了那么多钱了，还在抽'大前门'香烟，干吗不抽好一点。"虽然这是开玩笑，但我心里很不舒服，他们平时抽的是"中华"牌香烟，那都是抽村里的。看门的门卫也疙里疙瘩的，我运货的车开进开出，他都故意有话要说的，也弄得我很不舒服。这个出纳也是的，工人给我发帆布，有时计量会出错，量少了她不吭声，量多了她一定会找我算回去。

后来，村支书要按我的产量抽拿管理费，如果我同意了，基本上就没钱挣了，所以我不同意。从这以后，情形就不对了，他先跟我说赵临要把我的加工场业务包给他,这件事我内心是不相信的,但好像也是没有办法的,连去问一下赵临的勇气都没有,因为他是书记,我还是怕他的。接着,他越过我把我加工场的骨干都叫去开会。再接着就告诉我赵临已经把业务包给他了,加工场从此由他来管理,他表示如果我愿意一起做他会很欢迎。但是他也知道我是不可能留在那里帮他做的,就这样我被"赶"了出来。

我出来以后加工场的运转就出现了困难,他们没有了头绪,根本来不及裁剪。等到无法按时交货时,赵临才知道我已经不在那里了。赵临来叫我回去,我说:"这时候回去也已经来不及交货了。"他说:"没关系,只要你能回去帮忙,来不及不是你的责任。"但我还是不想回去,我在外面设了个作场,把那批货赶出来了。

跟赵临的合作看起来好像是结束了,虽然赵临和我都不愿意。后来,赵临来不及交货的时候,也会把布料送到我重新办起来的加工场做。赵临不愿意放弃和我合作还有一个原因,就是技术问题,虽然太阳伞结构简单,但是利润很高,他想控制住这个技术,形成竞争优势。在我们合作的过程中,他常常派人来加工场监督,不让外人来车间看。我们也都有这个技术保密的意识,在外面场地撑开太阳伞,看到有人来就会急急忙忙地把伞收起来。他当时就知道,只要我跟他的合作结束就会有别的人找我合作的。

当时我自己还没有意识到自己的价值。从帆布厂出来后心里相当煎熬,日子很难过、很害怕,真的像热锅上的蚂蚁,挺好的赚钱机会说没就没了,我们夫妻俩都想不出什么好办法。老母亲看着也心急,替我到村里的老爷殿里问签,签上面的意思是:"你只要安心等着就是了,有人会来找你的,你不用揪心。"哎,真神奇,只过了两三天时间,闻宾找上门来了。

闻宾刚开始办太阳伞厂,知道我们这边歇工,就找过来了。有了业务，我们就又租了房子，我自己裁剪，菊英验收，招来几个工人，重新开始了。这个时候，太阳伞的利润很高，一顶太阳伞可以赚百把块钱，不需要多少投资，技术含量低，所以发展得很快，大家一哄而上，办生产太阳伞的企业越来越多，到最后，仅我们村就有20多家同类企业，我们村也因此成了东塍西部工业区的特色产业区块。这样，我的生意也越来越好。

租村民老秋的房子办加工场那会儿赚的钱最多，第一次觉得赚钱好像很容易。我们租的房子一共两间，一间用来裁剪，一间用来缝纫，业务不断做大。有来料加工的，也有直接来买成品伞面的。很长一段时间，各家厂做的太阳伞就是六角形、八角形、长方形三个规格，在订单接不上时，我们就预先做这三个规格的伞面，不久都能卖出去。

那个时期临海做太阳伞的企业，刚开始的伞面几乎全部出自我的加工场。如闻宾、肖冰、赵华等，后面好多新办的厂或新做太阳伞业务的都是先来买我的伞面，然后根据我的伞面来做太阳伞成品，包括后来几家上市的公司。其间也有好几个企业家想要聘我进公司作为技术骨干，我没有心动，我还是继续办着我的加工场。

我们的产品口碑很好，他们都说："老卢加工场做的太阳伞伞面，不用打开来验收，外面一看就中意了。"一直到后来我们自己办厂接业务生产成品伞，都还有厂家委托我们做伞面加工。

做太阳伞伞面并没有什么技术含量，但好多厂家在开始做的时候都搞不定，无法做得很服帖地套在伞骨上。而对于我来说，不仅仅是做得好，我赚的钱很大部分来自我对面料百分之百的利用，因为是包料加工，就会有许多省下来的面料，用这些面料加工后卖成品伞面，成了加工场的直接利润。

这一过程就跟做服装一样，也是逐步摸索出来的。首先，要掌握面料的性能。比如面料的经向是会伸缩的，如果伞骨的长度是115厘米，那伞面的长要116厘米，套上后才是服帖的。第二，技术上特别是裁剪方面，怎样排料最省，一堂布（批量裁剪前作场板上铺的N层布）拉几层合适，用怎样的配料方式，要统筹考虑质量和效益。第三，怎样利用杠杆原理来拉布（铺布），高效并轻松；工具的更新，如剪刀的更新、电动缝纫机的更新等，这些都是要摸索着做的。

  肖冰是我后来的重要客户之一，我还在帆布厂里面做的时候就认识她了。她原先有个工厂，想发展太阳伞业务。有一天，她来到我的车间，说："我想来你这里做生活（做工）。"我说可以，我问她基础怎样，她说本来就会裁缝。我说："那你可以来试试。"跟我谈妥后她就走了。

  过了一会儿，帆布厂的一个职工来找我，说："叔，我有件事求你帮忙。""什么事？""肖冰请你到她厂里去一下。"我说："哪个肖冰？我不认识，不去。"她一听就哭了。我奇怪："啊呀，你为什么要哭呀？"她跟我说，刚刚来找我的那个女的就是肖冰，从我这出去就去找她了，在她的口袋里塞了200元钱，要她帮忙把我请去。她俩因为有帆布生意往来，本来就认识。她边哭边说："我对她说小学叔很犟的，他不会去，我帮不了忙，她一定要把钱给我，让我试试，说帮不了也不要紧。"那个时候职工工钱4元钱一天，200元钱算大钞票了，她还是个小姑娘，跟我大女儿差不多年纪，估计也是第一次接受别人的钱。看她那个着急的样子，我想，这个忙要帮的，我就说："好好，我跟你一起去。"这种事情我也是第一次碰到，也不知道怎么回事，不就是去一趟吗，去了再说呗。

  我当时很果断地答应要帮小姑娘这个忙，其实，这件事是这个小姑娘帮了我的忙。

  那天中午，肖冰和她的老公，还有她厂里的几个骨干，在一个饭店请我们吃饭，把饭店最好的菜都点上了。吃饭的时候她就提出了要求，要向我买太阳伞伞面做样品用，200元一顶。这下把我难住了。我如果这样做了,是对不起赵临的,我表示很为难,可是吃人家的嘴软,我不好意思完全拒绝她。好在这件事发生没多久,我就被帆布厂"赶"了出来,我重新设加工场后,就主动把样品给她了,后面就跟她有了业务往来。

我从帆布厂出来的时候是一个人,我培养出来的技术骨干小菲和招聘的工人都被他们要求留下,她们也都不敢出来。后来赵临的业务出了问题,加工场的活接不上,另一家太阳伞公司老板赵华把小菲和另一个管验收的人给挖走了。小菲是我从零开始一手培养的,来之前什么都不会,缝纫机都不会踩,后来她学习了所有的技术,是我的得力助手,她如果帮别人做,那就是我的最强竞争对手了,我决定把她给叫回来。我打电话给赵华:"小菲是我一手培养的,也是我唯一的对手,你挖走她,我就很难做了。""这事我不太清楚,我了解一下。"过了一会儿她打电话给我:"是的,是的,人还在这里,我叫她回去,车票我买或者我送她回去。"当天她就回来了,赵华找了别人来做。因为太阳伞行业都知道"老卢",他们都很给我面子。把小菲叫回来后,我给她的待遇是不管有没有活做都是8元一天。

当时,有一个人走通了去兰溪买棉布这条路,靠卖布赚了好多钱。我一直只注重怎样从技术上省成本,没想过要从原材料价格上省,村帆布厂的布比兰溪的布每米贵1元多。知道这消息后,我让小女儿、儿子出去买布。我们如果早点走通这条路,那挣的钱还要多得多。那时候一下子有这么多太阳伞厂办起来,伞面布料的需求量很大,村帆布厂只要织出布料来就卖完。

我学会了狠心下来讨账。那个时候,大家都刚开始做生意,资金周转都困难,能拖欠就拖欠。有一次,侯小兵欠了我们好几笔账,我已经去讨了几次,又叫小女儿去讨,还是讨不来。后来,我知道她急着要发货,我就不给她发伞面,她急得不行,就跑过来了,我说:"我们实话实说吧,你欠我这么多钱,我跑了那么多次,我囡也跑了很多次。"她还想跟我扯皮,说我这个女儿有多聪明、多漂亮,自己正在给她物色对象等话。我说:"你讲得多好都没用,你如果不给我钱,我就不发货。"她想不到老卢也会发狠,只能从包里拿出支票本,当场开了现金支票给我。

跟赵临的缘分还没有断。那时候,我决定在山前村买4亩土地,是菊英姑妈的女婿帮的忙。他托了一个人,已经谈妥了,准备下午去量地,中午我做东请他们吃饭。这时,赵临开着轿车来山前找我,说:"老卢,我们合作得那么好,我还想继续跟你合作,我希望你不要买地,我们现在是8个人,加上你是9个,我们把这个工厂分为9个股份,你以伞布技术作为投资,利润你是九分之一。"这对我来说是件大好事,我很看好赵临的管理水平和士俊的木工技术,这两个人都是聪明绝顶的,太阳伞最主要的技术就是木工和裁缝,我加入后,我们就是一个很稳固的三角支撑,具有很大的竞争优势,应该会做成临海太阳伞行业里的老大。我当时就答应下来,地也不买了。是的,后来知道这个买地的机会放弃得太草率,错失了良机。

但是,赵临公司内部意见不统一,有人不同意我入股,我进公司的事情没有成功。赵临做得相当周到,亲自来跟我做了解释,并表示抱歉。后来,他们聘请了一个裁缝师傅,没有让他入股。赵临是我碰到的难得有才能的人,同时也是一个好人,一开始赚了钱,他就给台州中学捐课桌椅。听说他自己没赚到钱,他手下的人都赚到钱了。后来工厂不办了,赵临给每个股东买了一套房子。

不同意我进赵临公司的,正是我敬佩的推荐我去赵临那里的木工负责人。原因是我们之间有一个很深的误会。我负责伞面加工之前,他们公司裁缝车间的布边料正好可以用在木工车间捆扎木料上。我接手伞面加工后,他跟我要布边料,我说没有布边料,并跟他说明了原因,可他不相信。在排料上,我是算了又算的,这是我在落户做裁缝的时候养成的习惯和培养的技能,我的伞面布料利用率是100%,我根据具体尺寸规格排好裁剪图定制布料门幅,再适当调整伞面天窗大小和缝的宽窄,充分利用布边,省去贴边,这样既省料、好做,又提高了质量。但造成了误会,也蛮痛心的。当然,我也不知道除了这个误会,是否还有其他的原因。

买地是那个时候我最想做的事了。在这之前还有一次,是在城东闸头,信息是从《台州日报》上得来的,公开拍卖,价格是5000元一亩,80年使用权,相当便宜。

我组织了两个人,一个是邵佳,一个是秦平,这两个人都是我的好朋友,常常在一起玩,家庭情况很了解,个人的本事也很了解。秦平是有钞票的人,夫妻两人都有固定的工作。邵佳和我的成长经历相似,而且是个木匠,我们联合起来办太阳伞厂是很好的搭档。我有两个设想,一个是办太阳伞厂,一个是办服装厂。我们打算每人出资5万元,3人15万元,一起买30亩地。

我们去了以后,对方要求我们再组织一个人,一共要20万元,叫我们先回去考虑考虑、商量商量,有一种敷衍我们,不想卖给我们的意思。后来我们知道,不是这么容易就能买到地的。

回来后,邵佳说他是拿不出5万元的,秦平也在犹豫。对外面临困难,我们内部也已经散了。这两个人都不愿意,其他人我更不敢叫了,这件事就这样流产了。如果当时坚定要买,可能也会买成功的。

几年后,吉利公司把这块地整片买去了,征地补偿很可观。如果当时我们买成功了,那就大大地赚了一笔钱。我一个朋友买了三四亩地,建了一个四合院,拆迁赚了几百万元。

两个从小一起长大的朋友是我最看重、最熟悉的,认为最有可能合作的人,也不太相信我,就怕钱亏了拿不回来,而我又没能说服他们,也没有坚持。政策刚刚放宽，知道了"让少数人先富起来"这个政策就敢马上行动去富的还真是不多。我因为帮赵临打工，胆子大起来了，只是早走出去一小步而已，伸出头去探望了一下，碰到阻碍就马上缩了回来。等大家看清了大趋势再想富裕，就没有前面那么容易了。秦平到现在还在说："小学，我当时不相信你，如果当时的5万元跟你一起花，我们都赚了。"他把这钱借给了别人，后来拿不回来还打起了官司。邵佳后面也与人合作买地办厂，但没有赚到钱。

后来，卖地的地方也多起来了，我们村也可以买了。但我知道，本村的地轮到我买的可能性更小了，或者说我在自己村里办事的胆子比在外面小很多，主要原因还是因为自己不会处理人际关系。

小女儿高中毕业时是1990年，她个性很强，有魄力，如果我第一次买地的时候她已经毕业，可以和我一起办企业的话，那估计我们家的企业现在可能做得很大了。那个时候的地价其实是象征性的，就是需要有人有胆量让自己先富起来，政府也会帮助你先富起来。如果买到地，有了土地就可以贷款，各种政策都会来支持你；如果你创办的是某个行业的"第一家"企业，那你就会被推着往前行；如果你是有能力、讲诚信的人，那你一定可以先富起来，为国家做的贡献也大。

我们村就有人这样发达了，但也有人发达了以后又很快倒下了。

## 大田造房子

开始有造新房子的想法是菊英，是在大女儿大学毕业找了对象以后，家里多了一个人就没地方住了。村里好多赚了钱的人都盖了新房子，特别是沿过村公路的两边，整整齐齐的都是新房子。但我确实没有想过要造新房子，我脑子里想的只是怎样把钱挣进来，让一家人有饭吃、孩子有书读,其他的事我都不在意。家里大大小小的事都是菊英在管理。我竟然不知道18岁就跟着我的小姑娘是什么时候学会这一切的,而且料理家务的本事比左邻右舍、亲戚朋友都要好。说起来很惭愧也很幸福,儿女们概括我退休前有两个"不带":一是进浴室不带换洗衣服,二是跟家人出门不带钱,都是菊英帮我准备着一切。

我们先是在村里申请地基,村里因为要搞规划,一直不批给我们,我们就有了去大田买街面房的打算。大田在临海市区的东部,是交通要道,加工场招聘工人就比在洋渡六房要有优势,以后开个小店也会有钱赚。我们就让小舅子帮忙留意信息。

1992年,机会来了,我们参加了土地拍卖会,以8万元的价格拍了靠东边第一间的地基120平方米,南面临街,东面临国道,我们非常开心。想不到第二天就来了烦恼事,先是听说昨天拍卖会上拍卖方专门请人场上抬价,事后请这个人吃饭,饭桌上传出了这样的话:"今天杀了个猪,是洋渡人。"我们听了很懊恼,多花了钱还被当作傻瓜,但事已至此,房子急需,我们也只能自我安慰:这房子值这个价。接着,菊英带着支票去签合同的时候,听说东边与大马路间还有一排朝东的房子,我们的房子并不临东面大马路。菊英真的厉害,她签了合同后,跟他们确认这件事,得到肯定的回答后,当即就从那沓资料里把支票给抽了回来,跟他们说:"你们当时给的信息不是这样的,我还要考虑考虑。"后来,我们全家人群策群力,到处托人,把地基价格降了1万多元。随着孩子们的逐渐长大,整个家庭越来越有力量了。

要造房子了,手头只有五六千元钱,可新房子真的是我们家的刚需,我们一家5口人个子都很高,1993年时已经有了大女婿,一共6口人了,吃饭就在灶间,感觉非常拥挤。反正加工场在运转,每年都有十几万元的收入,不用担心钱的问题,这个时候我们家在村里可能算得上是收入最好的了。就这样，不到两年的时间，菊英一人张罗着把6层半的房子给造起来了，总共花费37万元。

上梁那天，吉时一到，烟花炮仗齐放，木匠师傅在做好一切准备工作的前提下将正中间包有红布的栋梁架上，讲了一大堆的好话（吉利话），抛下染成红色的木制小榔头、花生、银杏、馒头、糖果等，家人、邻居、亲戚朋友、路人欢声笑语地在下面抢取，非常热闹。当日摆酒宴请了所有参与造房子的师傅及亲戚朋友。这是我人生中一件大排场的事。

1995年下半年，因为邻居季德家孩子玩火，洋渡的老房子被烧为灰烬，菊英哭得昏倒在半路上。还好新房子已装修好，就这样，我们住到了大田。

我住了50多年，我的祖父住了一辈子的房子，就这样没有了，真的很痛心。虽然家里并没有什么值钱的东西被烧，可就是这老房子100多年的历史就很有价值，还有里面的故事，不管是温馨的还是辛酸的。最值钱的就是那"五星级"的木楼梯了，宽、厚、平坦，而且它对着川堂，见证了家里几代人的离家和回家，不管是被家里人从楼梯上奔下来迎接，还是自己从楼梯上跑下来迎接亲友，或者只是楼梯上的目送，都是无法用金钱来衡量的"财富"。

这老房子满是沧桑,除了大修、改造,每年都要捉漏(修漏了的瓦房房顶)。20世纪80年代,村里新造的房子都有阳台,看着阳台的用处可大了,我们就请了泥水匠在外面搭了一个阳台,在二楼对着扶梯的墙上开了一扇门,当时家里的钱只够搭个阳台,所以阳台栏杆都没有装。就是这样一个阳台,大大改善了我们家的生活条件,阳台不但可以用来晒衣服、晒农作物,还是孩子们做作业的地方,最大的用处是夏天乘凉用,我们常常在阳台上点个蚊香睡到半夜凉下来了,才回到房间里睡。夏天的晚上太热了,席子用凉水抹了一遍又一遍,还是热得无法入睡,搭阳台前,我们有时会拿一张破席子,拿一把蒲扇去晒场(晒稻谷的场地)上睡到半夜才回家。

父亲第二次回家前提了个要求,希望家里装个抽水马桶。那时候抽水马桶是比较先进的家装,装的人家很少,费用也很大,要挖一个化粪池。我想儿女们都长大了,正好趁机改善一下生活条件,咬咬牙在阳台下面做了一个卫生间,装了莲蓬头、洗脸盆和抽水马桶。有了这个卫生间,生活方式都改变了。一开始,还真舍不得用水,上一次厕所要冲掉这么多的水,洗脸后洗脸盆里的水也无法再用来洗脚或冲个地什么的。因为我总是在洗脸后留着脏水舍不得放掉,常被儿女们逮住说我不讲卫生而罚了好多钱,这当

然是开玩笑啦。

　　许多年以后，看到大女儿写的以下这段文字，才知道上厕所的事给她们姐妹俩造成了这么多的困惑，如果当时能感受到，我一定会早点想办法给她们搭一个安全的茅坑的。

　　那个时候的厕所叫盲坑头（茅坑），我们家上盲坑头要到几百米开外的庄溪园，好多人家的盲坑头都集中设在庄溪园。后来我们戏称它为"国际饭店"。

　　附近的每户人家都在庄溪园埋一个陶制的大缸，一半露在外面，上面搭个架子，左右和后面、上面是有遮棚的，前面是敞开的，上厕所人多的时候，还可以互相聊天，像开会。不讲究的人家就在缸上面搭一块板，或者什么也没有，直接往上坐或蹲。我们家的不算最简陋，但我总是要蹭别人家"豪华"一些的用。

　　我求妹妹最多的事便是请她陪我上盲坑头，而且不能同时上，要轮流，一个上的时候另一个在边上站着，有时候恶作剧自己先上，轮到对方上的时候故意躲起来或者就真的跑掉。要叫个人在边上站着，就是担心有人来，更是担心这个缸的主人来，怕被他看到我占了他家的盲坑头。除了担心被人撞见，还担心上面的架子散了掉到粪缸里，隔三岔五地听说或看到有小孩掉进粪缸。不小心掉进粪缸的小孩都会下意识地伸手抓住缸口边想办法爬出来或喊人来救，一身脏臭遭嫌弃，这就有了一个词"盲坑岸挽挽"，用来表示考试勉强及格，多是小孩自嘲或遭家长讽刺，非常形象。

　　叔叔家的盲坑头相对封闭，在自己房子外面的一间小房子里，上面的架子比较稳固，也很干净，算是"豪华"级别的。小房子里面还有一个猪圈，里面养着一两头猪，多的时候是一头母猪和好几头小猪，上叔叔家的盲坑是很享受的事情，但我们两家关系有点别扭，要趁他们家里没人的时候去，虽然有猪在，但比起人，让猪看着要自在一些，何况猪一般只是睡着或吃着，基本上不会看你，但很担心叔叔家有人回来，所以多半是让奶奶陪着站在门口，但奶奶事情多，会常常催促我快点。

所以，我这一辈子做得最多的梦是找不到厕所，找到了也是很脏，坑板上、地上都是屎。

装卫生间的时候还没有自来水，我们用的是自己家里的地下水，我们村每户人家都这么用。用一根铁管敲下去，将一根很长的水管通到地下，装一个水箱在楼上，再装一个小型水泵，先把水箱抽满，用的时候水龙头打开就能用，跟后来的自来水一样方便。刚开始会出现抽不上水的情况，抽水机也很容易坏，但后来这些问题都解决了。村里统一装自来水的时候，因为自己家都能抽地下水，所以都不迫切装，直到周边办的厂多了，地下水被污染后，大家才都安装了自来水。

抽地下水之前，用水都是去水井取，家家户户都有一口或大或小的水缸用来储水。小孩在长大过程中都会被分派取水的任务，或拎或挑或两个人抬。天台朋友曾经送我一对水桶，还有带铁钩的水钩担，当时是很厚重的礼物了。后来，大家家里装了抽水的水泵机以后，水井的水位低了，而且大家都在水井边洗衣服、洗菜、洗鱼，水质也变得越来越差，后来就不用水井里的水了。

小岭水库竣工通电是在1964年，当时，电灯是我们家唯一的电器。后来家里用上了鼓风机，第三样电器是电熨斗。家用鼓风机是做饭用的，风嘴对着灶台里的柴火，可以加大柴火的火力。

电灯的使用具有划时代的意义，电灯亮了大家都很开心。以前照明用的是菜油灯、煤油灯。刚刚装了电灯的时候，有一次停电了，我的祖母像点煤油灯一样划了一根火柴去点电灯，闹了笑话。

有句老话"日游游，夜花油"，可能讲的就是菜油灯，意思是这个人做事没有计划，白天不好好做事，晚上花钱买油做事。我们家就只有一盏菜油灯，挂在灶间的屋柱上，这样灶台和饭桌都可以照得到。菜油灯的形状像微型靠背椅，可以挂起来，也可以放在平地上。只是没有椅背也没有椅面，就是4根木棍或竹棍（后面2根长），上面连在一起，可以用来挂在钉子上，椅面的位置放一个碟子。碟子是用生铁做的，菜油就倒在碟子里，上面放一根灯芯，还有一根用来调节火苗的小棒。

我用过的第二代灯叫煤油灯，用洋蓝水瓶（墨水瓶）做的，供销社有专门配套的灯头，买来套上就可以用。自己也可以做个灯头，在瓶盖中间开个洞，找个牙膏壳卷成一个空心小圆筒，将一缕棉线穿过就是灯芯了。用煤油点灯比用柴油点灯清爽一点，比汽油差一点。因为当时煤油是靠进口的，所以也叫洋油。当时煤油很紧张，要凭票买的，去供销社买煤油叫打煤油。

高级一点的煤油灯叫美孚灯，有挡风的灯罩，样子要好看很多，还可以通过调节灯芯的高低来调节火的大小，控制灯的亮度。那个年代结婚，一般人家都有一对美孚灯作为陪嫁。这个灯要科学得多，因为有灯罩，热空气上升，冷空气补充，光是白光。一般洋蓝水瓶煤油灯的光是红色的。

电灯的普及很快，感觉是一步到位，村里统一拉的电线，大村、小村都拉进去了，好像现在的通公路一样，只要有人家，必须供应到每一户，山头上的人家也都拉上电线。当时大家都觉得蛮稀奇的。电线从我们这里拉到下洋山，拉到香头，钱是集体出的。电线进村以后接到每户村民家里，这部分费用是要每个家庭自己出的。

因为当时集体经济有限，所以有人出了个点子，要我们地主富农子女拿出钱来拉电线，名称叫义务费，这是地方土政策。一个人大概是出15～30工，3角钱一工，柯盛家有四五个人要交，他跟我说："糟了，我吃不消的。"讲着眼泪都出来了。我也觉得不合理，但没有地方申诉，也不敢申诉。但我有信心等，我跟他说："不用难过，像箍木桶，用力刚好，这桶能用，箍得太松或太紧桶都要散，这件事像桶箍得太紧，要散的，你不用担心，迟早要取消的。"大概交了三四年，这个土政策真的取消了。当时每年交的数额都不一样，这不是简单的钱的问题，而是含有成分歧视的意思。

## 合股办企业

1993年，村支书、村长看到太阳伞有销路、利润高，便组织人员合伙办太阳伞企业，叫我入股。我跟他们没什么交情，但是他们看中我的技术和智慧。我当时很犹豫。柯晋跟我关系很好，他也是其中一员，所以他们让柯晋来动员我。柯晋找我谈，并想让我停掉加工场，全心全意一起办企业。我同意加入并表示会全心全意办企业，但明确家里的加工场要继续办。

就这样，我入股办企业。总投资是40万元，一共5股，8万元一股。除了我这一股是完整的一股，其他人每一股都由4个小股组成，每一小股2万元。

企业成立后，召开了第一次股东大会。镇里的薛领导参加了会议。薛领导说："你们给企业取一个名字，再商定一下谁来当总经理。"大家都没有应声。薛领导问我："股份算你最多？"他们马上接上去说："股份都一样的。"我外行，不知道这个股份多少怎么算、有什么样的利益关系，我从没想过这件事。有人提议让村支书来当总经理，薛领导说政策规定村支书不能当总经理。我说："那就治均当吧。"大家都同意，就这样定下了总经理人选。后来经大家讨论，柯晋当了厂长，我管财务，并商定每一个股东可以派两个人参加厂里的日常管理，所以，我和儿子两个人都进了公司。会议接着讨论公司的名字，大家都积极发言："洋渡伞厂""勤勇伞厂""六房伞厂"……都离不开地名。这些名字都被薛领导一一摇头否定，他见我坐在那里没发言，就问我："你有什么想法吗？"我想了想说："我认为'华旅'这两个字蛮好，中华的华，旅游的旅。取这个名字基于两点，一是我们的产品出口，二是我们做的太阳伞是旅游用品。"薛领导当即说："好，好名字，就用'华旅'，叫'华旅伞业公司'。"（以下简称"华旅"）就这么定下来了，我们的营业执照里写着：主营太阳伞，兼营旅游用品。

想不到镇里的领导这么看重我，有想让我任总经理的意思，还采纳了我即兴所取的公司名称。前面我根本没想过这些，哪里会想到取名字当总经理这些事，本来就想着，叫我一起办厂是看得起我，让我做什么就做什么。

公司买了8.5亩土地，买土地包括缴税等其他费用一共用了15万元。买了土地，马上就开始建厂房。买自己村里的土地，书记、村长都参与其中，加上政策上的支持，一切都很顺利。

第一个竣工的是我的技术室，20平方米左右的一间房子。房子一造好我就开始在里面画图纸，计算成本和造价。接着继续造房子、购设备、购材料，很快公司就初见雏形。在大家集中办公的区域还有一张我的办公桌。

我精通的是伞面技术，伞骨方面是外行，从零开始学。这又一次让我深切感受到文化知识的重要性，我小学毕业，不会计算，就靠实践。我把木料一段一段地锯下来，在木料上画出样式，算出一顶太阳伞需要多少木头。厂里的技术工作完全就是我一人负责。

我把整把伞的成本算出来了，看着三四十页这么一本详细的成本核算书，很有成就感。但是，有些人没有商业保密意识，把这些资料复印了送给别人，挺心痛的。

我的个性跟他们格格不入，他们打牌我不参加，吃饭、唱歌等活动我都抵制，他们开的玩笑我也不习惯，我还比较固执，在财务上把关很严。我的特立独行，让他们感到别扭。第二年办公室调整的时候，他们的桌子都搬到新的办公区域，只留我一张办公桌在那里不搬，意思是想让我仍旧在技术室办公，跟他们分开。我不同意，我走到新的办公室，指着总经理、厂长后面的位置说："我要坐在这里。"他们也没有说什么，把我的桌子搬了过来。

公司第一年做了30000顶太阳伞，赚了300多万元。第一年就取得了不错的成绩，在全市引起了轰动。整个临海市的太阳伞企业如雨后春笋，后来发展到近百家。公司第一年每股分了2万元钱，大家都很开心。分到钱后，我把入股时借的钱都还清了。

公司招聘的会计一看这个行业能赚这么多钱，会计也不要当了，回去自己办厂了。他跟一个局的领导合办，一开始就把我叫去当技术指导，并给了我很高的待遇。

木工管理人员舒昌也表示了想走的意思，公司想把他留住，厂长找我了："小学，我有事跟你商量。"我一下就意识到是什么事了，问："你是为舒昌股份的事吧？""你怎么知道？""我心里清楚的。""那你同意吗？""可以，我分给他2万元。"公司第一年利润就那么好，他们是不可能把股份给分出去的，我已猜到他们会来动员我将股份分出去。我当然可以拒绝的，但我也看中了舒昌的能力。为了公司的发展，我就答应了。在明知利润非常好的情况下把股份分出去，这可以说是大度，也可以说是自己性格软、好说话。薛领导在知道我将股份分给舒昌这事后对我竖起大拇指说："吙杀甲个（你厉害的）。"他一直这样肯定我："'华旅'就是靠老卢支撑的。"

菊英评价这件事说："也不是好说话，你就是比较通情达理，顾全大局，还有就是太老实了，如果稍微圆滑一点，你就更加不得了了，因为技术全掌握在你一个人手里。"她这不仅仅是旁观者清，还有对我的盲目崇拜。有她的崇拜，我还是蛮得意的。

我当时拿着分来的钱回家，到家门口发现钱没了，我和菊英"虾姆落鳌盘"（急得不行），赶紧回去找，在我走过的路上细细地找。从厂里到家里，从家里到厂里来回找了4趟。凑巧的是，在小山脚洋隆沟旁边找到了两根捆钱的布带。我当时就想：这钱一定给别人捡走了，没了，辛辛苦苦一年，白干了。正在灰心丧气上楼时忽然想起，我前面上楼开门的时候，把手上的大衣从一只手换到另一只手，会不会在那个时候把钱倒出来了，赶紧跑到门口去找。果然，钱在自己家楼上门口躺着，还是捆得好好的。路上发现的这两根布带不是我的，可能是我们公司拿到钱的人扔的。这两根布带都能被我找到,说明我当时找钱的时候是多么认真。

挣钱不容易,如果不小心把钱弄丢了,那个着急呀,而且一辈子都不会忘记。失而复得、刻骨铭心的丢钱事件还发生过一次。

在卖兔毛的时候,差一点丢了10000元钱。当时我有点离奇古怪,钱不放在衣服口袋里,而是放在装兔毛的编织袋里,再用绳子绑上,把编织袋放在市场上收兔毛的会计的桌子下面,走的时候就忘拿了。小舅子、我、菊英三个人走到等汽车的地方时才突然发现,大家都没有拎着那捆钱,菊英马上转身就跑,跑得很快,我脚手(手脚)都软了,站在那里动不了。我叫小舅子快跟上:"要是去那里找不到,你姐要急死的。"平时很熟悉的地方,菊英说她着急时就有一种在弄堂里怎么也走不出来的感觉,头都昏了。当她远远地看到我们的那只编织袋还在桌子底下躺着时,就站在那里一点都走不动了,吼吼地大口喘气。小舅子追上问:"姐姐,你还行吗?"菊英说:"没事,你快去看看,这个编织袋肯定是我们的!"果然是我们的,钱没丢!事后,收兔毛的人说:"老卢就是良心好,这钱这样子放在这里,还会被拿回来。一般情况下,不用说钱,就是一个空的编织袋放那里,过一会儿就会被人捡走了。"我们已经走出很多路了,这个钱还能拿回来,真的是运气好。哎,10000元,那个时候的全部家底了。

还有一次,真丢过2000元!我们加工场给邵佳做加工活,加工费拿来的时候是4000元,回家一看只剩2000元了。当时也是着急地、仔细地在去过的地方、走过的路上找,想把它找回来。所有可能的地方都找了,就是没有找到。当时的钱面额都是10元钞,有4刀,用橡皮筋扎在一起,大概在放的时候就没有全部塞进口袋里,可能2000元挂在外面,也不知道走到哪里的时候橡皮筋断了,外面的2000元就掉了,还有2000元在口袋里。

办公司第一年,所有股东一个个撸起袖子,穿着解放鞋,上班不坐办公室，除了做好各人分工的活，看到其他有什么活就干什么活，搬木料等一些小工活都是大家一起干的。我除了管理财务和裁缝车间，还负责画图纸、裁剪。

家里的加工场还是继续经营的，由菊英负责。我坚持一个原则，加工场跟公司没有业务、财务等往来，以免讲不清楚。我准时上下班，下班以后回到家里的加工场继续裁剪，脑子在路上也没有闲下来。有一次，骑自行车的时候脚后跟撞出一个很大的洞，我自己都不知道是在去上班的路上还是下班路上撞的。直到睡觉前洗脚的时候，袜子被血粘住脱不下来才发现。

公司第一年赚了钱，第二年管理就松懈了，大家开始穿皮鞋、系领带上班，也没有管理人员去做小工活了。公款吃喝开始了，年底结账，在饭店吃饭等消费签单数目惊人。借去开广交会，出去玩一圈。上班时间在厂里赌博也开始了。第三年，高消费、公款消费越来越厉害，这成了公司的一个无底洞。公司里没有人管，也管不住了。我很失望，不想去公司上班。公司技术管理已经上轨道了，裁剪也培养了专门的人，正好得知父亲生病了，我就请假去了一趟台湾。从台湾回来以后我很少去上班，我想着这6万元钱就让你们去弄吧。他们后来看看不行了，就有人提出把厂承包出去，支书家正好想要承包。"华旅"创办不满三年，就被承包了。

当时，我没有胆量承包。我觉得自己也就懂点技术，文化程度低，外面跑业务肯定不行。这点技术也是硬磨出来的，儿子年纪小，历练少，好像还撑不起来，小女儿已在镇里上班。我决定不参与承包投标。

投标前，村支书儿子来到大田问我："叔叔，你看这个华旅伞厂多少钱可以承包，我看只有你来承包的可能性大一点。"我忘了当时说多少钱可以承包，但记得他们就出了比我跟他说的价格高一点点就承包下来了。每年交35万元，承包3年，付100万元。结果，一年下来他们亏本了，承包款只交了30万元,其中5万元以门口做水泥地开支为理由扣除了。

村支书承包公司后,问我:"你留下吗?"我说:"我要走的,也想让儿子从厂里出来。"他也不勉强。除了我和儿子,以前的所有管理人员都还留在厂里继续上班。这一年,我专心办我的加工场。

## 我有了自己的工厂——华旅伞业

1997年,村支书承包华旅伞业公司亏了,不准备再承包下去,大家商量要把公司整个打包卖了。

我下决心买进!我投标的价格是120.8万元,比第二名108万元高出整整12.8万元,可见我的决心之大。我高估了对手的标价,我估计他会出120万元,或者118万元。但我还是觉得值得。我买了公司,最起码这8亩土地连同关系、手续都一起买了,不用跟别人多费口舌,实现了我一直想要买土地的愿望。我买公司的时候没有跟任何人商量,当时菊英不在家,在大女儿家带外孙女。

前一年公司要承包出去的时候我就是这想的,承包我不会参与,但如果整个公司卖的话我要买下来。我是这么打算的,我如果承包3年,时间就只有3年,若是3年都亏,公司不是你的,你只有走人,连翻身的机会都没有了。我如果买下公司的话,即使亏了3年,我第四年可能会赚,第四年不行的话,第五年可能会赚,公司是我自己的,就一直会有赚钱的机会。

我买公司的最主要目的,就是为了儿子。那个时候,两个女儿和女婿都有稳定的工作,只有儿子没有什么事情可以做,我给他准备一担做手艺的工具,并不一定要把公司办得有多大,让他有个地方可以施展自己的才华就行。同时,也希望通过办公司把孩子们的能力都调动起来。我还有个愿望就是通过办公司,把第三代的教育经费挣出来。我当时就想着自己一家人办公司,参股人员除了儿女,再加上弟弟、小舅子、木工和裁缝负责人,最后弟弟和裁缝负责人因为种种原因没有入股。

买了公司以后,名字不变,性质不变,继续做太阳伞。因为公司名字沿用原来的,所以我们称买进前的华旅伞业公司为"老华旅",现在的公司为"华旅"。

买公司这一年,我已经是53岁了,说来也奇怪,我不认为自己老了。我很有底气:我自己会会计、出纳、裁剪、木工。菊英做什么精什么,没有什么事能难倒她。儿子也在"老华旅"锻炼过。小女儿夫妻俩卖了房子来投资,小女婿从单位停薪留职出来全职投入。我还有3个坚强的后盾:小女儿、大女儿、大女婿。小女儿在镇里工作,肯定可以帮上忙。如果公司办不下去的话,我就把两个女儿和大女婿都叫回来。当时很希望在大学里工作的大女儿和大女婿回来参与办公司,但没能劝动他们。我还考虑亲戚里面有好几个很能干的人都可以用起来。

资金我不担心，我把多年积攒下来的父亲给我的美金取出来拿到市场上换了。"老华旅"的股东大部分都支持我，他们前面就表态了，如果我把公司买下，他们的投资款全部放着不拿走，我愿意什么时候给就什么时候给，赚了按社会利息给，亏了利息就算了，本金还给他们就好。不足的部分借了高利贷，1.8分或2分的年利息。当时社会上通行2分的年利息，我信誉好，好多人都愿意以1.8分的利息把钱借给我。在办加工场时，我就已经在借高利贷周转资金了。

我当时很果断，"老华旅"的管理人员除了木工一个都没有留下来。我估计，他们把钱借给我的时候一定是想着要留下来上班的，但我也不知道哪来的勇气下了这么大的决心。为此，整个六房村的村民都对我有了看法，说我这个人实在太狠。薛领导也来问我："你为什么原来的管理人员一个都不留？柯晋、治均跟你关系都蛮好的呀。"我说："我讲不出理由，凭直觉吧。"好朋友柯晋也跟人说："我以为小学是绝对不会把我丢掉的，我们是从计帕脚裤（穿开裆裤）就在一起的。"我们的关系真的是非常非常好的，他们不理解，我也没解释，也解释不清楚。

刚开始时，在公司里，我、老婆、儿子3个人是不发工资的。后来，二女婿跟我说，儿子的工资要发的，他找女朋友或正常应酬要用钱，后来就给他发了。

我最具竞争优势的有两条：一是公司是我自己的，竞争能力比别人强好多；二是原材料的利用率高，并推进设备革新和技术创新。同时，我也注重员工素质的培养。

刚开始招的工人都来自本村和周边的村，工人自带脚踏缝纫机。因为这些人在加工场做过，或领料回家做过，所以基本上不需要进行培训。这个时候我们公司跟其他的工厂一样都不招外地人。

后来，渐渐地脚踏的缝纫机没有人用了，各个工厂都用电动缝纫机了，这个时候外地人来打工的也越来越多。随着生产太阳伞的工厂办得越来越多，本地工人越来越难招，大家都开始招外地工人。我买了一批旧的电动缝纫机，就把招工和电动缝纫机使用培训结合起来。来我们公司学习，培训费每人收取300元。经过筛选后进行培训，学好后，愿意留下来且公司看中的，留下；不愿意留下或公司看不上的，学完就走。当时，外地人一拨一拨地来参加培训，这样，也赚了一些钱，招的员工也比较优秀。接下来，缝纫工的需求量更大了。我还是把招工和电动缝纫机使用培训结合起来，但不收培训费了，免费给他们学。学好以后留在公司工作，要签合同，需要实习一段时间，有违约的扣300元工资，当作培训费。这样的办法，相比较其他工厂，招工相对有利一点。

后来，招工越来越难了。随着经济的发展，周边的生活条件越来越好，本地人都不想进工厂做工了，同时，东塍办起了很多彩灯厂。做彩灯要方便许多，拿回家也可以做。而且外地人也越来越少，因为他们自己的家乡办企业的也越来越多。原来是职工找老板，后来是老板找职工，我曾经雇外地人招工，外地人带来一个工人，给他一定的报酬。当然，工人的工资也在不断上涨，我们刚开始办企业的时候工资是8元一天，到后来我离开企业的时候，工资已经涨到80多元一天，8年时间工资涨了10多倍。

大部分工人在刚开始业务不熟悉的时候都想在我们企业干，当掌握了一定技术以后，就想往大的企业去，像永强、伟星等企业招工人不难。因为这些企业工资高，福利好。

当时，社会上的设备革新速度很快，有时候我们才刚刚有了那么一个技术改进方面的想法，市场上马上就有了相应的设备了。但每个厂对设备革新的敏感度不一样，设备更新越早、越快、越及时，成本节约越多，越有竞争优势。

我们公司制作太阳伞的木头和伞布的用料，基本上都是我自己排的。

虽然小菲是我一手培养的，其排料方法与我最接近，但是如果让她排一堂布，我还可以优化节约出两块豆腐块大小的布。一堂布的层数一般在150～200层，按150层计算的话，就可以节约布料3平方米，买这些布料的钱足够支付裁剪车间员工的工资了。

在裁剪方面，我们有绝对竞争优势，这在办加工场时就具备了，并不断提升，即便人家效仿，总是差那么一点点。这使得我们在生产时用料最省，产品质量做到最优。一匹布的门幅、长度，铺的层数及裁剪伞面的尺寸，这几个因素都要统筹考虑，我把入户做服装时省料的思路全用在做太阳伞上了。这个过程不是一步到位的，通过一点一点试验才做到最省。我做太阳伞时，伞布利用率可以达到100%，做洗衣桶时，布料利用率达到98%～99%。

把整匹布拉成一层层的活我们叫拉布，有些厂是把布拉好一层以后就剪下来，再铺第二层，再剪下来。在做太阳伞的时候，裁剪以后剩下来的是一块三角形的布。我拉布时每层之间不剪断，两头用铁棒拉，那裁剪后剩下来的是两块连在一起的三角形，打开是一块梯形的布，在画图的时候就把这个考虑进去，这块布就可以利用起来。在大田的加工场，作板就已经是高度机械化了，动了好多脑筋，二女婿把机械厂的工人请来，按照我们的要求安装自动装置，拉布、裁剪都省力、省时，单人就可以操作。

在缝纫方面，脚踏的缝纫机逐步改成电动缝纫机，电剪刀、锁纽孔的机器、钉纽扣的机器等，各个环节都逐步机械化并不断改进。原来不管是脚踏缝纫机还是电动缝纫机，包边是一个很累很费时的活，还很难做到十分平整。有了专门的包边机以后，不但省力，还提高了产品的质量。产品中要用到好多的系带，每条长20～30厘米，原来用普通缝纫机做的时候，每根系带要付工资1.7分至3分不等。后来改用拉桶缝纫机，布条裁剪好以后，一脚踩下去就成型了。我们还进行了技术改造，搞出了双针车，一次踩两条，宽度可以自由设定，再后来把拉桶缝纫机跟电动缝纫机组合起来，效率又提高了好多。一个人用包边机做这个系带，一天做下来的量，如果按照当时用普通缝纫机工人计件包工算的话，工资每天要上千元。刚开始的时候我自己做，工人看到后开玩笑说："老板，你今天又赚了千把块钱了。"改装机器其实也不难，把你的目的讲清楚，跟机械工人合作就可以搞定。这在我做服装的时候就开始了，当时我就曾改装了三线拷边机。

在木工方面，只要能提高效率的技术革新，我都能接受。比如，我支持一个员工花了一万多元来搞设备改革，虽然失败了，但我们的思路是对的，就是后来人家发明的多面锯和四面压刨。以前要把一段木头锯成木料，一次只能锯1条，要请锯板的老师头来，十几块一个小时，一天要付100多元钱。买了多面锯以后，一次可以锯五六条，木质松一点的木头，一次可以锯出七八条来。锯好的木料要刨光，横截面是四方形的要刨4次，如果横截面是圆的，就更费劲了。后来有了四面压刨，一次性成型，能按照不同的尺寸要求把各个面都刨得精光，精准到毫米，还能做出花边来，省了很多人工及费用。

我们买下华旅伞业以后，太阳伞业务就渐渐不多了，而且价格跌得厉害，但只要有单子做，就有利润。我们这一带没有木头，都是从龙泉买进，龙泉那边看到了商机，也做起了太阳伞业务，他们在价格上有竞争优势，外贸公司就把业务转向了龙泉。

太阳伞业务没有了以后，我们只得改做其他产品。有一个外贸公司拿来了一只弹簧桶，叫我们打样。这只桶七八十厘米高，是一只用布做的圆桶，里面用螺旋状铅丝撑起。做该桶的关键就在铅丝上，我们理解为铅丝要做成螺旋状。我们按照成品的直径和高度，用手拗这个螺旋状，试了好久做不了，拿到外面去加工，加工好的螺旋状铅丝又很难穿到布桶里。因为时间很紧,样品没有打造成功。我们村有一家厂打样成功了,接了很大一个单子,因为刚开始做,利润很好,赚了不少钱。其实这根铅丝就是看起来像直的,不是成品看起来呈螺旋状的,他们设计了一个模具,把铅丝塞进去就拗成型了,穿到布里就是成品弹簧的样子。我们当时没有想到把它拆开看看,拆开以后这根弹簧就会显示它本来的样子。

这个产品需求量相当大,我们大单子没接到,但接了好多小单子,利润也还好,成本低,资金周转快。后来做的人多了,价格就压下来了。

接下来,外贸公司洗衣桶业务的单子很多,与生产旅游用品有关的企业都接洗衣桶做,我们也接。后来又接了杂志架、报架、屏风、西装袋等业务,但后面做的产品利润都没有太阳伞高,但只要有业务做,公司就能维持下去。

刚开始是外贸公司下什么单我们做什么,后来我们自己出去找业务,去参加广交会,把我们的产品依托一家外贸公司摆个摊位。我自己发明了一个报架连杂志架,接了单子,业务还不错。平时我们报架和杂志架做得蛮多的,我就想着把这两个东西组合在一起。在接不到单子做的时候,我们也会预测行情,做一些库存产品,其目的有两个:一是因为要利用库存原材料,二是为了在生产淡季养着工人。有一次,兰溪帆布成堆卖不出去,我算准后买进一批库存,赚了三四十万元。帆布厂低价卖出帆布,就可以重新买棉纱纺织,让工厂运转着,以减少职工流失,即使不赚钱也要做。我们也是一样,为了养着工人,做了好多伞面,库存积压了好多,后来改产品了,我把伞面布改成洗衣桶,也将它基本消化了。物资库存、材料库存就是利润库存,消化不了的话,就没有利润了。

原材料使用也是在不断变化的。生产太阳伞、洗衣桶等产品的主材料虽然还是棉布,但支架由木头改为铝合金、铁、铅等材料。

对企业的资金运转,我的盘算是,一年资金周转有2~3次,工厂能维持生产，有4次的话，就有钱赚。如果资金周转2个月有1次的话，利润就不错了。做太阳伞虽然利润高，但资金周转相当慢，一年就1次，上半年备料，成本投入，一直到下半年生产，春节前发货，资金回笼要等到春节后。做洗衣桶，成本低，周转快。我基本做到每年周转5次，有一年甚至达到了6次。资金每周转1次，只要赚一点就把借来的钱还掉一点，利息付掉，压力就减轻了，等到要用钱的时候，再借。

在借钱的过程中有了信誉，在别人都想把钱借给我的时候，我就降息，从2分到1.8分再到1.5分，一年降了3次息，借得及时，还得及时。因为信誉好，即使降息他们还是愿意把钱借给我。有一个朋友，我还他钱的时候他还不乐意，希望能长期借给我，他觉得把钱借给我最可靠。借钱给我的人都跟我说："小学，钞票借给你最稳。"我借钱的时候还款时间是不提前讲好的，但利息是讲好的。他们说："利息多少都不管，钱在你那里，我就心稳了，不用担心。"

前任村支书老王，他对我评价很高，把村老人协会的钱存到我公司里，夸我对村里、对国家、对社会做出了贡献。他曾对我说："你符合入党条件，我愿意介绍你入党。"可是我受家庭历史影响，不敢申请入党。

公司买了3年以后才开始真正赚钱，前面都是摸索阶段。

我们是1998年上半年买的公司，盘货的价格是按照这年春节前出货的价格，下半年太阳伞行情下跌了，我们盘进来的成品和这半年多生产的产品就净亏了。当时不但库存贬值，业务也成了问题。这太出乎我的意料了。但马上心就稳下来了，公司是自己的，可以慢慢来，钱总是会赚的，只是时间问题。

我虽然不慌，但来自家庭外面的两个股东没有信心了，他们担心这样下去投的钱就没有了，于是提出要退出股份。

先是厂长兼木工负责人舒昌，大概是买公司一年后就退出股份了。

我们俩有一个习惯，经常在晚饭后下一会儿象棋，水平不相上下。那个晚上，下了3盘棋他输了3盘，我对他说："你心中有事。"前几天就有异常，他表现得非常努力，把活干得特别漂亮，还在公司里栽花、清理环境，把厂区弄得整整齐齐、漂漂亮亮。而且我还听到传闻："你们厂长在外面跟别人一起合作办厂了。"估计他已猜到我都知道了，就直说："我想离开。"我说："好的，那笔投资款你怎么打算？""你还我本钱就行，我知道我们没有赚钱，你现在拿不出钱来。"他这么说我蛮感动的，我说："你投的是10万元，我给你12万元。"他说："这2万元我绝对不要，兄弟，我们俩还没赚到钱。"但我还是给了他12万元，我们就这样分手了。

舒昌是个很聪明的人，离开后跟人一起合作办厂的计划没有实现。先是去别的厂打工，后来再和别人合作办厂成功了。后来因为合作困难，他的合作伙伴最后把厂估价折给了他，自己一个人重新办了一个厂，两家都赚了钱。

接下来，小舅子也提出要走。来华旅伞业之前他在亲戚的房地产项目看管工地，我们买了华旅伞业后，他把那边的工作辞了过来的。他的理由很充分："两年多了，厂里还不能赚钱分红，800元一个月的工资（当时的社会工资高峰水平）解决不了家里两个孩子的读书花销。"我同意他离开，但也希望他能再坚持一下，我说："我是想把你牵在一起的，虽然现在不赚钱，但不久就会有钱赚的。"他坚持要走，关于投资款他也跟舒昌的态度一样："账不用算了，本金还我就可以了。"他投的是5万元，我说给他7万元。当时就把5万元给了他，因为厂里拿不出那么多钱，另外2万元写了欠条，答应3个月后给他。他挺开心的，在外面逢人便说："我哥哥挺好的，公司没有赚钱，但还是给了我2万元。"没过几天，他想买车，就来问我要那2万元钱，要得很急，我想办法筹给他了。不久，他跟人合作投资，来借钞票，我也想办法帮他筹了。但小舅子离开我还是蛮痛心的，小舅子是最亲的亲戚了，他也不能理解我的苦心，不愿意一起坚持下去。

我办这个公司，靠的是我们夫妻两人的傻做，有时候还是单干的思路："差猪差狗，否如自走"（吩咐别人干活，不如自己动手）。我是忙得一点时间都没有的，员工做不了的活我要自己做，他们不好好做我还要盯着。招工、进材料、发工资等事我都要管。办工厂，造就人，对我自己来说也是一个成长的过程。我原来不懂木工活，后来把它弄懂，各道工序计价都是自己测试，连刨料、磨刨、磨刀都学会了。为了控制材料使用，我还亲自去管过锯板机头。烧烘箱的工人晚上下班了人员接不上，我就自己烧火。验收岗位忙不过来时，我也能顶上。我还亲自卖废料。工厂最忙的时候菊英要比我辛苦，我有时候拉完一堂布，中午可以休息一下，但菊英没时间休息，她要给缝纫机头配料或参与验收。菊英有个特点，不管做什么，都做得好，比如说验收，她只要到一下车间，质量就完全不一样。她还负责给管理人员烧饭，负责卖废品，她把卖废品的钱用来补贴管理人员的饭钱。我们夫妻俩都很辛苦。如果真正把企业的规模搞大了，建立起完善的制度，靠制度管人就省心多了。

我管理严格，又太耿直，脾气也很大，所以员工都很怕我。我的办公室在二楼，站在窗口，公司大门和公司的空旷地尽收眼底，我常常站在楼上指挥这指挥那，员工背地里叫我"楼上"，后来叫成公开的绰号，相当于现在流行的昵称，我还蛮喜欢的，感觉到员工对我的敬畏。

我的管理思路是，我给员工的待遇到位，员工们也会责任到位。我把厂里的骨干当作家里人看待。但人的私心总是很重的，有位骨干三天两头地说："我不想做了。"以此要求提高待遇。有些骨干在最关键的时候提出来要走，不管公司的生产，扔下手中活就走，走的时候还把画满图纸的笔记本带走。社会上招聘的人不管是管理人员还是普通员工，刚来厂里都是新手，我要手把手地教。等到培养出来了，他会说工资欠高，你给他加了工资，他又会认为你这个地方欠好，找到更好的地方就走了。我只能重新招聘，又要重新培养。用人这件事是蛮吃力的工作。有的管理人员偷偷拿回扣，损害公司利益。比如验收木头这件事。木料的好坏直接跟产品的质量和利润的多少有关。购买木料的关键在验收这一环节，验收要合理，使自己和对方都不吃亏，如果只为了自己，让对方吃亏的话，他以后就不跟你做了。但是验收赚外快在"老华旅"已成了习惯，我买了公司以后这个现象也还存在，有几个负责验收的管理人员都赚了这样的外快。有一次，一个卖树客户的木料一眼看过去非常好，按九折或九五折收购都是可以的，当时负责验收的是我的亲戚，给了对方九五折。我一看就知道这个木料是"打扮"过的，好的捆在外面，差的藏在里面。我走过去提出来重新验收，打开一捆一看，果然是这样，连七折都不到。后来有员工跟我说看到卖树客户给验收人员一条烟。我没戳穿验收人员的做法，但很痛心，也开始对这个人不放心了。后来，小女婿跟我说："爸爸，你不能太精明。"他说他也接受过客户的小恩小惠，他的原则是："如果他给了我2000元，我给他放宽2000元，这样我能接受，不能让厂里亏了。"但是，我还是不能容忍这样的不正之风。

我是一个比较理想化的人，特别是在处理人与人之间的关系时，我渴望重情重义的人际关系，我的朋友李力和李荣的合作就是这样的。

李荣是木工出身，在整个东塍公社都算得上是一个能人，而且根正苗红，他的父亲在卫生所工作。公社办了一个社办厂，请他去当厂长。李荣跟李力的关系很好，李力的儿子是李荣的徒弟，李荣去当厂长自然要把徒弟带去工作，但李力的父亲是地主成分，而且是被枪毙的。那个时候做任何事都是唯成分论，公社不让李力的儿子进厂，李荣非常讲义气，他说："如果不让李力的儿子进厂，我就不当这个厂长。"结果公社同意了，让李力的儿子进了工厂。后来工厂改制，社办厂成了李荣个人的企业，李力也进厂工作了。我帮他们厂做产品加工的时候跟李力打过交道,李力真的是难得的好人,做事很认真,他把李荣的事当作自己的事,他可以代表李荣拍板,魄力很大,还写得一手好字,我们公司门口"华旅伞业公司"这几个字就是请他写的。我实在很看好他,想把他挖过来。我把想法跟他说:"李力,你过来帮我做。"他很干脆地说:"不行。"然后就跟我讲了他儿子这个故事,并且很坚定地说:"厂在我在。"我也很佩服李荣,他把厂办得很大,退休后自己去山里养老去了,儿子接班继续办厂,做木工工艺品。开始的时候工厂做小孩的玩具、小椅子、躺椅,后来工厂越做越大。他们俩都是我的偶像。我常常想:我如果不受排挤,我跟赵临的合作一定也是这样的美好。

我买这个公司当初就是为了给家里人谋出路,特别是为儿子,后来影响了好几个人。企业确实是造就人的地方,华旅伞业的几个骨干后来都到别的公司当了副总。有两个能干的年轻人我特别要夸一夸。

一个是郭强,儿子的朋友,很帅的小伙子,进厂之前常跟人打相打(打架),没有固定职业。他跟我儿子像亲兄弟。华旅伞业办起来后,儿子跟我说:"我想让郭强到厂里来工作是否可以?"我同意了,把他放在裁剪车间。这个郭强,我在他身上花了不少心思。刚开始的时候他提出来一周休息一天,后来要双休,做做停停,吊儿郎当。直到他看中了厂里的一个女职工,终于收心了。菊英给他做媒人,结婚前在大田买了房子。以前,他爸妈在大田给他建了房子的,结果被他卖了,用他的话说"大田跌倒大田爬起",很有骨气的小伙子。后来,有一个外贸公司看中了他,小女婿来跟我说:"爸爸,外贸公司想招聘一个验收的人,想要郭强去,你能让他去吗?"我想,外贸公司要郭强去做验收工作,那很好啊,对他的发展有好处,也有利于我们跟外贸公司打交道。结果他在外贸公司干得很好,挣了不少钱,他的儿子现在在上大学,学的是外贸专业,他是想让儿子也做这一行。

另一个是高中毕业生卢士珉，是个奇才，但与农村的环境格格不入，是村民眼中的怪人，日子过得并不如意。他父亲很着急，找到我说："你买了公司，帮我阿珉一把吧。"他进来的时候很傲气，对我说的第一句话是："我来你这里试试，看合适不合适。"他肯动脑筋，对技术进行改良和创新，我都很支持。虽然有几个设想最后没有成功，亏了一笔钱，但思路都是对的。他很勤劳，有时候做夜工做到很迟，其他工人都下班了，他一个人还在那里做。慢慢地管理起来有条有理，感觉很不错。他本人相比进厂之前也越来越精神了。遗憾的是他只做了3年多，就被其他厂挖走了。几年以后，他到我小女儿办的厂上班，现在是厂里的一名骨干。

我当时办公司的原则是：及时交税、及时发放工资、及时付清材料货款。小时候就听伯父说过，要赚钱，必须及时缴纳税款。我为自己成为光荣的纳税人，为社会发展做出贡献而自豪。年少时看到做篾匠的朋友为我买煤油，我就暗暗下决心等以后有能力了要为朋友做点什么，想不到我还能为国家机器的运转出一份力。

我坚决抵制"吃、拿、卡、要"等不正之风，为此吃了不少亏，在别人眼里我是个倔头犟脑的人，连子女也有微词，但这样做我心里舒坦。

刚买华旅伞业的时候，公社企管办有个部门，专门向企业收取管理费用，还蛮高的，是整个产值的5%。该制度也不健全，可收可不收，有些企业收了，有些企业不收。"老华旅"的时候，当有人来收取管理费，"老华旅"的人拉着他打两副扑克，或者请他吃一餐饭，企业管理费就免缴了。所以，"老华旅"一直都没有交过管理费。

我买华旅伞业没几天，企管办的人就拎着公文包来收取管理费，我说："我都还没有开始干，你来收什么管理费呀？""前面欠的。""前面欠的是前面的事情，跟我有什么关系？""企业你买了，你就要承担债务，这是'华旅伞业公司'欠东滕镇的钞票。""你以前怎么不来收？经济保管员是我当的，没有人通知我缴管理费，当时如果你跟我要我不给你，那是我赖的。"他不知道怎么回答，指着我说："我记着你……"我虽然怕与这种人打交道，但不怕威胁。这不是钱多钱少的事，我认为收管理费这件事本身就不合理，加上又是前面企业的要到我这里收更不合理，我坚决不缴。

这个人就是想要收走这笔钱。他出正式通知让我去镇里一趟，我出门的时候很生气。到了镇里，我还是不买账，又和他吵了起来，蛮多人站在边上听。镇里的领导出来解围，把我劝到一边："老卢，你先回去，事情可以慢慢商量。"有人给我打了个比喻："他是灶台上的蟑螂，这个灶是你的，他就要来啃一口，不要理他。"那个时候收取管理费估计不是很合法，接下来就明文取消了，这件事也就没有再提起。

薛领导是个难得的好干部，很正直，处处关心老百姓。在"老华旅"的好多事情上他都肯定了我的做法，还帮了我一个很大的忙，解决了小女儿的读书大事。

在"老华旅"的时候，小女儿有时会来厂里帮忙，薛领导看她聪明懂事，建议我让她去读书，他跟我说："市委党校在招生，六房有一个名额，你去村里打个证明，让你女儿去报名。"我去找村干部，当时这位村干部说："干什么呀，这有啥好弄的，女孩子找个男朋友就好了，去党校培训个啥呀？"我当时很坚持，告诉他镇干部同意了，这个培训我女儿必须去。打证明还要经过村会计的手，会计也希望他的女儿能参加这个培训。因此，这件事办得挺费周折的。后来还是薛领导为我们村又争取了一个名额，六房村去了两个人。小女儿能够读党校很感谢薛领导。我跟他的关系，从来就没有送礼什么的。他那个时候蛮支持我的，因为他清楚"老华旅"办下来的整个过程，他一直认为"老华旅"的骨干是老卢。

改革开放前觉得天是黑沉沉的，偶有几片光亮；改革开放后觉得天是敞亮的，偶有几朵乌云。

　　看着一些厂办起来，倒下去，老卢的企业一直还在，虽然不大，但运转着、盈利着，我满足了。我并没有想把企业办得很大，一家人够吃够用就好了。一个小学文化的地主儿子，也算是对社会做出了一点贡献。几百号人，在我身边老板、老总地喊，我很不习惯，我一直让他们叫我"老师头"，因为我是一个名副其实的手艺人，只是赶上了改革开放的好时光，只因为我有手艺在身，才被社会所需要，使我在人群当中闪出一点点亮光。随着企业的逐步发展，儿子、女婿也都成长了，因为我的严格要求，他们一直以来唯老爸是从，他们的能力没有很好地发挥出来，也都或多或少表现出要挣脱我的束缚的意思。我知道自己的局限，也逐渐感受到自己的力不从心。2006年，61岁那年，我退出了企业管理，把企业交给了儿子，二女婿另外购置土地办了一家新企业。

　　办企业的初衷是让家里人生活得更好，我基本达到了这个目标。

　　大女婿多次表示："老丈人推了我一把，又在背后支持着我，不管我做什么事，老丈人都会支持我，让我很有底气。"

　　二女儿夫妻俩联手办厂，全身心投入，企业越办越好。一靠两个人吃苦耐劳，二靠年轻人的创新思维和拼劲。现在的年轻人见世面，信息灵，比起我们这一代，不知道要活络多少。在厂里加班不分昼夜，开车出差经常深更半夜回家，从来不叫苦和累。几年前二女儿从镇里辞职回来一起办厂后，工厂规模迅速扩大，管理也有一套，新产品开发能满足市场需求。前两年疫情那么严重，企业发展不但没有受到影响，反而做得更顺风顺水，我从心底里放心、开心！二女婿在外面讲："我老丈人老实厉害，他办企业的时候，从采购原材料、招工、生产到验收、出货，整个生产过程都掌握在自己手中。"他还说："我们就是靠老丈人发展起来的，我公司办得多大都跟老丈人的支持分不开。"我听了很欣慰。

对老三来说也实现了我的心愿。我把公司交给了他，他有了谋生的基础，有了施展自己才能的平台。

在办企业之初，我还有一个愿望：第三代读书的钱全部由我出。这个愿望没有实现。但是他们的父母都有能力做到了，第三代无论是在国内还是在国外读书，都得到了他们想要的教育，我也欣慰了。

菊英经常安慰我："现在已经很好了，很了不起了，你这前半世太苦了，真的太苦了，像你这样经历的人很少的。"

# 第六章 不一样的人生

## 泪别母亲

2010年，庚寅年九月初一，我亲爱的母亲永远地离开了我们，享年89岁。出殡那天，送殡的队伍蜿蜒在狮子山脚下，相识的和不相识的，来了300多人，村里与母亲相识的人碰到我都流着泪不停地讲起母亲的好、母亲的苦。

我淡定自如地料理着母亲的丧事，像是与母亲一起完成一件重要的事情，内心笃定、自豪。我想母亲是以我为骄傲的，我一生平凡，但走的每一条路，做的每一件事，都铮铮有声，都遵循母亲的教诲，没有违背祖训。

台湾的弟弟寄来了父亲的遗物，母亲终于与父亲团聚了。父亲去世的时候，因来不及办理入台有关手续，没能见父亲最后一面，成了我永远的遗憾。

孩子们收集整理编印母亲生前的照片做成精美的纪念册，分送给亲朋好友留念。

我把浓浓的情感倾注在悼词里，堂弟小秋和大女婿很认真地对悼词进行了润色。

慈悲喜舍
——母亲一生的写照

母亲于1922年7月13日出生，因病于2010年10月8日逝世，享年89岁。

母亲高寿，儿孙满堂，母亲的晚年是幸福的，而回顾母亲的一生，世事沧桑，劳苦辛酸，我们是永远也不会忘却的。她出生于临海市东塍镇上街石龙门一书香门第，三兄四姐。1945年嫁入卢家，虽是门当户对，但婚后不到5年，因为社会变迁，我父亲离家去了台湾，那时的我只有5岁，胞弟还在母亲腹中。父亲虽有兄妹五个，但因为生计都不在家乡居住，所以，我的母亲，一个28岁的年轻妇女，从此承担起了独自一人侍奉公婆、养育两个幼儿的家庭重担。对于一个普通女子，要支撑起这么一个不完整的家，已经是一件很不容易的事了，但母亲却还要承受"地主成分""海外关系"等各种政治压力，可谓是历尽了世间沧桑，尝尽了人间苦味。

祖上尸骨的迁徙、合葬，是母亲一人徒步挑着担子完成的；年迈公公的扫街、搬凳等义务劳动是母亲替代承担的；因慢性疾病卧床5年的婆婆是母亲端茶送饭、侍奉送终的；母亲不但辛辛苦苦把我和弟弟拉扯成人，还帮助我们建立起幸福的家庭……

母亲信佛，一生晓义重情，慈悲喜舍。母亲以她的聪慧、正直、善良、仁德教育和影响儿子乃至孙辈、曾孙辈成长成才。她慈爱，真心希望能给予别人快乐；她悲悯，看到别人痛苦如同身受，真心希望能够提供救助；她欢喜，看到别人幸福，真心为之高兴、为之祝福；她平等，舍弃一切的贪和恨，冤亲平等，同样爱护。她对生活友善、热情，街坊邻里有口皆碑；

她对亲朋晓义重情、知恩图报；她对长辈尽忠尽孝、无怨无悔；她对儿女以身作则、言传身教。

堂叔婆膝下无儿无女，是母亲给她老人家养老送终；多个亲友的离开是母亲陪伴他们走过人生最后的路程；邻里间碰到困难都喜欢找母亲帮忙解决。1993年的一个傍晚，母亲被一辆自行车撞了，她首先想到的是别人匆忙骑车肯定有急事，就叮嘱对方"你们快走吧，天黑了，不要耽误了行程"，却没有顾及自己的伤情，实际上她已被摔成骨盆碎裂……

母亲就是这样一个人。

母亲，您是平凡的，但您的宽容大度、忠孝节义、不怕困难、任劳任怨却是普通人不易做到的。您的苦心经营，赢得了儿孙绕膝、四代同堂，他们有的从政、有的经商，个个能干、孝顺，都是您的骄傲。您的人格魅力和优秀品德是孩子们一辈子都取之不尽的财富，我们的每一步成长都凝聚着您的关怀，您是我们的至爱。我们多想对您再尽尽孝道，我们还想带您去台湾看看父亲生活的地方；我们还想跟您睡在一个被窝，把脚放在您的胳肢窝里取暖。可是您就这样离开了我们，使我们留下太多太多的遗憾和无奈。

在您生命的最后几天，当我们为您准备好您爱吃的食物，您却无法咽下去一点点的时候；当您费劲地咳痰，我们想尽办法却对您毫无帮助的时候；当您不停呻吟需要帮助减轻痛苦，我们却束手无策的时候，我们的心好痛、好痛。从医院回到家的那天，您对着我们说："这个地方真好，有山有水有平地，有树有竹有小桥。"我忽然理解这就是您要去的极乐世界。我们深深地希望，您抛开尘世间的所有病痛和磨难，一身轻松、一身自由地奔向天堂。

人间有爱，岁月无情。如今我们痛失了一位好太婆、好奶奶、好母亲、好长辈、好亲戚、好朋友。苍天垂泪，大地呜咽。在我们无法抑制的悲痛中，母亲您渐行渐远，但您的形象反而更清晰起来。在古老的小巷深处，您正迎接着朝阳；在青葱广袤的田野里，您正沐浴着春风；您在蓝天白云之上，您在高山流水之间，您总是带着微笑注视着我们，我们也总能看见您。您那看似瘦弱的身躯，却让我们想起了您博大的胸襟、高尚的品格、坚韧不拔的意志，让我们感受到了包容万象的气概和百折不挠的精神，那正是我们这个伟大民族的灵魂。

2010年10月19日

## 严苛的家庭教育

自大女儿上学起，到外孙女、外孙出国留学，再到孙子、孙女上小学，这一切仿佛都是在不经意间自然而然地完成了，曾经非常担心政策多变影响孩子们接受教育，但我不知道这种担心是从什么时候开始就没有了。

要说如何重视家庭教育，我还真讲不出什么名堂，除了做人方面，其他的如现在重视兴趣爱好之类的当年都没有。以前也没有思考过怎样教育子女，我就把握两个原则：一是努力挣钱，供他们读书到底；二是教育老大要做好带头示范作用。平时的教育主要靠我母亲。大女儿出生时，我25岁，菊英19岁，我们自己也是什么都听我母亲的，我们夫妻俩在外打拼，孩子基本上都是母亲带的，他们就是现在说的留守儿童。对我很严厉的母亲教育我的孩子跟教育我的方式完全不一样，她对他们非常慈爱。

我信奉"书中自有黄金屋"的道理，所以就想多挣点钱，让他们多读点书。我自己文化程度低，做事很吃力，刚开始裁剪法都看不懂，希望下一代读书好一点，有出路。那时候吃饱穿暖没有问题，但不知道今后社会是怎样的，有书读还是没有书读都不知道，我不是说一定要他们考上大学跳"农门"，没想那么远。就是对自己有要求，如果孩子有书读，我必须有钱供他们读，我也不能因为家务和农活耽误孩子们的学习，我必须在时间和金钱上做好保障，这是做人、做爸爸的责任。我基本上做到了，我的3个儿女，虽然接受教育的程度不一样，但3个孩子加上女婿、媳妇，6个人都上过各类大学。他们姐弟从来没有因为缺钱而放弃学业。老大结婚生子后去读硕士学位，我坚持要出这个学费，虽然她自己有能力承担，工作单位还能报销一部分，但这是我的心愿。

我是一个严父，3个儿女都很怕我。这自然沿袭了母亲的教育方式，母亲对我的教育是"棍棒底下出孝子"。在为人处世方面，母亲及我们夫妻的言传身教起了很大的作用，也是很成功的，我的3个孩子都是善良、正直、有爱心的人。我成长的社会教会了我勤劳和谦让，这两样东西对孩子们有很大的影响。从另一个角度说，我的孩子们受我的影响，性格上偏弱，遇事不争不抢，有时会吃亏。

与邻家的孩子吵架，一定是骂自己家的孩子，自己孩子间吵架，那一定是先骂老大，不管她有没有参与。儿子很顽皮，所以对他棍棒相加是常有的事。

老大读小学一年级时，我给她2分钱去买橡皮，结果她买了草糊（仙草冻），我让她写了检讨书。那时候，她还没学会几个字，拼拼凑凑的句子，既好笑又好气。这份检讨书放在小书箱里，一直到老房子着火烧没了。

我曾经在一家人吃饭时，让孩子们停下来，听广播播报台风预报，计算台风到达本地的时间。在田里种田时要他们计算一丘梯形田所需要的秧苗数……

我本来就跟孩子们相处的时间不多，又那么严厉，这让孩子们对我敬而远之。大女儿回忆说，她上初中之前，如果我在家，她主动跟我说的就3句话："爸爸，吃饭了。""爸爸，我上学去了。""爸爸，我回来了。"2010年，儿子媳妇在杭州生了龙凤胎的那个晚上很开心，儿子跟她母亲说了一句话，我知道后很内疚，他说："我以为爸爸晚上总会跟我睡一起了，结果爸爸还是没有跟我睡。"总之，对他们我是严格多了些，沟通少了些，特别是对老三。

我曾想办法借助外力来影响孩子们。在我的亲戚里面，小堂弟和二表兄都是相当聪明的人。二表兄是做服装的，小堂弟浙师大毕业后在台州中学教书。所以，从大女儿上初中开始，每年放寒暑假时，我都把她送到小堂弟家。这不是去他那里补习功课，就是觉得他们家的环境对她的成长有好处。伯父、伯母、堂弟夫妇都对她很好，我想，他们对她的人生道路是有很大影响的。

我没有一个明确的目标希望孩子们成为怎样的人，也没有时间思考这些，夫妻俩也不会商量着怎么教育子女。但菊英都是支持我的，我如果对孩子们火气稍微大一点，她会偷偷地流眼泪，我如果对孩子们心平气和一点，她会在边上默默地支持。

尽管陪孩子们的时间不多，但只要我在家，也会去翻翻他们的作业本，关心他们的学习情况。

孩子们上学的第一天都是我送去的，如果是住校，我会帮他们铺好床，挂好蚊帐，蚊帐挂得平平整整的，在寝室里很醒目。老二上小学时，我送了两次。她想提前一年上学，我送去后，因年龄太小，学校不收。记得她回来一路不开心，嘴里一直嘀里嘟噜的。在农村里，像我这样做的并不多。第一天让孩子自己一个人去，或者家里的哥哥姐姐带着去，或者叫高年级的邻居带去，都是很平常的事。我还指导过老大写作文，也曾带老二去大田镇医院拔牙。老大上初中时,我给她做了一个书箱,样子到现在都还记得,对开门,里面分上下两层,门上写着"书山有路勤为径"。老大上初中住校,第一周回家时把学校发的所有的书都背了回来,我们俩一起一本一本地翻看着。

孩子们在洋渡小学上学的时候,我还给他们送过笠帽。那个时候,小孩读小学也是没有爸妈去接送的,家长去学校一般都是在天突然下雨,孩子没带笠帽(那时农村小孩基本上还没有人用伞)的情况下,而且送的时候也会给前后左右邻居家的孩子一起送去。我好像就送过一次,碰到的熟人都说:"小学,今天你送笠帽?难得。"几个要送的邻居,就一起将笠帽给了我,那一次送得特别多,头上顶了好几顶,手上还抱着一大摞。我不在家的时候,几个邻居都会主动到我家拿笠帽一起送过去。有些家长没时间也不委托别人带,孩子自己想办法或淋着雨回家也是很平常的事。

生活是最好的家庭教育老师,穷人的孩子早当家。3个孩子自懂事开始就能料理自己的一切,老大像个家长,管这管那的。他们都知道心疼奶奶、心疼父母,努力要为我们分担一些家务。家里水缸里的水都是他们负责添满的,碗、衣服都是姐妹俩洗的。母亲信佛,每年要去下沙山头的老爷殿宿夜(一种需要通宵的佛教活动),大女儿总是要陪着她去。母亲念经到天亮,冬天的时候她就睡在灶间的柴火堆旁。我还记得夏天的时候,我光着膀子吃饭,汗流得答答滴,姐弟3人抢着给我擦汗,把毛巾放在后背,从上往下拉,看着汗像雨点似的往下流,他们一个个咯咯笑。分田到户后,农

忙的时候都是全家出动，一起割稻、打稻、插秧。

孩子们还小的时候，我把全部的时间和精力都用在了怎样挣钱上，根本就没有现在所说的什么亲子活动。以上的这些细节也是因为有了针对性的提问才想起来的，这样的回忆很开心，好像以前从没有关注过。

## 送外孙女出国留学

2011年8月，外孙女奔奔被省教育厅选拔参加AYA项目去美国留学。我提出全家去机场送行，也许是读懂了外公的心思，一向独立的她竟然同意了。

当外孙女进机场安检时，我后悔了，看着才16岁的她一个人背着包、拖着大箱子一步一步往前走，那个心疼啊！她可是要去地球的另一边呀，比她妈妈去读大学的年龄还小两岁。一向爱哭的外婆更是控制不住，开始她一直憋着，等到外孙女看不到时她崩溃了。我赶紧拉着她来到能看到飞机起飞的玻璃窗边，跟她说："这里还可以看到。"我们一家人在候机厅里待了很久，看着飞机一架架起飞，猜测着奔奔是在哪一架飞机上。

中秋节时外孙女写了一篇文章，把全家人的感受都写了进去。一家人读一次就掉一次眼泪。特别是里面这一段话："想起某次skype时，妈妈说起我转身消失在过关前白色挡板后的情境。她说，外公一转眼不见了，舅妈一摘眼镜趴在舅舅肩上没有了声音，阿姨一个劲地和大家说笑，可还是遮掩不住……"这篇文章的标题是《千里共婵娟》，结尾一句是"我会抬头看月亮，然后想着12个钟头前它照着每一个我所爱的人的时候，他们是什么样的心情，抬头看到我隔夜的想念，他们是否会更好眠。"

我这一生最大的财富便是我这吵吵闹闹、相亲相爱的一家人，特别是第三代奔奔、眺眺、可可、爱爱。

　　一向爱哭的外婆更是控制不住，开始她一直憋着，等到外孙女看不到时她崩溃了。我赶紧拉着她来到能看到飞机起飞的玻璃窗边，跟她说："这里还可以看到。"我们一家人在候机厅里待了很久，看着飞机一架架起飞，猜测着奔奔是在哪一架飞机上。

伯父的外孙在20世纪80年代就去英国留学了，那时觉得这是一件很遥远且与我无关的事，想不到20多年后在我家发生了，说真的，我是很骄傲的。但送行的那一刻，我想的是：如果我能做主，我宁愿他们离家近一点。

## 退休生活，不一样的人生

从公司退休后我差不多成了废人。一方面，自己心里有点不甘心，有很强的失落感。感觉自己还能做好多事情，常常回想起百几十号人为按时发货通宵夜战的场景，我去给他们发快餐面，他们很有礼貌地对我说："老师头，吼还否困（您还不睡）？"看到他们憔悴的模样，我很心疼。另一方面，离开公司，离开我的作场板（裁剪布料的台子），我其他什么都不会。买了华旅伞业以后，我基本不出公司大门，出门甚至都不知道带钱，菜场、超市几乎没进去过。以前菊英管着我的衣、食、住，这下连行也得她操心了。刚开始的时候过马路、上电梯都要她提醒着注意安全。

起初无事可做的确心烦，打牌、麻将不怎么在行，也不喜欢。家里人都想让我开心，小女婿给我买来乒乓球桌、台球桌等活动器具，总算有了消磨时间的办法。菊英常陪我打乒乓球。逢节假日，儿女们常组织各种活动陪我玩。

退休第二年，陪着菊英去浙二医院看病，她住进医院经检查没啥问题，我却在去医院的路上被电瓶车撞倒送进医院，同时还检查出很多病。人真奇怪，以前忙，连生病都没有时间，一闲下来，病就来了，后来因肝脏血管瘤动了一个大手术。2010年，浙二医院医生又给我戴上了冠心病的"帽子"。

儿女们那个揪心呀，他们开始管教我，我被迫戒烟少酒，还常常接受谆谆教导，最不要听的话就是："老爸，人生的发展是有规律的，您苦难过、辉煌过，现在是安享晚年的时候，您得重新规划，打打太极，拉拉二胡，干干家务，带着老妈出去旅游。"

也很奇怪，今天回过头看退休后的日子，发现我当初最不要听的这句话却是听进去了。

进厨房是我的第一个计划。孩童时曾帮母亲烧饭洗菜，但那时的目标是吃饱，厨房里没有什么技术活。结婚后，菊英操持了一切家务，我就是儿女们所说的"油瓶倒了都不扶"的那个人。

进厨房的第一件事是买菜谱，我刚表达这一想法，菜谱、工具、调味品、放大镜哗啦啦地都买来了，厨房的储物架差不多就成了书架。这几个孩子还真是挺含蓄的，他们有多渴望我进厨房啊。

刚开始的时候厨房像一个实验室，我这个在儿女们眼中"被耽误了的科学家"终于有了搞研究的天地。但"好景不长"，不甘于根据菜谱按部就班，我开始了自己的创新，却被"评委们"称为"黑暗料理"。其实，被他们的妈妈宠了那么多年的胃不是那么容易"策反"的，连女婿、媳妇也会一不小心就说出"还是老妈烧得好吃"大实话。在经过多次实践后，也总算占领了一块小小的阵地，那就是"老爸拉面"。这个绝对是货真价实地受欢迎，因为他们不但自己吃不厌，还带朋友来吃。我常常在我家的微信群里发个通知："中午供应'老爸拉面'，要吃的请报名。"在身边的一定会全员报名，外孙、外孙女在美国读书也常常会举个手。他们都说我是用气功和的面，所以与众不同，特别好吃。当然，做清明团子、包麦饼等需要和面的活都离不开我。可以这么说，我在进厨房方面也算是成功的。

看到公园里有人在练太极拳，想起儿时跟二表兄学过八段锦，放牛时也曾琢磨过，有一定的基础。赶紧叫儿女们买书，拷贝视频教学材料，我很快就入了门。太极拳的一招一式博大精深，每个人都有自己不同的理解。喜欢上太极拳后，时光流逝特别快，有琢磨不完的道理和技巧，还可以交到打太极拳的朋友，不管是在自己家还是在大女儿家，总会有几个人跟着我一起练习。习练太极拳后，对身体很有好处，我的心血管毛病没有往不好的方向发展，应该是习练太极拳的功劳。习练太极拳对戒烟有一定的帮助。练太极可以静心，只要你心静下来，烟瘾就不见了，我就是在练太极的时候把烟戒了的。我曾尝试过爬山、走路等锻炼身体的方法，坚持下来的就只有练太极拳。

常出去走走是很好的，我喜欢到村里和周边走走，去看看以前自己参与挖过的沟渠，看看别人种的庄稼。入股办企业以后，我没有精力去田埂了，就把家里的土地送给村里的种粮大户。六房的种粮大户都不大，好像没有上百亩，几十亩算多了。我们的土地使用权转让没有正式的手续，也没有报酬。不种地的人也不在乎土地上的这点收入，但种地的人会送一些田地里收获的橘子、大米等给我们。种田的人也没有以前那么辛苦，现在的劳作方式跟以前完全不一样。现在都用各种各样的机器，从播种到收割、干燥每个环节都有机器参与。种甘蔗也用上了机器，一根一根地种；地里收土豆也用机器，机器开过后土豆就堆在机器上了，以前是怎么也想不到的。越平整的地方，机械化水平越高。不过，地区之间的差别还是蛮大的。我们属于丘陵地区，也差不多属于"山上人"，需要的人工还是相对比较多，现在要看耕牛犁地得去边远的山区了。

前两年，我房子后面有一大片厂房拆了重建。有一年多时间，一个大土堆，地都荒在那里。我心痒了，就和邻居一起去开垦。我种了好多蔬菜水果，自给有余，左邻右舍相互赠送，增加了很多乐趣。

近几年互联网发展迅速，手机上下载一个App就能查到各式各样的学习资料，我把二胡也重新拾了起来，没事时我就打开"快手"跟着学习，现在也会拉好几首曲子了。看到好的二胡就想买，现在家里有4把二胡，过年的时候全派上了用场，举办了一场乱弹琴晚会。二胡我还要继续努力学习，争取在我们家的春节联欢晚会上每年都能表演一首新的曲子。

对，要特别说说我们家的春节联欢晚会。

从2002年外孙女组织的第一场晚会开始，我们家的春晚大大小小、断断续续地在吃了麦油脂①后、央视春晚前举办。2022年开始，由小孙女接手组织。小朋友们真是厉害，把我们大人指挥得团团转，每个人都服服帖帖很认真地完成分配到的任务，道具、音响、化妆、摄影都很到位。最大型的家庭春晚是2002年和2022年，当时的节目单都还保留着。

2002年，家庭春晚的主持人是奔奔、眺眺。全体演员、观众包括上至80多岁的母亲下至3岁的外孙等所有家人，也包括留在公司里过年的打工者，一共有30多人。演出地点在华旅伞业的会议室。节目有小朋友们的歌曲、儿子的相声、女儿们的舞蹈、菊英的越剧。母亲表演的节目是民间歌谣"来是come，去是go，一块钞票买dollar"和佛经书法展示。当晚的节目还有口技、朗诵、双簧、小品、讲故事等，最后大家一起合唱了《新年好》。那时我脑子里都是公司里的事，为了表示支持也演出了一个节目，表演了一小段二胡独奏《我是一个兵》。

2022年，家庭春晚的主持人换成了可可、爱爱。地点在大田家里新装修的二楼，投影加音响，设备升级了。肚皮舞开场笑翻全场，菊英拿手的越剧当然不能少，因为疫情，已在北京工作的奔奔在线上和弟弟妹妹们表演歌曲，新增了多人表演的《八部金刚》、英语节目、作画竞赛、杂技，节目丰富多彩，大家闹得可真欢！我的节目是二胡独奏《南泥湾》。这一场表演我没有过瘾！二胡演奏我可以做一个专场，我的太极、越剧、革命歌曲等好多才艺没有机会展现。

---

① 麦油脂：临海人的特色食物。是一种由薄面饼裹上各种菜馅的圆筒形食物。

2023年的家庭春晚，家里还邀请了外国朋友参加。我现场教他们打太极。

现在，上小学的小孙女和小孙子全面"管制"着我，不能喝酒、不能不讲卫生、不能不讲文明、不能多睡觉、不能大声跟奶奶讲话……比他们的爸爸和姑姑们胆子不知道大多少了。但我觉得被管得很幸福。大概，这就是人们所说的"含饴弄孙"吧！

退休生活在琐碎的日子里趋于平淡，大部分时间我一个人待在大田家里，侍弄着花草和后面土堆上的农作物。菊英在大田、临海来回奔波，照顾着在城里读小学的孙子孙女的起居和饮食，十分辛苦，却乐此不疲。以前是怎么也想不到晚年会过上这样一种不用考虑挣钱、安安心心、舒舒坦坦的日子的。

# 尾声

洋渡六房村（现勤勇村）位于东塍镇的最西边，东塍镇位于临海市东郊。洋渡曾经称作"洋渡庄""洋渡乡"。20世纪40年代，临海县除了县城另设五区，东塍区下设东塍镇、洋渡乡、岩乡、广福乡、三都乡。1947年，东塍乡与洋渡乡、三都乡合并，洋渡隶属东塍区东塍乡。同年，东塍区并入大田区。1949年10月，建立洋渡乡人民政府。1950年，重设东塍区，洋渡乡隶属东塍区。1956年2月，东塍乡并回大田区，洋渡并入东塍乡。1957年12月，复设洋渡乡，称为"洋渡乡人民委员会"。1958年，乡改人民公社，下辖生产大队，大队下面设生产队，洋渡称为"洋渡管理区"。1961年，并回东塍公社，后一直隶属东塍。1983年，"东塍公社"又更名为"东塍乡"，1984年，改公社、队为乡、村制，公社复乡名，大队称为行政村，东塍为乡级镇。1992年，撤区扩镇并乡，洋渡隶属市直属东塍镇。

## 尾声

1949年至1977年，东塍农村经济就是单一的农业经济，占比为96%左右，粮食生产是头等大事，工业经济排不上号。广大农民的收入大部分来自队里的集体分配，少部分从养猪养禽、种植瓜果蔬菜、编织草帽等家庭副业中获得。因农业经济效益低，农民从集体经济分配和家庭副业中得到的经济收入非常有限，生活非常困难，户与户之间、村与村之间经济水平高低相差也不大，几乎处在同一条贫困线上。

改革开放以后，东塍镇经济高速发展，经济模式、经济成分、经济结构和农村面貌、农民生活发生巨大变化。农村经济从自然经济转变为商品经济，从以农业经济为主转变为以工业经济为主；农民收入从集体经济收入为主转变为以个私经济收入为主。广大农民从只要粮转变为要粮与要钱并举，生活从追求过得去转变为追求过得好，并逐步迈向小康。现时的东塍已经成为工业强镇，特别是在20世纪90年代的"跨越式"发展中，创造了被临海市、台州市两级党委公认的"东塍速度"。传统的手工业使东塍镇汇集了一批能工巧匠。从20世纪60年代初开始，出现了由乡（镇）、村兴办的各类集体企业。20世纪90年代初，民营企业开始发展。东塍镇已形成节日灯、休闲用品、建材三大支柱产业，是中国节日灯生产基地和休闲用品出口基地。同时，东塍镇农业产业特色鲜明，豆面、茶叶、枇杷成为对外交流的金名片。东塍镇人文底蕴深厚，民国时期涌现了17位高级将领。其中，岭根村就有9位民国将领，被誉为"将军村"，于2018年荣获"国家历史文化名村"和"国家AAA级旅游景区"两块国字号招牌。现在的东塍镇是省级中心镇、省级卫生镇、省级教育强镇、省级体育强镇、省级农村文化礼堂示范镇。东塍镇的村民都像老卢一样过着越来越幸福的日子。

党的十八大以来，中国农村发生翻天覆地的变化，一幅幅现代版的富春山居图正徐徐展开。

# 参考文献

[1]临海县志编纂委员会.临海县志[M].杭州：浙江人民出版社，2008.

[2]何达兴.浙江省中心镇：东塍[M].北京：中国文史出版社，2010.

[3]雪融.柔石与方孝孺：关于"台州式硬气"思考[J].上海鲁迅研究，2002（01）：45-57.

[4]王寒.大话台州人[M].杭州：浙江工商大学出版社，2016.

[5]浙江省志编纂委员会.浙江省供销合作社志[M].杭州：浙江人民出版社，1989.

[6]蒋省三."三位一体"新型合作经济体系建设供销合作社六十年之思辨：上篇[J].中国合作经济，2013（06）：15-22.

[7]蒋省三."三位一体"新型合作经济体系建设供销合作社六十年之思辨：下篇[J].中国合作经济，2013（07）：4-12.

[8]董惠琪.作为媒介的供销社：以浙江安吉县鄣吴镇农村供销合作社为例[D].合肥：安徽大学，2016.

[9]孔祥智，何欣玮.中国式现代化目标下供销合作社改革的方向和路径[J].新疆师范大学学报（哲学社会科学版），2023（03）：129-140.

[10]浙江省农业志编纂委员会.浙江省农业志：下册[M].北京：中华书局，2004.

[11]王中俊.农具之光：从千耦其耘到个体独耕[M].西安：陕西新华出版传媒集团未来出版社，2018.

[12]尹绍亭.农耕文化：云南农具的源流及多样性研究[M].昆明：云南人民出版社，2015.

[13]闵宗殿.两汉农具及其在中国农具史上的地位[J].中国农史,1996(02):3-7.

[14]浙江省二轻工业志编纂委员会.浙江省二轻工业志[M].杭州:浙江人民出版社,1998.

[15]卢敦基.永康手艺人:一个独特社会群体的生产经营和生活特点:以口述史为视角的研究[J].浙江社会科学,2012(11):135-143.

[16]黄景芳,李媛."割资本主义尾巴"的来龙去脉[J].毛泽东思想研究,1992(02)::126-128,119.

[17]朱丹.乡村传统手艺人的生存博弈:以浙江台州S村为个案[D].武汉:华中科技大学,2009.

[18]牛亚博.新时期以来小说的传统手艺人书写:以汪曾祺、冯骥才、孙方友创作为中心[D].郑州:郑州大学,2017.

[19]茅涵瑜.江南乡村手艺人社会地位与职业变迁:以浙江省Z村裁缝群体为例[D].上海:上海社会科学院,2019.

[20]盐野米松.留住手艺[M].英珂,译.桂林:广西师范大学出版社,2012.